Monireh Baradaran
Erwachen
aus dem Alptraum

Monireh Baradaran

Erwachen aus dem Alptraum

Herausgegeben und aus dem Persischen von
Bahram Choubine und Judith West

Unionsverlag

Die Originalausgabe erschien
unter dem Titel *Haghighat-e Sadeh*.

Auf Internet
Aktuelle Informationen
Dokumente über Autorinnen und Autoren
Materialien zu Büchern
Besuchen Sie uns:
http://www.unionsverlag.ch

Rieterstrasse 18, CH-8059 Zürich
Telefon 0041-1-281 14 00, Fax 0041-1-281 14 40

Umschlaggestaltung: Heinz Unternährer, Zürich
Umschlagbild: David Nal Vad
Druck und Bindung: Ebner Ulm
ISBN 3-293-00246-3

Vorwort

September 1988. Der Krieg zwischen Iran und Irak ist zu Ende, und in Teheran findet gerade die erste internationale Messe statt. Das Messegelände befindet sich nicht weit vom Evin-Gefängnis entfernt. Durch die dicken Eisenstäbe unseres Zellenfensters blicken wir auf den Himmel, in dem bunte Ballons mit Fahnen und Werbezeichen von multinationalen Firmen schweben. Abends hören wir das Lachen und die Rufe der Kinder, die im nahe gelegenen Vergnügungspark spielen. Dort draußen pulsiert das Leben, aber hier drinnen wirft der Tod seine langen Schatten auf uns. Die Mauer trennt Leben und Tod. Die Werbeballons beflügeln meine Phantasie. Ich wünschte, ich könnte mit einem dieser farbenfrohen Ballons davonfliegen und unsere Erlebnisse hinausschreien.

Eine Ewigkeit und viele ausgelöschte Leben später, als ich nicht mehr hinter der dicken Mauer saß, machte ich mit einer Freundin am späten Nachmittag eines Frühlingstages einen Spaziergang durch die überfüllten Straßen Teherans. Der stickige Teheraner Smog konnte das Frühlingsgefühl nicht ganz überlagern.

»Du mußt festhalten, was du im Gefängnis erlebt hast. Nichts darf verdrängt oder vergessen werden«, sagte sie. Sie ließ sich durch meine Ausreden nicht beeindrucken. »Im Gefängnis gerät alles durcheinander. Es gibt Schwäche, Zusammenbrüche, Verrat und Selbstverleugnung.«

»Auch das muß festgehalten werden. Erst im Angesicht der Wahrheit können Widerstand, Ausdauer und Liebe ihren Sinn wiederfinden, zur Solidarität aufblühen, faßbar und real werden.«

Ohne überzeugt zu sein, nickte ich, und wir drückten uns wortlos die Hände. Inzwischen war es dunkel geworden, die Stadt kam zur Ruhe. Wir trennten uns.

Selbstverständlich ist dies nicht die ganze Wahrheit. Ich kann nur niederschreiben, was ich gesehen und erlebt habe, und ich war nur eine von Tausenden.

Meine schmerzliche Erinnerung ist meine einzige Stütze. Ich besitze keine Notizen oder Tagebücher, und ich kann nur einen kleinen Ausschnitt der Wirklichkeit zeigen, die in den Gefängnissen der Islamischen Republik Iran herrscht.

Die Namen der überlebenden Gefangenen sind größtenteils zu ihrem Schutz geändert worden. Die Hingerichteten werden, soweit es die Sicherheit der Angehörigen nicht gefährdet, mit dem richtigen Namen genannt.

Die Verhaftung

Oktober 1981, kurz vor Mitternacht. Ich war gerade ins Bett gegangen, als es an der Tür klingelte. Durch die Sprechanlage drang eine fremde, männliche Stimme zu uns: »Ich bin ein Freund eures Bruders!« Meine Schwester antwortete: »Mein Bruder ist nicht da.« Daraufhin befahl der Fremde barsch: »Mach sofort die Tür auf!«

Wir hatten keinen Zweifel, das waren die Menschenjäger. In jener Zeit waren sie überall anzutreffen. Auf den Straßen hielten sie ahnungslose Passanten auf, durchsuchten sie und wühlten in all ihren Taschen nach verdächtigen Sachen. Beim geringsten Verdachtsmoment nahmen sie sie sofort fest und führten sie ab. Nachts stürmten sie Häuser und Wohnungen. Schüler, Studenten und gebildete Menschen bildeten ihre bevorzugte Beute.

Meine Schwester öffnete, und im Nu waren die Männer in unserer Wohnung. Sie waren alle bewaffnet. Auf die Frage meiner Schwester, wer sie seien und mit welchem Recht sie bei uns eindrangen, zeigte einer von ihnen einen Ausweis.

Ich war noch im Nachthemd, als ein Mann mit einem Funkgerät in der Hand die Tür meines Zimmers aufriß, mich mit meinem Namen ansprach und mir befahl: »Zieh dich an! Du bist verhaftet!«

»Warum?« wollte ich wissen.

»Du wirst schon sehen«, antwortete der Bärtige. Er verließ mein Zimmer, und ich begann, mich anzukleiden. Unterdessen durchsuchten sie unsere gesamte Wohnung, konnten aber nichts finden. Sie nahmen einige Bücher aus dem Regal und forderten meine Schwester auf, ihnen Tragetaschen zu bringen. Um Fassung ringend, erwiderte sie scheinbar ruhig: »Sie benehmen sich, als seien Sie hier zu Hause. Nehmen Sie sich also, was Sie brauchen.« Einer fand einen Abfallbeutel und warf die beschlagnahmten

Bücher hinein. Danach verlangten sie die Autoschlüssel, um auch den Wagen zu durchsuchen.

Während der ganzen Zeit beobachtete uns ein Jüngling, nicht älter als sechzehn, siebzehn Jahre, der eine geladene Pistole fest in der Hand hielt. Ein anderer posierte mit seiner Waffe wie im Western. Ein Mann nahm eine Kassette des populären kurdischen Sängers Showan in die Hand. Er las den Namen falsch und wollte wissen, was darauf war. Meine Schwester forderte ihn heraus: »Legen Sie die Kassette doch auf, dann wissen Sie es.« Aber er warf die Kassette und noch ein paar weitere zu den Büchern in den Beutel. Nach knapp einer Stunde waren sie fertig, und ich war ihre Gefangene.

Zum Abschied schloß ich meine Schwester tief in die Arme und flüsterte ihr zu, sie solle auf alles gefaßt sein. Sie beschwor mich, auf jeden Fall und unter allen Umständen meine Würde zu wahren. Diesen Satz wiederholte ich in den folgenden Jahren immer wieder und schöpfte Kraft aus ihm. In der Gasse drehte ich mich um. Ob ich mein Heim, meine Schwester zum letzten Mal sah?

Ein kräftiger Mann mit Vollbart und einem finsteren Gesicht, offenbar der Anführer der Gruppe, öffnete die Autotür und herrschte mich an: »Kennst du die anderen da?« Ich schaute hinein und erstarrte vor Schreck: Mein Bruder, seine Frau Narges und einer unserer Verwandten saßen mit verbundenen Augen im Wagen. Ein Revolutionswächter saß ihnen gegenüber und hielt seine Waffe auf sie gerichtet, den Finger am Abzug. Was werden sie wohl mit ihm machen? Ich bangte um meinen Bruder. Die Stimme des Jägers ließ mich zusammenzucken: »Kennst du sie?«

»Werde ich gleich auf der Straße verhört?« fragte ich zurück. Seine Faust sauste mit voller Kraft auf meinen Kopf herab. Ich war sicher, daß sie die Identität meiner Angehörigen kannten, deshalb fragte ich: »Warum soll ich denn meinen eigenen Bruder und seine Frau nicht kennen?« Dann schoben sie mich in den Wagen hinein. Die Straßen waren still und wie ausgestorben. Der

Wagen raste davon. Was erwartete uns? Narges war gewiß voller Angst. Ich streckte meine vom Schleier bedeckte Hand aus und drückte ihre eisigen Finger. Durch die ineinandergelegten Hände empfanden wir die Bitterkeit der Situation stärker, beruhigten uns aber auch und gewannen ein wenig Mut.

Die Fahrt dauerte nicht sehr lange. Man legte uns Augenbinden an und holte uns aus dem Auto. Durch den unteren Rand der Augenbinde konnte ich die Umrisse eines alten Gebäudes erkennen. Später erfuhr ich, daß es das »Eshratabad-Komitee« war. In dem kurzen Augenblick, der uns blieb, flüsterte ich meinem Bruder zu, was mir wichtig war.

Narges und ich wurden von den anderen getrennt und durch einen alten Hof geführt. Vor einer Tür blieben wir stehen. Einer der Männer schellte. Eine Wärterin öffnete und nahm uns mit hinein. Wir wurden einer gründlichen Leibesvisitation unterzogen. Dann gaben sie uns einige alte, grobe Militärdecken und zeigten uns eine Ecke zum Schlafen. Wir nahmen die Augenbinden ab und sahen uns an. Narges' Blick war voller Angst und unendlicher Trauer. »Gut, daß wir zusammen sind«, sagte sie, und ich nickte. Die Wärterin befahl uns, den Mund zu halten. Wir legten uns hin und sahen uns schweigend an. Ich konnte nicht klar denken. Diese Nacht war verhängnisvoll und so anders als alle Nächte meines bisherigen Lebens. Das war das einzige, was ich dachte und fühlte.

Nach einiger Zeit fiel ich tatsächlich in einen tiefen Schlaf. Am nächsten Morgen weckte uns die Wärterin. Narges hatte überhaupt nicht geschlafen. Die Wärterin führte uns in ein Hinterzimmer, in dem bereits etwa fünfzehn Frauen saßen. Ihr Anblick ließ mich aufatmen. Der Raum war dunkel und feucht, die Wände mit Estrich gestrichen. Die Frauen saßen auf einer Art Zementbank, die mich an die öffentlichen Badehäuser meiner Kindheit erinnerte. Eine der Frauen ahnte meine Gedanken: »Es gibt nicht mehr genug Räume für alle Gefangenen. Deshalb benutzt man die Bäder als Unterkunft.«

Ich setzte mich zu ihnen. Die meisten waren noch sehr jung. Bald erfuhr ich, daß sie Schülerinnen waren. Drei von ihnen waren Gymnasiastinnen, die man bei der jährlichen Rückmeldung verhaftet hatte. Eine andere, die sechzehnjährige Akram, war während einer bewaffneten Auseinandersetzung zwischen den Volksmodjahedin und den Revolutionswächtern mit einem Molotowcocktail in der Hand gefaßt worden und rechnete fest mit ihrer Hinrichtung. Sie hielt Strickzeug in der Hand und erklärte: »Das gehört einer Wärterin. Damit kann ich mir die Zeit vertreiben. Aber ich mache extra Fehler und stricke so unregelmäßig, wie es nur geht.« Die Strickerei war wirklich schlecht gearbeitet.

Eine Studentin erzählte, daß sie wegen einer Demonstration an der Universität festgenommen worden sei. »Aber die Uni ist doch seit eineinhalb Jahren geschlossen?« fragte ich mit Erstaunen. »Ja«, sagte sie, »ich weiß. Wegen der damaligen Unruhen bin ich hier.«

Eine Frau mit auffällig gefärbten Haaren weckte meine Neugier. Akram deutete auf zwei Frauen und erklärte leise: »Diese beiden sind aufgeflogen, weil die Frau mit dem gefärbten Haar sie denunziert hat.« Alle drei saßen schweigend da. Auch später fiel mir auf, daß sie nicht gern redeten.

Von Akram erfuhr ich, daß der Aufenthalt in diesem Gefängnis nur vorübergehend sei. Nach ersten Verhören und der Zusammenstellung unserer Akten würden wir in das Evin-Gefängnis verlegt. Es kam äußerst selten vor, daß Gefangene von hier aus entlassen werden.

Die Wärterin kam: »Ihr könnt euer Frühstück abholen.« Zwei Frauen standen auf und brachten das Frühstück für alle: Brot, Schafskäse und eine Kanne Tee. Eine der Frauen verteilte den Käse und gab jeder von uns ein Stück mit Brot. Eine andere goß den Tee in die Kunststoffbecher. Es waren nicht genug Becher für alle da, also benutzten wir sie nacheinander.

Danach durften wir in den Waschraum, der sich ziemlich weit entfernt befand. Wir mußten uns verschleiern und eine Augenbinde anlegen. Narges und zwei andere Frauen besaßen keinen

Tschador. Dann mußten wir uns in einer Reihe hintereinander aufstellen. Jede hielt einen Zipfel vom Tschador oder Rock der vorderen Frau in der Hand, und so setzten wir uns in Bewegung.

Wir kamen an. Es gab einige Toiletten und eine lange Waschrinne mit mehreren Wasserhähnen, wie man sie aus Kasernen kennt. Auf dem Fußboden staute sich das nicht abgeflossene Wasser knöchelhoch. Ich raffte voller Ekel meinen Tschador hoch, damit er nicht in das dreckige Wasser fiel. Aber diejenigen, die schon länger festgehalten wurden, empfanden die dreimal pro Tag stattfindenden Toilettengänge als Ausflüge oder Spaziergänge, bei denen auch Informationen über die Verhöre ausgetauscht werden konnten.

Kaum waren wir wieder in unserem Raum angekommen, wurde ich zum Verhör aufgerufen. Mein ganzer Körper bebte. Ich wurde in eine Zelle im Raum mit dem Becken gebracht. Als erstes wollten sie den Grund für meine Verhaftung in der Schah-Zeit wissen. Dann fragten sie mich über einen Verwandten aus, der durch den SAWAK, den berüchtigten Geheimdienst des Schah, ermordet worden war. »Der SAWAK hat ihn umgebracht«, sagte ich.

»Aber nein. Er hat sich selbst umgebracht«, provozierte mich der Verhörsleiter. Ich ließ mich nicht kleinkriegen: »Ein Selbstmord konnte nicht bewiesen werden, und wenn schon, er stand unter schwerer Folter.« Er bestand darauf, daß mein Verwandter Selbstmord begangen hatte. »Was soll das«, fragte ich entrüstet, »soll hier der SAWAK reingewaschen werden?« Er herrschte mich an: »Geh jetzt, ich hole dich später wieder.« Er streckte mir einen Kugelschreiber entgegen, den ich am anderen Ende festhalten sollte. So konnte er mich zurückbringen, ohne mich dabei berühren zu müssen.

Zu Mittag gab es Reis mit Fleischsoße, ein typisches Essen für Trauertage. Man hatte es für alle auf ein Tablett gefüllt. Es gab weder Teller noch Besteck, also aßen wir es gemeinsam mit den Fingern vom Tablett. Als wir uns nach dem Essen auf dem Rückweg vom Waschraum befanden, erschien der Verhörsbeamte, riß mich aus der Gruppe heraus und brachte mich zum Verhör, wobei er mich fortwährend als Lügnerin titulierte. In der Zelle fragte er mich: »Dein letzter Abschluß?«

»Das Abitur«, antwortete ich. Dies sollte ich schriftlich festhalten und unterschreiben, was ich auch tat. Darauf schrie er mich an: »Du Lügnerin, hast du nicht an der Universität studiert?« Da wurde mir klar, daß die Universität Informationen weitergegeben hatte, also bejahte ich die Frage. »Und warum hast du dann gelogen?« wollte er wissen. »Aus Angst«, entgegnete ich. Auch diese Aussage mußte ich niederschreiben.

»Für diese erste Lüge bekommst du sechzig Stockhiebe auf die Handfläche«, bestimmte er eiskalt. Das ließ mich erzittern. Das Bild der Bestrafung mit dem Stock aus meiner Grundschulzeit stand vor mir. Ich mußte die Hand ausstrecken. Der erste Hieb entfachte ein loderndes Feuer in meiner Hand. Beim zweiten zog ich unwillkürlich die Hand zurück ...

Er rief eine Wärterin ins Zimmer, die meine Hand festhalten mußte. Zehn Schläge, und dann sagte er: »Ich verzeihe dir. Die restlichen Schläge erlasse ich dir.« Das Ganze kam mir wie ein übler Scherz vor. Ich besah meine Hand, die angeschwollen und von den Blutergüssen tiefschwarz war. Er instruierte die Wärterin: »Bring sie in den Kerker. Sie muß die ganze Nacht stehen und kriegt nichts zu essen.«

Der Kerker war ein winziger, einen Quadratmeter großer, fensterloser Raum ohne Licht. Als sich die Tür hinter mir schloß, herrschte absolute Finsternis. Einige Stunden, die mir wie eine Ewigkeit vorkamen, blieb ich stehen. Zwischendurch kam immer mal wieder ein Wärter vorbei, um nach mir zu sehen. Ich fühlte mich elend und setzte mich einfach hin. Kurze Zeit später sah der Wärter mich auf dem Boden sitzen und befahl mir, sofort aufzustehen. Ich konnte nur noch hervorstoßen: »Mir ist schlecht, ich kann nicht mehr.« Daraufhin ließ er mich in Ruhe, brachte mir sogar eine Decke und fragte mich, ob ich etwas zum Essen haben wolle. Ich verneinte, zog die Knie an und schlief ein.

Am Nachmittag des nächsten Tages wurde ich erneut zum

Verhör geholt. Der Untersuchungsbeamte veranstaltete ein Höllenspektakel, triumphierte mit »entdeckten Verstecken« und beschrieb lautstark und anschaulich, was mich alles erwartete. Es stellte sich heraus, daß bei einer erneuten Durchsuchung der Wohnung meines Bruders einige Schriften entdeckt worden waren. Er kramte ein Bild von mir hervor. »Kennst du diese Person? Das Bild habe ich in dem Versteck deines Bruder gefunden.« Das war natürlich erlogen. Es handelte sich um ein ganz normales Paßbild, das er aus einem Fotoalbum herausgenommen hatte. Immer wieder drohte er mir: »Ich schicke euch dahin, wo man aus euch wieder Menschen macht.«

Nach diesem Verhör wurden Narges und ich mit einem Auto an einen nahe gelegenen Ort gefahren. Später erfuhr ich, daß es die frühere Eshratabad-Garnison war. Das Gebäude bestand aus einem langen Flur und etwa dreißig Zellen, die ziemlich geräumig waren. Später wurde das Gebäude ausgebaut und um ein Vielfaches vergrößert. Ich wurde in eine Einzelzelle gesperrt. Es war Spätnachmittag. Ich fing an, auf und ab zu gehen. Ringsum war alles still. Ich summte ganz leise für mich die Internationale. Alles blieb ruhig. Ich sang lauter. Ein Gedanke jagte den anderen. Ich wollte schlafen, spürte aber den unwiderstehlichen Drang, weiterzusingen, doch dann durchschüttelte ein Weinkrampf meinen ganzen Körper. Ich versuchte trotzdem, still eine Ballade für mich zu singen, die in mir die schönsten und zärtlichsten Erinnerungen meines Lebens erweckte:

Die Leidenschaft durchzieht mein Herz heut' nacht.
Die Begeisterung erfüllt meinen Verstand heut' nacht,
Heut' nacht kuschle ich wieder hoch über den Wolken,
Heut' nacht kuschle ich wieder mit meinem Stern.

Erst jetzt, in dieser Zelle, begriff ich die ganze Härte des Schicksals. Ich weinte bitterlich, ohne eine Spur von Hoffnung oder Trost.

Abends, bei der Essensverteilung, sagte ich dem Wärter, daß ich mit einer Wärterin sprechen müsse. Er begriff sofort und brachte mir Watte.

Am dritten Tag wurde ich wieder zum Verhör gebracht. Entgegen meiner Erwartung war der Beamte dieses Mal höflich und formell. Er verteidigte die Islamische Republik und den Krieg gegen den Irak, gab mir aber Gelegenheit, meine Ansichten und meine Kritik vorzutragen. Doch zum Schluß drohte er, mich in das berüchtigte Evin-Gefängnis zu überweisen, wollte ich nicht endlich gestehen.

Am nächsten Morgen brachte man mich in eine andere Zelle, in der schon eine Frau saß. Wir freuten uns beide. Sie hatte etwas im Haus der Kriegsvertriebenen erledigen wollen, ohne zu wissen, daß sich die Volksmodjahedin darin verbarrikadiert hatten. Man hatte sie als Verdächtige festgenommen, und seitdem saß sie hier ein. Sie war religiös und las nach jeder Mahlzeit über eine Stunde lang im Koran. Beim Beten und Koranlesen verklärte sich ihr Gesicht, und sie vergaß alles um sich herum. Während sie inbrünstig betete, trieb ich Gymnastik.

Schon bald fühlten wir uns durch Vertrauen und eine innige Freundschaft verbunden. Dann erst erzählte sie mir ihre wahre Geschichte. In Wirklichkeit hieß sie Manije und hatte im Gefängnis eine falsche Identität angegeben. Sie gehörte den Volksmodjahedin an, die den Islamischen Sozialismus für den einzigen Weg der Befreiung halten. Sie war klug, flink und mutig und besuchte eigentlich eine obere Klasse des Gymnasiums. Ihre einzige Hoffnung bestand darin, das Vertrauen des Untersuchungsbeamten zu gewinnen.

Wir diskutierten heftig über die politische Situation. Voller Leidenschaft wartete sie auf den Tag, an dem die Islamische Republik untergehen würde. Sie war der Meinung, daß sich die Trauerveranstaltungen und Massenkundgebungen des herannahenden Trauermonats Moharram ausweiten könnten und sich dann zu einem landesweiten Aufstand gegen die jetzige Diktatur entwickeln würden. Im Moharram wird traditionell des Märtyrertodes des dritten Imam Hussain gedacht. Im Moharram 1978 hatten die Massenaufstände zum Sturz des Schah geführt. Sie meinte: »Das Volk wird das vergossene Blut seiner jungen Generation nicht hinnehmen.«

Diese Worte klangen zwar naiv, aber auch tröstend. Ich wünschte mit ganzer Kraft, daß sie recht behalten würde. Trotzdem hielt ich meine gegenteilige Überzeugung nicht zurück.

Sie erzählte, daß sie am Tag ihrer Verhaftung Augenzeugin eines Massakers war. Alle Anhänger ihrer Gruppe, die sich in dem Haus verschanzt hatten, waren dabei umgekommen. Diese Gruppierung ging davon aus, daß sich die Bevölkerung im Verlauf der bewaffneten Auseinandersetzungen ihnen anschließen würde. Deshalb hatten sie die ausdrückliche Anordnung, bis zum letzten Überlebenden weiterzumachen und auf gar keinen Fall den Rückzug anzutreten oder aufzugeben. Es war herzzerreißend und abgrundtief traurig, vom Verlauf dieses ungleichen Kampfes zu hören, in dem eine Partei ihre Mitglieder sinnlos opferte.

Tagsüber hörten wir von draußen Hämmern und Klopfen. Deshalb nahmen wir an, daß ein neues Gefängnisgebäude errichtet wurde. Dieser Gedanke war für mich ungeheuer schmerzhaft, offenbar gedachten die Machthaber sich dauerhaft einzurichten. Manije meinte lachend: »Warte nur, bald wird das Gefängnis seine Erbauer beherbergen!«

Eines Abends drangen vom Flur Foltergeräusche zu uns herüber. Wir konnten sie nicht einordnen, aber es war klar, daß das kein Verhör sein konnte, weil es ja im Flur stattfand. Vielleicht hatte die Gefangene irgendwie gegen die Bestimmungen verstoßen. Der Wärter schlug so brutal zu, daß er außer Atem kam und förmlich um Luft rang. Das jämmerliche Stöhnen der Gefolterten brachte jeden einzelnen Nerv meines Körpers zum Vibrieren, und das dumpfe Geräusch ihres Kopfes, der gegen die Wand schlug, ließ uns erzittern. Dann fiel ein Körper schwer zu Boden, und immer noch hagelten Faustschläge und Fußtritte auf ihn nieder. Über eine Viertelstunde mußten wir ohnmächtig zuhören.

Dieser Zustand, aus nächster Nähe einen einseitigen, unmenschlichen Vernichtungskampf zu erleben, ohne zu Hilfe eilen oder auch nur protestieren zu können, zerriß mir den Verstand.

Später war es wieder an der Zeit, zum Waschraum zu gehen. Sonst traten wir immer laut auf und riefen unsere Namen, damit die anderen und vielleicht sogar Bekannte aufmerksam wurden. An diesem Abend aber gingen wir gebeugt und leise.

Als wir in die Zelle zurückkamen, schlug Manije die Tür mit Wucht zu. Sofort kam ein erboster Wärter in unsere Zelle und schrie: »Warum knallt ihr die Tür?« Manije erklärte mit gebrochener Stimme: »Ich hatte die Hände voll und mußte die Tür mit dem Fuß zustoßen.« Der Wärter schimpfte und verschwand. Das war der einzige Protest, der uns noch blieb. Es verschaffte uns Befriedigung, daß der Wärter das auch verstanden hatte.

Hier muß ich der Gerechtigkeit halber von einem anderen Wärter erzählen. Er wurde Hassan Agha genannt. Allmorgendlich kam er, eine Karre vor sich herschiebend, durch den Flur. Auf seiner Karre transportierte er einen riesigen, scheppernden Teekessel, der eine angenehme Geräuschkulisse bildete und den wohltuenden Duft des Tees verbreitete. Er achtete auf die dringlichsten Bedürfnisse der Gefangenen, gab ihnen mehr Zucker, brachte heimlich Zigaretten mit, die allerdings nur während seiner Schicht geraucht werden konnten, weil Rauchen strikt untersagt war. Einmal baten wir ihn um eine Nagelschere und einen Kamm. Am nächsten Tag brachte er uns die Sachen von zu Hause mit. Er hatte Interesse daran, daß unsere Zellen sauber waren, und besorgte uns deshalb Besen und Schrubber. Wir wetteiferten darin, ihn morgens zu begrüßen. Er trug keine Uniform. Offenbar war er kein richtiger Wärter, sondern ein Arbeiter, der im Gefängnis eingesetzt war.

Durch eine Ritze in der Tür konnten wir auf den Flur blicken. Wenn die Insassen der anderen Zellen zum Waschraum geführt wurden, preßten wir nacheinander das Gesicht gegen die Tür. Ich konnte meinen Bruder sehen und seine Stimme deutlich heraushören, wenn er sich laut und geräuschvoll wusch. Immer trug er ein Handtuch über der Schulter. Ich hätte zu gern gewußt, wie er zu diesem Luxus gekommen war. Da ich wußte, wo seine Zelle lag, lauerte ich auf eine Gelegenheit, um ihm eine Nachricht zukommen zu lassen.

Auf das Deckblatt einer Zigarettenschachtel, die ich unter den Decken in unserer Zelle gefunden hatte, kritzelte ich mit einer Haarnadel einige Wörter. Ich beschrieb eine bestimmte Stelle unter der Waschrinne zwischen der Wand und dem Abflußrohr, an der man Mitteilungen verstecken konnte. Diesen Fetzen Papier führte ich immer mit mir herum, bis sich schließlich eine günstige Gelegenheit ergab. Als wir einmal zum Waschraum gingen, war der Wärter kurz mit etwas beschäftigt und konnte uns nicht beobachten. Ich warf mein Papier in die Zelle meines Bruders. Beim nächsten Toilettengang fand ich dasselbe Stück Papier mit seiner Nachricht im vereinbarten Versteck. Im Telegrammstil teilte er mir mit, daß seine Situation klar sei, gegen mich und Narges liege aber nichts Konkretes vor. Wir sollten unsere Angelegenheit von seiner trennen, so kämen wir wahrscheinlich heraus. Für diesen Fall bat er mich, seinen testamentarischen Willen zu erfüllen.

Einige Tage hielt ich das winzige Stück Papier bei mir, und ich hätte es bestimmt für immer behalten, wäre es nicht so gefährlich gewesen. Meine Vernunft siegte schließlich. Auch Narges teilte ich die Stelle des Verstecks mit. Aber bevor die beiden sich Nachrichten zukommen lassen konnten, wurden wir verlegt.

Später erzählte mir Narges, daß der freundliche Wärter Hassan Agha eine Zusammenkunft der beiden organisiert hatte, nachdem sie ihm versprochen hatten, ihn nicht zu verraten. Narges hat es auch tatsächlich niemandem außer mir erzählt.

Zehn Tage nach dem Kontakt zu meinem Bruder wurde ich eines Morgens aus der Zelle geholt. Ich sollte verlegt werden. Manije und ich verabschiedeten uns herzlich voneinander und hofften inständig auf ein Wiedersehen.

Tatsächlich sah ich sie nach drei Jahren wieder. Ich wünschte aber, daß das nie geschehen wäre, so hätte ich meine schönen Erinnerungen an sie behalten können. Manije war ein anderer Mensch geworden. Ihre Befriedigung bestand jetzt darin, ihre Mitgefangenen, die früheren Leidensgenossinnen, zu peinigen und auszuspionieren. Sie hatte ihre politische Überzeugung gewechselt und Reue geschworen. Was hatte man ihr alles angetan, bevor sie sich so gewendet hatte?

Der Reueschwur war wie eine unheilbare Krankheit. Manche Gefangene wurden durch den psychischen Druck und die physischen Schmerzen derart entkräftet und willenlos, daß sie zerbrachen. Sie unterlagen entweder tatsächlich der Gehirnwäsche oder sahen darin die Rettung aus der Misere: Sie revidierten ihre Meinung, widerriefen die frühere Überzeugung und gelobten, dem Islam zu dienen. Diese Männer und Frauen bezeichnet man als Tawab. Da sie Gefangene waren, wurden sie zuerst Zellenvorsteher, avancierten in weiteren Schritten zu Wärtern und später zu Folterknechten, Peinigern und Untersuchungsgehilfen. Logischerweise unterlagen sie dem Zwang, sich immer aufs neue zu bewähren, und deshalb verrichteten sie ihre Arbeit mit furchtbarer Härte und Brutalität.

Vor der Verlegung wurde ich fotografiert. Dann nahm man meine Fingerabdrücke ab, und ich mußte in einen wartenden Kleinbus steigen, in dem schon einige Männer und zwei Frauen saßen, wie ich mit verbundenen Augen und gefesselten Händen. Durch eine kleine Spalte in der Augenbinde konnte ich Narges und meinen Bruder erkennen. Der Verwandte, den man zusammen mit uns festgenommen hatte, war nicht dabei. Es hieß, er sei freigelassen worden, und ich freute mich riesig darüber.

An den Längsseiten des Busses saßen Wärter, die ihre Maschinengewehre auf uns gerichtet hielten. Die Autotür stand noch offen, und ich konnte die Stimme von Hassan Agha vernehmen, der einige neugierige Soldaten vertreiben wollte: »Warum steht ihr hier und glotzt? Das sind Menschen wie ihr.«

Die Tür wurde geschlossen, und los ging's. Nach einer ziemlich langen Strecke hielt der Wagen an, und wir stiegen aus. Wir mußten eine Reihe bilden und uns an dem jeweils vor uns Stehenden festhalten. Ich richtete es so ein, daß ich hinter meinem Bruder stand und mich an seinen grünen Pullover klammern konnte. Auf dem kurzen Weg vom Hof zum Gelände flüsterten wir einige abgerissene Sätze.

Er: »Sie bluffen viel, paß auf, und laß dich nicht austricksen.«

Ich: »Gut, das merke ich mir.«

Mich ließ das Gefühl nicht los, daß ich ihn zum letzten Mal sah und mit ihm sprach. Wie unter Zwang sagte ich ihm, was ich schon immer gefühlt, aber nie ausgesprochen hatte: »Du warst mein erster Lehrer und wirst für immer mein Lehrer sein.«

Das Evin-Gefängnis

Wir erreichten das Gelände, stiegen mehrere Stufen hinauf bis in die zweite Etage. Menschliche Schreie, das Geräusch der auf Fleisch niedersausenden Peitschen und das Stöhnen der Gequälten bildeten zusammen einen Horrortrip, ein alptraumhaftes, grauenvolles Konzert, das die Gänge erfüllte. Wir mußten uns vor einem Untersuchungszimmer auf den nackten, kalten Boden setzen.

Ich hob den Kopf etwas an und sah in der Ecke schräg gegenüber einen Mann auf dem Boden liegen. Er war beängstigend weiß im Gesicht. Kopf und Beine waren verbunden. Durch den Verband war das Blut gesickert. Seine Fußgelenke waren schwarz von den Blutergüssen. Eine Infusionsnadel steckte in seinem Arm. Hin und wieder hob er vorsichtig den Kopf und stöhnte kraftlos. Er wirkte unruhig und ängstlich. Aus dem gegenüberliegenden Zimmer drang das schneidende Geheul der Peitsche heraus, begleitet von den Schmerzensschreien eines Mannes sowie dem Schluchzen eines anderen, der immer wieder wimmerte, es sei genug, er könne nicht mehr. Aus dem Raum seitlich hinter mir ertönte die Stimme einer Frau: »Bindet mir die Hände los, ich bin durstig.«

Im Flur herrschte ein emsiges Treiben. Männer, alle mit Sportschuhen an den Füßen, kamen und gingen eilig. Ihre Schritte waren kaum zu hören. Grundlos schlugen sie mir im Vorbeigehen mit der Faust oder einem spitzen Gegenstand, wahrscheinlich einem Kugelschreiber, auf den Kopf. Aus einem etwas weiter entfernten Raum kam ein Wärter und schrie: »Das ganze Gekritzel ist Quatsch. Was glaubst du, wo du bist?« Aus jedem Raum drangen Geräusche des Schreckens und der Schmerzen.

Ich war wie erstarrt. Das Evin-Gefängnis war berüchtigt für seine Folter- und Terrormethoden. Aber diese Hölle sprengte jede Vorstellungskraft. Es war unfaßbar. Der Ruf des Muezzins zum Gebet erinnerte daran, daß es Mittag war. Der Mann, der ausgepeitscht wurde, schrie: »Aufhören, ich sage es. Ich sage alles.« Die Peitsche schwieg. Die gebrochene Stimme des Mannes nannte eine Adresse. Erschüttert legte ich den Kopf auf die angezogenen Knie. Ich hörte nichts mehr, vor mir tauchte ein Haus auf, ich hörte eine Türklingel und erlebte den Zusammenbruch des Gewohnten, Normalen und Liebgewonnenen zum zweiten Mal. Wie lange dieser Zustand andauerte, weiß ich nicht. Ein leichter Tritt in meinen Rücken riß mich in die Wirklichkeit zurück. Ich hob den Kopf und erblickte die Räder einer Karre. Es roch nach Essen.

»Steh auf und komm mit«, sagte ein alter Mann und führte mich in ein nahe gelegenes Zimmer. Entlang des Flures saßen Gefangene mit verbundenen Augen, die ihren Teller in der Hand hielten. Im Zimmer angekommen, schob ich meine Augenbinde zur Seite. Dicht gedrängt saßen hier Frauen und aßen zu dritt oder zu viert aus einer Schüssel. Zwei junge Frauen boten mir an, mit ihnen zu essen, aber ich verspürte keinen Hunger, setzte mich in eine Ecke und sah zu. Neben der Tür hockte eine etwa dreißigjährige Frau, die merkwürdig blau im Gesicht war. Sie aß auch nichts, war in ständiger Unruhe, biß sich auf die Lippen, drückte die Hände gegeneinander, rief Gott leise um Hilfe und murmelte unverständliche Worte. Ihre Beine waren bis zu den Knien verbunden, sie hatte offensichtlich große Schmerzen. Später freundeten wir uns an. Sie hieß Sepide.

Nirgends in dem Raum konnte ich Narges entdecken. Viele sehr junge Mädchen waren hier, die eine gräulich-fahle Gesichtsfarbe hatten und mit ängstlichen verstörten Augen unruhig ins Leere blickten. Nach einigen Minuten sagte eine der beiden Frauen, die mir das Essen angeboten hatten, laut: »Die Essenszeit ist vorbei, sammelt die Schüsseln ein, und legt die Augenbinden wieder an.« Es wurde still. Mal hauchte jemand vorsichtige Worte, dann ertönte sofort der Schrei von einer der beiden Frauen: »Haltet den Mund!«

Ab und zu trat ein Untersuchungsbeamter ein und rief eine Frau bei ihrem Vornamen heraus. Die Aufgerufenen gingen zaudernd. Am Nachmittag wurden mehrere Personen ausgerufen, die in die reguläre Abteilung verlegt werden sollten. Sie sprangen freudig auf und verabschiedeten sich leise von den anderen. Eine von ihnen kam mir bekannt vor. Ich rief sie. Auch sie erkannte mich. Sie war vor acht Jahren meine Schulkameradin gewesen. Wir lächelten uns an. Ich wünschte, ich würde zu dieser Gruppe gehören, aber ich wußte, daß das unmöglich war, solange meine Verhöre nicht abgeschlossen waren. Die Verhöre. Sie beherrschten meine Gedanken.

Ich fragte ein junges Mädchen, das bei mir saß: »Werden hier alle gefoltert?« Wie ein Papagei plapperte sie sofort los: »Hier wird keiner gefoltert. Das Wort heißt Züchtigung. Gezüchtigt werden auch nicht alle. Nur die, die lügen.« Von Zeit zu Zeit ertönten die Befehle »Augenbinde anlegen!« oder »Ruhe!«.

Unser Zimmer lag neben den Verhörräumen. Unaufhörlich hörten wir Schreie und Peitschenhiebe. Etwas später rief eine der beiden Frauen, die Tawabs waren, daß wir in den Waschraum gehen sollten. Wir reihten uns auf und schritten los. Einige, darunter auch Sepide, konnten nicht auf ihren Füßen stehen und krochen über den Boden. Der Waschraum befand sich auf der anderen Seite des Flurs: mehrere Toiletten, drei Duschen und einige Wasserhähne. Die Duschen waren denjenigen vorbehalten, die angeblich die religiösen Waschungen vornehmen wollten.

Im Waschraum nahmen wir die Augenbinden ab. Als ich auf eine freie Toilette wartete, schaute ich unwillkürlich in einen Spiegel über der Waschrinne. Zum ersten Mal seit meiner Verhaftung sah ich mein Spiegelbild und erschrak heftig: Meine Augen saßen tief in den Höhlen, die Haare waren wirr und verfilzt, das Gesicht hager. Die Erscheinung jagte mir große Angst ein.

Dann wurde eine Toilette frei. Sepide, auf Händen und Knien auf dem Boden kauernd, sah mich flehend an. Sie benötigte Hilfe. Ich faßte sie unter den Armen und half ihr, als sie sich mühsam zur Toilette zog. Unter enormer Anstrengung gelang es ihr, sich auf den Toilettensitz zu stützen und ihren Körper hochzuziehen. Ich zog ihr die Hose herunter und ließ sie allein. Nachher rief sie mich wieder, und ich half ihr heraus. Sie bedankte sich und erzählte mir, daß sie schon seit zehn Tagen in diesem Zustand war. Sie fühlte sich durch und durch schmutzig, weil sie durch den ganzen Dreck am Boden kriechen mußte und sich auch nicht richtig waschen konnte. Ich half ihr noch beim Händewaschen, dann verrichtete sie die rituelle Gebetswaschung und wimmerte verzweifelt: »O Gott, wie lange noch, wie lange noch?«

Auf dem Rückweg musterte ich die im Gang sitzenden Frauen und Männer auf der Suche nach Narges. Erfolglos. In der Nähe unserer Zelle erweckte die feste Stimme einer Frau meine Neugier und ließ mich den Kopf heben. Eine Frau, die einen gelben Parker und ein sandfarbenes Kopftuch trug, lehnte an der Wand, ihr gegenüber stand ein grimmiger, bärtiger Mann und fragte sie provozierend: »Du glaubst also nicht, daß Gott die Menschen erschaffen hat?« Sie zeigte ihm ihre Hände und argumentierte ruhig: »Diese Hände erschaffen den Menschen. Hände, die Werkzeuge schaffen.«

Wir mußten in unsere Zelle gehen, aber ich konnte die Stimme dieser Frau immer noch undeutlich hören. Durch das Gespräch bekam ich mit, daß es doch Leben und Wahrheit in dieser Hölle gab. Sie existierten durch Stärke und Widerstand.

Das Abendessen wurde um 18.00 Uhr verteilt. Als ich die Augenbinde abnahm, erkannte ich voller Freude und Aufregung, daß meine Schüsselgenossin die Frau mit dem gelben Parker war. Lächelnd begrüßten wir uns und stellten uns vor. Sie hieß Suzan Nikzad. Auch die junge Frau, die das Foltern als Züchtigung bezeichnet hatte, aß mit uns aus derselben Schüssel. Sie weinte und wollte ihren Namen nicht nennen. Suzan fragte mich: »Bist du heute festgenommen worden?«

»Nein«, sagte ich, »aber im Evin-Gefängnis bin ich seit heute.«

»Ah, deshalb bist du so blaß«, stellte Suzan fest. »Warte ab, du wirst dich bald daran gewöhnen«, sagte sie lachend. Dann wandte sie sich der weinenden Frau zu: »Warum heulst du? Dachtest du etwa, du würdest freudig empfangen und mit Zuckerbrot bewirtet? Wer A sagt, muß auch B sagen!«

Suzan war einmal in ihre Wohnung gebracht worden, wo sie zusammen mit einigen Wärtern 24 Stunden warten mußte. Man hoffte, daß einer ihrer Genossen anrufen oder auftauchen würde. Glücklicherweise ging die Rechnung nicht auf. Während der ganzen Zeit hatte sie heftig mit ihren Begleitern diskutiert.

Ihr Mut, ihre Offenherzigkeit und ihre geistige Kraft beeindruckten mich zutiefst. Wir wurden gute Freundinnen. Leider währte die Freundschaft nur kurz. Nein – nicht unsere Freundschaft. Ihr junges Leben währte nur kurz.

Suzan war dreißig Jahre alt, Krankenpflegerin von Beruf und Mitglied der Volksfedayin (Minderheit), die sich in eine Mehrheit und eine Minderheit gespaltet hatte. Suzan lebte allein. Eine ihrer Verabredungen war verraten worden. Sie wußte genau, wer diese preisgegeben hatte, sagte aber voller Verständnis: »Sicherlich ist er so schwer gefoltert worden, daß er es nicht mehr aushielt.«

Nach dem Essen legten wir wieder die verhaßte Augenbinde an. Als wir das nächste Mal auf dem Weg zum Waschraum waren, suchte ich wieder durch den schmalen Spalt in meiner Augenbinde den Flur ab, und dieses Mal wurde ich belohnt: Mein Bruder saß an eine Säule gelehnt am Boden. Ein bärtiger Mann mit einem Ordner in der Hand kam auf ihn zu, rief ihn mit seinem Namen und befahl ihm in formellem Ton, sich zu erheben. Neben diesem Mann, der wahrscheinlich ein Untersuchungsbeamter war, stand Assadallah Ladjevardi, der Gefängnisdirektor und Staatsanwalt der »Revolutionären Islamischen Gerichte«. Er war vor der Revolution Händler im Bazar von Teheran gewesen und als extremer religiöser Fanatiker und unerbittlicher Verfolger der Gegner der Islamischen Republik im ganzen Land bekannt. Bis 1984 war er mit allen Vollmachten ausgestattet und konnte willkürlich über Leben und Tod der Inhaftierten entscheiden, und bis heute ist er verantwortlich für alle Gefängnisse der Islamischen Republik.

»Kennen Sie Herrn Ladjevardi?« fragte der Untersuchungsbeamte.

»Ja, oberflächlich«, antwortete mein Bruder. »Damals, in der Schah-Zeit, waren wir aber nicht im selben Gefängnis. Er saß in Maschad und ich in Schiras.«

Dann forderte der Beamte meinen Bruder auf, ihnen zu folgen.

Wo geht er hin? Fängt sein Verhör an? Was werden sie mit ihm machen? Auf diese mich zermarternden Fragen sollte ich nie eine Antwort bekommen. Die ganze Zeit über tat ich so, als ob ich die Schuhe der Zellengenossinnen vor der Tür ordnen würde. Nun waren sie wirklich in Reih und Glied aufgestellt, und ich hatte keinen Vorwand mehr, um mich im Flur aufzuhalten. So ging ich in die Zelle, setzte mich in eine Ecke, stützte den Kopf auf die Knie und dachte über die Ereignisse des Tages nach. Als ich so in tiefe Gedanken und Verwirrung versunken dasaß, merkte ich auf einmal, daß es vollkommen dunkel geworden war. Ich schob die Augenbinde hoch. Tatsächlich, es herrschte totale Finsternis.

Plötzlich ertönten Stimmen im Chor, wie ein Urschrei, und verbreiteten Angst und Schrecken: »Gott ist groß. Khomeini ist der Führer!« Eine große Anzahl von Revolutionswächtern stürmte über den Flur, stampfte mit den Füßen auf den Boden und schrie unentwegt Parolen: »Tod den Kommunisten!« (gemeint waren alle Linken) oder: »Eine einzige Partei, die Hisbollah, ein einziger Führer, Ruhollah!« oder: »Hängt die bewaffneten Heuchler! Tod den Heuchlern!« Heuchler – das waren die, die unter dem Mantel der Religion Gott und den Islam verleugneten. Sie erkannten sie nicht als echte Moslems an, weil sie einen Islamischen Sozialismus als Programm hatten.

Das ganze Gebäude erbebte von diesem Getrampel und Geschrei. Da fiel mir ein, daß an diesem Tag der Monat Moharram anfing. Jedes Jahr führten die Schiiten auf den Straßen und Dächern dieses Theater auf, aber hier im Gefängnis war man ihnen schutzlos ausgeliefert. Ich rechnete jeden Moment damit, daß sie in die Zellen stürzten und die Gefangenen massakrierten. Voller Angst dachte ich an die Menschen, die draußen im Flur saßen.

Wurden sie in der Dunkelheit zertrampelt? Wo waren Narges und mein Bruder? Woher kam die riesige Horde von Fanatikern? Gehörten etwa so viele Revolutionswächter und Wärter zum Evin-Gefängnis? Erst nach ungefähr dreißig Minuten zogen sie trampelnd und brüllend ab. Vom Hof her drang ihr Getöse immer noch zu uns, es wurde aber leiser, je weiter sie sich von uns entfernten. Den Schrecken sollten die Gefangenen in den anderen Gebäuden wohl auch noch erleben.

Am nächsten Morgen entdeckte ich Narges in einer Ecke der Zelle. Ich hustete, sie bemerkte mich, und wir lächelten beide vor Freude über unser Wiedersehen. Dann setzten wir uns ganz eng zueinander. Narges hatte man nachts zu uns gebracht.

Ein Tag nach dem anderen verging. Ich wartete auf mein Verhör. In dieser Zeit aß ich kaum etwas, weil ich gehört hatte, daß eine schwache körperliche Konstitution eine schnelle Bewußtlosigkeit bei der Folter herbeiführen würde. Schlafen konnte ich ohnehin kaum. Die Nächte hindurch wurden die Peitschen nicht aus der Hand gegeben. Eine ganze Nacht lang gellten ununterbrochen die Schreie einer Frau durch die Zellen. Am Morgen darauf brachte man sie zu uns. Ihre Füße und Beine waren bis auf die Knochen zerfetzt.

Damals gab es nur einen Arzt im Gefängnis, Dr. Shaykhul-Islam, bekannt als Dr. Shaykh. In der Schah-Zeit war er Gesundheitsminister gewesen. Er mußte nun unzählige Gefolterte und Angeschossene ganz alleine behandeln, durfte keine eigenen Entscheidungen treffen und nur diejenigen operieren, die nicht zum Tode verurteilt waren. Bei den Hinrichtungskandidaten mußte er sich mit einem einfachen Verband begnügen. Oft erlagen die Verurteilten noch vor der Erschießung ihren vereiterten Wunden und schweren, qualvollen Infektionen. Gerade in diesen Tagen wurden wir Zeuginnen eines solchen Falles: Ein junger Mann namens Massud war wegen Beziehungen zur Gruppe Paykar, einer marxistisch-leninistischen Abspaltung der Volksmodjahedin, festgenommen worden. Wir wußten nicht, seit wann er unter

Folter stand. Täglich wurde er auf der Pritsche ausgepeitscht und lag dann halb ohnmächtig an der Wand im Gang. Eines Tages fand man ihn tot im Flur.

In dieser Zeit verrichtete Hadj Agha, der Vater von Muhammad Katshoui, dem ehemaligen Leiter des Evin-Gefängnisses, verschiedene Dienstleistungen im Gefängnis; unter anderem begleitete er die Gefangenen innerhalb der Gefängnismauern. Muhammad Katshoui war im Juni 1981 während einer Schauhinrichtung von Gefangenen durch die Schüsse eines Revolutionswächters, der offenbar den Volksmodjahedin nahestand, getötet worden. Auch der kleine Sohn von Muhammad Katshoui, der damals ungefähr sechs oder sieben Jahre alt war, hielt sich im Gefängnis auf und führte manchmal leichte Aufgaben aus, zum Beispiel brachte er den Gefangenen Wasser. Ich konnte nicht verstehen, wie man zulassen konnte, daß so ein junges Kind Augenzeuge all dieser Brutalitäten wurde. Was fühlte dieses Kind dabei? Vielleicht dachten sie in ihrem krankhaften Fanatismus, daß diese Erfahrungen eine gute Erziehungsmethode wären.

Onkel Djalil war ein Wärter, der sich etwas freundlicher verhielt. Er gehörte zur Truppe der Bodyguards von Ladjevardi und kam später bei einem Attentat ums Leben. Bei Schmerzen versorgte er uns mit Tabletten, und manchmal teilte er uns auch aktuelle Nachrichten mit. Einmal sagte er spöttisch: »Eure geistige Führerin befindet sich in unserer Gewalt. Seht ihr, eure Mutter hat den Widerstand endlich aufgegeben.« Wir begriffen, daß Frau Massume Shadmani verhaftet worden war. Sie war bereits während des Schah-Regimes inhaftiert und schwer gefoltert worden. Daher galt sie als Symbolfigur des Widerstands. Ich wünschte mir sehr, sie zu sehen, aber niemand im Gefängnis hat sie zu Gesicht bekommen. Im Dezember jenes Jahres wurde sie hingerichtet. Mit ihr zusammen wurden Mehdi Bokharai und Mokaram Dust umgebracht. Wir hörten, daß sie zuvor unglaublicher Folter ausgesetzt waren. Frau Shadmani hatte einen Selbstmordversuch unternommen, war aber gerettet worden.

Das Verhör

Fünf lange Tage dauerte das Warten auf mein Verhör. An einem Sonntag wurde ich schließlich abgeholt. Einen Tag zuvor war Narges verhört und danach in eine allgemeine Abteilung verlegt worden.

Gleich nach Betreten des Verhörraumes wurde ich zu einem Tisch geschoben, und man nahm meine Personalien auf. Währenddessen bekam ich von einem Mann, der hinter mir stand, Schläge auf den Kopf und auf den Rücken. »Warum schlagen Sie mich, ich beantworte doch Ihre Fragen«, protestierte ich.

»Damit du nicht vergißt, wo du bist«, lautete die Antwort. Welch eine Antwort! Wie könnte ich je vergessen, was ich in den letzten Tagen gesehen und gehört hatte? Wie könnte ich je vergessen, in welcher Hölle ich mich befand?

Ich wurde mit dem Gesicht zur Wand auf einen Stuhl gefesselt und bekam ein Blatt Papier, auf dem oben die Worte standen: »Ihre Identität ist uns bekannt. Schildern Sie Ihre Aktivitäten ausführlich und lückenlos.« Ich begann zu schreiben, während ich zwischendurch mit dem Stock auf den Kopf und den Rücken geschlagen wurde.

Es waren noch andere Menschen im Raum, die verhört wurden. Einer von ihnen war ein sehr junger, total eingeschüchterter Schüler. Er heulte und berichtete über die Aktivitäten in seiner Schulzeit. Wiederholt versicherten sie ihm, daß ihm nichts geschehe, wenn er alles gestehen würde. Trotzdem wurde auch er zwischendurch mit Stockhieben in seiner Erzählung unterbrochen.

»Die Zeitung gehörte meinem Bruder«, gestand eine junge weibliche Stimme in einer anderen Ecke des Raumes. »Und wo ist er jetzt?« fragte man sie herausfordernd. »Ich weiß es nicht, bestimmt nicht«, antwortete das Mädchen voller Angst. »In der

Wohnung fanden wir unter anderem eine Flasche Wein«, stellte man sie jetzt zur Rede. »Wem gehört die denn?«

»Meinem Bruder«, antwortete sie müde.

Als ich mit dem Schreiben fertig war, legte ich den Kugelschreiber aus der Hand. Jemand nahm das Blatt vom Tisch. Nach einer kurzen Zeit, in der meine Angaben gelesen wurden, hagelten Stock- und Faustschläge auf mich nieder. Vor Schmerzen sprang ich unwillkürlich auf. Ich schrie und rief nach meiner Mutter. Erst nach einer Ewigkeit hörten die Schläge auf. Ich sollte draußen warten. Weil ich nicht mehr stehen konnte, setzte ich mich im Flur auf den Boden neben der Tür. Ich zwang mich, den Geräuschen und Worten aus dem Raum zuzuhören und sie zu verstehen, um mich so von den Schmerzen am Kopf und an den Schultern abzulenken.

»Bindet mich los!« schrie eine Frau mit belegter Stimme. »Ihr wollt doch meinen Mann. Ich sage euch, wo er ist.« Ich konnte mir den begierigen Ausdruck auf den Gesichtern der Folterknechte vorstellen, als sie herablassend sagten: »Siehst du, jetzt hast du doch noch Vernunft angenommen.« Dann hörte ich ein Geräusch wie klirrendes Metall, wahrscheinlich banden sie ihr die Ketten los. »Ganz bestimmt kommt er, um unser Kind abzuholen«, sagte sie leise. »Ihr wart doch aktiv«, bemerkte der Untersuchungsbeamte, »was wolltet ihr denn mit einem Kind?«

»Ich wollte ja auch keins«, sagte die Frau, »aber er bestand darauf und überzeugte mich. Bringt mich zum Haus meines Bruders und wartet da auf ihn. Dort wird er bestimmt wegen des Kindes auftauchen.« Später erfuhr ich, daß die Revolutionswächter und die Frau, die zahlreiche Verletzungen, Wunden und Striemen an Händen und Beinen hatte, dort tagelang ergebnislos auf den Ehemann gewartet hatten.

Nach einer Stunde brachten sie mich wieder in das Zimmer, in dem sich jetzt keine anderen Gefangenen mehr befanden. Derselbe Stuhl. Ich sollte einen Arm nach hinten über die Schulter strecken, so daß die Hand zwischen den Schulterblättern lag. Mit dem anderen Arm mußte ich von unten die auf dem Rücken liegende Hand fassen. Die Fingerspitzen der beiden Hände berührten sich leicht. Ich fühlte starke Schmerzen an den Armkugeln. Das reichte ihnen aber noch nicht; meine Hände sollten kreuzweise aufeinanderliegen. So weit konnte ich meine Arme nicht dehnen, also drückte sie der Folterknecht mit Gewalt gegeneinander und band meine Hände zusammen. Dann nahm er mir die Uhr ab. Ein wahnsinniger Schmerz durchzuckte meine Arme.

Diese Foltermethode, die Ghapan genannt wird, kannte ich schon vom Hörensagen. Bald erreichte der Schmerz die anderen Teile meines Körpers, und ich fühlte mich so, als ob alle meine Muskeln und Sehnen nacheinander zerrissen. Ich dachte, die Zeit sei stehengeblieben. Schweiß bedeckte allmählich meinen ganzen Körper. Hin und wieder schlug der Folterknecht leicht gegen meine Hand. Diese Schläge brachten meinen ganzen Körper zum Erzittern. Mein ganzes Nervensystem schien unter Amboßschläge geraten zu sein. Nach einiger Zeit hob er mich vom Stuhl und deutete auf einen anderen Stuhl, der mit der Lehne zur Wand stand. Ich saß also mit dem Gesicht zur Mitte des Raumes, konnte den Folterknecht nicht ausmachen, nahm aber an, daß er sich seitlich von mir befand und mich beobachtete. Mein ganzer Körper war ein einziger Schmerz. Ich konnte keinen Unterschied mehr im Schmerzpegel der einzelnen Glieder und Muskeln ausmachen. So zusammengebunden und angekettet saß ich stundenlang. Nur wir beide waren im Zimmer, manchmal kamen einzelne »Untersuchungsbeamte«, oder was sie auch waren, herein und gingen wieder. Mein Inneres brannte, ich war durstig und verlangte nach Wasser.

»Natürlich, zu Befehl. Gleich setze ich dir den Aftabe an den Mund.« Der Aftabe ist ein Wasserkrug, der zur Reinigung des Afters nach dem Stuhlgang benutzt wird. Die bloße Vorstellung erzeugte einen Ekel in mir. In diesem Moment trat jemand ein. Der Folterknecht begrüßte ihn mit demütiger Ehrerbietung. Er kam in meine unmittelbare Nähe. Durch die Augenbinde konnte ich erkennen, daß er die Kleidung eines Mullas trug. »Wer ist das?« fragte er. »Das ist die, deren Bruder gestern abend unser Gast war«, gab der Verhörer unterwürfig zur Antwort.

Es war klar. Mein Bruder war durch denselben Mann einen Tag zuvor gefoltert worden. Später erfuhr ich, daß er Hadi Ghafari heißt. »Sag, wo du die Waffen versteckt hast. Dann werden dir deine Hände losgemacht«, sagte der Mulla zu mir. »Sie kennen meine Akte wohl noch nicht. Was für Waffen denn?« fragte ich sarkastisch lachend zurück. »Solange du nicht gestanden hast, wirst du in dieser Stellung bleiben müssen«, bestimmte er und verließ das Zimmer.

Kaum war er draußen, prasselten Peitschenhiebe auf meine Arme und Hände, während der Folterknecht aufgebracht rief: »Du Schlampe, du lachst in Anwesenheit des Hadji? Hast du denn überhaupt kein Schamgefühl?« Ich weiß nicht, wie lange wir so dasaßen. Ab und zu stellte er eine Frage. Einmal wollte er wissen, ob ich zum Interview bereit sei. Ich erwiderte: »Ich bin doch ein ganz kleiner Fisch.« Daraufhin zerrte er mich vom Stuhl und legte mich bäuchlings auf den Boden. Ein anderer, der hereingerufen wurde, setzte sich mit seinem ganzen Gewicht auf meine gefesselten Arme. Dieser Schmerz war so unvorstellbar, daß alles Vorherige verblaßte. Ich bekam einen dreckigen, stinkenden Lappen in den Mund gesteckt, und dann prasselten Peitschenhiebe auf meine Beine nieder. Mein Körper bäumte sich bei jedem Schlag auf, und die Beine zuckten hoch. Aus meiner Kehle drangen die röchelnden Laute des gequälten, vom Lappen unterdrückten Schreis. Durch das gehetzte Atmen fiel der Stoffetzen aus dem Mund heraus, und meine Schreie schrillten durch die Luft. Jemand warf mir eine Decke über den Kopf. Der Mann, der auf meinen gefesselten Armen saß, hielt mir Nase und Mund zu. Ich fühlte explosionsartiges Auseinanderbersten der Lungen und des Herzens und geriet in Panik. Mir war, als würde ich ersticken. Unkontrolliert, in Todesängsten versuchte alles in mir, den Mund frei zu bekommen. Dann verlor ich das Bewußtsein.

Als ich wieder zu mir kam, war mein Körper frei. Die Decke war weg, und der Mann saß nicht mehr auf mir. Wie im Rausch hörte ich aus weiter Ferne eine Stimme: »Bedecke dich, du schamlose Schlampe! Hast du kein Gefühl für Anstand und Moral?« Ich wollte meine Hände bewegen, das konnte ich aber nicht, denn sie waren immer noch gefesselt. Der Folterknecht befreite meine Hände, die sofort wie zwei schwere Bleiklumpen auf den Boden fielen. Der erste kraftlose Versuch, sie zu bewegen, mißlang vollkommen. Er schrie wieder: »Du sollst dich bedecken!«

Ich weiß nicht, wie oft ich es versucht habe, bis es mir endlich gelang, den Tschador über den Kopf zu ziehen und die verrutschte Augenbinde in Ordnung zu bringen. Danach wurde ich in den Flur gesetzt. Ich konnte nicht sitzen bleiben und fiel auf die Seite. Nach einigen Minuten kam der Folterknecht, und ich sah zum ersten Mal sein jugendliches Gesicht. Er konnte nicht älter als zwanzig Jahre alt sein.

»Steh auf und marschiere auf und ab!« befahl er mir. »Ich kann nicht«, erwiderte ich, nachdem ich bemerkt hatte, daß ich keine Kontrolle über meine Glieder besaß. »Wenn du willst, daß deine Schwellungen abklingen, mußt du tun, was ich sage«, erklärte er mir. Mit letzter Kraft erwiderte ich: »Ja, sicher, aber ich kann wirklich nicht. Morgen werde ich es bestimmt tun.«

Ich wurde in den Frauenraum geschickt. Beim Zelleneingang reichte er mir ein Glas Wasser und sagte: »Morgen werde ich dich wieder holen. Dann kannst du sagen, was du zu sagen hast.« Ich dachte, morgen ist morgen. Jetzt werde ich nicht ausgepeitscht, nur das zählt.

Im Zimmer schliefen alle, und es gab keinen freien Platz für mich. Onkel Djalil stand dort und sprach leise mit den beiden Tawabs. Eine von ihnen wollte einen Platz für mich freimachen, als ich erneut das Bewußtsein verlor. Ich kam erst wieder zu mir, als mich jemand kräftig schüttelte. »Hier kannst du nicht schlafen«, bestimmte die Tawab scharf und wies mir einen anderen Platz zu. Alle meine Glieder brannten und schmerzten. Das war so unerträglich, daß ich Onkel Djalil um eine Schmerztablette anflehte. Aus seiner Tasche kramte er eine Pille hervor. Ein einziger Wunsch erfüllte mich: nach Liebe und Fürsorge der Menschen, die mir nahestanden. Ein unendliches Gefühl von Trauer und Einsamkeit ergriff Besitz von mir, ich wurde fast ohnmächtig und schlief ein.

Am nächsten Morgen hörte ich meinen Namen und schreckte sofort aus dem Schlaf. Ein heftiges Beben erschütterte meinen Körper. Noch einmal von vorn? Ich gab keine Antwort.

»Warten Sie, ich schicke sie sofort zu Ihnen«, mischte sich die Tawab dienstfertig ein. »Nein, ich brauche sie nicht«, unterbrach sie der Untersuchungsbeamte. »Ich wollte ihr nur die Armbanduhr zurückgeben.«

Erleichtert atmete ich tief durch. Also jetzt nicht! Ich erinnerte mich, daß sie mir die Uhr abgenommen hatten, als meine Hände zusammengebunden wurden. Suzan hatte meinen Namen gehört und so erfahren, wo ich mich befand. Sie suchte mich mit verborgenen Augen, und als sie mich fand, lächelten wir uns tapfer an. Sie war besorgt: »Du hast doch nichts gesagt?«

»Was soll ich schon sagen? Ich habe nichts zu sagen«, erwiderte ich lachend. Sie betrachtete meine Beine. Es war ein wunderschöner Moment, für Sekunden vergaß ich alle Müdigkeit und Schmerzen. Ich spürte, daß etwas um meinen Hals lag, und tastete danach. Meine Finger befühlten etwas Hartflauschiges, wie alten Frottierstoff. Die grausige Erinnerung holte mich wieder ein. Es handelte sich um ein altes, dreckverkrustetes Handtuch. Ich hatte kein Handtuch zum Abtrocknen. Wenn ich es wasche, kann es mir sehr nützlich sein, dachte ich für mich.

Am Nachmittag wurden die Namen der Frauen vorgelesen, die in die allgemeine Abteilung verlegt werden sollten. Auch mein Name war darunter. Ich freute mich sehr, denn ich wußte, daß das Gefängnisleben dort vergleichsweise erträglich war. Mühsam stand ich auf. Meine Schuhe paßten nicht, weil die Füße stark geschwollen waren, also nahm ich sie in die Hand.

Golnar sollte mit mir verlegt werden. Ihre Beine waren bandagiert. Seit einer Woche war sie im Gefängnis und fast ununterbrochen beim Verhör. Die ganze Woche hatte sie ihre Personalien nicht preisgegeben, damit ihr Mann genug Zeit hatte, um unterzutauchen. Als sie nach einer Woche ihre Adresse bekanntgab, war ihr Mann bereits verschwunden. Ich bewunderte ihre Stärke. Leise flüsternd nahm ich sie unter den Arm und half ihr.

Auf dem Hof war es herbstlich kühl. Die leichte Brise tat mir gut. Der Weg stieg leicht an und bereitete uns daher große Mühe. Dann erklommen wir einige Stufen und betraten ein Gebäude. Es roch nach Desinfektionsmittel und Alkohol. Offensichtlich befanden wir uns auf der Krankenstation des Gefängnisses.

Wir standen einer unglaublichen Szene von Härte und Hilflosigkeit gegenüber: Überall, auf dem Boden, den Pritschen, Betten und Tragen, lagen schwer gefolterte Gefangene mit Augenbinden, ihre Beine und oft auch die Arme in blutdurchtränkten Bandagen, einige hielten Infusionsflaschen in der Hand.

Golnar deutete auf einen liegenden Mann. Sein Gesicht war klar, und der Mund stand weit offen. Es war nicht erkennbar, ob er noch lebte oder ob er schon tot war. Ein gerade an uns vorbeigehender Wärter schlug Golnar hart auf den Kopf und sagte: »Gib keine Linie!« Linie geben bedeutet, zu politisch Gleichgesinnten im Gefängnis durch bestimmte Worte oder Signale Kontakt aufzunehmen. Freundschaft und gute Beziehungen unter Gefangenen wurden als Straftat angesehen.

Die Treppen bereiteten uns große Probleme. Golnar war noch schlimmer dran als ich, denn ihre beiden Beine waren schwer verletzt. Wir hielten uns am Treppengeländer und zogen uns mühsam hinauf. Die Vorfreude auf den Gemeinschaftstrakt trieb uns vorwärts. Wir passierten einige Durchgangszimmer und blieben schließlich vor einer verschlossenen Tür stehen.

Hadj Agha Katshoui klingelte, woraufhin eine Frau öffnete, ohne ihr Gesicht zu zeigen. Hadj Agha überreichte ihr einige Dokumente, und sie ließ uns hinein.

Der Gemeinschaftstrakt

Golnar und ich wurden in die erste Zelle eingewiesen. Aufgeregt und voller Erwartung betrat ich den Raum und blieb erschrocken stehen: Nach dem ersten Blick auf die Gesichter der Gefangenen glaubte ich, mich in einer Zelle mit nichtpolitischen Gefangenen zu befinden. Niedergeschlagen setzte ich mich in eine Ecke. Fast alle der Gefangenen waren ältere Frauen. Bald erfuhr ich auch, daß den meisten wirtschaftliche Straftaten zur Last gelegt wurden. Einige dagegen waren aus politischen Gründen verhaftet worden.

Eine Frau fiel mir sofort auf. Sie war etwa vierzig Jahre alt, hatte blondgefärbte, dauergewellte Haare, die am Ansatz dunkel nachwuchsen und bis zur Taille reichten. Sie sah Golnar und mich mit giftigen, feindseligen Blicken an, stand plötzlich auf, kam zu uns und fing an zu schimpfen. Sie redete wirres, zusammenhangloses Zeug, und es war nicht festzustellen, ob sie uns meinte oder jemand anders. Dennoch fühlten wir uns durch ihr Verhalten irritiert. Die anderen Frauen gaben uns durch Gestik und Mimik zu verstehen, daß sie nicht alle Sinne beisammen habe. Dann drehte sich die arme Frau um, schaute das unvermeidliche Khomeini-Bild an der Wand an, hob den Zeigefinger und schimpfte weiter. Jetzt verstanden wir endlich, warum sie so aufgebracht war: Der Anblick unserer Beine hatte sie in Rage gebracht. Sie hatte nicht uns beschimpft, sondern die Verursacher unserer Leiden.

Ich bemerkte die offene Tür und erfuhr, daß wir die Zelle ungehindert verlassen konnten. Selig vor Freude humpelte ich auf den Flur, auf dem es vor Gefangenen nur so wimmelte. Die meisten waren noch sehr jung. Die wenigen älteren Frauen weckten meine Erinnerung an meine Mutter. Fast alle begrüßten mich freundlich lächelnd. Die Art, wie man hier miteinander umging, ließ mich darauf schließen, daß die meisten politische Gefangene waren. Ich atmete erleichtert auf.

Vor den Toiletten bildete sich immer eine lange Warteschlange. Eine Frau sagte mit Blick auf meine Beine mitfühlend: »Du mußt dich nicht hinten anstellen, die Verletzten werden hier selbstverständlich vorgelassen.« Ich hatte es aber gar nicht so eilig und wollte mir lieber die Mitgefangenen ansehen, also stellte ich mich hinten an. Bald entdeckte ich tatsächlich ein bekanntes Gesicht: Es war Shohre Modir-Shanetshi, die ich seit Jahren aus den Augen verloren hatte. Sie war Mitglied der Organisation Rah-e Kargar (Revolutionäre Arbeiterbewegung). Ich freute mich zu sehen, daß sie am Leben war, und umarmte sie stürmisch. Körperlich hatte sie sich nicht verändert, sie war immer noch geschmeidig und schmal. Trotz ihres selbstgestrickten, gelben Pullovers schien sie vor Kälte zu zittern. Von ihr erfuhr ich, daß auch Narges hier war. Ich bat die in der Warteschlange hinter mir stehende Frau, mir meinen Platz zu bewahren, und ging zusammen mit Shohre auf die Suche nach Narges. In einer Zelle am Ende des Ganges fand ich sie. Glücklich umarmten und küßten wir uns.

Dann ging ich wieder in die Toilettenschlange zurück, die schon vorangerückt war. Der Waschraum war ziemlich klein und bestand aus zwei Toiletten, einem Waschbecken und einer Spüle.

Ich befand mich im alten Trakt 240, dem ehemaligen Sanatorium, das seit einem Jahr als Frauengefängnis benutzt wurde. In den beiden ersten Zellen waren die Schah-Treuen und die Wirtschaftskriminellen untergebracht, die anderen Zellen waren für die politischen Gefangenen vorgesehen, die mehrheitlich erst in den letzten Monaten verhaftet worden waren. In meiner Zelle saßen außer mir: die Gattin eines früheren Ministers, die beschuldigt wurde, für den Fernsehsender CBS spioniert zu haben. Sie selbst erzählte, daß sie als Reporterin für den CBS gearbeitet habe. Auch ihr Studium hatte sie in den USA absolviert. Sie war eine echte Bourgeoise, aber in ihrer ruhigen, höflichen Art beteiligte sie sich unauffällig und ohne Protest an den Gemeinschaftsarbeiten der Zelle.

Dann war da noch die Frau eines früher einflußreichen Politikers, die eine Fabrik im Norden des Landes besaß. Die Arbeiter der Fabrik hatten Anklage gegen sie erhoben. Dabei ging es angeblich um finanzielle Forderungen der Arbeiter. Sie mochte uns nicht und zeigte das bei jeder Gelegenheit. Durch ihre dauernden Sonderwünsche machte sie uns das Leben schwer. Ihr Haß galt den politischen Gefangenen, die sie für ihr Unglück verantwortlich machte. Keine Minute ließ sie uns vergessen, daß sie einer sehr viel höheren Klasse angehörte.

Einer dritten Frau wurde die Zusammenarbeit mit dem berüchtigten Geheimdienst des Schah, dem SAWAK, vorgeworfen. Es hieß, sie sei die erste Frau gewesen, die aktiv dem SAWAK angehört hatte. Ihr Sohn und ihr Bruder waren einflußreiche Bazari (der Bazar ist der größte Handelsplatz und Geldzirkulationsbereich im Iran, hier schlägt der ökonomische Puls des Landes). Sie waren Anhänger der Hisbollah (Partei Gottes, gegründet von Khomeini). Ihr Sohn war von den Volksmodjahedin ermordet worden. Um an seiner Beerdigung teilnehmen zu können, hatte sie eine Sondererlaubnis bekommen. Sie behauptete, daß ihr Sohn ein sehr enger Freund und Vertrauter von Ladjevardi war. Tatsächlich wurde sie sehr bald entlassen.

Die vierte Frau war eine Großgrundbesitzerin, und dementsprechend benahm sie sich auch. Ich erfuhr nie, warum sie im Gefängnis saß.

Die fünfte war eine Frau mittleren Alters. Ihr wurde die Kooperation mit einer der Gruppen vorgeworfen, die einen Militärputsch geplant hatten. Sie war kultiviert, gebildet und kam mit den politischen Gefangenen sehr gut aus, die sie ihrerseits voll akzeptierten. Da sie der Traktverwaltung bei Dienstleistungen behilflich war, bekam sie Informationen über uns mit, die sie uns dann weitergab.

Robbabe, die sechste Frau, war verrückt. Mal hielt sie sich für eine Deutsche, mal behauptete sie, daß sie aus der Provinz Gilan im Norden des Landes stamme. Einmal erzählte sie mir, sie wäre im fünften Monat schwanger, hätte aber einen Apparat in ihrer Gebärmutter installiert, mit dessen Hilfe sie das Wachstum des Fötus beliebig lange hinauszögern könnte. Unserer Skepsis begegnete sie mit der Äußerung, daß die Mehrheit der deutschen Frauen diese Methode während der Schwangerschaft anwendeten. Manchmal sagte sie auch, ihr Bruder sei der Vater des ungeborenen Kindes. Immer wieder klopfte sie mit der Faust auf den Boden, hielt sich die Hand vor den Mund, als ob sie einen Telefonhörer in der Hand hielte, und sprach in einer unbekannten, wahrscheinlich erdachten Sprache mit einem imaginären Partner.

Von den restlichen fünf Gemeinschaftszellen waren vier für die Volksmodjahedin und die geräumigste für die Linken vorgesehen. Zum Trakt gehörte auch ein kleiner Innenhof, der tagsüber zugänglich war. Hinter dem Hof lag die Gefängnisküche. Durch den Kochgeruch wußten wir immer im voraus, was es zu essen gab.

Das Abendessen kam. Es bestand aus einem winzigen Stück Butter und einem Löffel Marmelade. Narges lud mich ein, mein Essen in ihrer Zelle einzunehmen. Die jungen Frauen, die an diesem Tag »Arbeiterinnen« waren, also Zellendienst hatten, bereiteten den Sofre, ein großes Tuch, das man im Iran früher als »Eßtischersatz« benutzt hat, in der Mitte des Raumes auf dem Boden aus. Die Plastikteller wurden darauf verteilt. Im Kreis der neuen Gefährtinnen und vor allem in der Nähe von Narges und Shohre fühlte ich mich so geborgen, daß ein Gefühl von Wohlbehagen in mir aufstieg. Daher genoß ich die armselige, viel zu knappe Mahlzeit wie ein königliches Diner.

Eine Gruppe von Frauen saß isoliert in einer Ecke des Raumes um ihren eigenen Sofre. Ich erfuhr, daß sie zur Tudeh-Partei und zu den Volksfedayin (Mehrheit) gehörten. Die Tudeh-Partei ist die moskauorientierte kommunistische Partei des Iran, die in den zwanziger Jahren gegründet wurde und in ihrer gesamten Geschichte die Politik des Kreml vertreten hat. Die Volksfedayin, die Mehrheit, hatten wie die Tudeh-Partei die Politik der Islamischen Republik anfangs unterstützt.

Nach dem Essen wurden diejenigen, die zum Gebetshaus gehen wollten, durch die Lautsprecher aufgefordert, sich bereitzuhalten. Zu dieser Zeit war die Teilnahme an den Gebetszeremonien noch freiwillig. Mit größter Verwunderung sah ich, daß sich mehrere Frauen zum Gehen fertigmachten. Sie empfanden jedes Verlassen des Trakts als willkommene Abwechslung. Nun wurde es in der Abteilung etwas ruhiger.

In Zelle 7 wurde eine Art Abschiedsfeier veranstaltet, weil am nächsten Tag einige Frauen in das Ghezelhessar-Gefängnis verlegt werden sollten. Ich wurde aufgefordert, mitzufeiern. Die Frauen sangen solo oder im Chor Lieder und traditionelle Gedichte. Dann wurde ein Sketch über eine Verhörszene aufgeführt. Die schlauen Erwiderungen, mit denen die Gefangene den Untersuchungsbeamten geschickt auswich, sorgten für Heiterkeit und Gelächter.

Später entdeckte ich unter den zurückkehrenden Gebetshaus-Besucherinnen Nayer, eine Bekannte aus früherer Zeit. Sie sollte auch am nächsten Tag verlegt werden. Nayer war verhaftet worden, als sie sich mit Kontaktpersonen in einem parkenden Wagen getroffen hatte. Die Revolutionswächter hatten Verdacht geschöpft und alle festgenommen. Die jungen Männer, die mit ihr verhaftet worden waren, wurden hingerichtet, nur sie selbst wurde als Abtrünnige des Islam zu lebenslänglicher Haft verurteilt.

Nayer berichtete mit tränenerstickter Stimme: »Einmal haben sie mich zusammen mit anderen Frauen zum Verhör abgeholt. In einer Ecke des Hofes befahlen sie uns, die Augenbinden abzunehmen. Dort hingen ringsherum Leichen, die hin und her baumelten. Die Männer waren gerade gehängt worden, sie hatten blaue Gesichter, und aus ihren verzerrten, geschwollenen Mündern hingen die Zungen heraus.« Mir wurde speiübel, und wir weinten beide.

Am nächsten Morgen wurden die Frauen, die verlegt werden sollten, unter freundschaftlichem Geleit der Verbleibenden zur

Abteilungstür gebracht. Wir sangen alle die beliebte Ballade »Küß mich zum letzten Mal«. Diese Ballade ist in der Geschichte des iranischen Widerstandes der letzten vierzig Jahre zu einem Symbol geworden. Sie erzählt von einem Mann, der sich vor der Hinrichtung von seiner Frau verabschiedet, um seinem unausweichlichen Schicksal entgegenzutreten.

Zweimal pro Woche wurde das Badewasser für drei bis vier Stunden geheizt. Für alle Gefangenen gab es nur drei Duschkabinen. Zunächst konnte jede von uns zweimal wöchentlich duschen. Da aber die Zahl der Gefangenen beständig wuchs und die Abteilung dadurch immer dichter bevölkert wurde, mußte das Duschen auf einmal pro Woche reduziert werden, und wir waren gezwungen, mit jeweils zwei bis drei anderen Frauen gemeinsam dieselbe Dusche zu benutzen. Später erhöhte sich die Anzahl der gemeinsam duschenden Frauen auf fünf oder mehr. Die Neuankömmlinge genierten sich am Anfang. Manche wollten sogar ganz auf das Duschen verzichten, aber spätestens in der zweiten Woche fanden sie sich mit dieser einzigen Möglichkeit ab.

Robbabe, die geistig verwirrte Frau aus unserer Zelle, weigerte sich jedesmal, mit den anderen zusammen zu duschen. Eine Frau mußte sie regelrecht unter die Dusche zwingen und dann beaufsichtigen, so daß sie sich nicht wieder wegschleichen konnte.

Nach dem anfänglichen Ärger und nach der Überwindung unserer natürlichen Scham machten diese Badetage sogar Spaß, obwohl viele der Abläufe verstopft waren, so daß wir im gebrauchten Wasser stehen mußten. Hinzu kam, daß das eilige Waschen des Rückens und der Beine, die immer noch schmerzten und blutunterlaufen waren, große Probleme bereitete. Die anderen erschraken beim Anblick meines Rückens. Wer offene Wunden an den Beinen hatte, schützte die verletzten Stellen vor dem Wasser, indem sie die Beine in Plastiktüten steckte und diese zuschnürte. Wir hatten weder genug Handtücher noch ausreichend Kleidung; alles Vorhandene benutzten wir gemeinsam.

In unserer Abteilung gab es einige ältere Frauen, die meist

wegen der Aktivitäten ihrer Kinder festgehalten wurden. Eine Frau war sicherlich weit über siebzig Jahre alt. Sie war sehr krank, jeden Tag mußte sie sechsundzwanzig Tabletten einnehmen. Die Revolutionswächter hatten ihr Haus gestürmt, um ihre Schwiegertochter zu verhaften. Weil sie die Schwiegertochter nicht antrafen, nahmen sie wahllos alle anderen Anwesenden mit, darunter auch einen Gast, der der Familie gerade einen Besuch abstattete. Seitdem saßen sie als Geiseln im Gefängnis.

Eine andere Frau war zusammen mit ihrer zwölfjährigen Tochter festgenommen worden, weil der Sohn gesucht wurde und unauffindbar blieb. Das Mädchen war sehr zart und hatte noch eine vollkommen kindliche Figur. Bis heute verfolgt mich sein trauriges, unschuldiges Gesicht.

Hadj Khanom wurde festgenommen, als sie ihren Sohn besuchen wollte, der unter einem falschen Namen im Gefängnis saß. Sie konnte den Lärm im Gefängnis nicht ertragen. Sie baute sich einen winzigen Verschlag unter den Treppen, die auf den Hof gingen, und verbrachte dort die meiste Zeit mit Beten und Koranlesen. Jeden Morgen weckte sie die Frauen zum Gebet, noch bevor die Sonne aufging. Eine Frau ihrer Zelle gehörte dem zoroastrischen Glauben an und war in einer linken politischen Gruppe aktiv. Auch sie wurde von Hadj Khanom allmorgendlich zum Gebet geweckt, obwohl sie jedesmal erklärte, daß sie nicht beten wolle. Hadj Khanom beachtete ihre Einwände nicht, weil sie der Meinung war, daß alle ohne Ausnahme beten müßten. Aber das nahm ihr niemand übel. Wir wußten doch alle, daß sie es aus tiefer religiöser Überzeugung tat. Sie war ziemlich barsch und unduldsam, wurde aber wegen ihrer kritischen Haltung zum Regime von allen respektiert.

Das einzige männliche Wesen in der Abteilung war ein einjähriger Knabe namens Ali. Man hatte seinen Vater gesucht, aber nicht gefunden, also hatte man die Mutter mit dem Kind verhaftet. Er war so ein liebes, süßes Kindchen. Alle hatten Mitgefühl und wollten ihm etwas Gutes tun. Aber diese übertriebene Aufmerksamkeit und dazu das laute Gemeinschaftsleben der Zelle stahlen ihm die Ruhe, die er dringend benötigte, und so wurde er nervös und unbändig. Später sah ich viele Frauen, die gezwungen waren, ihre Babys bei sich im Gefängnis zu behalten.

Eines Tages verbreitete sich wie ein Lauffeuer das Gerücht, daß ein Interview mit einer Gruppe von Tawabs gesendet werden sollte. Unsere Neugierde trieb uns gemeinsam in die Zelle, wo der einzige Fernseher der Abteilung stand. Die kleine Zelle war voll von Menschen; es gab keinen Platz mehr zum Sitzen. Die Sendung begann. Eine Gruppe junger Frauen, deren Gesichter durch die schwarzen Tschadors halb verdeckt waren, erschien auf dem Bildschirm. Sie stellten sich reihum vor. Unter ihnen war auch eine Frau aus unserer Abteilung, die sich jetzt ebenfalls im Fernsehraum aufhielt, eine siebzehnjährige Schülerin mit schönen, gleichmäßigen Gesichtszügen. Wortlos und mit hochrotem Gesicht saß sie unter uns und starrte auf den Bildschirm.

Mir war, als verwandle sie sich vor meinen Augen: Ihr schönes Gesicht machte einer häßlichen Fratze Platz. Die Tawabs distanzierten sich von ihrer politischen Vergangenheit, verurteilten den Widerstand und baten um Vergebung. Sie behaupteten außerdem, daß es im Gefängnis keine Folter gäbe und daß sie sich aus freiem Willen zu diesem Interview bereit erklärt hätten. Mir platzte fast der Verstand. Eine dieser Frauen, die nun die Existenz der Folter verneinten, arbeitete als Aufpasserin im Verhörraum und war zwangsläufig täglich Zeugin der Folterungen.

Zu jener Zeit gab es in unserem Trakt nur eine Handvoll Tawabs. Tag für Tag besuchten sie die religiösen Schulungskurse, die eigens für die »Einsichtigen« initiiert wurden. Morgens erhielten sie ihr Schreibzeug, das nur für diesen Zweck ausgegeben wurde, und gingen damit in den Schulungsraum. Eine junge Schülerin aus unserer Zelle nahm auch an diesem Programm teil. Sie war von ihrem eigenen Vater als Sympathisantin einer linken Gruppe denunziert worden. Er wollte sie auf den rechten Pfad zurückführen.

Damals lag die Verantwortung für die Abteilungen noch nicht bei den Tawabs. Noch waren sie ein gänzlich neues Phänomen innerhalb der Gefängnisstruktur. Die Gemeinschaftsarbeiten wurden von den Gefangenen selbst organisiert und durchgeführt. In unserer Zelle waren einige Frauen, die schon länger inhaftiert waren, für die Verteilung von Essen und Medikamenten verantwortlich. Obwohl sie größtenteils Monarchistinnen waren, herrschte doch ein gutes, freundschaftliches Verhältnis unter uns allen. Sie halfen jeder von uns, wenn es irgendwie möglich war.

Jeden Nachmittag kamen Neuverhaftete im Gefängnis an. Es gab nicht etwa entsprechend mehr zu essen, sondern dieselbe Menge Essen wurde einfach in kleineren Rationen ausgegeben. Nagender Hunger wurde zu unserem ständigen Begleiter, von Tag zu Tag verloren wir an Gewicht und wurden immer magerer und schwächer.

Um gegen Mittag auf die Toilette gehen zu können, mußte man sich schon gleich nach dem Frühstück anstellen, ohne das Bedürfnis zu verspüren, auszutreten. Das bedeutete eigentlich ganztägiges Schlangestehen außerhalb der Essenszeiten. Schließlich war die Warteschlange länger als der Flur. Deshalb bedienten wir uns eines Nummernsystems: Morgens zogen wir eine Nummer, um mittags an der Reihe zu sein. Anschließend zogen wir sofort die Nummer für den Abend. Ausnahmen dabei gab es nur für die Nieren- und Blasenkranken und für diejenigen, die Wunden und Verletzungen an den Beinen oder Füßen hatten. Manche von den Kranken wollten aber keine »Privilegien« und nahmen ihr Vorrecht nicht in Anspruch, so zum Beispiel Shohre, die eine entzündete Blase hatte und eigentlich nicht anstehen sollte. Sie verweigerte dieses Sonderrecht und litt wahre Höllenqualen.

Wir konnten unsere Wäsche nicht waschen, weil es nicht genug Schüsseln und Waschbecken gab. Auch die Schlafenszeit brachte neue, schwer zu bewältigende Probleme mit sich. Geschlafen wurde im Flur und in den Zellen, überall dort, wo sich ein Platz fand. Wir legten uns alle dicht aneinandergepreßt auf die Seite, wobei es keine Möglichkeit gab, die Lage zu verändern oder die Beine anzuziehen. Infolgedessen konnte uns der Schlaf keine Erholung bringen, und tagsüber fühlten wir uns träge und müde. Diese Lustlosigkeit hing auch mit den Unmengen von Kampfer zusammen, die dem Essen beigemischt waren. Kampfer in großen Mengen hat extreme Auswirkungen auf den Hormonhaushalt des Körpers und kann unter anderem die Sexualhormone reduzieren. Als unmittelbare Auswirkung davon bekamen viele von uns gar nicht oder nur sehr unregelmäßig ihre Monatsblutung, was für viele Frauen eine große seelische Belastung darstellte.

Golnar und ich schliefen nachts nebeneinander an der Wand. Das war ein Privileg für diejenigen, die verletzte Beine hatten, denn der Platz an der Wand schützte die Wunden ein wenig. Meine Wunden waren bald verheilt, aber die Finger fühlten sich immer noch taub an.

Wir erzählten uns viel von früher und diskutierten ausgiebig. Sie war zwar religiös, hatte aber ihre eigenen, von der Doktrin der Volksmodjahedin abweichenden Gedanken. Unsere politischen Ansichten stimmten in vielerlei Hinsicht überein, über die religiösen Fragen konnten wir aber nie einen Konsens finden. Obwohl sie erst zwanzig Jahre alt war, konnte sie den Koran sehr gut auslegen. Kurz vor ihrer Verhaftung hatte sie ein Medizinstudium aufgenommen. Ihr Gesicht war schön und anziehend, während wir diskutierten.

Eines Tages traf ich Suzan in unserem Trakt wieder. Welch freudige Überraschung! Glücklich über das unerwartete Wiedersehen fielen wir uns in die Arme. Suzan hatte ihren Prozeß hinter sich und mußte nun nur noch auf die Vollstreckung des Urteils, die Hinrichtung, warten. Ich war tieftraurig und gleichzeitig schockiert über die Seelenruhe, mit der sie über die bevorstehende Exekution sprach. Als sie die Trauer und Verzweiflung in meinem Gesicht bemerkte, lachte sie laut auf und sagte: »Die Zukunft hat noch keiner gesehen. Es kann noch viel geschehen, wir müssen erst einmal abwarten, was noch kommt. Nur nicht den Mut verlieren.«

Bald wurde ihre bloße Anwesenheit zum Trost und zur Freude für alle. Als Krankenschwester wußte sie, wie man die durch

Peitschenhiebe zerfetzten Körperteile massiert oder welche Bewegungen ausgeführt werden müssen, um Linderung der Schmerzen zu erreichen und die Heilung voranzutreiben. Dieses pflegerische Wissen lehrte sie uns in täglichen Kursen. Wir lernten auch, wie man Kopfschmerzen durch Massagen loswerden kann. Immer noch denke ich an Suzan, wenn ich irgendeine schmerzende Stelle meines Körpers massiere.

Leider begleitete uns Suzan nur eine kurze Zeit in unserer Schicksalskarawane. Eine Woche blieb sie bei uns. Es war November 1981. Wir hatten gerade gegessen, als sie ausgerufen wurde. Wir wußten alle, daß sie für immer gehen würde. Beim Hinausgehen hob sie die geballte Faust und sagte: »Auf Wiedersehen, Freunde!« Sie war nicht bereit, sich von jeder einzelnen zu verabschieden. Ihre letzten Worte waren: »Auf den Sieg!«

Sie kam erfüllt von Fröhlichkeit und Hilfsbereitschaft. Sie vermittelte Mut und Zuversicht. Ihr Abgang war erhaben, voller Würde. Nicht die leiseste Andeutung eines Zweifels war zu erkennen. Lachend verließ sie uns, auf daß wir nicht weinend zurückblieben.

Nachmittags, beim Eintreffen der Neuzugänge, versammelten wir uns in der Nähe der Abteilungstür und suchten die Gesichter nach Bekannten und Freundinnen ab.

Eines Tages sah ich tatsächlich ein bekanntes Gesicht. Es war Sima Daryani. Wir kannten uns seit meiner Studienzeit, waren oft zusammen wandern gegangen und hatten uns angefreundet. Seit einiger Zeit hatte ich sie aus den Augen verloren, und nun standen wir uns gegenüber. Wir lächelten beide. Aber augenblicklich setzte sie eine ernste, abweisende Miene auf und tat, als ob sich mich nicht kennen würde. Am Abend traf ich sie wieder auf dem Flur, ging auf sie zu, und wir umarmten uns herzlich. »Meine Lage ist klar«, sagte sie. »Ich bin nur vorübergehend hier. Deshalb wollte ich keinen Verdacht auf dich lenken.« Mit Entsetzen in der Stimme erwiderte ich: »Es macht mir nichts aus.«

Daraufhin erzählte sie mir ihre Geschichte: »Vor vier Tagen haben sie mich festgenommen. Ich hatte meine Zyankali-Kapsel bei mir, kam aber nicht mehr dazu, sie hinunterzuschlucken. Einer der Revolutionswächter steckte mir seine Finger in den Mund und hinderte mich daran, die Kapsel zu zerbeißen. Sie waren über alles informiert, eine mir nahestehende Person, die praktisch alles über mich wußte, hatte mich verraten. Da sie ja alles wußten, brauchten sie auch keine Informationen mehr von mir. Trotzdem haben sich mich drei Tage lang ununterbrochen verhört und gefoltert. Am vierten Tag wurde ich pro forma dem Gericht vorgeführt. Nun warte ich auf die Vollstreckung der Strafe.« Sima machte sich nur noch Sorgen um ihre Cousine, die mit ihr zusammengewohnt hatte und ebenfalls verhaftet worden war. »Nach meinem Tod wird sie völlig allein sein, denn außer mir hat sie niemanden«, sagte sie besorgt und bat mich eindringlich, mich um sie zu kümmern.

Bereits am nächsten Tag wurden sie und eine weitere Frau durch die Lautsprecher aufgefordert, sich bereit zu halten. Wir wußten sofort, daß ihre letzten Minuten angebrochen waren, und verbrachten sie zusammen. Wir gingen auf den Hof. Es nieselte. Sima stammte aus der Gegend um das Kaspische Meer und liebte den Regen. Wir rauchten zusammen eine Zigarette und sprachen von der Vergangenheit, von der Gegenwart und ihren politischen Zielen.

Auch bei den Verhören und während des Prozesses hatte sie ihre Ansichten aufrecht vertreten. Sie war felsenfest davon überzeugt, daß die Befreiungsarmee den Guerillakrieg aus den Wäldern des Nordens starten werde. Schon in naher Zukunft, so glaubte sie, würde sich dieser Befreiungskrieg über das ganze Land ausbreiten. Auf schmerzhafte Weise war mir bewußt, daß diese Äußerungen ihr Testament waren, es waren ihre innigsten Wünsche und höchsten Ideale, für die sie in den Tod ging. Ich wurde halb wahnsinnig bei dem Gedanken, daß dieser grundehrliche, begeisterungsfähige, vor Leben sprühende Mensch in kürzester Zeit durch einige Kugeln für immer schweigen sollte.

Während wir uns unterhielten, gesellte sich eine junge Frau zu uns: Nahid Mohammadi war die Frau, die gemeinsam mit Sima in den Tod gehen sollte. Auch sie war erst seit gestern in dieser Abteilung. Sie fragte nach einer Pinzette, um sich die Augenbrauen zu zupfen, und sagte lachend: »Ich will adrett und schön den Weg gehen.« Auch Sima lachte und kramte ihre Pinzette aus der Tasche hervor.

Nahid war schon vor einer Woche festgenommen worden, nachdem ihre Kontaktperson sie verraten hatte. Auch sie hatte während der einwöchigen barbarischen Folterung und der langen Verhöre ihre Überzeugung treu vertreten. Der Untersuchungsbeamte hatte versucht, sie in eine Diskussion zu verstricken, sie hatte sich aber geweigert und ihm vorgeworfen: »Bringt ihr erstmal die Wirtschaft wieder in Ordnung, die ihr kaputt gemacht habt, wenn ihr das überhaupt könnt. Eure Ideologie interessiert mich nicht.«

Eine knappe Stunde später wurden die beiden ausgerufen. Sima bat mich ein letztes Mal darum, daß ich mich um ihre Cousine kümmere. Die Cousine, die inzwischen auch zu uns gestoßen war, bekam einen hysterischen Weinkrampf und weigerte sich, Abschied zu nehmen. Sima Daryani und Nahid Mohammadi nahmen sich an der Hand, sagten auf Wiedersehen und verließen uns lächelnd, mit aufrechtem Gang.

Ich ging zu Simas Cousine, um sie zu trösten, aber sie wollte allein sein. Dann ging ich zurück in den Hof. Es war dämmerig und regnete immer noch. Meine Trauer und die stundenlang gewaltsam zurückgehaltenen Tränen machten sich explosionsartig ihren Weg frei. Die Tränen strömten in breiten Rinnsalen aus meinen Augen und befreiten mein blutendes Herz aus der eisernen Beklemmung der Wut und Trauer.

Ein anderer Ort im Evin-Gefängnis

Dezember 1981 wurden wir über die Lautsprecher aufgefordert, unsere persönlichen und die vom Gefängnis gestellten Sachen zusammenzupacken und uns zur Verlegung bereitzuhalten. Dann folgte die Namensliste der Linken, die getrennt von den anderen hinausgeführt werden sollten. Wir nahmen Abschied voneinander, legten den Tschador und die Augenbinde an und gingen los; eine hohe Treppe hinauf, einen langen Flur entlang und in einen kleineren Flur hinein. Von dort aus führte man uns in den Raum Nummer 6, der am Ende des Flurs lag. Eine Wärterin durchsuchte uns und unsere Sachen, nahm uns die Zigaretten ab, die wir bislang kaufen durften, verließ den Raum und verschloß die Tür.

Wir nahmen die Augenbinden ab. Die Zelle war geräumig, etwa fünf mal sieben Meter groß, und hatte zwei Fenster mit je drei Glasscheiben. Es waren Kippfenster, die von außen durch ein starkes Gitter abgesichert waren. Die beiden unteren Glasscheiben waren blind gestrichen. Vor den Fenstern hingen dicke, undurchlässige Vorhänge, die wir nach einigen Tagen abnahmen. Daraus fabrizierten wir ein paar für unsere Gemeinschaft wichtige Sachen. Unter den Fenstern waren Heizkörper angebracht. An der Wand stand ein Fernsehgerät.

Für Gefangene ist es von größter Wichtigkeit zu wissen, wo das Gefängnis und ihr Trakt liegt und was es in der näheren Umgebung gibt: So fühlt man sich sicherer. Wir stiegen auf die Heizkörper und sahen durch die klaren oberen Fensterscheiben hinaus. Das Gebäude war zweistöckig. Rechts und links lagen pro Stockwerk jeweils drei große Räume mit vergitterten Fenstern. Auf dem rechteckigen Hof war ein Volleyballnetz angebracht.

Auf dem Flur waren Schritte zu hören. Offenbar wurden die anderen Frauen auf die restlichen Räume verteilt. Auch die unteren Räume wurden mit Gefangenen belegt. An diesem Tag bekamen wir kein Mittagessen. Bei Anbruch des Abends wurde die Tür erstmals aufgeschlossen, damit wir zur Toilette gehen konnten. Wir protestierten wegen der ausgebliebenen Mahlzeit und des verspäteten Toilettengangs, aber die Wärterin, Frau Bakhtiar, schenkte uns keinerlei Beachtung. Sie war ein richtiges Mannweib, hatte ausgesprochen maskuline Züge, eine tiefe, dröhnende Baßstimme und einen sehr stark gebauten Körper. Über Frau Bakhtiar war zu hören, daß sie schon in der Schah-Zeit als Gefängniswärterin gearbeitet hatte. Ihr einziger Kommentar zu unseren Protesten war: »Es ist, wie es ist, und auch in Zukunft wird sich nichts daran ändern. Beeilt euch lieber, denn eure Zeit läuft, und ihr vergeudet sie nur.«

Währenddessen saß sie auf einem Stuhl vor der Tür, die zwei Gänge trennte. So konnte sie leicht beide Flurteile beobachten und uns an den Gesprächen mit den Insassen der anderen Zellen hindern. Als wir dagegen protestierten, daß die Toiletten ohne Türen und nur durch eine kurze, bis zur Taille reichende Mauer umgeben waren, sagte sie nur: »Beeilt euch, eure Zeit ist bald um.«

Zohre war eine Tawab, die früher zu den Linken gehört hatte und daher auch in unsere Zelle eingewiesen wurde. Sie war sehr unglücklich darüber, mit diesen ewig Protestierenden in einer Zelle eingepfercht zu sein. Weinend und mit flehender Stimme beklagte sie sich bei der Wärterin: »Ich bin Tawab, ich gehöre doch gar nicht zu denen. Ich halte die Pflichtgebete, veranlassen Sie, daß ich in eine andere Zelle komme.«

»Du bist doch aber eine Linke«, erwiderte Frau Bakhtiar ungehalten. »Nein«, schrie Zohre, »ich bin eine Linke gewesen, aber jetzt nicht mehr. Ich bin doch eine gute Moslime und Tawab geworden.«

Dann rief die Wärterin Bakhtiar uns zu, daß die Zeit um sei und wir in die Zelle zurückgehen müßten. Einige Frauen hatten es in der Eile noch nicht geschafft, auf die Toilette zu gehen. Wir protestierten ein drittes Mal und wurden gewaltsam in die Zelle zurückgeschoben.

Es kam die Zeit der Essensausgabe. Als wir den Sofre für das Essen auf dem Boden ausbreiteten, versammelten sich die Frauen, die zusammen neben der Zellentür saßen, wie gehabt um ihren eigenen Sofre. Von ihrem Standpunkt aus waren wir die Gegner. Sie befürworteten die Islamische Republik. Ihre Gefangennahme interpretierten sie als ein Mißverständnis und waren davon überzeugt, daß sich ihre Situation grundsätzlich von unserer unterscheiden würde. Obwohl sie selten gefoltert und meist nach einiger Zeit freigelassen wurden, war die Gefangenschaft für sie härter als für uns, denke ich. Denn als Oppositionelle rechnet man mit Härte, jedenfalls nicht mit Milde oder gar Nachsicht. Die Grausamkeit muß aber unbegreiflich erscheinen, wenn man sich mit den bestehenden Regierungsverhältnissen einverstanden erklärt.

Auch am nächsten Tag beschwerten wir uns über einiges, zum Beispiel, daß die Zeit, um auf die Toilette zu gehen, zu knapp bemessen sei, daß man keine Rücksicht auf die Kranken nehme und daß Duschen fehlten. Die Wachhabende riet uns, eine Zellensprecherin zu benennen, die dann mit der Verantwortlichen für das Frauengefängnis sprechen könne.

Diesen Vorschlag nahmen wir ernst und wählten Shohre als Sprecherin unserer Zelle. Sie ging zu Frau Nurbakhsh und unterbreitete ihr unsere Forderungen. Nun warteten wir auf die Verbesserung unserer Lebensbedingungen. Aber es geschah nichts. Nach und nach wurde uns bewußt, daß das Ganze nur eine hinterhältige Täuschung und Heuchelei war.

An einem Nachmittag im Dezember 1981 riefen sie Azar Latifi aus, eine Sympathisantin der Volksfedayin (Minderheit). Dann wurden wir aufgefordert, ihre persönlichen Sachen abzugeben. Wir sahen uns sprachlos und tief bestürzt an, denn die Bedeutung dieser Anweisung war klar und unmißverständlich. »Sie haben sie sicher mitgenommen, um sie hinzurichten«, stammelte eine ihrer Freundinnen voller Bestürzung mit tränenerstickter Stimme, »sie hat fast damit gerechnet.«

Wir wollten und konnten nicht glauben, was wir gehört hatten. Dieses junge, ruhige, erst neunzehn Jahre alte Mädchen sollte erschossen werden, noch bevor es richtig zu leben begonnen hatte. Ungefähr um neunzehn Uhr hörten wir von jenseits der Mauer eine Kugelsalve. Es war, als ob dieses Getöse alle anderen Laute und Töne zum Schweigen brächte. Dann vernahmen wir einzelne Schüsse. Azar wurde in Anwesenheit anderer Genossinnen hingerichtet. Unwillkürlich fing ich an, das Lied des bekannten iranischen Dichters Aref zu singen, das Azar am Abend vorher mit ihrer traurigen Stimme gesungen hatte:

Stimm dein Lied an, du Vogel der Morgenröte
Erfrische noch meine Trauer
Brich den Käfig auf, mit deinem sengenden Seufzer

Sie war selbst der Vogel der Morgenröte, und nun war sie dem Jäger in die Hände gefallen.

Still und in Gedanken versunken saßen wir da, als die Tür aufging. Meine Schwägerin Narges wurde zum Telefon gerufen. Telefon? Sie ging. Mein Herz zersprang vor Angst und bösen Vorahnungen. Ich wollte nicht an das Unfaßbare denken, aber ich konnte nicht anders. »Was glaubst du, was hat das zu bedeuten?« fragte eine Zellengenossin bange. »Wahrscheinlich hat ihre Familie ihre Beziehungen eingesetzt und es so geschafft, wenigstens mit ihr sprechen zu können«, spekulierte ich hoffnungsvoll, um das andere, das Furchtbare aus meinem Kopf zu verdrängen. »Ich glaube, du belügst dich selbst«, erwiderte sie daraufhin mit kühlem Kopf.

Sie hatte recht, und ich wußte es, wollte es aber nicht wahrhaben. Die quälende Ungewißheit dauerte nur einige Minuten. Die Tür ging erneut auf, und Narges trat herein. Sie geißelte sich, riß sich verzweifelt ganze Haarbüschel aus, während sie ununterbrochen schrie: »Sie tun es, es ist wahr, sie bringen ihn um!«

Es war mir, als ob etwas Schweres wieder und wieder in meinem Bauch explodieren würde. Mit tödlicher Sicherheit wußte ich, was passiert war. Dann erst wurde ich mir meiner Umgebung bewußt. Die anderen Frauen wollten Narges beruhigen, schafften es aber nicht. Ich nahm sie in die Arme und sagte ruhig wie der Tod selbst: »Wir müssen gefaßt sein, so wie es sein Wunsch war.«

»Ich schaffe das nicht«, sagte sie erschöpft.

»Doch, du kannst. Du mußt.«

Sie wurde tatsächlich etwas ruhiger und erzählte uns von dem Telefongespräch. Man hatte sie ins Büro geführt und ihr den Hörer gereicht. Ihr Mann – mein Bruder – hatte sich lachend gemeldet. »Ich wollte mich von dir verabschieden«, hatte er mit gefaßter Stimme gesagt. »Wieso verabschieden?« hatte Narges schreiend gefragt. »Weil ich in der Schah-Zeit politischer Gefangener war. Deshalb soll ich in einigen Stunden erschossen werden«, hatte mein Bruder erwidert.

Die Akten, die der Geheimdienst des Schah, der SAWAK, über die politischen Gefangenen geführt hatte, wurden vom Geheimdienst der Islamischen Republik, dem WAWAK, vollständig übernommen und als Informationsquelle benutzt. Zahlreiche Gefangene, darunter auch mein Bruder, sind aufgrund dieser Akten verhaftet und hingerichtet worden. Narges, über deren Gesicht unaufhörlich Tränen liefen, sagte mit matter, leiser Stimme zu uns, daß wir nun doch schweigen und auf das vernichtende Peitschen der Kugeln warten sollten.

Gegen halb neun ertönte ein fürchterliches Getöse, so als ob ein Berg aus Eisen in sich einstürzen würde. Dieser furchtbare Krach dauerte nur ganz kurz, dann dröhnte der Ruf:

»Tod den Kommunisten!
Allah-o-Akbar, Gott ist der Größte!
Khomeini ist der Führer!«

Einige lange Minuten war dies in einer unglaublichen Lautstärke zu hören. Dann wurden einzelne Schüsse abgefeuert. Eins, zwei, drei, vier … Manchmal gab es zwischen zwei Schüssen eine

Pause. Was das bedeutete, wußten wir genau: Die Gefangenen sollten bis zum letzten Atemzug gefoltert werden. Die Angeschossenen wurden in ihrem eigenen Blut liegen gelassen, damit sie langsam und qualvoll starben. Vierundachtzig, fünfundachtzig, sechsundachtzig – endlich Schweigen. Mein Bruder war nicht allein. Mit fünfundachtzig anderen war er seinen Weg gegangen.

»Was glaubst du, hat er zuletzt gedacht?« fragte Narges.

»Vielleicht hat er eine Freiheitshymne gesungen«, mutmaßte ich.

»Oder seine Mitreisenden geneckt. Vielleicht«, sagte sie. Der schwere Schatten des Schweigens erfüllte die Zelle. Manche weinten lautlos, Narges und ich auch. Mein Bruder und Azar waren nicht mehr unter uns. Jeder einzelne der Ermordeten hinterließ eine Lücke, nicht nur bei den Angehörigen. Aber wir lebten noch und gehörten dieser wirklichen Welt an. Ich lebte. Ich atmete tief durch. Vielleicht war es ein tiefer Seufzer, das erleichterte Gefühl, am Leben zu sein. Es war ein eigenartiges, seltsames Gefühl; widersprüchlich, häßlich, aber dennoch beruhigend. Man ist zufrieden und beruhigt, weil man noch lebt, aber gleichzeitig trauert man um einen nahen Menschen, der nicht mehr lebt; man empfindet wegen der eigenen Erleichterung Schuldgefühle. Der Verlust ist bitter, und diese Bitterkeit fühlt und schmeckt man im Innersten. Sie breitet sich im Bauch aus, und sie ist unverdaulich. Gleichzeitig weiß man, daß man noch lebt.

Es wurde spät. Die Lebenden brauchten ihren Schlaf, um für den nächsten Tag gewappnet zu sein. Das war das Gesetz des Lebens, für uns galt es noch. Wir konnten keinen Schlaf finden. Aber auch hierfür hat der Mensch einen Ausweg gefunden: Schlaftabletten. Narges und ich schluckten welche. Sie schmeckten bitter. Auch das Wasser, mit dem wir die Pillen hinunterspülten, hatte einen bitteren Geschmack. Ich fiel in einen tiefen Schlaf und träumte. Mein Traum war keine gewöhnliche Geschichte, er war wie ein Gedicht: Meine vor langer Zeit gestorbene Mutter hatte ein Kleid aus blauer Seide an. Es war dasselbe

Kleid, das meine Schwester auf ihrer Hochzeit getragen hatte. Blau war auch die Lieblingsfarbe meines Bruders. Meine Mutter lachte. Im Hintergrund spielte sich die Hochzeitsfeier ab. Meinen Vater und meinen Onkel, die beide schon lange tot waren, konnte ich undeutlich unter den Gästen erkennen.

Blau, der unendlich scheinende Himmel, die Meere,
deren Ende du nicht siehst,
blau, die Erinnerungen an meinen Bruder,
die bis zur Unendlichkeit reichen,
blau, die Farbe seines Lachens.

Am anderen Morgen fand ich Narges gealtert und gebrochen. Die Pillen konnten nichts gegen ihre Trauer tun.

Unsere Abteilung hatte noch ein anderes Opfer zu verzeichnen. Die Krankenschwester Farah Neemati, Mitglied der Volksmodjahedin, war auch zu ihrer Erschießung abgeholt worden. Ich erinnere mich an ihre kurzen Haare, ihr süßes Lachen und ihren nie verblassenden Frohsinn.

Neun Jahre später, als ich auf der anderen Seite der Gefängnismauer war und das Grab meines Bruders besuchte, fand ich neben seinem Grab ein anderes, das einem sechzehnjährigen Jungen Ruhe gewährte. Er war am selben Abend umgebracht worden. Er hieß Kyros. Auch im Jenseits war er nicht allein.

Einige Tage später kamen zwei bärtige Männer in die Zelle und teilten uns mit, daß sie zum Revolutionsstab gehörten, auf Geheiß von Ayatollah Montazeri kamen, um Einsicht in unsere Akten zu nehmen. Einzeln mußten wir unsere Personalien und den Grund unserer Verhaftung angeben. Die meisten von uns waren ohne eine bestimmte Anschuldigung inhaftiert worden und wurden deswegen unter der Bezeichnung »verdächtig« geführt. Auch mir war der Grund meiner Verhaftung nicht bekannt. Narges sagte: »Ich bin festgenommen worden, weil ich die Frau meines Mannes bin«, und sie fügte auch noch das Datum seiner Hinrichtung hinzu. Die Männer schienen verwundert. Damals wurden die Hinrichtungen schon nicht mehr in den Medien veröffentlicht. Hinter unsere Namen setzten sie ein Fragezeichen.

Shohre gab als Grund für ihre Verhaftung wörtlich wieder, was ihr die Verhörer vorgeworfen hatten: Sie sei eine Geisel für ihren Vater. Die Männer kannten ihren Vater, einen Sympathisanten der Volksmodjahedin, sprachen mit großem Respekt von ihm und setzten vor ihren Namen zwei Zeichen. Beim Gehen versprachen sie, sich um die fragwürdigen Fälle zu kümmern.

Am nächsten Morgen wurde Shohre ausgerufen. Bei ihrer Rückkehr am Nachmittag entdeckte sie mit Erstaunen, daß die Zellentüren offenstanden. Im Flur wurde sie von den Freundinnen aus den vorderen Zellen freudig und erleichtert begrüßt. Als sie schließlich in unserer Zelle ankam, lachten ihre Augen vor Freude, aber wir konnten die schwere Erschöpfung aus ihrem Gesicht lesen. Sie humpelte. Man hatte sie ausgepeitscht und zeitweilig sogar an den Handgelenken aufgehängt.

Die Zellenöffnung nahmen wir zum Anlaß, um ein Fest zu veranstalten. Eng aneinandergepreßt saßen wir am Zimmerrand, damit in der Mitte Platz für die Tanzenden blieb. Frauen führten Folkloretänze aus verschiedenen Regionen des Iran vor. Shohre machte mit, obwohl sie schrecklich humpelte und dazu den Tanz, den sie unbedingt vorführen wollte, den nordiranischen Ghassemabadi-Tanz, gar nicht beherrschte. Dieser Tanz ist wunderschön, er stellt die Arbeit auf den Reisfeldern dar. Die Frauen, die den Tanz konnten, brachten ihr die Bewegungen bei. Schon nach kurzer Zeit konnte sie alle Schritte ausführen, aber es fehlte ihr die Grazie. Alles hatte eher den Anschein einer Gymnastikübung, ihre Bewegungen waren eckig und steif, ohne Eleganz und ohne Harmonie. Eine der Frauen neckte sie dann auch: »Das ist doch keine Sportstunde, ein bißchen Feinheit gehört wohl auch dazu.« Aber Shohre war das vollkommen egal. Sie wollte einfach nur tanzen, und sie tanzte und tanzte, während das Lachen aus ihr herausbrach.

Es war gerade eine Woche vergangen, da wurde Shohre wieder ausgerufen. Blaß und ohne Leben kehrte sie am Nachmittag zurück. Ihr Prozeß hatte unerwartet stattgefunden. Der Prozeß wurde von einem geistlichen Richter geleitet, anwesend war außerdem ein Untersuchungsbeamter. Sie war der Mitgliedschaft in verschiedenen konkurrierenden Organisationen angeklagt. Die Anklageschrift mag sich lächerlich anhören, aber das Lachen erstirbt, wenn man bedenkt, welche Konsequenzen sie hatte. Es war grotesk, noch nie waren gänzlich unterschiedliche Organisationen, zwei aufgrund verschiedener Ideologien voneinander gespaltene Gruppen, in der gleichen Anklage vorgekommen, als könne ein und dieselbe Person in beiden Organisationen unentdeckt Mitglied sein und dazu noch eine verantwortungsvolle Schlüsselposition innehaben.

Die Anklageschrift war primitiv und bar jeder menschlichen Vernunft, aber sie verfehlte ihren Zweck nicht. Die Gefährlichkeit eines Menschen war klar bewiesen, und folglich mußte sein Leben beendet werden. Keiner von uns war zum Lachen zumute. Wir wußten genau, warum so viele lächerliche Vorwürfe gegen sie erhoben wurden. Uns beschlich das sichere Gefühl, daß wir sie für immer verlieren würden. Als sich der geistliche Richter und der Untersuchungsbeamte flüsternd berieten, hatte sie etwas von einer sicheren Verurteilung vernommen.

In der Nacht fragte ich sie leise: »Shohre, ich wollte schon immer wissen, wie fühlt man sich, wenn man weiß, daß man schon bald hingerichtet werden soll? Kannst du mir deine Gefühle beschreiben? Ist es Unruhe? Oder ist es etwas anderes?«

»Nein, beunruhigt bin ich nicht, auch nicht besorgt. Ich wünsche mir nur, daß sich die Hinrichtung hinausschieben würde, sei es für einen Tag oder sogar nur für einige Stunden. Ich liebe euch und genieße es, bei euch zu sein«, erklärte sie mir betrübt.

Einige Tage später, beim Mittagessen, wurde Shohre ausgerufen. Beim Hinausgehen zögerte sie keine Sekunde. Der Zeitpunkt überraschte uns alle, und so bekam es keiner außer einigen, die sie zur Tür begleiteten, so richtig mit, daß sie gehen sollte. Sie hat sich von niemandem verabschiedet. Warum? Ich weiß es nicht. Vielleicht liebte sie uns so sehr, daß sie uns nicht traurig zurücklassen wollte.

An einem Abend Ende Dezember 1981 signalisierten uns die Kugeln, daß ihr großes, liebendes Herz zu schlagen aufgehört hatte. Gebrochen und elend saßen wir da. Es herrschte totales Schweigen. Kein Laut war zu vernehmen, kein Atemzug zu hören. Plötzlich brach die Trauer wie eine gewaltige Explosion aus und bahnte sich durch Tränen den Weg nach außen. Es war ein lautes, klagendes Heulen. Alle Sinne und Glieder schmerzten. Der Schmerz steigerte sich bei jeder erneuten Hinrichtung, und das Wehgeschrei wurde jedesmal heftiger und stärker. Es brach die dunkle Nacht der Trauer an.

Tag für Tag wurden neue Gefangene eingewiesen. Die Linken, oder die, die als solche unter Verdacht standen, kamen meistens in unsere Zelle. Wir hungerten nach dem Leben draußen und befragten die Neuverhafteten, was außerhalb der Mauern vor sich ging, über die Menschen, die Veränderungen, die Verhaftungen, sogar über Busse und Straßen und ähnliche Dinge.

Dieses Fragen war für uns unendlich wichtig, eine Brücke zum Leben jenseits des Gefängnisses. Wir gingen davon aus, daß sich in unserer Abwesenheit alles verändert haben mußte. Natürlich stellten wir immer wieder fest, daß sich keine großen Umwälzungen ereignet hatten. Aber eines kennzeichnete alle Berichte: Einmütig bezeugten die Neuen, daß die riesige Verhaftungswelle nicht abebben wollte. Das wußten wir auch ohne die Berichte, die Flut von Neuzugängen sprach für sich selbst.

Neben tatsächlich politisch Aktiven wurden auch die sogenannten Verdächtigen verhaftet. Manche dieser Verdächtigen kannten nicht einmal den Namen der politischen Organisation, bei der sie angeblich Mitglied waren. Diese armen Menschen wurden wegen einer äußerlichen oder namentlichen Ähnlichkeit mit einem

Gesuchten festgenommen, oder einfach, weil sie sich durch ihre Bekleidung oder Aufmachung verdächtig gemacht hatten. Manchmal wurden diese Opfer gefoltert, damit sie endlich gestanden. Aber was sollten sie denn gestehen?

Beispielsweise wurde ein junges Mädchen verhaftet, weil sie am Tag der bewaffneten Demonstration zufällig und ahnungslos auf der Straße war. Verdächtig machte sie sich durch ihre Jeans, ihre sportliche Bluse und die Turnschuhe. In dieser Zeit bestand für die Frauen noch nicht die Pflicht zur Verschleierung. Drei Tage lang wurde sie gefoltert. Die Risse an ihren Beinen waren so tief, daß sie sogar operiert werden mußte, und durch weitere Foltermethoden hatte sie bleibende Schäden an den Armen. Um ihr ein »Geständnis« zu entlocken, führte man sie einmal zu ihrer Hinrichtung, wobei die ganze Zeremonie bis auf die tatsächliche Erschießung abgerollt wurde.

Ein ganzes Jahr lang blieb sie im Gefängnis. Als die Verwandten ersten Grades Besuchserlaubnisse erhielten, wurde sie von der allgemeinen Regelung ausgenommen. Erst nach einem Jahr erlaubte man ihr, zu Hause anzurufen. Die Familie, die ein Jahr lang trotz intensiver Suche keine Spur von ihr finden konnte, hatte sie für tot gehalten und sich mit dem Verlust abgefunden. Durch ihren Anruf bekamen die Familienmitglieder Schockzustände. Sie wurde später freigelassen.

Ein ganz junges Mädchen, das mit uns die Zelle teilte, war in eine öffentliche Telefonzelle gegangen, um jemanden anzurufen. Man befand sie für verdächtig, nahm sie fest, folterte sie barbarisch, und nach über einem Jahr setzte man sie wieder auf freien Fuß.

Für die Straßenfestnahmen wurden männliche und weibliche Tawabs mitgenommen. Wenn diese Menschen erkannten, mit denen sie früher einmal die politische Überzeugung geteilt hatten, so zeigten sie diese den Revolutionswächtern. Außerdem brachten sie ihnen bei, welche Gesichter, Haltungen oder Bekleidungen verdächtig waren.

Einmal wies man eine Frau in unsere Zelle ein, die im siebten Monat schwanger war. Ihr Gesicht und ihre Augen verrieten eine unendliche Trauer, vermischt mit Ratlosigkeit und Nichtverstehen. Auf unsere Frage hin erzählte sie: »Gestern sind wir in unserem Haus verhaftet worden. Sie haben meine Schwiegereltern, meinen Mann und mich mitgenommen. Mein Mann war während des Schah-Regimes politischer Gefangener.« Am Abend führte man die Frau zur Leiche ihres Mannes, der einem »Herzstillstand« erlegen war. Die Frau fiel sofort in einen Schockzustand. Weder konnte sie seinen Tod wahrhaben, noch begriff sie überhaupt, wo sie sich befand und was sie hier tat.

In meinem Kopf jagte ein Gedanke den anderen. Ich dachte daran, wie schnell und unerwartet ein normales, alltägliches Leben, das wie tausend andere in geordneten Bahnen lief, vollständig und grundlegend verändert werden kann. Gestern noch eine verheiratete Frau und heute eine gefangene Witwe mit einem Waisenkind im Bauch. Die Frau war zudem krank und von ihrem Arzt auf Diät gesetzt worden. Deshalb konnte sie die Gefängnisnahrung nicht vertragen. Als sie einen Monat später in die Freiheit entlassen wurde, empfand sie keinerlei Freude oder Erleichterung. Sie war innerlich gestorben. In traurigem Schweigen nahm sie Abschied und schritt wortlos hinaus.

Ein anderes Mal wurde eine Frau zu uns gebracht, die Jinus Mahmoudi hieß und etwa vierzig Jahre alt war. Sie hatte ein elegantes Äußeres und ein gewinnendes, sympathisches Auftreten. Ihre Art zu sprechen und ihr edles, seriöses Verhalten zog uns an. Sie war Physikprofessorin an der Teheraner Universität gewesen und entwickelte sofort ein besonderes Interesse für die Schülerinnen und Studentinnen unter uns, die sie »meine Töchter« nannte. Sie sagte zu ihnen: »Euer Platz ist nicht hier, ihr müßt jetzt in den Klassenzimmern sitzen und lernen. Verpaßt nicht die Gelegenheit zu lernen. Ich werde euch Unterricht geben, damit eure Zeit hier nicht gänzlich vertan ist. Ihr seid ohnehin die Intelligentesten und dürft keine Zeit verlieren.«

Wir fühlten Zuneigung und Respekt für sie. Leider blieb sie

nur einige kurze Tage bei uns. An einem Nachmittag wurde sie ausgerufen. Sie ging und kam nicht mehr zurück. Sie hinterließ uns ihre hübsche Jacke zur Erinnerung. Jinus wurde am 27. Dezember 1981 allein wegen ihrer Zugehörigkeit zur Bahai-Religion hingerichtet.

Unsere Zahl wuchs von Tag zu Tag in bedrohlichem Maße. In jeder Zelle waren über hundert Menschen untergebracht. Am Tage konnten wir nur mit hochgezogenen, an den Bauch gepreßten Beinen sitzen. Wir mußten in den Flur ausweichen, um uns nacheinander die Beine zu vertreten und so die Blutzirkulation in Schwung zu halten. Im Flur wimmelte es von Menschen, und wir konnten nur hintereinander, Körper an Körper, gehen. Diese Art des Gehens strengt an und ist äußerst ermüdend, aber wir zwangen uns mit eiserner Disziplin zum Durchhalten. Die Folgen der permanenten Bewegungslosigkeit offenbarten sich allmählich: Wir litten unter Rücken- und Beinschmerzen, Kreislaufstörungen und chronischen Verstopfungen.

Morgens, wenn viele von uns in den Flur und in die Waschräume gingen, wurde der entstehende Platz für Gymnastik genutzt. Der Platz reichte natürlich nicht für alle Interessenten, und so zogen wir uns zugunsten der jüngeren und jüngsten Frauen und Mädchen zurück. Die meisten der gefangenen Frauen waren zu dieser Zeit kaum älter als achtzehn oder neunzehn Jahre.

Abends wischten wir den Flur. Ein Teil von uns schlief dort auf ausgebreiteten Decken. Fast täglich brach eine heiße, leidige Diskussion darüber aus, wie viele von uns auf dem Flur schlafen sollten. Schließlich wählten wir unter uns eine »Schlafplatzorganisatorin«. Sie war um ihre Aufgabe bestimmt nicht zu beneiden und mußte sich gut durchsetzen können. Nach eingehenden Beratungen wies sie jedem einen Schlafplatz zu, der periodisch gewechselt wurde.

Die Schlafordnung sah wie folgt aus: Wir bildeten Reihen, die durch die gesamte Länge des Raumes reichten. Eine Reihe legte sich mit den Beinen zur Mitte des Raumes ausgestreckt seitlings nieder, und die nächste Reihe legte sich mit dem Kopf neben die Füße der ersten Reihe. Die Beine wurden so plaziert, daß sie genau zwischen zwei Köpfen der ersten Reihe lagen. Um sich das zu veranschaulichen, stelle man sich eine riesige, dicht gefüllte Sardinenbüchse vor. So lagen wir also Nacht für Nacht und versuchten, ein wenig Schlaf zu finden. Bewegte sich ein Fuß oder Bein im Schlaf, spürte eine andere Frau die Bewegung im Gesicht oder am Hals.

Dann versuchten wir, in verschiedenen Schichten zu schlafen. Aber das verschlimmerte die Lage, denn die Wachen brauchten zum Sitzen nicht weniger Platz als die Schlafenden zum Liegen.

Das Schlafen wie in einer Sardinenbüchse hatte immerhin einen Vorteil: Der Winter war hart, und in unserer Abteilung war nicht für jeden Gefangenen eine Decke vorhanden. Bei dieser Art des Liegens reichte eine ausgebreitete Decke für fünf bis sechs Personen. So gelang es uns, die langen Winternächte mit den wenigen Decken, die uns zur Verfügung standen, gut zu überbrücken.

Mit allgemeiner Zustimmung wurde die Regelung eingeführt, daß nach dem Lichtlöschen in der Abteilung absolutes Stillschweigen gewahrt werden mußte.

Zur Erleichterung des Gemeinschaftslebens teilten wir die täglich anfallenden Arbeiten ein. Die »Arbeiterinnen« waren für das Geschirrspülen, Fegen und Aufräumen der Zelle zuständig. Für die Sauberkeit und Ordnung der Räumlichkeiten außerhalb der eigenen Zelle kooperierten wir mit den Frauen aus den anderen Zellen. Den Kranken wurden leichtere Aufgaben zugewiesen. Die Arbeiten waren eine sehr willkommene Abwechslung in unserem Leben, und wir erledigten unsere Dienste freudig und gewissenhaft. Die beliebteste Aufgabe war das Fegen und Wischen des Flurs. Außerdem gab es Sonderaufgaben, wie zum Beispiel das Öffnen der verstopften Abflußrohre. Wenn wir das selbst nicht schafften, mußten wir warten, bis ein »Bruder von der technischen Crew« zur Hilfe kam. Diese Männer waren größtenteils selbst Gefangene.

Dreimal pro Woche gab es jeweils von 22.00 bis 6.00 Uhr warmes Wasser in den Waschräumen. Für den reibungslosen Ablauf der Badenächte waren zwei gewählte »Badeorganisatorinnen« zuständig. Eine teilte die Insassen unserer Zelle ein, die andere kümmerte sich um Absprache und Koordination mit den anderen Zellen. Vier bis fünf Frauen gingen gemeinsam unter eine Dusche. Jede von uns konnte nur einmal wöchentlich duschen, und weil die Zeit so knapp war, mußten wir wahre Geschwindigkeitsrekorde aufstellen. Beim Duschen waren unsere Handlungen genau aufeinander abgestimmt; eine wusch sich das Haar, eine seifte sich ein, die dritte wusch sich unter der Dusche den Schaum vom Kopf ab und so weiter. Auf diese Weise nutzten wir das warme Wasser optimal aus.

Ein zufällig anwesender Besucher hätte sicherlich herzhafter über unsere hektischen Bewegungen gelacht als über Charlie Chaplin in seinem berühmten Film »Moderne Zeiten«.

Während der Badenächte war die allgemeine Ruhe empfindlich gestört, besonders die in den Fluren schlafenden Frauen kamen kaum zur Ruhe. Das ständige Kommen und Gehen, das laufende Wasser, die unvermeidlichen Badegeräusche und die Gespräche ließen die Frauen kein Auge zutun.

Das Wasser blieb natürlich nicht bis zum Schluß warm, so daß sich die Mehrheit der Frauen mit kaltem Wasser waschen mußte. Trotz all dem waren die Badenächte mit Freude und Lachen erfüllt.

Bis Februar 1982 gab es keine Besuchserlaubnisse. Die Angehörigen durften lediglich Geld und Kleider für die gefangenen Familienmitglieder abgeben. So konnte dem Mangel an Gebrauchsgegenständen, der sich in den ersten Monaten sehr erschwerend auf das tägliche Leben auswirkte, etwas abgeholfen werden. Sehr viele Familien wußten aber nicht, daß sich ihre Kinder oder Angehörigen im Gefängnis befanden, und konnten nichts zu ihrer Versorgung beitragen. Wir richteten also eine Gemeinschaftskasse ein und teilten die vorhandene Kleidung.

Es gab keine Waschmaschinen, und die Gefangenen mußten selbst für die Sauberkeit ihrer Kleidung sorgen. Jeder Zelle stand nur eine Waschschüssel zur Verfügung, zudem war kein warmes Wasser vorhanden. Und war die Wäsche erst einmal gewaschen, tauchte unweigerlich das nächste Problem auf, nämlich das Trocknen. Die nasse Wäsche hängten wir an die Fenster. Aber da unsere Zelle ja völlig überfüllt war, gab es nicht genug Platz an den Fenstern. Deshalb hingen die vielen Stücke mehrlagig übereinander, was dann wieder zur Folge hatte, daß die Wäsche nur sehr langsam trocknete, mitunter dauerte das mehrere Tage. So waren wir gezwungen, dieselben Sachen so lange wie eben möglich zu tragen und nur dann zu waschen, wenn es nicht mehr anders ging. Die Luft in unserer Zelle war stets schwer und feucht. Aus den Teilen, die im Raum hingen, tropfte Wasser auf die Köpfe der Frauen, die unter den Fenstern saßen oder schliefen. Zudem bewirkte das Verhängen der Fenster ein ständiges Halbdunkel.

In diesen Tagen bekamen wir zu allem Übel auch noch Läuse. Sie waren die Mitbringsel der Neuen, die sich tagelang, manchmal wochenlang in den Gängen und Verhörräumen aufhalten mußten, ohne sich waschen oder die Kleidung wechseln zu können. Beim Eintritt in die allgemeine Abteilung schnitten sie sich die Haare kurz, wuschen sich und ihre Sachen und puderten den Kopf und Körper mit DDT, einem hochgiftigen Mittel, das als einziges für diesen Zweck zur Verfügung stand.

Offensichtlich reichten dieses Maßnahmen aber nicht aus. So mußten wir uns alle von unseren Haaren trennen. Die meisten von uns trugen sowieso kurze Haare, aber alle dazu zu bewegen, auf ihre Haare zu verzichten, stellte sich als eine ziemlich schwierige Aufgabe heraus: Einige Frauen weigerten sich einfach, ihre Haarpracht zu opfern. Ich erinnere mich an eine Frau, deren wunderschönes Haar ihr bis zur Taille reichte. Abgesehen von der Verlausungsgefahr störte ihr Haar nachts die Frauen, die mit den

Füßen an ihrem Kopf schliefen, weil die Haare kitzelten. Entgegen aller Argumente und Bemühungen unsererseits war sie fest entschlossen, ihre langen Haare zu behalten.

Nach mehrmaligen und nachdrücklichen Forderungen bekamen wir eine größere Menge DDT. Wir sollten damit auch die Dekken und den Teppichboden bestreuen. Als wir das Gift überall verstreut hatten, wurden wir in den Hof gelassen. Das war der erste Hofgang seit Monaten. Die Freude und das lang vermißte Glücksgefühl waren unbeschreiblich. Es hatte geschneit. Wie wild tollten wir herum, veranstalteten eine Schneeballschlacht, rollten uns auf dem Schnee und genossen die unverhoffte Freiheit.

Die unteren Scheiben der Zellenfenster waren blindgestrichen. Offensichtlich sollte dadurch eine Kontaktaufnahme mit den Insassen der unteren Etagen verhindert werden. Eines Tages machte sich das Arbeitsteam daran, mit Hilfe eines Stücks Blech die Farbe von den Scheiben abzukratzen. Endlich konnte mehr Tageslicht in unsere Zelle dringen. Dazu war der Blick auf ein größeres Stück des Himmels frei, und wir sahen mühelos auf den Hof hinunter. Gleich am nächsten Tag rief man einige von uns ins Büro. Sie wurden verhört und bedroht, weil sie Gefängniseigentum beschädigt hatten. Die Strafe hierfür konnte die Hinrichtung sein. Glücklicherweise blieb es bei der Drohung. Wir mußten nur fünfzig Tuman für die abgekratzte Farbe bezahlen. Damit waren wir zufrieden, denn es vergingen einige Tage, bevor die Farbe wieder aufgetragen wurde, und bis dahin hatten wir unsere Freude an den durchsichtigen Fensterscheiben.

Die Zahl der Reueschwörenden, der Tawabs, wuchs in hohem Maße an. Morgens wurden sie zu Verhören abgeholt, abends brachte man sie wieder zurück. Sie wurden nicht etwa selbst verhört, sondern als Gehilfen eingesetzt – sie beteiligten sich an den Verhören der Mitgefangenen und machten die Untersuchungsbeamten auf die scheinbaren oder tatsächlichen Widersprüche in den Aussagen aufmerksam. Dabei benahmen sie sich manchmal eifriger als die Beamten, indem sie einfach nicht lokkerließen, weiter und weiter nachbohrten, auch wenn der Untersuchungsbeamte eigentlich schon von den Gefangenen ablassen wollte. Man setzte sie auch auf Straßenpatrouillen ein, weil sie bekannte Gesichter oder verdächtiges Verhalten aufgrund ihrer eigenen Erfahrungen besser ausmachen konnten.

Diese Verräterinnen waren dem Zwang unterworfen, immer wieder ihren neu gewonnenen Glauben und die Treue zum Islam unter Beweis zu stellen. Es hieß, daß sie auch Peitschen gegen die Mitgefangenen in die Hand bekamen. Eine ältere Frau aus unserem Trakt erzählte, daß sie von ihrer eigenen Tochter ausgepeitscht worden war. Eine andere Mutter war durch ihre Tochter verhaftet und verhört worden. Kein Weg zur Rückbesinnung sollte offenbleiben. Die Nabelschnur zu ihrem Ursprung sollte abgeschnitten werden, und zwar endgültig. Einige von ihnen, die besonders hartgesotten und übereifrig waren, nahmen sogar an den Hinrichtungsvorbereitungen teil. Sie feuerten den ersten Schuß ab und erledigten die Nachsorgearbeiten.

Im Sommer 1982 wurde eine Freundin aus unserer Zelle zum Verhör abgeholt. Am späten Abend kam sie leichenblaß zurück. Ihre Pupillen waren vor Furcht geweitet, und sie war nicht in der Lage, etwas zu sagen. Wir gaben ihr ein Beruhigungsmittel und ließen sie schlafen. Am nächsten Tag erzählte sie uns mit stockender Stimme, was sie so erschreckt hatte:

»Ich bin in ein Zimmer geführt worden. Drinnen waren schon einige Frauen, die hingerichtet werden sollten. Sie schrieben ihre Testamente. Die Tawab mit dem Namen Malihe schrieb unterdessen den Todeskandidatinnen ihre Namen und Nummern auf die Fußsohlen.« In der Nacht, als sie zurückgebracht wurde, war Malihe immer noch dabei, die Vorbereitungen zu den Hinrichtungen zu treffen.

Faranak, ebenfalls Tawab, wurde von den Zellengenossinnen vorgehalten, an Hinrichtungen der Freundinnen teilgenommen zu haben. Freimütig und ohne Furcht bekannte sie sich dazu:

»Das zu tun ist eine große Ehre für uns. Das Eliminieren von Atheisten und Heuchlern ist unsere heilige Pflicht und gleichbedeutend mit dem Heiligen Krieg. Im Islam ist die Teilnahme der Frauen am Heiligen Krieg verpönt. Deshalb können wir die Erschießungen normalerweise leider nicht selbst vornehmen. Das tun unsere Brüder. Alles andere machen wir mit und sind glücklich und stolz darauf.« Ihre unverblümte Erklärung machte uns sprachlos.

Dieselbe Faranak bekam zu Norouz, dem traditionellen altiranischen Fest zum Neuen Jahr, das zu Frühlingsanfang gefeiert wird, Heimaturlaub. Das war auch für Tawabs ein nicht zu unterschätzendes Privileg, wohl für hochgeschätzte Sonderleistungen. Als sie wieder zurückkam, sahen wir, daß sie ihre Augenbrauen und Gesichtshaare gezupft hatte. Normalerweise machen die jungen Frauen im Iran das zum ersten Mal, wenn sie heiraten. Außerdem hatte sie einen nagelneuen goldenen Ring am Finger, mit dem sie mächtig angab. Einigen Frauen schwärmte sie vor: »Während meines Heimaturlaubs habe ich geheiratet. Mein Mann ist genau wie ich Tawab im Gefängnis. Die Trauung hat in der heiligen Stadt Ghom stattgefunden.«

Die Tawabs sprachen natürlich nicht mit den anderen über die Details ihrer Arbeit. Manchmal aber kamen sie spät abends in die Zelle zurück, waren bleich und verängstigt, weinten und stöhnten in der Nacht, und bisweilen sprachen sie im Schlaf. Aus diesen Wortfetzen und knappen Sätzen, ihrem Aussehen und Verhalten konnten wir Schlüsse über ihre furchtbaren Aktivitäten ziehen.

Die schreckliche Krake des Verrats griff immer mehr um sich und riß manchmal Menschen an sich, von denen das niemand erwartet hätte. Einmal wurde ein Interview ausgestrahlt, das uns in ungläubiges Staunen versetzte. Sohaila, eine als vertrauenswürdig geltende Frau, war vor die Kamera getreten, um Reue zu schwören. Was war geschehen, daß sie sich innerhalb weniger Tage um 180 Grad gewendet hatte? Vor dem Interview hatte man sie einige Tage in Isolationshaft gehalten. Was hatte man ihr in dieser Zeit angetan, womit hatte man sie derart eingeschüchtert? Was war es, was man ihr in Aussicht gestellt hatte? Das erfuhren wir nie. In ihrem Interview stellte sie sich als eine Person mit einem denkbar schlechten Charakter vor. Sohailas Mann, der mit ihr zusammen festgenommen und schrecklich gefoltert worden war, ließ sich nicht brechen. Nach dem Fernsehinterview hielten sich die ehemaligen Freundinnen von Sohaila fern von ihr. Von Tag zu Tag verwandelte sie sich merklich. Bereits nach einem Jahr avancierte sie zur Wärterin vom Trakt 8, dem Straftrakt unseres Gefängnisses.

Im Februar 1982 öffneten sich die Gefängnistore für die Angehörigen. Der Besuch von Verwandten ist das süßeste, unvergleichbar schönste Gefühl in der Monotonie der Isolation. Die Nachricht von der bevorstehenden Besuchserlaubnis lasen wir in der Zeitung. Ungeduldig zählten wir die Stunden, bis der langersehnte Tag endlich kam.

Morgens wachten wir lächelnd und gelöst auf. Wir zogen saubere Kleider an und warteten. Die Erregung zerriß uns innerlich, denn wir mußten damit rechnen, daß nicht alle Besuchserlaubnis bekommen würden. So stellte sich jede von uns die Frage: Werde ich meine Lieben zu sehen bekommen oder nicht?

Um 8.00 Uhr wurden die ersten ausgerufen. Aus unserer Zelle war nur eine bei der ersten Gruppe. Wir begleiteten sie bis zur Trakttür. Bis zum Mittag wurden verschiedene Frauen ausgerufen. Die Zurückkehrenden erzählten, daß die Angehörigen vor Freude und Aufregung nur geweint hatten. Eine reale Chance, miteinander zu sprechen, gab es nicht. Dicke Isolierscheiben befanden sich zwischen den Gefangenen und den Besuchern, und so konnte man sich gegenseitig nicht verstehen. Nach Beruhigung der anfänglichen Gefühlsausbrüche hatten sie sich mehr oder weniger erfolgreich mit Mimik und Gestik verständigt. Narges und ich gehörten zu den Frauen, für die ein Besuchsverbot galt, so hieß es. Der nächste Besuchstag sollte einen Monat später stattfinden. Den genauen Termin entnahmen wir den Zeitungen. Eine neue Warteperiode fing an.

Anfang Februar verbreitete das Fernsehen die Nachricht, daß eine große Anzahl der Führer der Organisation Paykar festgenommen worden war. Einige Tage später erfuhren wir, daß mehrere konspirative Wohnungen entdeckt worden waren. Außerdem waren viele Personen ermordet worden, unter anderem Mussa Khiabani, ein beliebter Führer der Volksmodjahedin, der schon unter dem Schah mehr als sieben Jahre in Gefangenschaft gesessen hatte, und Ashraf Rabii, die mit dem Führer der Volksmodjahedin, Massud Radjawi, verheiratet war. Diese Nachrichten waren niederschmetternd.

Am zwölften Februar führte man uns in den Hof hinaus. Aus den Lautsprechern wurde verkündet: Bei Interesse könne man Leichen im Hof besichtigen. Ich war total verwirrt und konnte mir nicht vorstellen, was damit gemeint war. Verwundert beobachtete ich Frauen, die hastig den Tschador und die Augenbinde anlegten und hinausschritten. Bald stellte sich heraus, daß die toten Körper von Khiabani, Rabii und einiger anderer Funktionäre der Volksmodjahedin, die bei dem Sturm auf ihr Hauptquartier in einem bewaffneten Kampf getötet worden waren, zur Schau gestellt wurden.

Es erscheint unverständlich, wenn nicht sogar abartig und suspekt, sich eine solche menschenunwürdige Szene anschauen zu wollen. Viele gingen dennoch hin. Einige sicherlich aus Neugier, die meisten aber, um die traurige Gewißheit zu haben, daß ihre beliebten Führer tatsächlich niedergemetzelt worden waren, und es sich nicht nur um einen Bluff der Regierung handelte.

Als die Tawabs die zerrissenen Körper ihrer einstigen Führer erblickten, schrien sie Parolen der Freude und des Triumphes. Am gleichen Abend wurde die Szene mit den ausgestellten Leichen im Fernsehen gesendet, nur daß die Leichen in Tücher gewickelt waren und nebeneinander lagen. Das Gesicht von Khiabani war zu erkennen, aber das von Ashraf Rabii war zugedeckt. Angeblich hatte eine Granate ihr Gesicht getroffen und vollkommen zerfetzt. Ladjevardi trug das gemeinsame Kind von Ashraf Rabii und

Massud Radjawi auf dem Arm. Sein verhaßtes Gesicht strahlte in teuflischer Siegesfreude.

Die Sympathisanten und Mitglieder der Volksmodjahedin wollten nicht an den Tod ihres Führers glauben. Ihrer Überzeugung nach waren die Führer unbesiegbar. Sie glaubten felsenfest daran, daß der Sieg ihrer Organisation nahe bevorstehe. Sie verbrachten ihre Tage in der trügerischen Hoffnung, daß sich die Tore der Gefängnisse schon sehr bald öffnen würden.

Eines Abends gingen die Lichter ein paarmal hintereinander aus. Das war bis jetzt noch nie vorgekommen, denn die Stromversorgung des Gefängnisses wurde durch einen starken Generator betrieben und war aus Sicherheitsgründen unabhängig vom Netz der städtischen Elektrizitätswerke. Wir nahmen an, daß die Generatoren nicht in Ordnung seien und repariert werden müßten. Nicht so die Volksmodjahedin. Sie deuteten das Aus- und Angehen des Lichtes als ein Zeichen dafür, daß dieses Gefängnis bald von der revolutionären Gruppe befreit werden würde. Später hörte ich, daß sie die ganze Nacht in Alarmbereitschaft waren.

Auch unter uns Linken existierten irreale Wunschbilder. Zum Beispiel erinnere ich mich an die Woche, in der wir keine Zeitungen bekamen. Wir dachten uns als Erklärung aus, daß sich die Presse im Streik befände. Bald betrachteten einige diese Wunschvorstellung als gegebene Tatsache und erfreuten sich an den erträumten Bildern des Widerstandes.

Unsere Vorstellung über die Zukunft war verschwommen und unklar. Wir warteten auf das nicht näher definierte, verworrene und unbestimmte Wunder. Dafür gab es zwei Gründe. Einerseits trennten uns die dicken Gefängnismauern von der pulsierenden Wirklichkeit draußen, andererseits erzeugte der ständige schwere, manchmal unerträgliche Druck eine nebulöse, unwirkliche Atmosphäre. Das verklärte Wunschdenken brachte einen Hoffnungsschimmer in die trostlose Situation. Es war ein wohltuender, notwendiger Glaube. In dieser Stimmung diskutierten wir angeregt über die momentane Lage und die Zukunft.

Ein ganzes Jahr brauchte ich, bevor ich in der Lage war, meine

Vergangenheit und die meines Umfeldes scharf und kritisch zu beurteilen. Zuerst war es notwendig, die unrealistischen Wunschbilder abzustreifen, um zu den nackten Tatsachen vorzudringen. Zwischen Erkenntnis und Akzeptanz der Fakten einerseits und Enttäuschung beziehungsweise Frustration andererseits ist aber nur eine hauchdünne Trennwand, die manchmal durchlässig wird, den Menschen aufreibt und den Pessimismus preisgibt. Desillusionierung und Frustration waren jedoch gefährliche Pfade, von denen man bisweilen nicht mehr zurückfand. Wer erstmal soweit war, die eigene Vergangenheit genau unter die Lupe zu nehmen, befand sich auf einem gefährlichen Terrain. Unzählige haben sich verirrt und in der Depression oder Selbstaufgabe verloren. Verweilt man länger als nötig bei der Enttäuschung oder verfällt man in Selbstmitleid, so kann man in den Verrat und Selbsthaß abrutschen, ohne sich darüber im klaren zu sein. Die Islamische Republik schuf eine Atmosphäre der Angst und Unsicherheit, die Propaganda und Verdummungskampagnen boten einen scheinbaren Ausweg aus der geistigen Leere. So konnte sie die Menschen, die keinen Ausweg sahen, auffangen und verschlingen.

Die zweite Besuchsperiode fand im März statt. Als ich ausgerufen wurde, packten mich Freude und Sorgen gleichzeitig. Ich wußte überhaupt nicht, wie es meiner Familie in den letzten Monaten ergangen war und wie sie den Verlust meines Bruders verkraftet hatte.

Verhüllt im Tschador und mit verbundenen Augen wurden wir in einem Kleinbus zum Besuchersaal gefahren. In der Halle forderte man uns auf, die Augenbinden in der Tasche oder sonstwo zu verstecken, damit die Angehörigen sie nicht sehen könnten. Auf beiden Seiten des Saals waren Kabinen aufgebaut. Die Besucher wurden durch eine schalldichte, dicke Scheibe von den Gefangenen ferngehalten.

Einige Minuten herrschte gespanntes Warten. Unsere Blicke richteten sich gebannt und starr auf die Tür, durch die unsere Verwandten kommen sollten. Endlich wurde die Tür aufgeschoben.

Hastig stürmten überwiegend ältere Männer und Frauen hinein und suchten mit besorgten, unsteten Blicken nach ihren Lieben. Plötzlich entdeckte ich meine Schwester, die eilig die Kabinen abschritt und nach mir suchte. Später erzählte sie mir, daß wir mit unseren schwarzen Tschadors und abgemagerten, blassen Gesichtern durch die dicke Scheibe alle gleich ausgesehen hätten.

Ich winkte ihr aufgeregt zu. Einige Minuten weinten wir wortlos. Wir weinten um unseren Bruder und dachten an seinen ewig leeren Platz in unserem Dasein. Als wir ruhiger wurden, begann sie zu sprechen. Ich machte ihr durch Gesten klar, daß ich sie durch die Scheibe nicht hören konnte. Von ihren Lippen und aus ihren Gebärden verstand ich nur so viel, daß sie Probleme gehabt hatte, eine Besuchserlaubnis zu bekommen, weil die Besuchszeiten nur für Eltern vorgesehen waren. Sie hatte die Sterbeurkunden unserer Eltern vorlegen müssen.

Ich hatte mir Sorgen gemacht, sie könnte durch unsere Festnahme Probleme bekommen und gar ihren Arbeitsplatz verlieren. Nun erfuhr ich mit großer Erleichterung, daß meine Ängste überflüssig waren. Die Unterhaltung ohne gesprochene Worte, nur durch Mimik und Gestik, nahm sehr viel Zeit in Anspruch und strengte ungeheuer an. In der letzten Minute gaben wir das Gestikulieren auf, saßen einfach da und sahen uns nur an, was sehr schön war und beruhigend wirkte.

Im darauffolgenden Jahr wurden in den Kabinen Hörer installiert. Nun konnte man sich flüssig unterhalten. Der große Nachteil aber bestand darin, daß die Gespräche aufgezeichnet und gegebenenfalls gegen uns verwendet werden konnten.

Kurz vor Frühlingsbeginn, dem ersten Tag des persischen Kalenders, wurde ich zum Verhör gerufen. Verstört und voller Angst legte ich den Tschador und die Augenbinde an. Dann verließ ich den Trakt. Unterwegs schlossen sich immer mehr Gefangene an, darunter auch Männer. Sie bildeten den Kopf der langen Schlangen, und wir gingen hinter ihnen am Ende der Reihe. Jede hielt einen Zipfel des Tschadors der vorderen Frau fest. So stolperten wir mindestens nicht über unsere eigenen Füße. Mühsam schritten wir voran. Manche hatten Verbände an den Füßen und konnten sich nur schwer vorwärts bewegen. Hadj Agha Katshoui ging als Führer und Wächter mit uns. Ich hätte sehr gern mit den Frauen vor und hinter mir gesprochen, was eigentlich nicht schwer gewesen wäre, ich hätte mir nur mit dem Tschador den Mund verdecken und leise sprechen müssen, damit ich nur von den nächsten Frauen gehört werden könnte. Aber ich wußte nicht, wer vor und hinter mir ging. In einer Zeit, in der die Zahl der Tawabs immer mehr zunahm, war Vertrauen zu Unbekannten ein ziemlich riskantes Unterfangen.

Wir durchschritten den Gang, stiegen Stufen hinunter und befanden uns auf dem riesigen Gelände des Evin-Gefängnisses. Nach einer nicht allzu langen Strecke erreichten wir ein Gebäude, aus dem in kurzen Intervallen die Schreie einer Frau gellten. Wir mußten uns also in dem Gebäude befinden, das als Verhörtrakt bekannt war. Ich wurde vor eine Zimmertür gesetzt und sollte dort warten. Die Erinnerungen an die Qualen der ersten Verhöre überfielen mich erbarmungslos. Von ganzem Herzen wünschte ich mich in die Sicherheit meiner Zelle zurück. In diesem Moment erschien mir unsere Unterkunft wie ein Hafen der Geborgenheit. Hier hingegen war die Hölle, die Urquelle aller Angst und Schutzlosigkeit.

Drei oder vier Stunden harrte ich aus, allein meinen trüben Gedanken ausgeliefert. Einmal hob ich vorsichtig den Kopf, um durch den unteren Rand der Augenbinde einen Blick auf die Umgebung zu werfen. Kaum hatte ich das Kinn leicht angehoben, sauste eine Faust auf meinen Kopf nieder, und eine männliche Stimme schrie mich grob an: »Kopf runter!«

In einem Raum seitlich hinter mir wurde jemand mit der Peitsche bearbeitet. Die Peitsche zerriß die Luft und knallte nieder, aber kein Schrei war zu hören. Wer war dieser tapfere Mensch? War es eine Frau oder ein Mann, jung oder alt? Ich wünschte mir, ihre oder seine Freundin zu sein und genausoviel Mut zu zeigen.

Endlich wurde ich ins Zimmer geführt. Nach einigen Fragen und Antworten sollte ich mich auf einen Stuhl an der Wand setzen und meine Augenbinde abnehmen. Mir gegenüber stand ein grimmiger Mann mit Vollbart. Zwischen uns befand sich eine auf einem Stativ aufgebaute Kamera. Unwillkürlich blickte ich zur Seite, wo eine auf- und abschwingende Peitsche zu hören war. Mein Blick erfaßte direkt die ganze Szene. Ein Mann lag auf einer Pritsche, die Beine gefesselt. Ein bärtiger Mann stand mit gespreizten Beinen am Fußende der schmalen Pritsche, so daß die Liege zwischen seinen Beinen war. Seine Ärmel waren hochgekrempelt, er preßte die Zähne aufeinander. Gerade senkte er seinen Arm, und die Peitsche sauste kraftvoll und wütend hernieder.

Ich zuckte zusammen, als mir der Mann hinter der Kamera wütend befahl: »Herschauen!« Die Kamera klickte. Anschließend mußte ich sofort wieder die Augenbinde anlegen. Während er mich aus dem Zimmer führte, stellte er mir noch einige Fragen über meine Identität und über meine Familie. Dann ging er weg. Wieder saß ich eine Stunde, dann kam Hadj Agha und nahm mich in einer Gruppe anderer Gefangener mit.

Als ich wieder in unsere Abteilung zurückkam, fielen mir einige Frauen auf, die traurig an der Tür saßen und den Blick von ihr nicht abwandten. Sie fragten mich sofort, ob ich Shohre Shirzad, Mariyam Fatemi und einige andere gesehen hätte. Ich verneinte. Im Flur und in den Zellen herrschte eine relative Stille. Der sonst übliche Lärm des Nachmittags, der durch Spiel und Spaß entstand, fehlte gänzlich. Mein Herz pochte unregelmäßig. Eine schreckliche Vorahnung durchfuhr mich. Irgend etwas Schlimmes war geschehen. Dann erfuhr ich, daß eine größere Gruppe von Frauen aus unserer Abteilung zu ihrer Hinrichtung abgeholt worden war. In unserer Zelle fehlten Shohre Saburi und Mariyam Fatemi. An diesem Abend herrschte ein schweres, bedrückendes Schweigen in unserer Abteilung. Der bittere Geschmack des Verlustes legte sich über uns.

Norouz 1982

Wir lebten! Die Natur erwachte zum neuen Jahr, und wir machten uns an die Vorbereitungen für Norouz, das Neujahrsfest der iranischen, kurdischen, afghanischen und tadschikischen Bevölkerung. Es findet am 21. März, zum Frühlingsanfang, statt. Das Fest hat eine lange vorislamische Tradition. Die Regierung versuchte, Norouz als eine unislamische, von der Monarchie eingeführte Tradition zu diskreditieren. Seither wird das Fest, auch in den Gefängnissen, als ein Instrument des passiven Widerstands in alter Tradition und mit großer Würde gefeiert. Wir hatten uns vorgenommen, unser erstes Norouzfest im Gefängnis mit Glanz und Würde zu begehen, die Trauer über die für immer verlorenen Freundinnen im Herzen tragend. Theater- und Gesangsgruppen wurden organisiert, die sehr fleißig für ihren Auftritt übten.

Doch jäh zerriß ein harter Schlag die freudige Stimmung: Das Fernsehen brachte kurz vor Jahreswechsel die Nachricht, daß die Organisation der Volksfedayin (Minderheit) eine verlustreiche Niederlage erlitten hatte; einige Führungspersönlichkeiten und viele Mitglieder waren verhaftet worden. Das versetzte uns einen schlimmen Schock, und wir bluteten innerlich. Trotzdem oder vielleicht gerade deshalb gaben wir unser Vorhaben nicht auf.

Der Jahreswechsel, der sich mit der Tag- und Nachtgleiche des Frühlings vollzieht, fand in diesem Jahr kurz vor zwei Uhr nachts statt. Wir blieben alle wach. Es ist Tradition, für Norouz sieben Sachen zusammenzustellen, die alle mit dem Buchstaben »S« beginnen. Die meisten der üblichen sieben Kleinigkeiten fehlten uns. So dekorierten wir ein großes Tuch mit Geldmünzen, Essig und Süßigkeiten, die wir aus Brot und Würfelzucker hergestellt hatten. Unsere extra aufgesparten Vorräte an Datteln, getrockneten Feigen und Pflaumen dienten als Naschwerk, den traditionellen Goldfisch ersetzte ein Stück in Fischform geschnittener roter Stoff. Am oberen Teil des Tuches lag ein Stern, den wir aus weichem Brotteig hergestellt hatten.

Das Programm begann einige Stunden vor dem Jahreswechsel. Wir waren alle fröhlich, lachten und führten die einstudierten Stücke und Lieder reihum auch in den anderen Zellen auf. Die Chorgruppe sang Volkslieder aus allen Regionen des Landes, und auch das eigens erdachte Theaterstück fand riesigen Beifall in allen Räumen. Zwischen den Liedern wurden satirische Gedichte über den Alltag im Gefängnis vorgetragen.

Dann kam der Augenblick, in dem das alte Jahr dem neuen Platz machte. Kein Laut war zu hören. Dunkles Schweigen legte sich über die Räume, und Traurigkeit zog nach und nach ein. Eine nachdenkliche Schwere hatte die Heiterkeit vertrieben. Narges saß in unnahbarer Einsamkeit im Flur und weinte lautlos.

Am nächsten Tag besuchten sich die Insassen der verschiedenen Zellen gegenseitig. Wir gingen zuerst in Zelle 4, in der die Mütter und älteren Frauen untergebracht waren. Auch aus anderen Zellen waren Frauen hierhergekommen, und so gab es keinen Platz zum Sitzen. Im Stehen umarmten wir uns herzlichst und tauschten gute Wünsche zum neuen Jahr aus. Auf Vorschlag der Mütter sangen wir gemeinsam ein Widerstandslied. Die tiefgläubige Hadji Khanom faßte zwei Frauen an der Hand. Wir bildeten mehrere Kreise und sangen im Chor das Lied »Steh auf«, mit den Füßen schlugen wir den Takt dazu, und jeder Kreis drehte sich um seine eigene Achse. Es war eine ergreifende Szene, die ohne jede Absprache entstanden war. Sogar die Mütter und die älteren Frauen, allen voran Hadji Khanom, tanzten und sangen mit uns zusammen. Bisher hatten wir Hadji Khanom nur betend oder den Koran lesend gesehen. Wir waren seltsam aufgewühlt und erregt.

Am nächsten Tag wurden die Frauen aus Zelle 4 getadelt, man hätte nicht erwartet, daß gerade sie als Initiatorinnen eines solchen Freudenfestes agieren und konterrevolutionäre Lieder singen würden. Ihnen wurden im Wiederholungsfalle Strafmaßnahmen angedroht.

Im Gebetshaus

Eines Abends kam eine Wärterin in unsere Zelle und befahl uns, Tschador und Augenbinde anzulegen. Die Anordnung betraf alle Zelleninsassen, einschließlich der Kranken. Wir fragten: »Was soll das, wohin gehen wir?« Aber wir erhielten nur die bissige Antwort: »Das geht euch gar nichts an, also haltet den Mund!« Wir witterten Unheil und flüsterten heimlich miteinander. Man mußte auf alles gefaßt sein, und wir rechneten damit, daß uns ein Strafkommando empfangen würde.

Als wir an dem Wachraum der Männer vorbeikamen, wurden wir mit Schlägen begrüßt. Mit eisernen Linealen schlugen sie uns auf die Hand, mit der wir den Tschador vorm Gesicht festhielten. Auf dem Hof warteten Minibusse, wir fuhren zum Gebetshaus. Es war uns ein unbegreifliches Rätsel, warum wir, die Frauen aus Zelle 6, dorthin gebracht wurden und warum die Aktion so gewaltsam lief.

Als wir das Gebetshaus betraten, sahen wir, daß kein Sitzplatz frei war. Außerhalb des Saales wurden uns Plätze zugewiesen. Aus dem Lautsprecher tönte eine Männerstimme, die wir allerdings nicht beachteten. Wir riskierten einen Blick in den Saal. Die nach Geschlechtern getrennten Abteilungen waren vollbesetzt. Wir zwängten uns durch, und ein Blick in die Runde genügte, um festzustellen, daß die Anwesenden Linke waren.

Ein Mann mittleren Alters saß auf dem Podium und hatte ein Mikrophon vor sich. Meine Aufmerksamkeit wandte sich wieder den anwesenden Gefangenen zu, als ich Ladjevardis Stimme vernahm, die einen Herrn Rohani ansprach. Rohani? War das Hussain Ahmadie-Rohani, einer der führenden Funktionäre der Paykar-Organisation, der vor etwa zwei Monaten verhaftet worden war?

Er war es, wahrhaftig! Sprachlos und maßlos verwundert starrte ich nach vorn. Er war hier! Er, der von sich behauptete, mehr als zwanzig Jahre gegen Diktatur und Unterdrückung gekämpft zu haben. Nach zwei Monaten Haft saß er auf dem Podium, hielt eine kurze Rede und verriet seine zwanzigjährigen Erfahrungen und Überzeugungen.

Plötzlich stand eine junge Frau aus der vordersten Reihe auf, ging zu Ladjevardi und flüsterte ihm etwas ins Ohr. Dann schritt sie zum Mikrophon und stellte sich vor: »Mein Name ist Manije Hodaii. Ich bin Mitglied der Paykar-Organisation. Meiner Ansicht nach weiß Rohani nie, was er will und was er tut. Er versteht nicht, um was es eigentlich geht; und er hat es noch nie verstanden. Weder damals, als er in der Organisation der Volksmodjahedin einer der Führer war, noch später, als er in der marxistischen Gruppe aktiv wurde. Auch jetzt begreift er nichts, wenn er plötzlich dem Islam und der Islamischen Republik den Vorzug gibt.«

Jetzt griff Rohani wieder zum Mikrophon und sagte ironisch: »Ich bin tief beeindruckt von den Worten dieser Schwester.« Dann fing er an, seine angebliche politische Überzeugung zu verteidigen, und brachte Argumente gegen die Islamische Republik vor.

Ein unbeschreibliches Getöse und ein anhaltender Tumult brach in der Menge aus. Ich war restlos konfus und konnte nicht glauben, was ich sah und hörte.

Bassirat, der für die islamischen Bildungskurse des Evin-Gefängnisses zuständig war, nahm das Mikrophon. Endlos ließ er sich über die vermeintlichen Widersprüche des Materialismus aus, den man seiner Meinung nach nur ablehnen könne. Am Schluß seines Gedankenergusses forderte er Manije Hodaii auf, an einem Diskurs über Islam und Materialismus teilzunehmen. »Ich bin bereit, über die ökonomischen Fragen zu diskutieren, nicht aber über die Ideologie«, lautete ihre Antwort. »Aber Sie akzeptieren doch sicher«, warf Bassirat sofort ein, »daß das Fundament jeder Weltanschauung die Ideologie ist. Warum also die Weigerung? Haben Sie etwa Angst vor einer Diskussion?« Sie nahm die Herausforderung an, und es wurde vereinbart, die Diskussion an den nächsten Abenden weiterzuführen.

Nun ergriff Rohani wieder das Mikrophon und heuchelte ergebungsvoll: »Ich denke, ich bin ein Moslem.« Dieses Mal fing er an zu erklären, daß er die Paykar-Organisation nun ablehne und statt dessen die Islamische Republik unterstütze. Wieder setzte das Getöse der verwirrten Gefangenen ein.

Träumte ich, oder war diese unglaubliche Szene Wirklichkeit? War das ein unwürdiges groteskes Schauspiel? Das Ganze war tatsächlich ein reales Schauspiel! Rohani war der Schauspieler und Ladjevardi der Regisseur! Der Schauspieler war zu einer Figur verkümmert, die immer weiter zerbrach. Vielleicht war dieser Auftritt sein letzter, bevor er endgültig in tausend Stücke zerbarst. Wahrscheinlich hätte ich weniger gelitten, wenn ich Zeugin beim physischen Tod eines Menschen gewesen wäre. Dieser Tod aber war grauenerregend, eine endlose Agonie. Ladjevardi triumphierte mit seiner kopflosen Beute und amüsierte sich köstlich.

Zwei Tage später wurden wir abends erneut zum Gebetshaus gefahren; die vereinbarte Diskussion sollte stattfinden. Manije weigerte sich, ein ideologisches Streitgespräch zu führen, da sie das in diesem Zeitabschnitt nicht für vorrangig hielt. »Außerdem«, gab sie freimütig zu, »habe ich in meiner Zelle keine Bücher oder sonstige Unterlagen, um mich auf eine sachliche Diskussion vorzubereiten. So wäre ich gezwungen, aus dem Gedächtnis heraus und ohne Fakten zu argumentieren. Nach wie vor bin ich aber gern bereit, über die wirtschaftliche Problematik zu diskutieren.«

Selbstverständlich war Bassirat mit ihrem Vorschlag nicht einverstanden und wollte nicht über die wirtschaftliche Lage des Iran sprechen. Das war ja vorhersehbar und nur allzu verständlich, denn Manije hatte damit ihren Finger auf den wunden Punkt gelegt. Nach jenem Abend sah ich diese mutige Frau nicht wieder.

Im Sommer wurden Interviews mit hohen Führern und Funktionären unterschiedlicher Organisationen landesweit vom Fernsehen ausgestrahlt. Manche unter ihnen hatten dem Druck und der

Gewalt nachgegeben und halfen nun sogar aktiv bei den Verhören der Gefangenen mit.

In jenem Jahr gab es ständig Interviews. Eins davon betraf zwölf Mitglieder einer militanten Untergruppe der Volksmodjahedin. Sie waren fast alle unter zwanzig Jahre. Ihr Schicksal war besiegelt, sie wurden zum Tode verurteilt. Ein Mitglied dieser Untergruppe gestand, eine Aktion geleitet zu haben, bei der drei Revolutionswächter bestialisch gefoltert und verbrannt worden seien. Dieses Geständnis wurde mit grauenerregenden Bildern von drei verkohlten Leichen dokumentiert. Auch die Stelle, wo die Leichen begraben lägen, wurde gezeigt. Ich halte es für unvorstellbar, daß eine politische Organisation, die für Gerechtigkeit und gegen Gewalt und Unterdrückung zu kämpfen hat, Folter praktiziert. Nicht, wenn sie nicht zu einer mafiaähnlichen Organisation gehörte.

Die würgenden Repressalien und der zerstörerische Druck des Gefängnisdaseins waren sicher eine Ursache für diese Niederlagen und persönliche Resignation. Aber war das die ganze Wahrheit?

Nein, diese Selbstanklagen zogen auch mich als Zuhörerin in den Strudel ihrer Verwirrung und Verzweiflung. Ich hatte das Gefühl, als zerbröckle auch ein Teil meiner eigenen ideellen Zugehörigkeit und Festigkeit. Ich stand zwar nicht selbst hinter dem Mikrophon, doch es waren meine Gesinnungsgenossen, die so sprachen. Natürlich gab es immer noch Menschen, die standhaft blieben, die sich nicht zum Verrat erniedrigen ließen, die klar und deutlich Nein schrien. Über sie gab es natürlich keine Berichte und Interviews im Fernsehen. Sie erreichten die Ohren der Bevölkerung nicht. Ihre Standhaftigkeit, ihr Mut floß nicht in die Körper der Menschen jenseits der Gefängnismauern. Aber ich war diesseits der Mauer. Ich kannte sie und wußte über sie Bescheid. Sie waren zahlreich, und ihre Zivilcourage lebte weiter.

Besuch der Abgeordneten

In den ersten Tagen des Septembers kamen zwei Abgeordnete des Islamischen Parlaments zur Gefängnisbesichtigung. Etwa eine Stunde blieben sie in jeder Zelle. Sie legten ein liberales Verhalten an den Tag und forderten die Wärterinnen auf, vor der Zelle zu warten. Außerdem sollten wir ruhig diejenigen benennen, die wir bei dem Gespräch nicht dabei haben wollten. Zu dieser Zeit hatten wir eine einzige Frau unter uns, die uns ausspionierte. Sie war vom Verwaltungsbüro als Zellensprecherin bestimmt worden. Wir sahen keinen Grund, sie nicht bei dem Gespräch dabei zu haben, denn auch die beiden Abgeordneten waren unserer Ansicht nach nur Handlanger der Regierung.

Wir wurden nach der Haftsituation und unseren Forderungen gefragt. Zu jener Zeit waren die Lüftungsanlagen defekt, wodurch die Luft in den Zellen, die inzwischen weit über hundert Frauen beherbergten, stickig und bedenklich sauerstoffarm war. Die beiden Abgeordneten waren sogar der Meinung, daß die Luft schon für eine Stunde kaum zu ertragen sei. Unsere Klagen betrafen die schlechte, unzureichende Ernährung, die Enge beim Sitzen und Schlafen, den katastrophalen Zustand der sanitären Einrichtungen, die Tatsache, daß wir keinen Hofgang erhielten, die Ungewißheit und Desinformation über unsere Haftdauer und die bisher unbeantwortete Frage nach den Verhandlungsterminen.

Narges forderte Zigarettenrationen für die Raucherinnen. Einer der Männer bot ihr eine von seinen Zigaretten an und gab ihr Feuer. Die auf liberal getrimmten Posen dieser Männer kamen uns angesichts unserer Situation wie blanker Hohn vor. Sie versprachen, die Forderungen der Verwaltung mitzuteilen.

Danach sollten sich die eventuell gefolterten Frauen in eine Liste eintragen. Sie wollten den Vorwürfen nachgehen. Das war lachhaft, denn in unserer Zelle war kaum eine Frau, die nicht mit der Peitsche behandelt wurde. Auch an diesem Tag befanden sich mehrere Frauen infolge der Peitschenhiebe und Schläge in einer miserablen körperlichen Verfassung. Gleich belehrten uns die Männer: »Nein, die Peitsche ist nicht gemeint. Nach Islamischem Recht ist das Auspeitschen keine Folterung, sondern die religiöse Züchtigung für eine begangene Missetat. Wir meinen Folterungsarten, wie zum Beispiel Ghapan oder andere.«

Einige Frauen, darunter auch ich selbst, die Ghapan, dieses Fesseln der Arme auf dem Rücken, durchgemacht hatten, trugen sich in die Liste ein, ohne auch nur eine Sekunde daran zu glauben, daß das einen Nutzen haben könnte. Wir taten es nur, weil eine Weigerung vielleicht als Angst interpretiert worden wäre.

Ghapan war bis 1981 üblich. Seit 1982 machte diese Folterart dem »Hängen« Platz: Die Gefangenen wurden stundenlang an den Händen aufgehängt. Beide Methoden waren im Hinblick auf den unvorstellbaren Druck auf das Nervensystem, die Knochenbrüche und die Spätfolgen, die meist zur Lähmung führten, gleich hart.

Zum Schluß wollten die Abgeordneten wissen, ob jemand nicht über seine Anklage oder sein Urteil informiert wäre. Fast alle meldeten sich, worauf sie uns mitteilten, daß das Verhörpersonal des Evin-Gefängnisses bald Verstärkung bekomme und die Bearbeitung der Akten beschleunigt werde.

Einige Tage nach diesem Besuch wurde die Lüftungsanlage repariert. Narges und eine andere Frau, die auch über dreißig war und wie Narges unter starker Nervosität litt, wurden Zigaretten zugeteilt. Sie durften aber keine Feuerzeuge oder Streichhölzer in ihrem Besitz haben und mußten dreimal täglich, nach dem Essen, ins Verwaltungsbüro gehen und dort rauchen. Diese Erleichterung währte aber nur kurz. Bald darauf war das Rauchen wieder allen Frauen im Evin-Gefängnis verboten.

Ende des Sommers wurden Narges und ich zum Verhör ausgerufen. Wir hatten schon darauf gewartet, denn die bis dahin schwebenden Fälle wurden nun zügig bearbeitet. Wir verabschiedeten uns von unseren Freundinnen, denn die Möglichkeit, länger in den Verhörräumen festgehalten oder verlegt zu werden, bestand immer.

Eine meiner engsten Freundinnen begleitete uns bis zur Tür, wo wir uns umarmten. Eine Wärterin, die über die Herzlichkeit zwischen uns verärgert war, sagte: »Seid doch nicht so abhängig voneinander, wendet euch besser dem Allmächtigen zu. Eben diese innigen Gefühle und Freundschaften verhindern die bedingungslose Liebe zu Gott.«

Wir legten Tschador und Augenbinde an und mußten einige Zeit im Flur warten, bis ein Wärter kam. Eine Etage tiefer machten wir halt vor einer Tür. Der Wärter klingelte, und wir betraten einen Trakt, der als Bau 209 bekannt war. Auch hier mußten wir wieder lange warten. Das Geräusch der niedersausenden Peitsche blieb uns erspart. Dafür war etwas anderes zu vernehmen: das Auf und Zu einer schweren Metalltür, jedesmal begleitet von menschlichen Schreien. In diesem Gebäude wurden die Kellerräume zum Verhör benutzt.

Ein Mann kam und nahm Narges mit. Nach einigen Minuten kam er zu mir, gab mir einen Kugelschreiber in die Hand, faßte ihn am anderen Ende und sagte: »Halt ihn fest und komm mit!« So mußte er mich nicht körperlich berühren. Auf diese Weise wurde ich in ein kleines Zimmer geführt, in dem einige Stühle standen. Ich mußte mich auf einen von ihnen setzen, und er nahm mir gegenüber Platz. Dann sollte ich die Augenbinde abnehmen, und so sah ich als erstes seine starren Augen und seinen kurzen Bart. Er war ein junger, normal gekleideter Mulla ohne Turban. In seinem Gesicht war etwas Abstoßendes. Als er sprach, klang seine Stimme häßlich und abschätzig: »Glaub ja nicht, daß du hier lügen kannst. Du mußt die Wahrheit sagen, damit sich deine Lage schneller klärt.«

Sein starrer Blick lastete schwer auf mir. Reflexartig bedeckte ich mein Gesicht mit dem Tschador. »Wie es scheint, bist du ein Anhänger der Hisbollah geworden«, bemerkte er spöttisch. Er fuhr fort: »Ich bin Student der Theologie und eigens aus Ghom hierhergekommen, um die Fälle von solchen wie dir zu untersuchen.«

Er machte seinem Ärger Luft: »Ich habe fünf Kinder, und Leute wie du bringen mein gewohntes Leben durcheinander, machen mir Probleme und verhindern, daß ich bei meiner Familie sein kann.« Dann gab er mir ein Blatt Papier, auf dem mit roter, unleserlicher Schrift folgendes stand: »Ihre Identität steht fest. Listen Sie Ihre Aktivitäten auf!« Dann verließ er den Raum.

Ich sah mich um. Meine Lungen sogen dankbar die frische Luft ein. Ich hob den Kopf und bemerkte, daß der Raum nicht überdacht war. Zwei weitere Gefangene befanden sich in dem Raum. Nach einigen Minuten kam ein Mann herein, prüfte das Blatt Papier, das vor einem Gefangenen lag, und fing an, den Mann mit Fäusten und Füßen zu malträtieren. »Dich bringt wohl nur der Keller zur Besinnung«, drohte er ihm und nahm ihn mit. Die Vorstellung, auch im Keller zu landen, jagte ein Zittern durch meinen gesamten Körper.

Nun waren wir zu zweit in dem Raum. Ich hustete und sah in seine Richtung. Auch er sah mich an. »Wie lange bist du schon hier?« wollte ich wissen. »Gestern haben sie mich auf der Straße verhaftet, als ich mit dem Motorrad unterwegs war«, antwortete er hastig und fügte hinzu: »Dann sind sie zu mir nach Hause gegangen und haben auch meine Frau verhaftet.« Er machte sich große Sorgen um sie. Bevor ich noch etwas sagen konnte, vernahm ich immer lauter werdende Schritte. Sofort begann ich zu schreiben. Mein Untersuchungsbeamter kam herein und fing unvermittelt an, mich zu schlagen und zu treten. Als ich etwas sagen wollte, brüllte er: »Sei ruhig! Wenn du auch nur einen Ton von dir gibst, dann schlage ich dich noch mehr!« Irgendwann ließ er von mir ab.

Nach einer Weile wurde ich in einen anderen Raum geführt, eigentlich ein kleiner Hinterhof unter freiem Himmel, in dem sich mehrere Gefangene befanden. Der Wärter ordnete an, die Augenbinde umzulassen und keine Unterhaltungen anzufangen.

Nach einiger Zeit faßte ich mir ein Herz und schob meine

Augenbinde auf die Stirn. Einige Frauen im Tschador und zwei mit Mantel und Kopftuch saßen da. Der Zustand ihrer Kleidung zeugte davon, daß sie frisch verhaftet waren. Als sie von mir erfuhren, daß ich seit einem Jahr festgehalten wurde, wollten sie wissen, wie man die Gefangenschaft erträgt. »Der Mensch gewöhnt sich an alles«, sagte ich. Eine Frau fragte mich besorgt: »Werden die Frauen nackt gefoltert?«

»Gefoltert wird man schon«, erwiderte ich, »aber davon, daß man sich ganz ausziehen muß, habe ich nichts gehört.« Sie schien sich zu beruhigen. Offenbar hatte sie mehr Angst vor dem Nacktsein als vor der Peitsche. Sie hatte eben noch keine Bekanntschaft mit dem Folterinstrument gemacht.

Eine Frau saß traurig und schweigend an der Wand. Ich erfuhr, daß sie wegen ihres Mannes festgenommen worden war. Affektiert fügte sie hinzu: »Wir verstanden uns nicht. Ich war gegen seine politische Arbeit, und wir hatten immer Streit miteinander. Ich wollte mich sogar scheiden lassen.« Nach einigen Minuten holte sie ein Bild aus ihrer Tasche, schaute es lange an und flüsterte dann leise: »Ich habe Angst um ihn.« Ihr Gesicht wurde weich dabei und spiegelte ihre tiefe Zuneigung und Liebe wider. Ich erkannte auf dem Bild den Mann, den ich am Vormittag im Verhörraum gesehen und gesprochen hatte. Sie sprang auf, nahm meine Hände und wollte wissen, wie es um ihn stünde. Sie war überglücklich, als ich ihr berichtete, daß er offenbar nicht gefoltert worden war.

Der Raum war sehr dreckig. In einer Ecke lagen einige zerknitterte Wolldecken. Ich band mir die Zipfel meines Tschadors um die Taille und begann, Ordnung zu schaffen. Die anderen hatten keine Lust dazu und neckten mich als alten Gefängnishasen. Notdürftig fegte ich den Fußboden mit einem Taschentuch. Dann breitete ich die Wolldecken auf dem Boden aus und setzte mich darauf. Auch die anderen setzten sich auf die Wolldecken. Ein Geräusch an der Tür ließ uns eiligst die Schleier in Ordnung bringen. Das Abendessen wurde gebracht.

Ein sehr junges Mädchen mit bandagierten Beinen, das sich nur kriechend bewegen konnte, wurde zur gleichen Zeit ins Zimmer gebracht. Sie legte sich gleich hin und aß nicht mit. In der Enge stieß eine Frau versehentlich gegen ihren Fuß. Markerschütternd schrie das junge Mädchen auf. So konnte sie nicht liegenbleiben. Wir schufen Platz und legten sie an die Wand, so daß ihre Beine einigermaßen geschützt waren. Sie war still und beantwortete unsere Fragen nicht.

Ich war müde und hatte am ganzen Körper Schmerzen. Voller Sehnsucht dachte ich an unsere Zelle und die Frauen dort. Dann schlief ich ein. Am nächsten Morgen ein anderes Zimmer, ein neues Blatt Papier und dieselbe Frage. Ich fing an zu schreiben. Im gleichen Raum befand sich ein junger Mann, den der Untersuchungsbeamte in einem freundlichen Ton fragte: »Nun erzähl mir, warum du Sympathisant dieser Gruppe geworden bist.«

»Jeder suchte sich eine Gruppe; der eine wurde Volksmodjahedin, der andere Paykari«, antwortete der junge Mann in leichtem Plauderton. »Ich habe die Volksfedayin gewählt. Es war eben Mode, zu einer Gruppe zu gehören.«

»Erzähl doch mal, was du alles an religionswidrigen Dingen unternommen hast«, bat ihn der Beamte nach kurzer Pause in anzüglichem Ton. »Einmal habe ich Alkohol getrunken«, bekannte der Junge nach einem kurzen Zögern. »Solche Dinge meine ich nicht«, sagte der Beamte, »andere Sachen.« Es klang unheimlich und obszön. Jetzt sprachen sie im Flüsterton miteinander und kicherten dabei ordinär. Mich beschlich ein ungutes Gefühl, denn ich vermutete, daß es um Frauen ging. Warum zum Teufel führten sie ihr ekliges Gespräch in meiner Gegenwart?

Am liebsten wäre ich aus dem Zimmer gelaufen. In diesem Moment erinnerte sich der Untersuchungsbeamte offenbar daran, daß ich immer noch im Raum war. Er schrie mich an: »Verschwinde!« Erleichtert atmete ich auf, verließ schnell den Raum und setzte mich mit dem Rücken an die Wand gelehnt in den Gang. Ihre hohen Stimmen, oft von dreckigem Gelächter unterbrochen, schmerzten in meinen Ohren.

Nach ungefähr einer Stunde wurde ich wieder hineingerufen. »Schreib die Wahrheit, sonst spürst du die Peitsche«, gab er mir noch zu verstehen. Zur Bekräftigung seiner Drohung schlug er mehrmals auf mich ein, bevor er aus dem Zimmer ging. Später kam er zurück und überflog das Blatt. »Steh auf, du kapierst es doch nicht. Nur die Peitsche kann dich noch zur Vernunft bringen!«

Er führte mich durch den Gang. Als ich durch die dicke Kellertür ging, schlug mir ein Gewirr von Schreien und unterdrücktem Schluchzen entgegen, das in dem hohen, geschlossenen Keller ein unheimliches, grausiges Echo erzeugte. Mitten auf der Treppe mußte ich stehenbleiben.

Ein junger Mann wurde hereingeführt. Noch auf den ersten Stufen versetzte ihm sein Untersuchungsbeamter einen kräftigen Tritt. Kopfüber stürzte der Gefangene die Stufen hinunter. Mein Folterknecht kam zurück und verkündete, daß alle Pritschen besetzt seien und ich noch warten müsse.

Zwei bis drei Stunden wartete ich mit der ganzen Einsamkeit, Sorge und Angst der Welt im Herzen. Innerlich machte ich mich stark für die verfluchte Peitsche, wünschte mir aber, das Warten würde ewig dauern. Dann tauchte er wieder auf und sagte: »Ich habe beschlossen, dich zurückzuschicken.« Er begleitete mich persönlich zu unserer Abteilung. Unterwegs stellte er mir Fragen über mein Privatleben, sein Ton war beleidigend und anstößig. Er war nicht wie ein Mulla gekleidet, aber die unbeholfene Art der Befragung und seine Sprache zeugten davon, daß er ein »Geistlicher« war. Erst als ich endlich unseren Trakt betrat, bekam ich das Gefühl, in Sicherheit zu sein. Ich atmete tief durch, legte den Tschador und die Augenbinde ab und beschleunigte den Schritt. Der Gedanke daran, meine Mitgefangenen wieder zu sehen, ließ mich die Schmerzen vergessen.

Narges kam kurz nach mir. Sie hielt sich an der Wand fest und konnte kaum gehen. Ihre Füße waren dick angeschwollen. Wir waren alle empört, aber auch verwundert. Narges war doch schwer krank, was wollte man denn noch von ihr? Das wußte sie auch nicht. Man hatte ihr keine Fragen gestellt, sie sofort in den Keller gebracht, auf eine Pritsche gelegt und ihr sechzig laut abgezählte Peitschenhiebe versetzt. Sie hatte keine Ahnung, wer sie »gezüchtigt« hatte und warum.

Abends war Badetermin. Als die Badefrau mir das Handtuch reichte, wunderte sie sich über die vielen blauen Flecken auf meinem Rücken. Nun wußte ich endlich, woher die Schmerzen und das Muskelreißen kamen.

Einen Monat danach wurden Narges und ich wieder ausgerufen. Endlich sollte unsere Verhandlung stattfinden und die Anklageschrift verlesen werden. Den ganzen Vormittag mußten wir im dritten Stock des Eviner Zentralgebäudes, in dem sich die Gerichtsräume befanden, auf dem Gang warten. Am Nachmittag war es endlich soweit. Narges wurde zuerst hereingerufen. Nach nur wenigen Minuten war ich auch dran. Ich betrat den Raum und sollte die Augenbinde abnehmen. Ayatollah Mobasheri, ein geistlicher Richter, saß an einem Tisch. Ich setzte mich auf einen Stuhl, und dann wurde die Anklageschrift verlesen. Sie lautete: Sympathisantin der marxistischen Ideologie. Lesen von Schriften der linken Gruppe und Teilnahme an Demonstrationen gegen die Regierung.

Ich fing an, mich zu verteidigen, aber der Mulla unterbrach mich und fragte: »Bist du zu einem Interview bereit?«

»Interview, wozu?« fragte ich zurück. »Ich bin doch so bedeutungslos.«

»Komm her und unterschreibe dieses Papier«, sagte er einfach. Ich wollte noch etwas sagen, mich verteidigen, sah aber schnell die Sinnlosigkeit ein. Mir wurde ja überhaupt nicht gestattet, mich zu äußern. Ich unterschrieb also das Papier. Das Ganze dauerte nur einige Minuten. Mir war bekannt, daß vom Gericht aus den Gefangenen ein Telefongespräch mit ihren Angehörigen bewilligt wurde, also fragte ich danach. Ich durfte telefonieren, aber leider bereitete das Gespräch meiner Familie noch mehr Sorgen, als sie ohnehin schon hatte.

Zwei Wochen später wurde mein Urteil verkündet: Drei Jahre Gefängnis. Unter die Urkunde mußte ich schreiben: Zur Kenntnis genommen …

Irgendwie war ich sogar zufrieden, denn damit war ich erst einmal weiteren Folterungen und Verhören entronnen. Es erging mir besser als anderen Frauen in unserem Trakt, die ihre Verhandlung hinter sich hatten, aber das Urteil noch nicht kannten. Manche von ihnen warteten Monate, in einigen Fällen sogar Jahre, um schließlich zu erfahren, daß für sie lebenslänglich oder fünfzehn Jahre oder Erschießung vorgesehen war.

Es wurde sehr kalt, obwohl es längst noch nicht Winter war. Schon im Oktober schneite es. Das Fenster wurde zu einem Problem. Besonders die älteren Frauen waren kälteempfindlicher und wollten die Fenster geschlossen halten.

Die anderen dagegen wollten es wegen der verbrauchten Luft offenhalten.

Einmal wöchentlich besprachen wir an einer Versammlung Angelegenheiten wie Einkäufe, hygienische Fragen und Ordnung und Reinhaltung des Raumes. Das Einkaufen sorgte manchmal für Aufregung, denn manche waren der Meinung, es sollte abwechslungsreicher eingekauft werden, um die Ernährungsmängel auszugleichen. Andere wollten es auf das Notwendigste reduzieren, und wieder andere dichteten dem Problem einen politischen Hintergrund an und beschuldigten die ersteren des bürgerlichen Liberalismus. Beschlossen wurde am Ende, daß ausschließlich die notwendigsten Artikel eingekauft werden.

Als ich später darüber nachdachte, kam mir die ganze Diskussion sinnlos vor. An Geldmangel lag es nicht, denn wir hatten genug Geld von den Verwandten bekommen. Also wozu diese starre Haltung? In den folgenden Jahren waren wir uns einig und kauften abwechslungsreich ein. Unsere körperliche Schwäche, hervorgerufen durch dauernde Mangelernährung, gab schließlich den Ausschlag.

Wer wollte, konnte die Bibliothek benutzen. Nur interessierte sich kaum jemand dafür, denn dort waren ausschließlich religiöse Bücher, die literarisch oder wissenschaftlich vollkommen wertlos waren. Wir hungerten nach wissenschaftlichen Büchern und guten Romanen.

Die beschlagnahmten Bücher aus den durchsuchten Wohnungen wurden in den Gängen der Verhörtrakte auf einen Haufen geworfen, bevor sie vernichtet wurden. Sich diesem Haufen zu nähern, wäre ein gefährliches Risiko für die Gefangenen gewesen. Einmal fiel uns eine kleine Broschüre in die Hand: Offensichtlich hatte es dennoch jemand gewagt, ein Büchlein aus dem Haufen am Körper versteckt und zu uns hereingeschmuggelt. Es war ein verkleinertes Exemplar von »Über Strategie und Taktik« von Stalin.

Die meisten iranischen Linken verbanden damals wegen Desinformation nicht Diktatur oder Roheit mit dem Namen Stalins. Jedenfalls versetzte uns das Büchlein mit dem Stalinbild in große Aufregung. Wir lasen es heimlich in kleinen Gruppen.

Einmal im Monat bekamen wir Schreibzeug, damit wir unseren nächsten Angehörigen schreiben konnten. Einige Stifte hatten wir von früher. Wir hielten sie versteckt und hüteten sie wie unbezahlbare Schätze.

Das Lösen der Kreuzworträtsel in den Zeitungen gehörte zu den beliebtesten Beschäftigungen. Die Lösungen wurden sofort wieder ausradiert, damit die anderen es auch versuchen konnten. Außerdem entwarfen wir mit großem Spaß in Gruppenarbeit selbst neue Kreuzworträtsel. Dann bildeten sich mehrere Gruppen, die die Rätsel lösen mußten. Siegerin war die Gruppe, die am schnellsten damit fertig war, und als Preis gab es ein Stückchen getrocknete Feige.

Unser Zusammenleben wurde von Tag zu Tag erträglicher, das Gefühl der Gemeinschaft und Solidarität immer stärker. Manche Freundschaften waren nun schon mehr als ein Jahr alt und hatten jede Feuerprobe bestanden. Und jeder einzige Tag der Freundschaft im Gefängnis ist bedeutungsvoll und großartig angesichts der Entbehrungen und Ängste, der Enge und der ständigen Unterdrückung aller privaten Momente des Lebens.

In den Zeiten der Niedergeschlagenheit, der Sehnsüchte, des Heimwehs, der Langeweile und der Frustration setzten wir uns zusammen, und die Frauen, die eine gute Stimme hatten, sangen uns etwas vor. An einem solchen Abend denunzierte uns eine Frau, die für die Tawabs spionierte. Plötzlich erschollen vom Flur her laute Stimmen. Die Parole »Tod den Kommunisten!« drohte unser Trommelfell zu zerfetzen. Die Tawabs veranstalteten wahrhaftig eine Demonstration gegen uns, und das auf dem engen Gang der Abteilung! Einige von ihnen kamen sogar in die Zelle, erhoben die geballten Fäuste gegen uns und schrien uns ihre Parolen ins Gesicht. Eine Zellengenossin schaltete den Fernseher ein und drehte den Ton laut auf, um die ohrenbetäubenden Schreie zu übertönen. Ungeniert schalteten sie den Apparat wieder ab.

Am nächsten Tag wurden die beiden Frauen, die gesungen hatten, ins Büro gerufen. Die Vorsteherin fragte sie spöttisch: »Ihr seid wohl Monarchisten, wenn ihr die Lieder von einer königstreuen und gänzlich verdorbenen Sängerin singt.« Eine der Frauen erwiderte: »Wir haben nur Lieder von Sängerinnen gesungen, die volksnah und populär sind.«

Darauf bemerkte die Vorsteherin ärgerlich: »Es gibt keine Unterschiede. Wer singt, ist verdorben. Jede Art von Singerei ist ein Verstoß gegen die Bestimmungen und wird bestraft.« Die Frauen mußten sich verpflichten, so etwas Kompromittierendes nie wieder zu tun.

Nach diesem Vorfall veranstalteten die Tawabs, deren Zahl ständig weiter zunahm, öfter solche Manöver. An den religiösen Trauerfeiertagen brachten sie regelrechte Prozessionen zustande und schlugen sich dabei kräftig und im Rhythmus ihrer Parolen auf die Brust. Befand sich dabei zufällig eine von uns auf dem Flur, so holten sie kräftiger aus, um uns mit ihren Armen zu treffen.

Der erste Jahrestag der Ermordung meines Bruders nahte. Narges und ich bereiteten einen Gedenktag vor, aber Regeln ließen es nicht zu, alle Frauen der Abteilung zusammenzurufen. Wir wollten aber niemanden ausschließen und waren deshalb ziemlich ratlos. Da hatte Narges einen guten Einfall: Sie war ja sehr oft krank, und so beschloß sie, auch an diesem Tag »krank« zu werden. Dann nämlich konnte jede sie besuchen.

Die »Krankheit« von Narges zeigte sich schon am frühen Morgen und zwang sie, sich niederzulegen. Ich zog mir ein frischgewaschenes Kleid an und hielt »Krankenwache« an ihrem Bett. Schon früh kamen die Freundinnen in Gruppen zu uns. Die meisten wußten, welche Bedeutung dieser Tag für uns besaß, und hatten die anderen informiert. Im Flüsterton sangen wir die »Internationale«. Da im Zimmer immer genügend Lärm war, konnte unser Geflüster nicht an unerwünschte Ohren dringen. Narges hatte einen ergreifenden Text mit dem Titel »Ein Brief an meinen Mann« verfaßt, in dem sie das gemeinsame Glück vor der Gefängniszeit und die Einsamkeit des letzten Jahres beschrieb. Sie war in diesem Jahr wirklich enorm gealtert. Ich hatte ein Gedicht über Schmerz und Verlust geschrieben. Damals litt ich unsagbar an dem allgegenwärtigen Verrat und der Selbstverleugnung der einstigen Gefährten und Genossen. Dieser Schmerz drückte sich in meinem Gedicht aus, das mit dem Lob des Mutes meines Bruders zum Widerstand endete.

Manche sangen Balladen oder politische Lieder. Sehr bewegt las Narges ihren Text vor, und ich rezitierte mein Gedicht. Den Frauen, die vor einem Jahr noch nicht hier waren, erzählten wir die Tragödie. Soweit es ihnen möglich war, beschenkten uns die Freundinnen mit kleinen, liebevollen Mitbringseln. Manche hatten aus eingeweichtem Brot Blumen oder Sterne geformt und diese trocknen lassen, andere hatten etwas gestickt. Eine der Mitgefangenen hatte mir eine wunderschöne Landschaft gestickt. Die Stickerei zeigte einen Fluß, der durch einen moosbewachsenen Wald floß. Die Wellen bildeten verschnörkelt und versteckt ein Wort, das beim ersten Hinsehen nicht zu erkennen war. Es war das Wort »Liebling«. Wahrlich, ein Geschenk, das von enormer Zuneigung und Aufmerksamkeit zeugte. Eine andere Frau hatte aus einem kleinen Stein mühselig die Figur eines Fisches geschliffen und erklärte, der Fisch sei für sie das Symbol der Freiheit.

So besuchten uns an diesem denkwürdigen Tag alle Mitgefangenen, auch die aus anderen Zellen. Ein Tag in Unfreiheit, aber ein großartiger Tag.

Wieder ein Besuchstag. Die Frauen brachten die Nachricht mit, daß Nastaran Akhlaghi im September 1982 hingerichtet worden war. Nastaran und ich waren in der ersten Zeit meiner Gefangenschaft in einer Abteilung gewesen. Damals fiel mir auf, daß sie von vielen Frauen gemieden wurde, obwohl sie an sich ein fröhliches Gemüt hatte. Als ich dann ihre Geschichte hörte, stellte ich mich gnadenlos auf die Seite der Frauen, die sie schnitten. Ihre Geschichte war tragisch und für die Atmosphäre der Gesellschaft und ebenso des Gefängnisses bezeichnend.

Der Vater von Nastaran, ein Mitglied der Hisbollah, der Partei Gottes, hatte seine mit der Paykar-Organisation sympathisierende Tochter denunziert. Daraufhin verhaftete man sie, folterte sie und befragte sie nach ihrer Verbindungsperson zu der Organisation. Irgendwann hielt sie den Druck und die Schmerzen nicht mehr aus. Und nun begann die eigentliche Tragödie. Sie hatte zwar ihre Schmerzgrenze erreicht, wollte aber ihre eigenen Genossen nicht verraten, sondern gab eine Person aus einer anderen Organisation an. Der Grund dafür war wohl ein falsch verstandenes oder falsch vermitteltes Feindbild.

Auf jeden Fall nannte sie in ihrer Verzweiflung den Namen einer Freundin. Diese Freundin gehörte aber zur Arbeiterpartei (Hezbe Randjbaran), einer von der Volksrepublik China außenpolitisch beeinflußten Partei, die sich nach der Revolution zu den Zielen der Islamischen Republik bekannte. Man verhaftete die Freundin und folterte sie. Einige Zeit später wurde diese von ihr denunzierte Freundin zufällig in dieselbe Zelle wie sie verlegt. So wurde alles bekannt. Die Frauen kritisierten sie vehement und isolierten sie vollständig.

Nastaran sah schließlich ihren verhängnisvollen Fehler ein und verlangte nach einem erneuten Verhör. Diesmal sagte sie die volle Wahrheit und entlastete die Freundin, die daraufhin freikam. Nastaran selbst mußte schwere körperliche Mißhandlungen ertragen. Nun hörten wir von ihrer Hinrichtung und auch davon, daß sie sich bei allen nachfolgenden Mißhandlungen und Folterungen fest und standhaft dem Druck widersetzt und Mut bewiesen hatte. Ihr Versuch, den Fehler wiedergutzumachen, wurde aber von vielen nicht akzeptiert. Die Lüge fand bei sehr vielen auch über den Tod hinaus keine Entschuldigung.

Diese Geschichte war für mich eine Lektion: Kein Mensch ist vor Fehlern geschützt; aber schlimmer ist es, einen Fehler als absolut und unvergänglich zu betrachten und Einsicht oder Reue nicht zu akzeptieren.

Nastaran hatte einen ungeheuerlichen, folgenschweren Fehler begangen, den sie aber anschließend einsah. Ehrlich und ohne zu zaudern hatte sie versucht, ihn wiedergutzumachen. Dafür bezahlte sie den höchsten Preis: ihr Leben. Ihren letzten Weg ging sie einsam, isoliert, aber auch unbeirrt bis zum Ende.

Es war Abend, und wir befanden uns auf dem Rückweg vom Gebetshaus in unseren Trakt. Bei den Kräuterbeeten der Gefängnisküche bekam Arezu, die jüngste Frau unserer Zelle, einen unbändigen Appetit auf die Peperoni, die im Halbdunkel einladend schimmerten. Sie beschloß, einige zu pflücken. Im Zimmer zerteilte sie die Peperoni in winzige Stückchen und gab jeder Frau eins davon. Später, als wir schon schlafen wollten, wurde sie ins Gefängnisbüro gerufen und sollte die Peperoni zurückgeben. »Wir haben sie gegessen«, sagte sie einfach. »Das ist Diebstahl und wird mit Züchtigung bestraft«, stellte der Revolutionswächter fest, lenkte aber ein: »Wir können von der Peitsche absehen, wenn du Strafe zahlst.«

»Warum denn, die Peperoni sind doch für die Küche, also für

uns gedacht«, sagte sie in ihrer jugendlichen Unschuld. »Stehlen und auch noch unverschämt sein. Für jede Peperoni mußt du hundert Tuman zahlen«, sagte er verärgert und nahm tatsächlich das Geld aus der Gemeinschaftskasse der Zelle. Also hatten wir die teuersten Peperoni der Welt gegessen; doch wir ließen uns den Spaß nicht verderben, und sie schmeckten uns wunderbar. Wir lachten noch lange über diese luxuriösen Peperoni.

Das Ghezelhessar-Gefängnis

Etwa Mitte Dezember 1982 wurden mehrere Frauen, darunter auch Narges und ich, in das Ghezelhessar-Gefängnis verlegt. Seit unserer Urteilsverkündung hatten wir darauf gewartet und waren vorbereitet: Aus einem aufgetrennten Mantel von mir hatten wir zwei große Beutel genäht, in die wir jetzt unsere Habseligkeiten packten.

Der Abschied konnte nicht mehr wie früher stattfinden, denn die Türen der Zellen waren nun verschlossen. So wurden die großen Abschiedszeremonien und Demonstrationen der Eintracht verhindert. Auch die Versammlungen aus verschiedenen Zellen im Flur, bei denen Trost, Zuneigung und Informationen ausgetauscht wurden, waren unmöglich geworden. Wir sagten jeder Frau in unserer Zelle Lebewohl. Im Flur traf ich doch noch Golnar. Mit irgendeinem Trick hatte sie es geschafft, aus ihrer Zelle herauszukommen. Hastig nahmen wir Abschied voneinander. Ich sah sie zum letzten Mal. Beim Verlassen der Abteilung traf ich Fatemeh und verabschiedete mich auch von ihr. Zuletzt hatte ich sie immer seltener gesehen. Sie hatte an diesem Tag ein von Sorgen umwölktes Gesicht. Sie bat mich, ihr meinen schwarzen Tschador zu schenken, weil sie ihn gut gebrauchen konnte für ihre Arbeiten, zum Essen verteilen und zum Müll hinaustragen. Ich wußte, daß sie nie Besuch bekam und niemanden hatte, der ihr einen Tschador hätte mitbringen können. Außerdem besaß ich noch einen zweiten. Der war zwar bunt und gemustert, aber damals waren bunte Tschadors noch nicht verboten. Ich hatte ein starkes Mitgefühl für sie und befürchtete immer, daß das Gefängnis ihr Schlimmeres antun würde, als es ohnehin schon vermag. Später erfuhr ich, daß sie ihr seelisches Gleichgewicht verloren hatte. Sie war einsam und immer allein. Wahrscheinlich wurde ihre Krankheit nicht rechtzeitig erkannt.

Ein Bus wartete auf uns. Nach dem Verlassen des Evin-Geländes durften wir die Augenbinde abnehmen. Die Vorhänge vor den Fenstern waren zugezogen, schlossen aber nicht dicht. Auch durch die Frontscheibe konnte man hinausschauen. Nach über einem Jahr sah ich die Straßen meiner Stadt zum ersten Mal wieder. Der Bus fuhr am Saadatabad-Krankenhaus vorbei, und ich mußte unwillkürlich an Suzan denken, die hier gearbeitet hatte.

Die Straßen waren ruhig und menschenleer. Über die kahlen Bäume hatte sich eine dünne Schneedecke gelegt. Eine ergreifende, schon fast liebliche Trauer überkam mich. Mein Herz war schwer. Ich fühlte eine bodenlose Traurigkeit. Durch den Schleier meiner Tränen sahen die Straßen noch trauriger und verlassener aus. Es war gegen Mittag, und die Schüler waren auf dem Weg nach Hause.

Unbeirrt ging das Leben da draußen seinen gewohnten Gang. Es floß wie ein ruhiger, steter Fluß. Wir waren gewaltsam aus dem Kreislauf herausgerissen. Es ging an uns vorbei. Aber nein. Ich gehörte dazu. Der Fluß des Lebens floß in mein Herz und mein Inneres und wusch meine ungeweinten Tränen fort. Ich wurde ruhiger. Der Fahrer mied die belebten Straßen und fuhr durch kleinere Seitenstraßen. Vereinzelt erblickte ich vorbeigehende Menschen.

Eine halbe Stunde später kamen wir am Ziel an. Vor dem riesigen Tor wartete eine große Menschenmenge auf Einlaß, fast nur ältere Menschen, und viele hatten kleine Kinder dabei. Das waren wohl die Eltern von Gefangenen, die die Enkelkinder mitbrachten, damit diese die Eltern sehen konnten. Wir mußten unsere Augenbinden wieder anlegen und gingen in eine große Halle, die als »Unter der 8« bekannt ist. Eine junge Frau, offenbar selbst eine Gefangene, nahm unsere Personalien auf. Vom Hörensagen wußte ich, daß im Ghezelhessar-Gefängnis die innere Verwaltung den Tawabs und auch anderen Gefangenen übertragen wurde. Aufgaben wie Kochen, Küchendienst, Reinigung der Räume und Flure und ähnliches wurden den Strafgefangenen, aber manchmal auch den politischen Gefangenen übertragen.

Durch lautes Husten meldete ein Mann sein Kommen an. Wir zogen unseren Tschador zurecht und bedeckten den Körper damit. Ein stark gebauter Mann mit einem Rosenkranz in der Hand erschien, sah uns spöttisch an, nahm der jungen Frau die Liste ab, sah sie durch und befahl uns, ihm zu folgen. Er war der Gefängnisdirektor und hieß Hadji Dawud Rahmani, wurde aber nur der Hadji genannt. Hadji ist ein islamischer Titel, den diejenigen Moslems tragen dürfen, die die Pilgerreise nach Mekka ausgeführt haben.

Der Gang war sehr lang und breit. Ein Mitarbeiter fuhr mit einem Fahrrad an uns vorbei. Wir passierten mehrere Türen, die wahrscheinlich zu den unterschiedlichen Abteilungen führten. Von innen drang lauter Lärm wie vom Alltagstreiben größerer Menschenmengen heraus. Der Hadji machte vor einer Tür halt, die mit einer Wolldecke behängt war. Er schob die Decke zur Seite und sagte: »Hier ist eure Abteilung. Da drüben seht ihr die Abteilung 8. Das ist der Straftrakt. Ihr habt bestimmt davon gehört. Tanzt eine von euch aus der Reihe, landet sie sofort da.«

Dieser Straftrakt genoß in der Tat einen traurigen Ruhm, wie auch die Brutalität des Hadji und die von ihm verhängten Strafen. Aber erstmal war es sehr beruhigend, in einer normalen Gemeinschaftszelle zu sein.

Wir betraten die Abteilung und kamen in einen großen Flur. Die Zellen lagen auf beiden Seiten und waren mit starken Eisenstangen, die bis zur Decke reichten, abgetrennt. Die großen Zellen befanden sich nahe dem Eingang, zum Ende des Flurs wurden die Zellen immer kleiner. Hinter den Gittern standen Frauen, die uns erwartungsvoll begrüßten. Narges und ich kamen in eine der großen Zellen. Später, als der ständige Lärm für Narges' angegriffene Nerven unerträglich wurde, bat sie um Verlegung in eine kleine Zelle, wo sie etwas mehr Ruhe finden konnte.

Sobald der Hadji verschwunden war, stürzten die Frauen wie eine menschliche Lawine auf uns zu. Viele von ihnen kannte ich aus dem Evin-Gefängnis. Wir umarmten uns. Alle hungerten nach

Neuigkeiten und erzählten uns, daß das Ghezelhessar-Gefängnis wie eine Insel von der restlichen Welt abgeschnitten sei, keine Nachricht dringe zu ihnen durch.

Die Zeit des Abendessens war vorbei. Die Frauen brachten uns eine kleine Mahlzeit und berichteten, daß es hier genug zu essen gebe und daß man Lebensmittel in einer relativ reichhaltigen Auswahl kaufen könne.

An den Wänden standen dreistöckige Betten. Was für ein Zufall: die Tawab Zohre, die ich schon von früher kannte, war Zellenvorsteherin. In ihrem Blick lag Angst vermischt mit Feigheit. Angst vor uns, vor der eigenen Vergangenheit und der verleugneten Gesinnung. Diese Angst hatte sie ihrem mit Verrat beschmutzten Gefängnisaufenthalt zu verdanken: Ein Jahr nach ihrer Verhaftung denunzierte sie die eigenen Eltern. Sie war mit den Revolutionswächtern nach Hause gegangen und hatte sie festgenommen. Jetzt saß sie mit ihrer Mutter in einer Zelle. Die Mutter erzählte einer Freundin, daß sie Angst vor ihrer eigenen Tochter habe und sich in ihrem Beisein verstellen müsse. Zohre machte später sehr schnell »Karriere« als Tawab. Ein Jahr später, als uns das Leben unerträglich schwer gemacht wurde und wir dauernd harten Strafen ausgesetzt waren, avancierte sie zu unserer Aufpasserin, die den Folterknechten in nichts nachstand.

Jetzt wies sie mir ein Bett zu, das ich mit zwei anderen Frauen teilen mußte, da die Zellen hoffnungslos überbelegt waren. Mit der Zeit fanden wir den einzigen möglichen und praktikablen Ausweg aus der Misere: Reihum benutzte jede für eine Nacht das Bett, während die anderen beiden auf dem Boden schliefen.

Um zehn Uhr wurden die Lichter gelöscht. Ich war mit den neuen Bekannten und der Situation so beschäftigt, daß ich mich noch nicht gewaschen hatte. Die sanitären Anlagen waren nicht zu vergleichen mit denen des Evin-Gefängnisses, man konnte schon fast von Komfort reden.

Beim Aufwachen erfuhr ich, daß hier die Tür zum Hof immer offenblieb. Nach über einem Jahr endlich an die frische Luft! Ich rannte hinaus. Es war ein großer Hof mit säuberlich eingeteilten

Beeten, die allerdings mit Schnee bedeckt waren. Ich ließ mir erzählen, daß im Frühling und Sommer Blumen, Gemüse und Kräuter angepflanzt werden, wodurch sich der Hof in einen schönen, kleinen Garten verwandle.

Selig hob ich den Kopf, um den Himmel zu betrachten. Die hohen Mauern waren zusätzlich durch Stacheldraht gesichert. Ein Stück entfernt ragte der Wachturm in die Höhe, als ob er daran erinnern wollte, daß auch dieses schöne Fleckchen Erde für uns nichts als ein Gefängnis war.

Beim Frühstück waren alle fröhlich und laut. Ich saß vor unserer Zelle und genoß den recht heißen Tee, der nach meinem morgendlichen Spaziergang in der kalten Luft doppelt so gut schmeckte. Danach führte mich eine Freundin zu einer Besichtigungstour. Ein großes Zimmer befand sich direkt neben der Eingangstür, das als Sanitätsraum bezeichnet wurde, in Wirklichkeit aber als Lese- und Gebetsraum diente. Dort mußte absolute Ruhe gewahrt werden, vor allem in der Lesezeit, die von 8.00 bis 12.00 Uhr dauerte, und in der Ruhezeit von 14.00 bis 16.00 Uhr.

Ich hatte das Gefühl, eine andere Welt betreten zu haben. Die Bestimmungen, von den Gefangenen selbst angeordnet und durchgesetzt, schienen mir sinnvoll. Sie wurden von allen bereitwillig eingehalten, denn sie stammten von uns selbst und waren nicht aufgesetzt und aufgezwungen.

Am Nachmittag schritt ich mit meiner Freundin den Gang auf und ab, als plötzlich ein Tumult ausbrach: Es war Badetag, und das Wasser war gerade warm geworden. Jede beeilte sich, um möglichst noch heißes Wasser zu erwischen. Ich gehörte zu der Gruppe, die später an die Reihe kommen sollte.

Als ich das Bad betrat, mußte ich an die großen öffentlichen Bäder denken, die in meiner Kindheit noch üblich gewesen waren. Der große Raum war in dichten, warmen Dampf gehüllt. Außerhalb der Duschkabinen standen in diesem nebligen Schleier aus Wasserdampf entkleidete Frauen und wuschen sich die Haare oder seiften ihre Körper ein. Reihum gingen sie dann unter die Dusche und spülten sich ab. Eine Frau, bewaffnet mit einem großen Besen, kämpfte verbissen gegen das Wasser, das sich in Pfützen angesammelt hatte, indem sie es in Richtung der in den Boden eingelassenen Abflußlöcher schob. Zwischendurch rief sie die Uhrzeit aus.

Ich beeilte mich sehr mit der Körperreinigung, und so genoß ich zweimal das angenehme Gefühl, von warmem Wasser berieselt und umschmeichelt zu werden. Das Ganze sah so aus, als ob ein Stummfilm im Zeitraffer abliefe.

Die Badeorganisatorin Farah Wafaii, die von allen freundschaftlich »Bade-Farah« genannt wurde, gab das Ende der Badezeit für unsere Gruppe bekannt. Die Frau mit dem Besen in der Hand wiederholte es, damit es alle hören konnten. Eilig verließen wir den Raum. Farah Wafaii wurde 1988 bei dem großen Gemetzel, das in den Gefängnissen Irans stattfand, hingerichtet.

Nach der Ungewißheit und Angst im Evin-Gefängnis begann nun ein relativ bequemes Gefängnisdasein. Leider währte die Ruhe und Sorglosigkeit nicht lange.

Die Urteile der meisten Frauen waren schwer und hart. Nur selten wurde jemand entlassen. Die wenigen, die nach dem Rechtsverständnis der Regierung eigentlich freigelassen werden mußten, kamen trotzdem nicht ohne weiteres aus dem Gefängnis heraus. War die Strafe erstmal abgesessen, so mußte die Frau vor ihrer Entlassung im Beisein anderer Gefangener ein Gespräch mit dem Hadji über sich ergehen lassen. Dieses Interview war eine schwer zu überwindende Hürde.

Das Verfahren lief gewöhnlich folgendermaßen ab: Kurz vor oder während des Gespräches gaben die Tawabs ihre Berichte über die Frau an den Hadji. Er hatte zu entscheiden, ob die Frau ausreichend umerzogen war und sich auf dem »rechten Weg« befand oder nicht. Während des Gespräches fragte er gewöhnlich, was die Ursache für die Sympathie mit jener Gruppe war, auf der die Anklage basierte. Lautete die Antwort etwa, daß die demokratische Phase während und nach der Revolution oder der Einfluß eines Angehörigen beziehungsweise eines Freundes der Anlaß war, so konnte die Gefangene damit rechnen, daß die Freilassung erstmal für einige Zeit ad acta gelegt wurde. Der Hadji hörte nämlich solche – durchaus wahrheitsgemäßen – Antworten höchst ungern.

Die Antwort auf seine Fangfrage mußte hingegen lauten, daß der Grund für die eigene Politisierung nicht mehr war als blinde Selbstsucht, egoistische Leidenschaft oder zerstörerische Wut. Solche Antworten sollten beweisen, daß innere Schwäche und ungezügelter Egoismus die Menschen zur Auflehnung treiben.

Solche Gespräche fanden nicht nur vor der Freilassung statt, sondern auch mit den zum Tode Verurteilten, um festzustellen, ob und wieweit sie ihre politische Vergangenheit überwunden hatten. Es kam vor, daß bei einem positiven Ergebnis die Todesstrafe in eine lebenslängliche Zuchthausstrafe umgewandelt wurde.

Für den Gefängnisleiter hatten diese Interviews höchste Bedeutung. Im Evin-Gefängnis wurden die Interviews sogar über den eigenen Fernsehkanal ausgestrahlt. Hier, im Ghezelhessar-Gefängnis, benutzte man Videogeräte, um uns nicht um diesen Genuß zu bringen. Die Anwesenheit bei diesen Video-Aufführungen war Pflicht und unumgehbar.

Zu dieser Zeit handelten die Interviews vorwiegend von den Geständnissen der Gefangenen, von ihren subversiven Versuchen und der Bildung von Sabotage-Organisationen innerhalb der Gefängnismauern. Wer der Führung solcher Sabotage-Gruppen bezichtigt war, wurde in die Isolationszellen des Gohardasht-Gefängnisses verlegt, und die anderen wurden in der Strafabteilung der »Unteren 8« untergebracht. Einige von ihnen mußten öffentlich erklären, daß sie sich aus taktischen Gründen als Tawab betätigt hatten, um auf diese Weise Einfluß auf die Verwaltung nehmen zu können.

Im Jahre 1983 wurde ein Teil von ihnen vom Gohardasht-

Gefängnis hierher zurückverlegt und monatelang der schwersten Folter unterzogen, um aus ihnen Geständnisse über die Verbindungen innerhalb und außerhalb des Gefängnisses herauszuprügeln. Manche erlitten dabei einen psychischen Kollaps, andere veränderten ihre Persönlichkeit vollkommen. Aus vielen entwikkelten sich echte, willenlose Tawabs, die jede Kooperation akzeptierten und als Folterpersonal gegen andere Gefangene zu einer traurigen Berühmtheit gelangten. Farzaneh Amui war eine der Frauen, die als Folge der langen, schweren Mißhandlungen ihren Verstand gänzlich verloren. Wir erfuhren nie, was es genau war, was sie in den schrecklichen Monaten hatte ertragen müssen, nur, daß eben keine von ihnen jemals wieder das wurde, was sie vorher gewesen war.

Im Gegensatz zu vorher wurde ich nicht mehr so oft und schrecklich von seelischen Krisen erschüttert, und die Interviews, der Verrat und die Resignation der führenden Funktionäre aller Widerstandsgruppen lähmten mich nicht mehr so stark, weil ich es als Tatsache akzeptierte. Ich verinnerlichte, daß meine Überzeugung allein die Fakten nicht verändern und die tiefe Resignation nicht beheben konnte. Ich fühlte mich erwachsener und toleranter.

Die sogenannte »Dekade der Morgenröte« rückte näher. Damit bezeichnete man die zehntägigen Feierlichkeiten anläßlich der Vertreibung des Schahs und des Revolutionssieges. In dieser Zeit kamen Geistliche in das Gefängnis und hielten Ansprachen, unter anderen auch Ayatollah Nateq Nuri. In diesen zehn Tagen wurde auch täglich ein Video-Spielfilm gezeigt, doch für uns alle gab es nur einen einzigen Fernsehapparat. Auf den Film zu verzichten hätte bedeutet, auf das seit langem einzige Vergnügen zu verzichten. Um sich einen Platz zu ergattern, mußte man sich manchmal Stunden vorher daraufsetzen und durfte ihn bis zum Ende des Films auch nicht wieder verlassen.

An einem dieser Tage sollte ein Film über die baskischen Widerstandskämpfer gezeigt werden. Der Ansager war mit der

Ankündigung noch nicht ganz fertig, als alle schreiend und Hurra rufend zum Fernsehapparat liefen. Sogar die Frauen, die auf den obersten Betten saßen, sprangen gewagt und unbedacht herunter und rannten hin. Innerhalb einiger Sekunden befand sich der ganze Trakt vor oder in der Nähe des Fernsehers. Die Aufregung und die Freude waren unbeschreiblich.

Nach der Koranlesung, die den Vorspann zu jedem Film bildete, erklärte der Ansager, daß der Film wegen technischer Mängel abgesetzt worden wäre. Unsere Enttäuschung und Niedergeschlagenheit kannte keine Grenzen. Dann stellte sich heraus, daß sich der Hadji zufällig gerade im Trakt aufgehalten hatte, als unsere Freudenschreie ertönten. Als er den Grund erfahren hatte, ordnete er die Absetzung des Filmes an.

Im Straftrakt

Seit knapp zwei Monaten befand ich mich in diesem Trakt, als der Hadji eines Abends die Abteilung betrat, fortwährend laut und vernehmlich rufend: »O Allah!« Das tat er, damit wir uns rechtzeitig mit dem Tschador bedecken konnten. Wir rannten los, verschleierten uns und schlichen in unsere Zellen.

Es war erst das zweite Mal, daß ich ihn persönlich sah, aber ich hatte genügend Geschichten über seine Grausamkeit gehört. Ich wußte auch, daß er es nicht mochte, wenn Gefangene ihm direkt in die Augen sahen, und daß diejenigen, die es fertigbrachten, seinem Blick standzuhalten, mit schlimmen Folgen zu rechnen hatten. Er wollte auch nicht mit seinem eigentlichen Namen angeredet werden, sondern nur mit seinem religiösen Titel »Hadji Agha«.

Einige Zeit der Angst und Unsicherheit verstrich, bis der Hadji mit der Inspektion anderer Zellen fertig war und zu unserer Zelle kam. Er stand wortlos draußen und beobachtete uns. Ich hielt den Kopf gesenkt aus Angst, er könnte mich beim Anschauen seiner Person erwischen. Aus den Augenwinkeln sah ich aber die anderen Frauen und merkte dabei, daß nicht alle dieselbe Angst hatten. Manche starrten ihn unerschrocken an.

Ich schämte mich meiner Feigheit, hob den Kopf etwas an und schaute in sein Gesicht, in dem nur Spott zu sehen war. Dann wählte er eine ihm von früheren Anlässen bekannte Frau aus, um seine sadistischen Neigungen zu befriedigen. Er peinigte sie und drohte ihr, sie niemals wieder die Freiheit erleben zu lassen. Dann ging er weiter, und ich atmete auf.

Nachdem er alle Zellen besichtigt hatte, erklang die Stimme der Vorsteherin durch den Lautsprecher und forderte alle Linken auf, sich in den Saal neben dem Eingang zu begeben. Wir ahnten Böses und versammelten uns beunruhigt.

Eine Zeitlang schritt er vor uns auf und ab. Mit seinen schweren Stiefeln und seiner Armeeuniform sah er aus wie die schlechte Karikatur eines lateinamerikanischen Militärdiktators. So war auch seine Rede; unflätig beschimpfte er den Marxismus und bezeichnete uns als dessen Abfall, drohte, »jeden Ungläubigen fertigzumachen«. Seine Vokabeln konnte man sicherlich in keinem Wörterbuch finden. Dann sagte er: »Das ist die Parole der Marxisten: Stroh, Luzerne, Stall.«

Einige der anwesenden Tawabs stimmten nun mit ein. Das war wohl ein Fehler, denn der Hadji mochte es nicht, wenn verurteilte Gefangene, noch dazu Frauen, die Dreistigkeit besaßen, seine lächerliche Schimpftirade zu begleiten. Er sah sie wutentbrannt an, sofort verstummten sie. Endlich gelang es ihm, seine Forderung zu verkünden: »Durch Lautsprecher müßt ihr Linken euch vor allen Gefangenen vom Marxismus und von euren Gruppen distanzieren!« Protestierend warfen wir ein, daß wir doch nichts getan hätten. Mit einer Handbewegung erstickte er unsere Proteste und gab uns eine Woche Zeit zum Nachdenken. Zum Schluß drohte er: »Wer das nicht akzeptiert, gehört nicht hierher, sondern in den Trakt 8«, und dann ging er.

Sofort brach eine endlose Diskussion aus, die tagelang dauerte. Die Mehrheit der Frauen war der Meinung, daß es falsch sei, sich seinem Willen zu beugen. Die verbale Distanzierung würde höchstwahrscheinlich erst den Anfang bilden, danach würden bestimmt auch Denunziation und Verrat über die Gruppe verlangt werden. Außerdem sei die Annahme beziehungsweise die Ablehnung der Abscheuerklärung Gegenstand der Gerichtsverhandlung und dürfte keinerlei Einfluß auf die Haftzeit nach der Verurteilung haben. Manche von uns erklärten sich allerdings bereit, ihre Abscheu zu erklären.

Die Woche ging sehr schnell um. Der Hadji kam, ließ uns in einer Reihe stehen und sagte: »Diejenigen, die meine Forderung nicht erfüllen, treten vor.« Wir waren vierzig bis fünfzig Frauen, die einen Schritt nach vorn machten. Mit diesem Schritt begann eine neue, furchtbare Periode der Repression und des Leidens in meinem Gefängnisdasein.

Narges wollte im Trakt bleiben. Sie war ernsthaft krank und hätte alles, was uns erwartete, bestimmt nicht ertragen können. Wir hatten ausgiebig über alles gesprochen und uns voneinander verabschiedet.

Trotzdem erfüllte mich der Gedanke, die Trennung könnte für immer sein, mit tiefer Trauer. Ich machte mir größte Sorgen um ihre Gesundheit und Zukunft, und sie hatte Angst um mich und mein Leben. Inständig wünschte ich, bei ihr zu bleiben, aber es ging nicht. Das Leben lief anders, als wir wünschten, und der Preis für meinen Wunsch war zu hoch.

Wir wurden hinunter in den Straftrakt gebracht. Das erste, was mir beim Eintreten in die neue Abteilung auffiel, waren die vielen Kleidungsstücke, die über den eisernen Stangen hingen. Es sah aus wie in einem Laden für gebrauchte Kleider. In Gruppen saßen die Gefangenen in dem relativ kleinen Flur. Die Zellen auf beiden Seiten waren winzige, eineinhalb bis zwei Quadratmeter große Käfige. In jeder Zelle stand ein dreistöckiges Bett. Auf den Betten saßen mehrere Frauen. Auch hier war die Kapazität offensichtlich längst überschritten. Dicht unter der Decke befand sich ein winziges Fenster, vor dem ein dichtes Stahlnetz gespannt war. Ohne elektrisches Licht wären die Zellen hier auch tagsüber im Halbdunkel gelegen.

Am Tag darauf erschien der Hadji. Mehrere Frauen wurden in den allgemeinen Trakt zurückgeschickt, sie hatten in den öffentlichen Widerruf eingewilligt.

Eine zweite Gruppe bildeten die Frauen, die in das Gohardasht-Gefängnis verlegt werden sollten. Es hieß, die Situation dort sei um ein Vielfaches schlimmer. Dort wurden die Gefangenen in absoluter Isolation gehalten, die sie zermürbte und nicht selten in den Irrsinn trieb.

Wir, die Neuzugänge vom letzten Abend, wurden nach Anweisung des Hadji in drei Gruppen aufgeteilt. Jede Gruppe kam in eine Zelle. Weiter ordnete er an, daß die Zellentüren den ganzen Tag abgeschlossen bleiben müßten, außer zu den Mahlzeiten. Für uns bedeutete das, morgens von 8.00 bis 12.00 Uhr und nachmittags von 14.00 Uhr bis zum Abendessen und danach bis zum nächsten Morgen mit etwa fünfzehn Frauen in einem stickigen Loch von ungefähr drei Quadratmetern eingepfercht zu sein.

Im Trakt befand sich eine Frau mit ihrer Mutter, deren Bekanntschaft ich sehr genoß. Freiwillig hielten sie sich die ganze Zeit außerhalb der Zelle auf und schliefen auch im Flur. Sie verhielten sich kultivierter als alle anderen.

Die Tochter Shahrnush Parsipur, achtunddreißig Jahre alt, war Schriftstellerin. Im September 1981 hatten Revolutionswächter ihr Auto angehalten und die beiden verhaftet, weil sie politische Zeitschriften und Bücher im Wagen fanden. Es gab keine Anklageschrift gegen sie. Im Gericht hatten beide sehr mutig ihren Standpunkt dargelegt. Die Mutter hatte gesagt: »Obwohl ich eine gläubige Moslime bin, erkenne ich diese Regierung der Geistlichen nicht an.« Auch später sagte sie unerschrocken ihre Meinung frei heraus. Sie besaß umfangreiches Wissen über die persische Dichtkunst. Wir stellten ihr viele Fragen über Literatur, und stets konnte sie gut und verständlich darauf Antwort geben. Außerdem deutete sie unsere Träume präzise und zutreffend.

Ihre Tochter Shahrnush war eine populäre Schriftstellerin. Sie hatte einen Sohn im jugendlichen Alter, der sie so oft wie möglich besuchte. Shahrnush war vielseitig gebildet, ihr Lieblingsthema waren jedoch die Mythologien der Völker. Am meisten faszinierten mich an ihr das souveräne Wesen und ihr scharfer Verstand. Sie war eine überzeugte Sozialdemokratin und vertrat ihre Ansichten klar und deutlich, vor Gericht, vor dem Hadji und allen anderen. Den Marxismus respektierte sie. Ihr Mut war bewundernswert.

Auf Fragen des Hadji hatte sie gesagt, daß sie eine Sozialdemokratin sei. Der Hadji konnte mit diesem Begriff nichts anfangen und schwieg erst einmal, während er mit einer Hand verlegen seinen Bauch kratzte und mit der anderen seinen Rosenkranz drehte. Schließlich hatte er aus lauter Verlegenheit und weil er sich nicht sicher war, ob er das für gut oder schlecht halten mußte, nur gemurmelt: »So, so, Frau Lozialdemokatin, aha Frau Lozialdemokatin«, und hatte sich schnell davongemacht.

Shahrnush sprach fließend Englisch und Französisch. Bei den selbstinitiierten Sprachkursen leistete sie Hilfe, zog es aber meistens vor, allein zu sein, auf- und abzugehen und dabei konzentriert nachzudenken. Ich vermutete oder hoffte vielleicht auch, daß sie dabei über zukünftige Geschichten und Romane nachdachte, und freute mich, daß wir eine Schriftstellerin unter uns hatten, die vielleicht eines Tages unser Schicksal als Vorlage benutzen würde. Mutter und Tochter wurden von uns allen hochgeschätzt, und wir respektierten ihren Wunsch, sich zurückzuziehen.

Mehrmals kamen die »Brautwerberinnen« zu uns. Hinter vorgehaltener Hand wurden sie allgemein als Ku-Klux-Klan bezeichnet, weil sie sich einen schwarzen Strumpf über den Kopf zogen und darüber noch den Tschador trugen, um unerkannt zu bleiben. Sie blieben vor jeder von uns stehen und durchforschten das Gesicht. Einmal erkannten sie eine Frau namens Fariba, die kurz darauf ins Evin-Gefängnis verlegt wurde. Später erfuhren wir, daß sie nach erneuten Verhören und Folterungen hingerichtet wurde. Ein anderes Mal kamen einige Männer in unseren Trakt, um die früheren Genossinnen ans Messer zu liefern. Über ihre Köpfe hatten sie kegelförmige Pappen gestülpt, die bis zum Kinn reichten, in Augenhöhe waren zwei Löcher herausgeschnitten.

Norouz 1983

Durch das winzige Fenster drang der Frühlingsduft wahrnehmbar herein. Der März näherte sich und damit mein zweites Neujahrsfest im Gefängnis. Inzwischen fühlte ich das Heimweh nicht mehr so schmerzlich wie noch vor einigen Monaten.

Die Frauen, deren Zellentüren tagsüber offenblieben, putzten den gesamten Trakt, die Türen, die Wände und sogar die Dekken, und wir schauten ihnen dabei zu. Es war eine Lust, die brachliegenden Energien und den jugendlichen Elan sinnvoll einzusetzen. Die zu langem Schlummern verdammten Kräfte verlangten nach Betätigung, und so war das nahende Norouzfest ein willkommener Anlaß.

Abends, wenn unsere Zellen ebenfalls aufgeschlossen wurden, putzten wir mit doppelter Geschwindigkeit und übergroßem Eifer, als ob es nichts Beglückenderes auf der Welt gäbe. Die »Haft Sin«, die sieben Teile, die mit dem Buchstaben »S« beginnen, und die nötigen Süßigkeiten waren natürlich nicht in Vergessenheit geraten. Jede kümmerte sich eifrig um die Beschaffung dieser Dinge. Unser grau in grau ablaufendes Leben sollte mindestens für einen Tag bunt und schillernd sein.

Unsere Zellentüren standen offen. Alle waren erfüllt von Freude und Glücksgefühl. Wer neue Kleider hatte, zog sie an. Die jüngeren Frauen hatten den Sofre mit den Haft Sin auf dem Flur arrangiert. Nun wurde dem Sofre der letzte Schliff gegeben. Ein Teller mit gekeimten, in zartem Grün stehenden Weizenkörnern stand vor einem Spiegel und sah ansehnlich aus. Aus Stoffetzen waren bunte Blumen und ein roter Fisch gebastelt worden, der traditionell zu den »Haft Sin« gehörte. Die Volksmodjahedin hatten den Koran dazugestellt.

In der Mitte des Sofre prangte eine große Torte. Wir hatten

getrocknetes Brot sehr fein gemahlen und mit zerriebenem Würfelzucker, Wasser und aufgesparter Butter zu einer Füllung vermischt. Diese strichen wir auf dünne Brotscheiben, die wir übereinander schichteten. Die Torte verzierten wir abschließend mit Zucker.

In unserem Trakt lebten zwei Kinder, Iliar und Sarah. Angesichts soviel ungewohnter Pracht waren sie völlig aus dem Häuschen und tollten herum. In dem ganzen Jahr ihres Gefängnisaufenthaltes hatten sie noch nie so viele Herrlichkeiten gesehen.

Als das alte Jahr verging und das neue begann, sangen einige Frauen ein Frühlingslied. Sofort stimmten andere Frauen ein und sangen gefühlvoll mit. Dann umarmten und küßten wir uns und tauschten Neujahrswünsche aus. Lachen und Freude hallten durch den Trakt. Mit einem Schlag wurde ich von einer tiefen Trauer erfaßt. Das unsichere Leben und die ungewisse Zukunft lasteten tonnenschwer auf meiner Seele. Sarah, Iliar und Hunderte anderer Kinder konnten ihre Väter nie sehen und umarmen. Die jungen Mädchen, die ausgelassen und unbeschwert in der Schule und bei ihren Familien sein sollten, verloren hier in Unfreiheit ihre Jugend.

Die Kinder dachten sich Spiele aus, in denen sich der Alltag des Lebens in Gefangenschaft widerspiegelte. So schlossen sie sich manchmal zusammen, marschierten wie die Revolutionswächter auf dem Flur auf und ab und schrien laut: »Gott ist groß! Khomeini ist unser Führer!« Manchmal legten sie sich gegenseitig Augenbinden an, eine gab der anderen ein Stück Holz in die Hand, faßte das andere Ende des Holzstückes und führte sie so zum Verhör. Was ging in den Kindern vor? Was verstanden sie von dem, was um sie herum geschah?

Die Erinnerung an meinen Bruder marterte mich. Ich wollte nur noch allein sein, wollte mich in einer Ecke verkriechen, wo mich keiner sah und ich niemanden sehen konnte. Ich ging in den Saal neben dem Eingang. Dort war es nicht so voll und laut. Einige Frauen gingen auf und ab, was ich nun auch tat. Unbewußt beschleunigten sich meine Schritte, ich lief schon fast, aber wohin? Wohin konnte ich fliehen?

Am nächsten Morgen ermahnte uns die Vorsteherin, eine Tawab, wir hätten nicht das Recht zu singen und zu feiern und überhaupt …

»Nun haben wir gesungen und Norouz gefeiert«, sagte ich, »es ist vorbei, warten wir doch ab, was nächstes Jahr geschieht.« Alle lachten. Keine glaubte, daß wir das nächste Norouzfest hier verbringen würden. Noch glaubten wir das nicht.

Alle Briefe, die wir diesen Monat schrieben, enthielten Neujahrswünsche. Die verdrängten und zum Schweigen gebrachten Hoffnungen bahnten sich einen Weg und reflektierten sich in unseren Schreiben. Es waren bei allen dieselben Gefühle und Sehnsüchte, die da ausbrachen, aber der Hadji äußerte einen anderen Verdacht: »Diese Briefe sind inhaltlich so ähnlich, das kann kein Zufall sein. Ihr habt euch sicherlich einen geheimen Code ausgedacht und wollt auf diesem Weg eine Mitteilung hinausschmuggeln.«

Unsere Angehörigen warteten vergebens auf die Briefe.

Iliar und Sarah hatten Anfang April Geburtstag. Beide Väter waren hingerichtet worden. Wir wollten den Kindern eine Freude machen und die Mütter darüber hinwegtrösten, daß ihre Kinder den ersten Geburtstag als Halbwaisen im Gefängnis verbringen mußten. Also planten wir ein richtiges Geburtstagsfest und beschlossen, den Kindern eine typische Tracht ihres Volkes zu schenken. Sarah stammte aus Belutschistan, einer Provinz im Südosten, und Iliar aus Aserbaidschan, im Nordwesten. Zusätzlich sollten sie Spielzeuge und eine große Geburtstagstorte bekommen.

Alle Frauen im Trakt, die beiden Mütter ausgenommen, wurden gebeten, bunte Stoffe, Spitzen, farbiges Stickgarn und ähnliches zu spenden. Jede suchte etwas heraus, einige trennten Spitzen von ihrer Unterwäsche ab, andere gaben ein buntes Kleid oder eine Bluse ab, sofern sie so etwas besaßen. Am Ende der

Sammelaktion hatten wir eine beträchtliche Kollektion kunterbunter Spitzen, Bänder, Stoffe und Nähseide. Es war unglaublich, wie viele schöne Sachen trotz der tristen Kleidervorschriften noch vorhanden waren und gespendet wurden.

Nach den Mahlzeiten, wenn die Zellentüren wieder abgeschlossen waren, fingen wir freudig und aufgeregt mit der Arbeit an, während eine Frau Wache hielt und Bescheid sagte, sobald sich eine der beiden Mütter unserer Zelle näherte. Dann versteckten wir die Sachen sofort.

Endlich war der ersehnte Tag da. Wir waren alle aufgeregt. Die Geschenke bauten wir im Flur auf und zogen den Kleinen ihre Trachten an. Sie sahen darin zum Anbeißen süß und drollig aus. Die Spielzeuge, Puppen und Bälle aus Stoff, einige Cartoons und andere Zeichnungen oder Bilder lagen neben einer hübsch garnierten Torte. So feierten wir ein imposantes Fest. Etwa zweihundert Frauen, so viele waren wir im Straftrakt, waren gleichzeitig Gäste und Gastgeberinnen.

Obwohl die Türen der Zellen, in denen sich die beiden Kinder aufhielten, glücklicherweise nicht abgeschlossen wurden, war es trotzdem eine unmögliche, zum Himmel schreiende Situation für die Kleinen. Eingeschlossen ohne Sonnenlicht, kein Platz zum Spielen, die qualvolle Enge, die depressive, hektische Umgebung, die ungesunde und ungenügende Ernährung – all das war Gift für die zarten Seelen der Kleinen. So waren die Kinder natürlich nörgelig, unruhig und aggressiv; bei jeder Gelegenheit weinten sie los und konnten kaum wieder beruhigt werden.

Schließlich entschlossen sich die beiden Frauen, sich doch von ihren Kindern zu trennen und sie den Verwandten anzuvertrauen. Sie wußten, daß die Kinder eine normale Umgebung brauchten und das Recht auf ihre Kindheit hatten, doch der Tag der Trennung war ein schwarzer Tag. Die ganze Abteilung befand sich in Untergangsstimmung. Auch für uns waren Iliar und Sarah der natürliche Bezug zum Leben. Wir alle hatten unsere Herzen an die beiden Kinder gehängt und sahen sie fast als die eigenen an.

Die beiden Mütter mußten sich von ihren Kindern verabschieden. Der düstere Ausdruck ihrer Augen war ein stiller Verzweiflungsschrei. Ihnen blieb nur die Hoffnung, ihre Kinder vielleicht zweimal im Monat durch eine gläserne Trennscheibe zu sehen.

Unser kleines Fenster ging auf ein unbenutztes Stück Hof zwischen unserem Gebäude und der Großküche. Von der Küche wehte der Geruch von Essen, Öl und Hammelschwanzfett, einem billigen Ersatz für Öl oder Margarine, zu uns herüber. Morgens, wenn die Zelle abgeschlossen wurde, kletterten wir abwechselnd auf das oberste Bett, preßten das Gesicht an den Eisenvorhang und sahen uns die zarten Wildblüten an, lauschten dem unaufhörlichen Gesang der Zikaden und manchmal auch dem Rauschen des Wassers, das durch die offenen Abflußgräben aus der Küche floß. Diese Elemente waren unsere Verbindung zur Natur. Die Abflußgräben stellten wir uns einfach als einen Bach mit klarem, eiskaltem Wasser vor – und wir genossen unsere Vorstellung.

Die Quälereien und Kränkungen durch die Zellenvorsteherin nahmen kein Ende. Beim Abschließen der Tür geriet sie regelmäßig mit einigen nierenkranken Frauen in Streit, die vor der Einsperrung nochmals zur Toilette gehen wollten. Ständig wurden wir wegen angeblicher »Untaten« bestraft, von denen die Zellenvorsteherin berichtete.

An einem Morgen wurden einige Namen, darunter auch meiner, ausgerufen. Wir bereiteten uns innerlich auf körperliche Strafen vor. Man brachte uns in einen lagerähnlichen Raum und befahl uns, mit dem Gesicht zur Wand in einer Reihe zu stehen und absolut keinen Ton von uns zu geben. Dann kam der Hadji. Er sagte, diese Maßnahme sei die Antwort auf Mißachtungen der Bestimmungen, wie zu spät in die Zellen gehen, wach liegen und Unterhaltungen nach dem Lichterlöschen und Streitgespräche mit der Vorsteherin führen, wobei er jedes Wort mit wüsten Beleidigungen, Fußtritten und Faustschlägen bekräftigte.

Nach seiner Erklärung ging er zur ersten Frau in der Reihe und fing an, sie zu schlagen und zu treten. Langsam arbeitete er sich durch die Reihe, und dann kam ich dran. Bevor ich wußte, was mir geschah, schleuderte er mich mit einem gewaltigen Tritt von meinem Platz. Seine schweren Stiefel schoben sich zwischen meine Beine und hoben mich hoch. Noch ganz benommen von dem Flug bekam ich einen fürchterlichen Schlag seiner geballten Faust auf den Kopf. Ich verlor nun endgültig die Balance und krachte gegen die Wand. Ich stützte mich an ihr, um nicht zu Boden zu gehen. Warmes Blut lief an meinen Schenkeln herunter. Der Hadji ging weiter und verteilte seine Gunst großzügig an die anderen, bevor er den Raum verließ. Schweigend standen wir da und warteten. Warteten, ohne zu wissen, wie lange und worauf.

Nach einigen Stunden konnte ich nicht mehr stehen. Ich hatte Rücken- und Bauchschmerzen. Meine Beine waren schwer wie Blei und brannten fürchterlich. Ich verlagerte abwechselnd das Gewicht von einem auf das andere Bein. Dann lehnte ich mich mit der Stirn an der Wand an, weil ich das Gefühl hatte, daß sich der Druck des Körpergewichtes auf die Beine dadurch verringern würde. Dabei durfte ich mich nicht erwischen lassen, denn dann hätte es noch schlimmere Prügel gegeben. So nahm ich den Kopf von der Wand, wenn ich Schritte hörte. Zum Mittag- und zum Abendessen durften wir uns einige Minuten auf den Boden setzen, da konnten sich die Beine etwas erholen, um die nächsten Stunden besser durchzustehen.

Die Nacht war ein einziger Alptraum. Im Stehen und mit höllisch brennenden Beinen war nicht an Schlaf zu denken. Ich hatte nur einen einzigen Wunsch: mich hinzulegen. Die Zeit war stehengeblieben, sogar die Sekunden schienen nicht vergehen zu wollen.

Unterhalten durften wir uns nicht. Ab und zu, wenn wir uns unbeobachtet fühlten, erkundigten wir uns flüsternd nacheinander. Unter uns befand sich eine ältere Frau, die an chronischen Ischiasbeschwerden litt. Aufgrund ihres Alters nannten wir sie Mutter Sohaila. Die ganze Zeit wimmerte sie leise und herzzerreißend.

Irgendwann war die Nacht um. Im Morgengrauen sprachen

wir uns immer wieder Mut zu und versicherten einander, daß wir gewiß am Morgen in unsere Zelle gebracht werden würden. Schließlich konnten wir uns einige Minuten auf der Toilette ausruhen.

Mutter Sohaila konnte die Schmerzen nicht mehr aushalten und setzte sich einfach auf den Boden. Im Nu war der Wärter bei ihr und zwang sie mit Fußtritten und Schlägen auf Kopf und Schultern, sich aufzustellen. Nach knapp einer Stunde ließ sich die Frau wieder auf den Boden gleiten und wurde zum zweiten Mal auf die Beine gestellt. Ihr Elend ließ meine eigenen Schmerzen in allen Muskelfasern und Knochen bedeutungslos erscheinen. Beim dritten Mal ließ man sie sitzen. Jede einzelne von uns wußte, daß sie einen fürchterlichen Preis dafür zahlen würde.

Dann hörten wir Hadjis verhaßte Stimme. Er brüllte wie ein wütender Stier. Ohne uns zu beachten, ging er auf die am Boden kauernde Frau los. Sie wimmerte: »Warum? Was habe ich denn gemacht?« Der Hadji gab keine Antwort. Als er erschöpft war, ließ er sich eine große Kiste bringen, stülpte sie über die Frau, die zusammengekrümmt auf dem Boden lag, und setzte seinen massigen Körper darauf. Was sollte das werden? Wollte er diese wehrlose, gemarterte Frau unter seinem gewaltigen Gewicht ersticken und zerquetschen?

Einige von uns schrien: »Sie ist schwerkrank, das ist Ihnen doch bekannt!« Er hörte gar nicht zu, ruhte sich auf der Frau, die unter der Kiste lag, aus und stürzte sich anschließend auf diejenigen, die den Mut zum Protestieren gezeigt hatten. Sie bekamen auch ihren Teil Prügel, und dann verschwand er. Mutter Sohaila schrie wie von Sinnen.

Ich spürte, wie meine Sinne stumpf wurden und ihre Funktion verloren. Manchmal nickte ich ein, aber im selben Augenblick schreckte ich wieder hoch, die Folterszenen mit Mutter Sohaila lebendig in mir und vor meinen Augen. Am späten Nachmittag des dritten Tages, als nicht einmal ein Funken von Wille und Kraft in mir war, wurden wir in die Zellen zurückgebracht. Diese Art von Folter wurde zur Lieblingsmethode des Hadji.

Mutter Sohailas Körper überwand diese Tortur nie mehr. Ihr Leiden verschlimmerte sich von Tag zu Tag. Nach diesem Tag konnte sie nicht mehr sitzen oder gehen. Sie lag immer wimmernd in einer Ecke und mußte starke, schmerzbetäubende Injektionen bekommen.

Ab und zu wurden Frauen aus anderen Abteilungen zu uns verlegt. Sie brachten uns neue Informationen mit. Offensichtlich wurde überall der Druck auf die Gefangenen verstärkt. Täglich wurden neue Bestimmungen erdacht. Das gemeinsame Einkaufen war ab sofort verboten, man durfte nicht einmal zu zweit einkaufen – das sei eine Art von Kommunenmentalität!

Keine durfte einer anderen Eßwaren abgeben oder die Kleider mit einer anderen Frau teilen. Wer Bekleidungsstücke von einer anderen bekommen hatte, mußte diese im Büro abgeben. Diese Anordnung traf diejenigen besonders hart, die keine Besuchserlaubnis bekamen, also weder Geld noch Kleider noch irgend etwas anderes erhalten konnten. Das Ziel war, den Zusammenhalt zu schwächen und den Egoismus zu fördern. Hilfsbereitschaft, Liebe, Solidarität und Beziehungen sollten zerstört werden. Außerdem wurde jegliche sportliche Betätigung untersagt.

Die selbstverwaltete Arbeitsabteilung wurde abgeschafft, jetzt setzte man Tawabs für alle Aufgaben ein, die die Gefangenen vorher selbst verrichtet hatten, und diese hießen auch nicht mehr »Arbeiterinnen«, sondern »Hausfrauen«. Die Teilnahme an allen »Erziehungs- und Bildungsprogrammen« war für alle zur Pflicht erklärt worden, sogar für die Schwerkranken. In jeder Zelle wurde eine Tawab zur »Fernsehmeisterin« ernannt. Bei Spielfilmen und Musiksendungen wurde das Gerät ausgeschaltet. Die von uns selbst organisierten Sprachkurse wurden strikt untersagt.

Die täglichen Repressalien waren weitaus schwerer zu ertragen als die physischen Bestrafungen. Die Gefangenen wurden gezwungen, sich täglich mehr von den anderen abzugrenzen. Die erzwungene Isolation inmitten der Freundinnen und Leidensgenossinnen sowie die auferlegte Anpassung an das vorgegebene

Menschenmodell ließen die Gefangenen innerlich zerbrechen und machten sie bereit, Tawabs zu werden.

Die Tawabs überwachten die ordnungsgemäße Durchführung der erstickenden Bestimmungen des Hadji. Sie wurden seine Ohren und Augen. Weil wir praktisch aufeinanderhockten, war jegliche Abschirmung oder Geheimhaltung unmöglich. Sie sahen und hörten alles, berichteten es weiter, und aufgrund dieser Berichte wurden jede Woche einige Frauen in den Straftrakt verlegt.

Ein Interview wurde angekündigt und unsere Teilnahme angeordnet. Die Tagesarbeiterin der Abteilung breitete einen riesigen Teppichboden auf dem Traktflur aus. Wir legten den Tschador an und gingen zu der großen Versammlung. Vor uns saßen die Frauen und Männer aus anderen Abteilungen von »Trakt 8«.

Mussawi, ein junger Mulla, der zuständig für die ideologische Umerziehung war, hatte das Mikrophon in der Hand und forderte mutige Kontrahenten auf, ein Streitgespräch mit ihm zu führen. Er versicherte uns, daß heute eine freie Diskussion angesetzt sei. »Ihr könnt beruhigt sein. Die heutige Diskussion ist frei von Zwängen. Alles kann gesagt werden, und das wird keine negativen Folgen für euch haben. Jedem wird freigestellt, den Marxismus so zu vertreten, wie er gerade will. Kommt und laßt uns diskutieren«, lautete seine Aufforderung.

Wir waren sicher, daß keiner ihn ernst nehmen oder ihm glauben würde, und wurden daher von den folgenden Ereignissen vollkommen überrascht. Aus den Männerreihen stand ein Gefangener mittleren Alters auf, ging nach vorn und sagte: »Sie behaupten, daß hier Redefreiheit gilt. In den Abteilungen herrschen ganz andere Regeln, jedes Wort zieht massive Repressionen nach sich.« Anscheinend imponierte er auch anderen, denn gleich darauf ging ein junger Mann nach vorn, nahm das Mikrophon und berichtete von den Unterdrückungen und einschüchternden Maßnahmen in seiner Abteilung. Dort wurden die Gefangenen direkt von den Tawabs geschlagen und gefoltert.

Nach ihm ergriff ein Kurde das Wort und erzählte, daß er mit einer ganzen Gruppe von einem Gefängnis in Kurdistan hierher verlegt worden war, und seitdem gehörte die Züchtigung der Gruppe zum täglichen Programm der Abteilung. Er selbst hatte dadurch bereits bleibende Schäden an der Wirbelsäule erlitten und hatte sogar eine Zeitlang nicht gehen können.

Der Vorstand der Abteilung, von der der Kurde berichtet hatte, übernahm das Mikrophon und sagte in rüpelhaftem Ton: »Klar, daß ich die heidnischen und heuchlerischen Gefangenen züchtige und schlage. Ich bin stolz darauf und habe auch meine Anweisungen. Ich gehorche den Befehlen von Hadji Agha. Ich werde die Heuchler und Heiden auch töten, wenn ich damit beauftragt werde.« Weiter behauptete er, daß sich die Heiden hinter seinem Rücken organisiert hätten, gemeinsam Zeitung läsen und diese dann analysierten. Der Hadji war anwesend und sagte hin und wieder Nichtigkeiten, er schien aber überrascht und überrumpelt.

Mussawi hatte die Kontrolle über die Versammlung verloren und verharrte in Schweigen. Unter den Gefangenen entstand ein Raunen und Rumoren. Es war deutlich zu spüren, daß die Grenze der Belastbarkeit bei vielen überschritten war.

Nun griff ein Tawab zum Mikrophon, um die »Untaten« der Heiden aufzudecken: »Diese verdammten Heiden lesen gemeinsam die Wirtschaftsseite der Zeitschrift Azadegan und analysieren sie. Der Kurde Said hat sogar den Vorstand beschimpft!« Die Zeitung »Azadegan« wurde nach diesem Ereignis aus der Liste der Gefängnislektüre gestrichen. »Dieser Heide Said ist bestimmt der Kopf der Bande«, konstatierte der Hadji aufgebracht. Die Tawabs beider Geschlechter forderten Said im Chor auf, zu diesen Vorwürfen Stellung zu nehmen. Dann wurde der sich Wehrende gewaltsam nach vorn gezerrt. Dort sagte er gefaßt und bewundernswert ruhig: »Nicht ich habe den Vorsteher, sondern der Vorsteher hat mich beschimpft, und zwar mit Worten, die ich nicht wiederholen mag. Von einer Organisation der Linken kann hier absolut nicht die Rede sein. Wir sind nur aufgrund der gemeinsamen kurdischen Abstammung und unserer Sprache enger miteinander befreundet.«

Der Streit ging weiter. Es war Mitternacht, als Ladjevardi persönlich erschien. Panik breitete sich unter uns aus. Was hatte er mit dieser aus den Fugen geratenen Veranstaltung zu tun? Wahrscheinlich war er benachrichtigt und mit einem Hubschrauber eingeflogen worden, behauptete allerdings, er habe im Nebenraum geschlafen und sei durch den Lärm aufgeweckt worden. Er warf den Marxisten vor: »Ihr habt eure Überzeugung aus einem Eimer voll Kot herausgefischt. Deshalb habt ihr nicht das Recht, auch nur den Kopf zu heben, denn ihr habt alle eure Ideologie verraten.«

Dann drohte er uns noch an: »Ich vergesse und vergebe die heutigen Ereignisse nicht. All diejenigen, die sich hier zur Schau gestellt haben, werden die Folgen zu spüren bekommen.«

Das Schauspiel der Redefreiheit ging in einer niederschmetternden Atmosphäre der Angst und Unsicherheit zu Ende. Die Drohungen Ladjevardis waren ernst zu nehmen, und wer gesprochen hatte, mußte mit dem Schlimmsten rechnen.

Die Nacht verbrachten wir in fiebriger Anspannung. Wir lauschten zitternd und hofften inständig, keine Geräusche, keine Schreie zu hören. Wir waren am weitesten entfernt von der berüchtigten »Unter der 8«. Trotzdem nahmen wir ein ständiges Kommen und Gehen und undeutliche, erstickte Schreie wahr. Was geschah ihnen? Was tat Ladjevardi, wenn er nicht vergessen und vergeben wollte? Später erfuhren wir, daß Said nach schwerer Folter hingerichtet wurde.

Mussawi jedoch gab trotz des großen Fiaskos sein Vorhaben nicht auf. Er wollte das absurde Theater von seiner freien Diskussion wiederholen. Einmal hieß es, er und Shahrnush wollten über die Schleierfrage diskutieren. Zu dieser Zeit waren die Schriftstellerin Shahrnush und ihre Mutter schon nicht mehr in unserer Abteilung. Wir waren natürlich begierig darauf zu erfahren, was da angeboten werden sollte.

Gespannt saßen wir alle in Reih und Glied. Diesmal brauchte man uns nicht zur Teilnahme zu zwingen. Völlig verwundert sahen wir Shahrnush ohne den unvermeidlichen Tschador auftauchen. Sie hatte einen Mantel an und trug ein Kopftuch. Würdevoll passierte sie die ganze Länge des Flurs. Als sie an den Männern vorbeischritt, ging ein Murmeln durch die Reihen. Sie setzte sich neben Mussawi. Dieser leitete das Gespräch mit folgenden Worten ein: »Wiederholt seid ihr aufgefordert worden, an einer freien Diskussion teilzunehmen. Nun hat sich diese Frau gemeldet, um mit mir ein Streitgespräch über die Kleidervorschriften für die islamische Frau zu führen.«

Nach unserer Information hatte Shahrnush die Behauptung Mussawis, eine freie Diskussion im Gefängnis sei möglich, spöttisch in Abrede gestellt. Das kam ihm zu Ohren, und daraufhin wurde Shahrnush in die »Unter der 8« gebracht. Der Hadji warf ihr vor, sie vergifte die Atmosphäre und säe Feindschaft, und schließlich befahl er ihr: »Seien Sie nicht feige, nehmen Sie teil an der freien Diskussion, und vertreten Sie Ihre Meinung offen.«

»Was für eine Freiheit ist das, wenn ich meine Kleider nicht selbst bestimmen darf?« erwiderte Shahrnush.

»Dann legen Sie den Tschador ab und sprechen Sie über die Verschleierung«, forderte man sie auf.

Shahrnush mußte das akzeptieren. Kopftuch und Mantel galten aus Sicht dieser Leute als »freie Bekleidung«. Für die erste Runde des Gespräches setzte Mussawi eine Redezeit von je zwanzig Minuten und danach fünfzehn Minuten an. Er fing selbst an und erklärte lang und breit, daß die Kleidervorschrift eine unmißverständliche Aussage des Korans sei und vom Propheten und von seinen Nachfolgern direkt empfohlen wurde, und so weiter.

Dann begann Shahrnush mit ihrer Rede. Klar und verständlich sprach sie über die historische Entwicklung der frauenverhüllenden Kleidung. Ihre Ausführungen waren dermaßen deutlich und genau, daß wir völlig vergaßen, daß sie keinerlei Unterlagen und Bücher zur Verfügung hatte und sich einzig und allein auf ihr Wissen und ihr Gedächtnis stützte. Die zwanzig Minuten vergingen wie im Flug.

Ohne im geringsten auf ihre Ausführungen einzugehen, begann

Mussawi einen Redeschwall über Sexualität und die Reize, die der Anblick einer unverhüllten Frau auf Männer ausübt. Er hatte den Sinn von Shahrnushs Aussagen überhaupt nicht verstanden und steigerte sich so sehr in seine Reizbarkeitstheorie hinein, daß er zugab, Shahrnushs unverschleierte Nähe habe ihn erregt. Dann wollte er wissen: »Wer trägt nun die Schuld für meine Erregung?«

Shahrnush weigerte sich, auf dieser primitiven Ebene zu diskutieren. Er beachtete sie nicht weiter, griff zum Mikrophon und ließ eine gewaltige Ladung Unsinn und Unflat auf uns hernieder.

Wir alle verstanden und respektierten die Weigerung von Shahrnush. Die einzige Chance, seine verdorbene Phantasie zu bremsen, war, ihn durch Boykott in die eigenen Schranken zu weisen und ihn die Verachtung spüren zu lassen. Alle verstanden die wortlose Antwort, nur er nicht.

Mussawi gab später wiederholt im Evin-Gefängnis und überall dort, wo er Gefangene drangsalieren durfte, mit seiner Meisterleistung an und brüstete sich damit, daß seine unwiderlegbaren Argumente die Frau zum Rückzug gezwungen hatten.

Anläßlich des Fastenmonats Ramadan blieben unsere Zellentüren unverschlossen. Das hatte Frau Bahmani, eine Revolutionswächterin, für uns beim Hadji ausgehandelt. Frau Bahmani war ein wunderliches Phänomen: Eine Mittvierzigerin ohne die geringste Schulbildung, die aber den Koran sehr schön und ergreifend lesen konnte. Mit politischen Fragen wollte sie nichts zu tun haben, doch genoß sie es, daß ihre Koranlesungen bei den Volksmodjahedin Anklang fanden. Sie sprach mit ihnen und war jedesmal emotional stark beeindruckt.

Außerhalb der Gefängnismauern sprach sie mit Nachbarn und Freunden über unsere Situation, obwohl dies, wie überhaupt jeglicher Hinweis auf ihren Beruf, strikt verboten war. Offenbar nahmen die Verantwortlichen sie nicht ernst oder hielten sie für zu unwichtig, um ihr das zu verbieten. Wir waren jedenfalls froh, daß die Zellentüren offenblieben und wir uns innerhalb der Abteilung frei bewegen konnten.

Die Zeitungen waren die wichtigste Verbindung und die einzige Brücke von außen zu uns. Durch die Zeitung fühlte ich mich mit den Menschen der ganzen Welt verbunden. Die Kriege stürzten mich in tiefe Hoffnungslosigkeit und erregten meinen bodenlosen Zorn. Obwohl die Zeitungen einer starken Zensur unterlagen, hielten sie mich doch mit den Ereignissen in meinem eigenen Land in Berührung. Aus diversen Artikeln ließen sich die gesellschaftlichen, politischen, ökonomischen und innerparteilichen Widersprüche ablesen, und zwischen den Zeilen, manchmal auf verschiedenen Seiten derselben Ausgabe, fanden unsere sensiblen Augen Nachrichten, die uns in helle Aufregung versetzten. Jede Art von Widerstand gab mir Energie und Hoffnung.

Einmal las ich, daß die Bewohner des Ortes Afsarie aus Protest gegen mangelhafte oder fehlende Wasserversorgung die Hauptstraße blockiert hatten. Meine Phantasie ging mit mir durch. Viele von uns schätzten die Protestaktion als einen Wendepunkt ein. Wir warteten voller Ungeduld auf die Ausbreitung der Bewegung. Jede sah darin wohl die Arbeit ihrer eigenen Organisation.

Die Entführung eines Flugzeuges auf dem Flug von Teheran nach Schiras versetzte uns in fiebrige Aufregung. Gewiß war die Freilassung der politischen Gefangenen eine der Forderungen der Flugzeugentführer! Der Glaube, daß man uns nicht vergessen hatte, war für uns lebensnotwendig.

Eine politische Gruppe vertrat die Ansicht, daß die Regierung auf lange Sicht nicht lebensfähig sei und in absehbarer Zeit durch einen bürgerlichen Putsch gestürzt werden würde. Die Anhänger dieser Gruppe waren auch der Meinung, daß der Widerstand der Linken im Gefängnis unzureichend sei und daß man die ideologischen Positionen offenlegen müsse. Als Beispiel wurde das Verrichten der Gebete genommen.

Diese neuen, radikalen Ideen kamen mit den siebzig Frauen, die vom Evin-Gefängnis hierher verlegt worden waren. Die Frauen waren als die führenden Köpfe der »Uneinsichtigen« herausgesucht worden.

Fakt war, daß wir zwar nicht beteten, dies aber der Verwaltung nicht unter die Nase banden. Die meisten von uns hatten im allgemeinen Trakt, wo das Beten zu den unumstößlichen Bestimmungen gehörte, mitgebetet. Hier taten wir es nicht, weil sich unter uns keine Tawabs befanden. Die neu hinzugekommenen Frauen meinten nun: »Das zwangsweise Beten hat das Ziel, die Identität zu untergraben, so soll man der eigenen und der fremden Verachtung ausgesetzt werden. Man muß eine klare Position beziehen und sich für ihre Stärkung einsetzen. Man muß seine Rechte als politische Gefangene proklamieren und sie einfordern!«

Ihr Verhalten gegenüber den Zellenvorsteherinnen war sehr heftig und dem Hadji gegenüber eindeutig und klar. Außerdem standen sie rigoros auf dem Standpunkt, wir dürften auf keinen Fall Regeln befolgen, die unsere Identität in Frage stellen könnten. Dazu gehörten ihrer Meinung nach die Teilnahme an Bildungskursen, das Beten, die passive Teilnahme an Interviews und anderen Zwangsveranstaltungen.

Wie gesagt, wir beteten zwar nicht, aber die Frage war, ob wir dies als unseren Standpunkt der Leitung mitteilen sollten und das als unser Recht auf Gedankenfreiheit proklamieren sollten oder nicht. Zusammen mit einem Teil der Frauen vertrat ich die Ansicht, daß unser Vorgehen die allgemeine Atmosphäre im Gefängnis berücksichtigen müsse und wir uns nicht radikal von anderen abheben dürften. Die Stimmung unter den Gefangenen neigte zu jener Zeit eher zum passiven Widerstand, und wir meinten, daß wir nicht berechtigt seien, ohne Rücksicht auf Wünsche, Fähigkeiten und Möglichkeiten der anderen unsere eigenen Brötchen zu backen. Zudem waren wir in diesem Trakt isoliert von den anderen Gefangenen. Waren wir überhaupt in der Lage, in einem totalen Ungleichgewicht gegenüber der Gefängnisleitung den aktiven Widerstand aufrechtzuerhalten? Und wenn ja, wie lange und wie weit konnten wir die daraus resultierenden Repressalien einsam und ohne psychischen Beistand anderer Gefangener durchhalten? Und überhaupt, wohin und wie weit wollten wir denn gehen?

Mit unserer Ansicht waren wir in der absoluten Minderheit. Ein gelassener Meinungsaustausch war angesichts der Repression nicht möglich, und zudem fehlte das Demokratieverständnis innerhalb der Bewegung. Erschwerend kam noch der Schatten der ideologischen Aus- und Abgrenzungen, der sektiererischen Tendenzen außerhalb und innerhalb der Gefängnismauern hinzu, die verhinderten, daß in Ruhe und mit Toleranz die Meinungen ausdiskutiert werden konnten.

Und dennoch: Der Gedanke an Widerstand wirkte belebend und kräftigend auf uns und war so verlockend, daß wir zum Schluß alle mitgerissen wurden. Wir glaubten voller Optimismus an die Wirksamkeit unserer kleinen Rebellion, schätzten aber dabei die Schwere des Gegenschlags völlig falsch ein. Tatsächlich mußten wir auf unserem Weg Repressionen und Torturen ertragen, deren Ausmaß keine von uns auch nur geahnt hatte. Am Ende des Weges blieben nur einige wenige von uns übrig. Der überwiegende Teil der Weggefährten brach wie ein zerschmetterter Kristall auseinander.

Die Zellen blieben jetzt wieder Tag und Nacht verschlossen. In der Zelle konnten wir uns kaum noch bewegen. Die Betten waren gefährlich überlastet. Unter dem untersten Bett schliefen fünf Frauen auf der Seite liegend nebeneinander, ihre Köpfe ragten hervor, die Beine waren in den Bauch gedrückt. Auf dem unteren und dem mittleren Bett schliefen die Kranken, die etwas bequemer und geschützter liegen sollten. Ganz oben mußten sich vier bis fünf Frauen zusammenpferchen, ihre Beine baumelten in der Luft. Not macht erfinderisch: Wir rollten einen Tschador zu einem langen Seil zusammen, banden den einen Zipfel an den Fenstergriff, den anderen an die Eisenstangen der Tür. Darauf legten die Frauen aus dem oberen Bett ihre Füße, so daß den Beinen Halt geboten wurde und sie nicht mehr den ganzen Körper nach unten ziehen konnten.

Die vielen, die keinen Platz zum Schlafen hatten, saßen eng aneinandergepreßt auf der einzigen freien Stelle zwischen Bett,

Tür und den beiden Wänden. Die untersten und obersten Schlafplätze wurden reihum gewechselt, damit alle irgendwann in den Genuß des Liegens kamen.

Manchmal reichte der Platz nicht einmal mehr zum Sitzen. Eines Nachts gab ich dem drängenden Durst nach, stand von meinem Sitzplatz auf, um die Frauen, die draußen auf dem Flur schliefen, um Wasser zu bitten. Die beiden Frauen rechts und links von mir waren eingeschlafen. Als ich aufstand, lockerten sich ihre Körper im Schlaf und lösten die verkrampfte Haltung. Das Ergebnis war, daß ich nun keinen Platz mehr hatte. Ich stand ratlos da und brachte es nicht übers Herz, die beiden zu wecken. Also verbrachte ich die Nacht stehend, einen Fuß auf die Ecke des Bettfußteils gestützt, der andere ruhte auf den waagerechten Stangen der Tür.

Am Tage konnten wir uns nicht ausruhen, denn es war heiß und stickig. Ich hatte manchmal das Gefühl, ersticken zu müssen. Diejenigen unter uns, die an einer chronischen Bronchitis oder an Asthma litten, hatten es bedeutend schwerer. Wir machten einen Tschador naß und fächelten damit herum, damit die trockene, abgestandende Luft mit Feuchtigkeit angereichert in Bewegung geriet. Das war unsere Klimaanlage!

Dreimal täglich wurde die Tür jeweils für zwei Stunden geöffnet. Zunächst hatten sie von uns verlangt, das Essen in der Zelle einzunehmen, damit diese zwei Stunden für Toilette, Waschraum und Abwasch benutzt werden konnten. Es war aber unmöglich, in dem kleinen Loch zusammengepfercht zu essen. Wir überhörten die Anordnung einfach und aßen weiterhin gemeinsam um den Sofre im Flur. Die erneute Aufforderung ließen wir wieder unbeachtet. Dann riefen sie den Hadji herbei, der uns mit Tritten in die Zelle hineintrieb. Am nächsten Tag verweigerten wir die Nahrungsaufnahme. Am dritten Tag kam er wieder und drohte uns: »Ich mache euch fertig, wenn ihr nicht sofort mit dem Hungerstreik aufhört!«

Wir erklärten ihm: »Wir streiken doch gar nicht. Wir würden gern essen, aber das geht nicht. Es ist einfach kein Platz zum

Essen da.« Er brüllte, lachte uns aus, beschimpfte uns, schlug auf einige ein, die unsere Lage sehr deutlich erklärt hatten, aber zum guten Schluß gab er nach.

Für uns war das ein richtiger Erfolg. Wir umarmten und küßten uns gegenseitig. Die ganze Sache hatte jedoch einen Haken: Die Öffnungszeiten der Zellen wurden nicht verlängert, und so mußten wir jetzt in den beiden Stunden zu allem anderen, das nur außerhalb der Zelle erledigt werden konnten, auch noch essen. Man stelle sich vor: Es gab drei Toiletten, und wir waren über zweihundert Menschen.

Einige sensible Frauen litten bereits unter psychosomatischen Beschwerden, die jedoch in keiner Weise behandelt wurden. Zur Verdeutlichung erzähle ich den Verlauf einer einzigen Nacht, die sich in gleicher oder ähnlicher Form leider viel zu oft wiederholte.

An diesem Abend saßen oder lagen wir auf unseren Plätzen, die Tür war bereits verschlossen. Wir sprachen leise miteinander und beschäftigten uns mit irgendeiner Ablenkung. Die Insassen der Zellen, die nicht eingesperrt wurden, hielten sich zum Teil auf dem Flur auf und bereiteten sich auf das Schlafen vor. Es war ein gewöhnlicher, normaler Abend.

Plötzlich durchdrang ein lautes, gespenstisches Gelächter die Stille. Das hysterische Lachen hallte durch die Abteilung, brach kurz ab, um erneut loszubrechen. Es kam aus der Nebenzelle, von Farzaneh, die die Belastungen nicht verkraftete. Erst hatte sie zu stottern begonnen, und das Stottern verschlimmerte sich, sobald der Druck auf sie erhöht wurde. Auch dieses unkontrollierte Lachen war eine Ausdrucksform ihrer Nervenattacken. Sie lachte dann so lange, bis sie das Bewußtsein verlor. Ihre Freundinnen sagten, daß sie sich gewaltsam zu kontrollieren versuchte, bevor es richtig losging. Wir bemühten uns, sie durch Gespräche abzulenken, wenn die Anzeichen einer Attacke sichtbar wurden, an diesem Abend jedoch ohne Erfolg.

Wir saßen machtlos da, sahen uns niedergeschlagen an, als wir auf eine unserer Zellengenossinnen aufmerksam wurden. Wie zur

Salzsäure erstarrt saß sie da und fixierte unentwegt einen Punkt an der Wand. Ihre Haltung war sonderbar und steif. Vorsichtig berührten wir sie und merkten, daß sie sich wie ein Stock anfühlte. Die Haut war grau, und sie fühlte sich kalt und steinhart an. Erschrocken sprangen wir auf und versuchten, sie mit Ohrfeigen zurückzuholen. Das Lachen von Farzaneh erfüllte die Abteilung noch immer mit schaurigem Grauen. Wir baten die Frauen im Flur um Wasser für unsere Freundin, die offensichtlich unter einem schweren Schock stand.

Außer dem herzzerreißenden Lachen war nichts zu hören. Auf einmal ertönte ein markerschütternder Schrei, der einfach nicht mehr verklingen wollte. Einige Frauen im Flur rannten los. Es war Zahra. Auch sie hatte unter einer schweren Neurose zu leiden. Die Vorgänge dieses Abends hatten bei Zahra etwas ausgelöst, was außerhalb ihrer Kontrolle lag. Einer Freundin hatte sie erzählt, daß jemand, der ihr fremd ist, in sie hineinschlüpft und sie von innen bekämpft und zerreißt.

In unserem hilflosen Schweigen waren die Schreie von Zahra, die sie zu ersticken drohten, und das wahnsinnige Lachen von Farzaneh das einzige, was zu hören war. Viele weinten lautlos in sich hinein. Ich hatte das Gefühl, daß ich nur noch aus Augen bestand, die Bäche von Tränen ergossen. Ich sah, wie in einem ungleichen, zutiefst unfairen Kampf Körper und Geist aufgerissen und zerstampft wurden, und ich konnte nichts tun. Lautlos schreiend fragte ich mich: Wie lange denn noch und wie weit? Das ohnmächtige Mitleid zerfraß mich, und ich hatte unaussprechliche Angst davor, selbst auch zerrissen und ausgelöscht zu werden.

Nach dem ersten und sprachlosen Schock klopften und schrien alle durcheinander nach der verdammten Wärterin, die sich offenbar nicht in der Abteilung befand. Die Hysterie hätte uns alle bald eingeholt, wenn nicht bald die Wärterin gekommen wäre. Farzaneh und Zahra wurden abgeholt, mit Medikamenten ruhiggestellt und wieder zurückgebracht.

Erst als die beiden weg waren, erinnerten wir uns an Roya, die gefährdet war, weil sie ähnliche Probleme wie Zahra hatte. Wir befürchteten, daß sie bald losplatzen würde, sie verhielt sich aber ruhig. Ihre Zellengenossinnen wollten uns beruhigen und berichteten uns von ihrem Kampf gegen die Attacke: Sie setzte sich in eine Ecke, preßte die Zähne zusammen und ballte die Hände zu Fäusten. In ihren Bemühungen, die Nerven unter Kontrolle zu behalten, hatte sie das schwere dreistöckige Bett hochgehoben.

Einmal während einer schon zur Routine gewordenen Bestrafung – Stehen und Wachbleiben – zog der Hadji eine Frau aus unserer Reihe heraus, die eine recht scharfe Zunge hatte und gewöhnlich ihre Meinung unverblümt äußerte. Er sprach mit ihr ziemlich behutsam, um sie zu erweichen. Allmählich merkte er wohl, daß ihm seine »Züchtigungen« nicht sehr viel einbrachten, und er wollte die rebellischste Frau unter uns zum Schweigen bringen, indem er ihr die Verantwortung für die Abteilung anvertraute. Sie erkannte, daß das eine Falle war, und lehnte ab. Der Hadji versprach, die Zellentüren offenstehen zu lassen. Es sollte ein Test sein, mit dem er sehen wollte, ob wir diese Großzügigkeit verdienten oder nicht. Wahrscheinlich war der bevorstehende Besuch von Ayatollah Mussawi Ardabili der Anlaß für seine »Milde und Großzügigkeit«. Mussawi Ardabili war damals Justizminister. Er war ein Verfechter der Einführung und Festigung des Islamischen Rechtes in der Verfassung, hatte Meinungsverschiedenheiten mit Ladjevardi, der die religiösen Gerichte außerhalb jeglicher Gesetze stellen wollte.

Die Öffnung der Türen verursachte ein lautes Getöse und Freudenschreie. Wir empfanden das als Sieg und freuten uns lautstark, bis wir angemahnt wurden. Aus Angst, das Errungene wieder zu verlieren, hielten wir uns und unsere gute Laune zurück und dämpften unsere Stimmen.

Der September verging ruhig und relativ angenehm. Gymnastik und Sport wurden wieder eingeführt. Weil jegliche sportliche Betätigung untersagt war, stellten wir Wachen ab, die uns rechtzeitig vor dem Erscheinen unliebsamer Personen warnen sollten.

Diese Art heimlicher, sportlicher Aktivität vermittelte außer der Freude an der Bewegung noch eine ganz besondere Erregung.

In dieser Zeit lief der wöchentliche Hofgang wieder regelmäßig. Als wir das erste Mal nach langer Zeit hinausdurften, waren wir außer uns vor Frohsinn und Glück. Sofort begannen wir mit einem Teamspiel, das natürlich viel Lärm verbreitete. Das war ja auch bei einer so großen Anzahl von luft- und bewegungshungrigen Frauen gar nicht zu vermeiden. Unmittelbar bekamen wir die Nachricht, daß die Erlaubnis für den Hofgang aufgrund unseres Lärms rückgängig gemacht worden sei und wir in unsere Abteilung zurückgehen müßten. Dagegen protestierten wir, weil die Zeit noch nicht abgelaufen war, wir mußten aber erfahren, daß die Aufhebung als Strafe gedacht war.

Die Diskussion mit der Vorsteherin war in vollem Gange, als der Hadji erschien. Einige fanden noch die Zeit, vom Hof in die Zellen zu rennen. Ein großer Teil von uns jedoch mußte sich ihm stellen. In der Wahl seiner Schlagwaffen war er nie zimperlich. Diesmal erwischte er einen an der Wand abgestellten Besen und schlug damit auf uns ein. Wir stoben in alle Richtungen davon, und er verfolgte uns mit dem langen Besen in der Hand. Es war eine komische Szene. Später lachten wir noch oft darüber.

Ich wurde ausgerufen und darüber informiert, daß ich wieder ins Evin-Gefängnis verlegt werden sollte. Eine unheimliche Unruhe beschlich mich. Erneute Verhöre bedeuteten neue Informationen über mich. Was hatten sie herausgekriegt? Als ich durch die Tür hinaustreten wollte, sah ich meine Freundinnen, die sich versammelt hatten. Stumm und mit besorgten Blicken wollten sie Abschied von mir nehmen.

Im Wagen bemerkte ich Narges. Wir freuten uns über das Wiedersehen, durften aber nicht miteinander reden. Als wir im Evin-Gefängnis eintrafen, war die Mittagszeit vorbei, und wir bekamen nur noch Brot und Schafskäse. Wir setzten uns auf den Boden und aßen unser Käsebrot mit Appetit.

Wir saßen im Hauptgebäude, wo die Verhörräume für die

Volksmodjahedin eingerichtet waren. Eine Frau schrie in kurzen Abständen – sie wurde wohl ausgepeitscht. In Gedanken sah ich wieder die Szenen meiner Befragungen und Folterungen und erlebte fast körperlich die Schmerzen und die Entwürdigungen des Jahres 1981. Ein unkontrolliertes Beben durchlief meinen Körper.

Am späten Nachmittag kam der Untersuchungsbeamte. »Seid ihr zum Interview bereit?« wollte er wissen.

»Ich habe noch ein ganzes Jahr Zeit«, wich ich aus. »Beantworte meine Frage«, sagte er zu mir, »ich will dich gleichzeitig mit deiner Schwägerin entlassen.«

Narges war zu zwei Jahren Gefängnis verurteilt worden, und die waren bald überstanden. Ich lehnte ab. Seine Wut drückte sich in einem Faustschlag auf meinen Kopf aus. Dann wollte er den Grund für meine Ablehnung wissen. »Es sind persönliche Gründe«, antwortete ich. Er schickte uns in die Zelle und wollte uns später nochmals holen lassen. Zu mir sagte er noch: »Denk über meine Frage nach.«

Wir waren beruhigt, daß offensichtlich keine neuen Verhöre geplant waren. Anscheinend wußte er nicht, daß wir zu verschiedenen Abteilungen gehörten, und schickte uns gemeinsam in eine Zelle. Das war das Beste, was uns passieren konnte.

Narges und ich waren seit über acht Monaten getrennt und hatten uns viel zu erzählen. Die Worte sprudelten nur so aus ihr heraus und zeugten davon, daß sie sehr schwer litt. Sie war in den letzten Monaten um Jahre gealtert und hatte erschreckend viele graue Haare.

Für Lida, die neue Mitgefangene, waren unsere Erzählungen sehr interessant, und ihre Nachrichten von draußen waren für uns aufschlußreich. Sie berichtete über den Alltag, die neue Kleiderordnung, die angestrebte Geschlechtertrennung in den öffentlichen Verkehrsmitteln und vieles mehr. Man hatte sie zusammen mit ihrem Mann festgenommen. »Gegen mich liegt nichts vor«, meinte sie, »deshalb werden sie mich wohl wieder freilassen.«

Am nächsten Tag wurden Narges und ich wieder zum Untersuchungsbeamten gebracht. Bei meinem erneuten Nein drohte er mit einem Prozeß und befahl Narges, mir Vernunft beizubringen. Er gab ihr noch eine Zigarette, bevor er verschwand. Wir rauchten die Zigarette gemeinsam. Meine Schwägerin vertrat die Meinung, daß ich das Interview annehmen sollte, bevor ich eventuell doch noch verraten würde, was ich aber keinesfalls akzeptieren wollte und konnte.

Am dritten Tag wurden wir ins Ghezelhessar-Gefängnis zurückgebracht. Mit einem wehen Gefühl im Herzen verabschiedete ich mich von Narges. Wir machten uns Sorgen umeinander und flehten uns gegenseitig an: »Paß auf dich auf!«

Im September zeigten sie uns ein Video, das im Gebetshaus des Gefängnisses gedreht worden war. Führende Mitglieder linker Organisationen diskutierten unter der Leitung eines Theologiestudenten namens Mussawi. Zwei Kategorien von Gefangenen nahmen an diesen Gesprächen teil. Die einen bereuten ihre bisherigen Ansichten, die anderen aber wollten der Gewalt nicht nachgeben und verteidigten ihren Standpunkt. Es hieß, daß die Teilnehmer der zweiten Kategorie oft unter dem Deckmantel einer Befragung zur Teilnahme an der Diskussion gezwungen wurden, denn so konnten sie sich nicht dagegen wehren.

An einem der letzten Septembertage machte Ayatollah Mussawi Ardabili, der damals Justizminister war, einen Rundgang durch die Abteilungen. Die Besichtigung glich einer Komödie. Angeblich wollte er sich ein Bild über die Krankenstation und die Versorgung der Kranken machen. Gleichzeitig beabsichtigte er, sich den berüchtigten Trakt 8, der damals in aller Munde war, anzusehen. In seiner Begleitung befanden sich Ladjevardi und der Hadji. Mussawi Ardabili wurde von mehreren bewaffneten Leibwächtern umringt. Auch Ladjevardi hatte seine Leibgarde. Auf diese Weise war unsere kleine Abteilung voll von Revolutionswächtern. Nach einer langatmigen Erklärung forderte uns Ardabili auf, uns zu melden, falls wir Beschwerden über die medizinische Versorgung hätten.

Zu dieser Zeit war der Begriff medizinische Versorgung – jedenfalls in unserem Trakt – ein Fremdwort. Hin und wieder kam ein Arzt, selbst ein zum Tawab gewordener Gefangener namens Hosseini, vorbei, der sich wie ein Gefängniswärter benahm. Er untersuchte uns gar nicht erst, sondern sagte grundsätzlich: »Dir fehlt nichts, du bist gesund« beziehungsweise: »Deine Beschwerden haben keine organische Ursache. Sie sind neurotischer Natur.«

Als wir darüber berichteten, war dem Hadji sichtlich unbehaglich zumute, und er unterbrach uns ständig mit Zwischenrufen: »Lüge, alles Lüge, alles politische Agitation, du darfst nur für dich reden!«

Ab und zu mischte sich auch Ladjevardi ein und sagte zu Ardabili gewandt: »Hadji Agha, fallen Sie nicht auf diese Frauen rein, die tun so, als könnten sie kein Wässerchen trüben. Sie sind vom Teufel besessen.«

Mutter Sohaila stand mühselig auf. Ihre Bandscheiben befanden sich in einem kritischen Zustand, sie war schon halb gelähmt und litt zusätzlich an einer akuten Niereninfektion. Der Hadji versuchte, sie durch seine Gestik einzuschüchtern und zum Schweigen zu bringen. Ardabili befahl ihm: »Lassen Sie die Frau reden!« Sie sagte: »Ich bekomme keinerlei medizinische Versorgung, im Gegenteil, durch die Schläge und andere Repressionen hat sich mein Zustand verschlimmert.« Ständig wurde sie vom Hadji unterbrochen: »Sie lügt! Ich lasse sie doch immer wieder ins Krankenhaus bringen, was habe ich nicht schon alles für sie getan! Sie ist eine unverschämte Lügnerin.«

Ardabili grinste hämisch und deutete ihm an, er solle sie reden lassen. Die Bodyguards nahmen jeweils die Haltung des von ihnen Beschützten ein: Die einen drohten, und die anderen lachten über die unbeholfenen Versuche des Hadji, seine Unsicherheit zu verbergen.

Eine Frau erzählte von ihrer Magenkrankheit, daß sie eine

spezielle Diät halten müsse, was aber mit der Gefängnisnahrung nicht möglich sei. »Die Magenkranken bekommen täglich ein so großes Stück gegrilltes Fleisch«, sagte der Hadji und demonstrierte mit seinen Händen ein Riesenstück.

Ein anderes Mal kam ein geistlicher Richter namens Nayeri zur Besichtigung. Beim Anblick der kleinen Zellenfenster färbte sich sein Gesicht tiefrot, und er murmelte: »Dieses Gefängnis ist ein Überbleibsel aus der Schah-Zeit, die von der Islamischen Republik neugebauten Gefängnisse haben schöne große Fenster!«

Ladjevardis Kommentar dazu: »Sie verdienen nichts Besseres und sollten schleunigst liquidiert werden. Sie setzen Unschuldsmienen auf und sind in Wirklichkeit nur zanksüchtige, undankbare Ungeheuer.«

Der Begriff »politische Gefangene« wurde, ganz besonders in bezug auf Frauen, nie benutzt. Heuchler und Heiden – so nannten sie uns, um uns alle als asoziale, unvernünftige und emotionsgesteuerte Querköpfe zu diffamieren.

»Unter der 8«

Eines Abends erschien der Hadji mit einem Ausdruck im Gesicht, der einem das Blut in den Adern gefrieren ließ. Er schloß die Zellen auf und befahl uns, einzeln hinauszutreten. Einige mußten in die »Unter der 8« gehen. Er blödelte herum. Als eine Kurdin an ihm vorbeiging, verspottete er sie auf kurdisch, und dann kniete er sich vor eine Frau, die nach langer Haft im Evin-Gefängnis erst neulich hierher verlegt worden war, und sagte mit verstellter Komödianten-Stimme: »O Lady, was tun Sie hier. Ich hatte Sie doch befreit!« Wir spürten die langen Schatten der Angst in unseren Eingeweiden.

Auch ich mußte in die »Unter der 8« überwechseln. Wir fanden nicht einmal die Zeit, uns ordentlich anzuziehen, waren alle ohne Strümpfe, nur mit dünnen Nachthemden und alten Schleiern bekleidet, die wir sonst als Laken benutzten. Beim Verlassen schlüpften wir wahllos in die Pantoffeln, die im Flur vor den Zellen aufgereiht standen. Ich erwischte einen roten und einen schwarzen. Mit dem Gesicht zur Wand warteten wir im Flur.

Von hinten näherte sich jemand und hauchte mir ins Ohr: »Ich habe große Angst. Und wie geht es dir?« Ich traute mich nicht, den Kopf zur Seite zu drehen, die Stimme war mir nicht bekannt, und so antwortete ich lieber nicht. Die Person ging weiter und versuchte ihr Glück bei einer anderen. Diese nahm wohl an, die Stimme gehöre einer von uns, und gab Antwort. Unverzüglich wurde sie von mehreren umzingelt und zusammengeschlagen.

Schließlich wurden wir aus dem Gebäude hinausgeführt. Ein Lastwagen, der intensiv nach rohem Fleisch und Gewürzen roch, erwartete uns. Es war ungefähr ein Uhr morgens, als wir losfuhren. Wir flüsterten besorgt miteinander und versuchten, das Ziel zu erraten.

Bald hielt der Wagen an, und wir stiegen aus. Die Kürze der Strecke deutete darauf hin, daß wir uns immer noch im Ghezelhessar-Gefängnis befanden. Dann betraten wir einen riesigen Raum und mußten uns mit einem Abstand von einem Meter in einer Reihe aufstellen. Einige Männer kamen mit dicken Stöcken und fingen an, auf unsere Körper einzuschlagen. Die junge Frau neben mir sagte mit zitternder Stimme immer wieder: »Warum prügelst du mich? Schlag doch nicht!« Die Schläge wurden schneller und härter, aber sie hörte nicht auf zu fragen. Über eine Viertelstunde, vielleicht noch länger, wurde sie unablässig geprügelt, ohne daß ihre Fragen verstummten.

In einer Ecke, weit von mir entfernt, wurde eine andere Frau »gezüchtigt«. Ich begriff nicht, warum sich die Gewalt gegen sie derart konzentrierte. Am nächsten Tag fand ich heraus, daß sie den Mut aufgebracht hatte, sich zu setzen.

Nachmittags wurden wir in ein Zimmer gesperrt. Wir waren froh, daß wir noch alle beisammen waren. Jedes Gesicht trug tiefe Spuren der Angst und Unsicherheit. Fereshte erzählte, daß sie in der Nacht in ein Zimmer gebracht worden war, wo der Hadji sie eigenhändig verprügelt hatte. Das entfernte Ächzen und Stöhnen, das mich fast in den Wahnsinn getrieben hatte, stammte also von ihr.

Wir waren etwa vierzig Frauen. In einer Ecke lagen Militärdecken aufeinandergestapelt. Wir breiteten sie auf dem Boden aus und setzten uns müde, durstig und hungrig darauf. Unsere Körper taten furchtbar weh. Die Tür wurde laut aufgestoßen. Eine Wärterin schob ein Tablett mit Essen hinein, das für höchstens fünf Personen gereicht hätte. Teller und Besteck gab es nicht. Unsere Hände waren schmutzig. Es war aber nicht zu ändern, also aßen wir. Jeder bekam zwei Happen, das Brot benutzten wir dabei als Löffel. Im Sitzen schliefen wir ein.

In den ersten Tagen in diesem Raum bekamen wir nicht einmal Hygienebinden oder ähnliches für die Frauen, die ihre Monatsblutung hatten. Wir zerrissen die Säume unserer Kleider und stellten daraus Binden her. Zohre war die Tawab, die uns zur Toilette begleitete. Wir sagten ihr, daß wir Binden brauchten, worauf sie meinte: »Das geht mich nichts an, fragt doch den Hadji!« Das taten wir in unserer Not auch. Seine Reaktion: »Ihr dreisten Drecksweiber. Ihr solltet euch schämen, über so etwas zu sprechen.«

Später bekamen wir die Binden doch. Es gehörte zu den alltäglichen Strategien unserer Peiniger, uns auch das Allernotwendigste vorzuenthalten, bis wir darum baten. Dann gaben sie es, fühlten sich großzügig und sahen sich in der Auffassung bestätigt, daß wir einen Bettelcharakter hatten.

Es gab nichts, absolut gar nichts, um die langen Stunden des Tages erträglicher zu gestalten. Es war, als ob man langsam, Millimeter für Millimeter, sterben würde.

Gefangene können zu Bäumen, Sträuchern, Steinen, Sternen, Wolken und zum Mond, zur Natur überhaupt, eine starke emotionale Beziehung aufbauen. Es war mitten im Herbst. Die entlaubten Bäume, die traurig in die Höhe ragten, spiegelten unser Leben und unsere Trauer wider. Fieberhaft überlegten wir, wie wir unsere Lebenskraft stärken könnten. Schließlich bildeten wir drei Teams, die nacheinander Gymnastik trieben und die Körper trainierten. Um Platz für die jeweils aktive Gruppe zu schaffen, saßen die beiden anderen Gruppen eng beieinander.

Wir waren halb verhungert und nahmen rapide ab. Unsere vorher schon angegriffenen Energiereserven neigten sich rasant ihrem Ende zu. Wir hatten große Mühe, uns zu den Übungen aufzuraffen, und es kostete ungeheure Anstrengung, dabei nicht das Bewußtsein zu verlieren. Die Beine mußten bewegt werden, aber dazu mußte man gehen können, was im überfüllten Zimmer nicht möglich war. Um dieses Problem zu lösen, bildeten wir eine Kette. Nach einigen Minuten änderten wir die Richtung, indem wir uns um die eigene Achse drehten. Das war wichtig, weil uns aufgrund unserer körperlichen Schwäche und der schlechten Blutzirkulation sehr schnell schwindlig wurde.

Wir lebten und wollten weiterleben und suchten eine Öffnung, einen Kanal zu den Lebenden außerhalb des Raumes. Abends, wenn wir unsere »Runden« drehten, hörten wir undeutliche Geräusche. Mit dem Ohr an der Wand des Badezimmers nahmen wir Menschenstimmen wahr. Diejenigen, die ein sehr gutes Gehör besaßen, meinten, daß die Stimmen von einem Fernseher stammten. Allabendlich gaben sie sich also größte Mühe, die Nachrichten mitzubekommen, während der Rest absolute Ruhe bewahrte.

Ob das vermeintlich Gehörte auch tatsächlich stimmte, war belanglos. Viel wichtiger war die Freude, die Probleme der Menschen zu teilen. Auch das Gefühl des Triumphes, doch eine Verbindung nach außen zu haben. Wen störte es denn, daß diese einseitig war?

Ich erinnere mich, daß der Militärputsch in Granada den Hauptteil der Nachrichten einnahm. Wir bekamen die Ereignisse und die Ziele des Putsches nicht mit, aber daß die USA interveniert hatten, ging deutlich aus den wenigen verständlichen Worten hervor. Den Rest der Nachrichten und die Kommentare dazu übernahm unser Intellekt. Ich stellte mir das Leiden der Menschen in Granada vor und litt mit ihnen.

Um die unendlich scheinende Zeit zu verkürzen, erteilte eine Gefangene Französischunterricht. Glücklicherweise hatte eine Frau ein paar Bleistiftminen im Saum ihres Tschadors eingenäht und gab uns eine davon. »Die wertvolle Mine muß für Wichtigeres aufgespart werden. Ihr habt kein Recht, sie für den bloßen Zeitvertreib zu verwenden«, warfen uns einige Frauen vor. Diese Argumentation war absurd, denn wir benutzten die Mine nur in den seltensten Fällen, wenn es gar nicht anders ging. Wir fragten zurück: »Wer bestimmt denn überhaupt die Kriterien, was ›wichtig‹ ist?« Als keine Einigung erzielt werden konnte, wurde eine allgemeine Sitzung einberufen. Die engstirnigen, jeder Logik widersprechenden Argumente der Mehrheit der Anwesenden erschütterten mich tief. Ich konnte nur bekümmert hervorbringen, daß die Menschen selbst zu entscheiden hätten, welche Haltung sie für sich wählen wollten.

Solche zerstörerischen Auseinandersetzungen gab es leider allzuoft unter uns. Zwei Frauen wurden sogar absolut geschnitten, keine redete mit ihnen, und beim Essen wollte niemand neben ihnen sitzen – sie gehörten zu einer maoistischen Gruppe, die die Sowjetunion sozialimperialistisch und als Hauptfeind einschätzte und im Jahre 1979, nach der Revolution, die Islamische Republik verteidigt hatte.

Gemeinsam mit einigen anderen Frauen konnte und wollte ich solche unmenschlichen Praktiken nicht hinnehmen, daher wurden auch wir bald spürbar gemieden.

In dieser Zeit hatte ich zwei »Töchter«. Es waren zwei junge Mädchen, die ihre Familien, insbesondere ihre Mütter, bitter vermißten. Ich meinerseits war voller aufgestauter mütterlicher Liebe. Ich hatte zwei Arme, die liebkosen und beschützen wollten, und danach sehnten sich die beiden Mädchen verzweifelt. Nachts schlief ich zwischen ihnen und spürte bis morgens das Beben ihrer ängstlichen Körper, die in meinen Armen Ruhe und Geborgenheit suchten. Sie erzählten mir von einer utopischen Zukunft und verloren sich in ihren wunderbaren, heilen Phantasien. Sie planten die Zeit danach. In der Freiheit würden wir uns gegenseitig besuchen, und ich sollte für sie kochen. Sie sprachen viel von Süßigkeiten. Nachts träumten wir dann alle von Kuchen und Leckereien.

Seit einigen Tagen schon quälten mich starke Zahnschmerzen. Ich verwünschte meine Zähne, denn eine ungünstigere Zeit hätten sie sich gar nicht aussuchen können. Der permanente Schmerz ließ mich auch nachts nicht zur Ruhe kommen. Jedesmal wenn das Essen verteilt wurde, bat ich um Schmerztabletten und mußte mich immer von neuem beschimpfen lassen; nur ein- oder zweimal bekam ich Tabletten. Wenn ich nach dem Zahnarzt fragte, wurde ich spöttisch abgefertigt: »Zahnarzt? So etwas gibt es hier nicht.« Am sechsten Tag wand ich mich wimmernd vor Schmerzen von einer Seite zur anderen. Meine Zellengenossinnen hielten es nicht mehr aus und klopften an die Tür. Nichts geschah. Sie hämmerten weiter und weiter an die Tür, bis eine Wärterin erschien. Sie schleuderte uns eine Flut von Beschimpfungen entgegen und ging wieder.

Nach einer kurzen Zeit kam Zohre, die schon erwähnte Tawab. Sie gab mir einige Tabletten und ging wieder. Am nächsten Morgen wurde ich abgeholt. Der Hadji wartete außerhalb des Traktes auf mich, um mich zum Zahnarzt zu fahren. Ganz nebenbei sagte er zu mir: »Obwohl deine Schwägerin genau so eine war wie du, habe ich sie freigelassen.«

Vor Freude war ich wie erschlagen. Es war zu schön, um wahr zu sein. Er spielte wieder den Clown und imitierte meinen Dialekt. Dabei erwähnte er beiläufig, daß jener türkische Geistliche nicht besser sei als meine Schwägerin und ich. Er spielte auf einen mit mir verwandten Geistlichen an, der in den ersten Jahren der »Revolution« ins Parlament gewählt und später abgesetzt worden war. Wir stiegen in seinen luxuriösen Mercedes ein. Ich saß hinten, neben mir eine Tawab. Den Kopf mußte ich gesenkt halten. Während der Fahrt drohte er mir ständig: »Ich warte nur darauf, daß du den Kopf hochhebst, damit ich dir endlich eins draufhauen kann.«

Die Fahrt dauerte nicht lange. Ich wurde also in die Klinik gebracht. Die Wartezeit im Flur war diesmal sehr kurz. Die bekannte Stimme von Dr. Hosseini war zu hören, er erinnerte die Zahnärztin mahnend daran, daß sie nur ziehen dürfe. Verärgert erwiderte sie: »Ich bin Ärztin, zuerst muß ich ein Röntgenbild machen. Dann weiß ich, was zu tun ist.« Barsch wies Dr. Hosseini sie zurecht: »Es darf nur gezogen werden, und das schleunigst!«

Als ich hineingeführt wurde, erkannte ich die Ärztin sofort. Im ersten Jahr nach meiner Verhaftung waren wir in derselben Zelle gewesen und hatten uns angefreundet. Obwohl die ärztliche Tätigkeit der inhaftierten Mediziner als eine Art Kooperation angesehen und abgelehnt wurde, konnte ich nicht umhin, diese starke Frau für ihren unabhängigen Charakter und Widerstandssinn zu respektieren.

Um uns herum schlichen einige Tawabs, daher konnten wir nicht mehr als die üblichen Grußfloskeln austauschen. Sicherlich war die Nachricht von unserem Strafarrest schon weit verbreitet und auch ihr bekannt. Außerdem war ich bedenklich mager und blaß. Jedenfalls gab sie mir, nachdem sie den schlimmen Zahn problem- und schmerzlos gezogen hatte, eine Menge schmerzstillender Tabletten, Antibiotika und Desinfektionswaschlösungen mit.

Der Hadji fuhr mich wieder zurück. In der Zelle umringten mich die Frauen aufgeregt. Der Hunger nach Neuigkeiten war gewaltig. Schließlich war mein Zahnarztbesuch ja tatsächlich etwas gänzlich Neues. Seit wir uns in diesem Raum befanden, hatte noch keine von uns die Zelle verlassen. Alles, was ich gesehen, erlebt und gehört hatte, berichtete ich im Detail. Gemeinsam lachten wir über den Hadji und sein Getue. Zweifellos war ich die einzige Gefangene, die der Hadji persönlich in seinem Privatvehikel herumkutschiert hatte.

Im Viehstall

An einem Freitag nachmittag sollten wir unsere Sachen packen. Wir wußten nicht, wohin wir gebracht werden sollten, packten die Militärdecken und das Geschirr unter den Arm und legten den Tschador um. Im Flur wurden wir an jeder Tür von Wärtern mit Stockhieben verabschiedet. Eine Frau, die zufälligerweise einen orangefarbenen Tschador erwischt hatte, bekam die meisten Schläge. Dann kamen wir in ein Zimmer, wo wir mit dem Gesicht zur Wand auf dem Boden sitzen und absolutes Stillschweigen bewahren mußten. Nach kurzer Zeit fingen wir vorsichtig an zu flüstern. Die Tür war zu, es war keine Wärterin im Zimmer. Wir standen auf und drehten uns zueinander. Mit Verwunderung sahen wir, daß außer uns noch einige andere Frauen und Freundinnen im Raum waren, die wir seit einiger Zeit aus den Augen verloren und von denen wir keine Nachricht hatten. Die Freude über das Wiedersehen war riesig. Wir paßten gut auf, keinen Lärm zu verursachen. Aber dann wurde die Tür aufgeschlossen und mit einem gewaltigen Fußtritt aufgestoßen. Bevor wir die Zeit fanden, uns zu sammeln und die anfängliche Position einzunehmen, stürmten einige Männer ins Zimmer und bombardierten uns mit Schlägen und Schmähungen. Man hatte uns doch gehört.

Dieser Raum war unter der Bezeichnung »Viehstall« bekannt, war feucht, kalt und unbeschreiblich dreckig. Ein Bad und ein Waschraum waren auch vorhanden, in denen dicke, eklige Würmer herumkrochen. Wortlos begannen wir mit einer gründlichen Reinigung, wobei wir sogar den Dreck von den Wänden abkratzen mußten. Nach mehreren Stunden war es geschafft, alles war einigermaßen sauber und ordentlich.

Als der Hadji kam, konnte er seine Verwunderung kaum verbergen.

Einige Tage lebten wir in relativer Ruhe. Dann kam der Hadji, sortierte einige Frauen aus und beförderte sie mit Fußtritten aus dem Zimmer hinaus. Vom Flur her hörten wir Schläge und Stöhnen. Den ganzen Tag warteten wir vergebens auf die Frauen. In den darauffolgenden Tagen wurde dieses Szenario wiederholt. Wir wußten nicht, wo diese Frauen hingebracht wurden, bis wir selbst drankamen.

Mit verbundenen Augen, Tschador um Kopf und Körper, setzte man uns in einem Abstand von einem Meter zu der nächsten hin. Den ganzen Tag saßen wir so, ohne ein Wort miteinander wechseln oder uns bewegen zu können. Die Tawab Zohre bewachte uns scharf.

Die ganze Nacht verbrachten wir in dieser Haltung – verschleiert, mit verbundenen Augen, schweigend. Ein neuer Tag brach an, die nächste Nacht, immer noch verschleiert, die Augen verbunden, schweigend, und da begriff ich: Das war die neue Art der Bestrafung.

Nachts mußte man sich auf denselben Platz, auf dem man tagsüber saß, hinlegen. Morgens um sechs Uhr weckte uns Zohre. Sofort mußten wir uns hinsetzen; dauerte das länger als vorgesehen, bekamen wir die Peitsche zu spüren. Um zehn Uhr abends ertönte der Befehl zur Nachtruhe. Auch hier ging es um Sekunden. Dazwischen mit verbundenen Augen steif, ohne jede Regung sitzen und schweigen.

Vor uns die Wand, hinter uns Zohre und andere Folterknechte und neben uns unerreichbare Freundinnen und Leidensgenossinnen. Nicht einmal während des Essens durften wir die Augenbinden abnehmen oder ein Wort wechseln. Die Grabesstille wurde nur durch Zohres Kommandos und Beschimpfungen unterbrochen. Wie lange sollte das wohl noch dauern? Wie lange kann ich das noch aushalten?

In der dritten Nacht, als ich mich nach sechzehn Stunden Bewegungslosigkeit unter der Decke ausstreckte und Hände und Beine zur besseren Durchblutung dehnte und beugte, fühlte ich eine Hand, die mich unter der Decke berührte. Ich erfaßte den

Arm der Frau, die neben mir lag. Unsere eiskalten Hände hielten sich fest und strahlten Wellen von Angst und Kummer aus. Das war gefährlich, das wußten wir sehr genau. Zohre konnte uns jeden Augenblick bemerken. Die Hände trennten sich, aber das beruhigende Gefühl blieb. Das Bewußtsein, eine Freundin in unmittelbarer Nähe zu haben, sie berührt und gefühlt zu haben, erweckte in mir wieder Zuversicht.

Ausgestreckt zu liegen war ein befreiendes Glücksgefühl. Unter der Decke reckte und streckte ich mich genüßlich. Meine Muskeln lockerten sich langsam aus ihrer Verkrampfung. Bald erlöste mich der Schlaf. Ich weiß nicht, wie lange ich schon geschlafen hatte, als mich die verhaßte Stimme von Zohre weckte. Es war mitten in der Nacht. Zwei Frauen beteuerten mit zittriger Stimme ihre Unschuld, aber Zohre schrie und prügelte auf sie ein. Sie beschuldigte die beiden, miteinander Unzucht getrieben zu haben. Unwillkürlich mußte ich an das Gefühl der Freundschaft und Verbundenheit denken, als ich die Hand meiner Nachbarin gehalten hatte. Vielleicht hatten auch die beiden Frauen Trost und Ruhe gesucht und waren dabei nicht unentdeckt geblieben.

Zohres Schreie lockten einen Wärter heran. Er schlug wie wild auf die beiden Frauen ein und trat sie mit seinen schweren Stiefeln. Panik lähmte uns. Machtlos mußten wir zusehen. Mit keinem Wort kann man beschreiben, wie man sich fühlt: Hautnah bekommt man alles mit, man spürt die Schmerzen förmlich, und man kann nichts tun.

Irgendwann hatten die Folterer genug, stellten die Frauen zur Strafe auf die Beine und schrien sie an: »Ihr bleibt stehen, morgen kommt der Hadji persönlich!« Und richtig. Am folgenden Tag kam er und peitschte sie persönlich aus. Die Frau, die die meisten Hiebe abbekam, beharrte darauf, eine Redeerlaubnis zu bekommen. Der Hadji nahm sie mit hinaus. Was danach mit ihr passierte, entzieht sich meiner Kenntnis. Ich habe sie nie wieder gesehen.

Eines Morgens schlug der Hadji mit seiner Peitsche auf mich und eine andere ein. Er wollte uns klarmachen, daß es so lange auf diese Art weitergehen würde, bis wir zur Besinnung kämen. Er sprach auch von einem Bett. Jeder von uns wollte er ein Bett besorgen. Er malte uns aus, wie bequem und schön man auf dem Bett liegen könne …

Stunden später kamen die Wärter. Wir mußten in einer Reihe stehen. Hinter uns wurde emsig gehämmert, in große Holzkisten wurden Nägel getrieben. Dann drängten sie uns mit Fußtritten und derben Stößen in die Kisten. Schlagartig begriff ich, was der Hadji mit dem vielgepriesenen Bett gemeint hatte!

Die Kisten hatten vorn und hinten keine Wände. Die Zellenwand ersetzte die fehlende hintere Kistenwand, und vorne war die Kiste offen, damit Zohre die darin hockenden Frauen besser beobachten konnte. Die Seitenwände drückten und quetschten mich ein. Ich hatte das Gefühl, mein Körper würde den engen Käfig ganz ausfüllen. Es gab absolut keine Möglichkeit zur Bewegung. Muskeln und Knochen wurden nach kurzer Zeit taub, merkwürdigerweise taten sie gleichzeitig höllisch weh.

Diese schwarze Periode hat unter den Gefangenen eine traurige Berühmtheit erlangt und wurde später die »Bettenära« genannt.

Die Tage und Nächte kamen und gingen. Die Starre, die Todesstille, die schmerzenden Muskeln und das Bewußtsein, wie ein tollwütiger Hund in einem Zwinger eingesperrt zu sein, bewirkten ein Abstumpfen und Absterben. Mit verbundenen Augen und offenen Ohren saß ich da, begierig auf Wörter und Geräusche lauschend, aber es war kein Laut zu vernehmen. Jede einzelne Sekunde zog sich unendlich und lastete tonnenschwer auf meinen Nerven.

Wenn ich heute an diese Zeit zurückdenke, fange ich unvermittelt am ganzen Körper an zu zittern und werde von panischer Angst erfaßt.

Nachts, wenn ich lag, die schmerzenden, abgestorbenen Muskeln zusammenzog und wieder entspannte, überkam mich Erleichterung. Die Augenbinde und den Tschador durften wir auch nachts nicht ablegen, weil die Revolutionswächter manchmal lautlos hereinkamen. Wir hörten sie nicht kommen. Ahnungslos lagen wir da und schliefen, bis wir jäh durch Tritte hochgeschleudert wurden. Einmal wachte ich ohne einen besonderen Grund auf und spürte, daß ein Revolutionswächter in meiner unmittelbaren Nähe war. Sehen konnte ich nichts, ich war zum Abwarten verdammt. Ich wartete auf die Stiefel, die sich in mein Fleisch hineinbohren würden. Die Wartezeit erschien mir wie eine Ewigkeit. Aber er ging wieder weg und ließ mich in Ruhe.

Dreimal täglich hatten wir eine Minute Zeit zum Austreten. Die Toilette war nur durch einen Vorhang vom übrigen Raum abgetrennt. Zohre zog den Vorhang hemmungslos zurück, wenn jemand länger als eine Minute brauchte. Ich litt an einer hartnäckigen chronischen Verstopfung. Mein Gesäß tat vom ständigen Sitzen weh und war steif wie ein Brett. Jede von uns hatte den Luxus eines eigenen Tellers. Zur Essenszeit legten wir ihn hinter uns, und Zohre füllte das Essen darauf. Das Kauen war eine angenehme Abwechslung.

Ich hatte ein unwahrscheinliches Verlangen nach Tee. Seit über zwei Monaten hatten ich keinen mehr getrunken. Zohre bereitete sich ständig Tee zu, und der Duft stieg uns in die Nase. Einmal sagte sie: »Ich habe noch etwas Tee übrig. Wer was haben will, der soll sich melden!« Ich wußte, daß das ein widerlicher Trick war. Außerdem würde ich ihn nicht hinunterschlucken können, wenn er erbettelt und der Preis dafür Demütigung war. Dann hörte ich, wie Zohre zu einer Frau ging, verächtlich spottend und gackernd. Offenbar hatte ihr die arme Frau geglaubt und sich gemeldet. Vor Ekel wurde mir ganz heiß.

Obwohl wir von der Welt außerhalb dieses Raumes total abgeschnitten waren und in einer todesähnlichen Starre ausharrten, waren wir nicht tot. Der Verstand funktionierte noch, die Gedanken hoben sich in die Lüfte, durchbrachen die Mauer. In Gedanken ließ ich die schönen Momente und Ereignisse meines Lebens wieder auferstehen und malte mir die Zukunft so aus, wie ich sie wünschte. Ich dachte an die Menschen, die ich liebte, und versuchte mir vorzustellen, was sie wohl in diesem Augenblick machten. Einige Male bemühte ich mich, Erzählungen zu ersinnen, schaffte es aber nie, sie zu Ende zu führen, denn es war mir unmöglich, mich über einen längeren Zeitraum hinweg zu konzentrieren. Mit großer Anstrengung gelang es mir, die Tage zu zählen. Außerdem versuchte ich, die Tageszeit zu erraten.

Einmal schlug ich während des Essens unbeabsichtigt mit dem Löffel gegen eine meiner Holzwände. Nach einigen Sekunden kam eine Klopfantwort von der Nachbarseite. Das verschüttete Bewußtsein, daß jemand lebendig und nur einen Schritt entfernt in einer ebensolchen Kiste saß, erwachte wieder und erfüllte mich mit Freude und Hoffnung. Danach wiederholten wir diese unschuldigen Botschaften bei jeder Mahlzeit.

Der Hadji kam jeden Tag zur Visite. Er mußte sein Lieblingsspielzeug immer dabei gehabt haben, denn andauernd hörte ich, wie er die Peitsche auf dem Boden aufknallen ließ. Dieses Knallen brachte mein Herz zum Beben, und meine Nackenhaare richteten sich auf. Täglich peitschte der Hadji eine von uns aus, ohne ersichtlichen Grund. Bei der Auswahl der Opfer war kein System erkennbar.

Eines Nachts wurde ich durch flüsternde Männerstimmen wach. Ich erkannte die Stimme von Ladjevardi. Er war zur Besichtigung gekommen. Mir wurde klar, daß Ladjevardi als Regisseur dieses Horrorszenarios verantwortlich zeichnete. Die Zeit in den Kisten riß die allerschlimmsten, unheilbaren Wunden in unsere Seelen.

Nachdem ich fünfzehn Tage in der Kiste gesessen hatte, wurde ich wieder ins Evin-Gefängnis gebracht. Später hörte ich, wie es meinen Leidensgenossinnen danach ergangen war. Nach zwei Monaten in der Kiste brachen der Widerstand und der Wille der Frauen nach und nach zusammen. Im Zustand der völligen psychischen Erschöpfung gaben die ersten Frauen auf und erklärten sich bereit, gehorsame Gefangene zu werden. Noch bevor sie begreifen konnten, wie ihnen geschah, wurden sie für die Interviews vor die Kamera gezerrt. Bitter weinend gestanden sie, unwürdige, niedrige Menschen zu sein, die stets ihren egoistischen Leidenschaften nachjagten. Sie gaben zu, Menschen verraten und an ihnen Verbrechen verübt zu haben. Sie bereuten ihre Untaten und baten in tiefster Unterwürfigkeit und Demut um Verzeihung.

Jedes Wort wurde über die Lautsprecher verbreitet, die Gefangenen in den Kisten mußten sich all das anhören.

Was empfinden Menschen, die monatelang in absoluter Stille und Isolation verbracht haben, wenn ihnen der Zusammenbruch ihrer Freunde aus den Lautsprechern entgegendröhnt?

Mehr noch: Die neugewonnenen Tawabs wurden zu ihren einstigen, in den Holzkisten sitzenden Freundinnen geführt. Sie mußten ihnen den Verrat, die Auslöschung der Würde und die Selbstverleugnung ins Gesicht schreien. Oft war der Hadji auch damit nicht gesättigt. Dann zwang er seine Opfer, Informationen preiszugeben und zu kooperieren.

Unzählige Frauen und Männer ertrugen lange Verhöre und Folterungen, ohne das Geringste zu verraten. In diesem Stadium aber, wenn ihr Wille gebrochen und ihr Ich zerstört war, pumpte man aus ihnen heraus, was sie hartnäckig gehütet hatten. Nicht selten verrieten Gefangene dann die ihnen liebsten und wertvollsten Menschen oder legten die geheime Widerstandsorganisation im Gefängnis offen.

Andere Frauen, die den Weg aus den Kisten heraus suchten, fanden sich in einer neuen, schlimmeren Hölle wieder: Sie wurden in die Abteilung 3 des Ghezelhessar-Gefängnisses verlegt, die zu jener Zeit mit Tawabs durchsetzt war. Dort mußten sie sich bewähren. Hingebungsvoll spionierten sie jeden aus, sogar sich gegenseitig. Jede wollte die anderen durch Eifer und Treue ausstechen. Der Hadji hatte seinen Spaß an dem würdelosen Machtkampf und bestärkte sie darin.

Jede, die der Kistengefangenschaft entkam, verbrachte zunächst lange Zeit unter strengster Aufsicht wie in Quarantäne. Keiner konnte mit ihnen Kontakt aufnehmen, und sie mußten vor allem über ihre Erlebnisse absolutes Stillschweigen wahren. Soeben aus der tödlichen Gefangenschaft befreit, fühlten sie sich in der Menge noch einsamer. Für die meisten dauerte diese Situation neun

Monate. In ihrer neuen Isolation inmitten der sich bekämpfenden Tawabs wurden sie zunehmend depressiver, weinten stundenlang, begannen krampfartig zu lachen.

In den darauffolgenden Monaten lockerte der Hadji die Bedingung für die Freilassung aus der Holzkiste. Vielleicht genügten ihm seine bisherigen Siege. Nun wurde die Bereitschaft zum Interview nicht mehr vorausgesetzt, allein die Treueerklärung reichte aus. Manche akzeptierten die Bedingung, aber einige andere hielten bis zum Schluß durch.

Vor diesen Frauen empfinde ich Respekt und Bewunderung, denn keine Phantasie reicht aus, diese Monate nachzuvollziehen. Viele fanden nie mehr zur Normalität zurück. Mehrere unternahmen Selbstmordversuche, und nur einige von ihnen konnten gerettet werden. Mahin Badui, die bis zum Schluß ausgehalten hatte, verbrachte noch viele Jahre im Gefängnis mitten unter ihren Zellengenossinnen, ohne je eine menschliche Beziehung aufzunehmen. Sie setzte später auf tragische Art ihrem Elend ein Ende: Sie brachte sich um. Ihr Schweigen war ein herzzerreißender Schrei. Ein Schrei mit weiten Wellen, so weit, daß das menschliche Ohr ihn nicht wahrnehmen konnte.

Die Frauen, die am längsten in den Kisten eingepfercht waren, mieden andere Menschen. Sie wollten allein sein und fliehen vor den Menschen, mit denen sie nichts mehr anzufangen wußten. Tagein, tagaus saßen sie mit dem Gesicht zur Wand, den Rücken den anderen Frauen zugewandt, allein, in sich gekehrt, stumm. Das Gemeinschaftsleben im Gefängnis konnten sie nicht mehr ertragen. Sie lebten in und mit dem Leid weiter, menschenscheu und bar jeden Vertrauens.

Ladjevardi und der Hadji waren mit dem Ergebnis ihres Experiments zufrieden und verbannten in den nächsten Monaten die Frauen scharenweise in die »Viehställe«. Alle lebten in Angst vor dieser Strafe. Wie ein Kugelblitz schlug die Panik in den Abteilungen und Trakten aller Gefängnisse ein.

Nur ein Lichtblick blieb uns noch: Der Hadji hatte es nicht geschafft, alle ihm Ausgelieferten gefügig und willenlos zu machen. Mit dieser Niederlage mußte er sich abfinden. Da waren Frauen, die nicht aufgaben, die sich selbst nicht aufgaben, die es schafften. Manche von ihnen saßen bis zu zehn Monate in der Kiste, um sich selbst treu zu bleiben.

Erst als der Hadji neun Monate später, im Sommer 1984, seines Amtes enthoben und ein Komitee aus den Kreisen des Ayatollah Montazeri zum Vorstand des Gefängnisses ernannt wurde, gingen diese schwarzen Monate der politischen Gefangenschaft zu Ende.

Zurück ins Evin-Gefängnis

Ende Herbst 1983 wurde ich also, direkt aus der Kiste, zum Evin-Gefängnis gebracht. Ich rechnete mit erneuten Verhören, dann würde der Prozeß folgen und danach vielleicht die Erschießung.

Auf der Fahrt zum Evin-Gefängnis blickte ich auf die herbstlichen Straßen mit den traurig aussehenden Bäumen. Der Herbst war auch in mir und nagte an meinen Eingeweiden. Ich fühlte ihn wahrhaftig in meinem Bauch. Manchmal fuhren wir an Fußgängern vorbei. Es kam mir vor, als ob sie alle eine lange Robe aus gewebter Trauer tragen würden. Eine innere Stimme erinnerte mich ständig daran, daß ich vielleicht zum letzten Mal die Menschen und die Straßen meiner Stadt sah.

Mein Schicksal sollte vielleicht im Evin-Gefängnis besiegelt werden. Aber was war mit den Menschen in den Kisten, die von tödlichem Schweigen umgeben waren? Was für ein Schicksal erwartete sie? Ich konnte sie nicht vergessen.

Es war ein Spätnachmittag, wir kamen dem Evin-Gefängnis immer näher. Ich wünschte, die Strecke nähme kein Ende und ich könnte Stunden und Tage unterwegs sein. Was erwartete mich? Ich war müde, fühlte mich allein und im Stich gelassen.

Mutter Sohaila war meine Reisegefährtin. Ich wußte, daß auch sie lange Zeit in der Kiste gesessen hatte. Wir durften uns nicht miteinander unterhalten. Ich schwamm in einem tiefen Meer von Ängsten und Sorgen und verspürte auch gar nicht das Verlangen, mit jemandem zu reden.

Bei Sonnenuntergang erreichten wir das Gelände. Wir wurden im Wachbüro einer gründlichen Leibesvisitation unterzogen, man verband uns die Augen, und schließlich führte uns ein Wärter zum Trakt 209. Er nahm die Stofftasche von Mutter Sohaila in die Hand und ging uns voraus. Mutter Sohaila konnte dem

Wärter nur mit Mühe folgen. Leise sagte sie: »Sie werden mich hinrichten«, und verabschiedete sich von mir. Als ich ein paar Monate danach hörte, daß man sie freigelassen hatte, freute ich mich unendlich.

Mein Verhörer erschien. Es war nicht der gleiche wie beim ersten Mal. Er nahm mich mit in ein Zimmer und befahl mir, kurz die Augenbinde abzunehmen, aber meine Augen mußte ich geschlossen halten. Wahrscheinlich war jemand zu meiner Identifizierung da. Den Andeutungen des Untersuchungsbeamten konnte ich entnehmen, daß mich irgend jemand verraten hatte. Er legte ein Stück Papier vor mich hin. Ich begann, meine Aktivitäten aufzulisten. Sobald ich ein paar Zeilen geschrieben hatte, las er sie und deutete auf bestimmte Ereignisse, über die ich dann noch mehr schreiben mußte. Außer ihm waren noch mehrere andere Verhörer anwesend. Einer triumphierte: »Sie ist eine mit allen Wassern gewaschene Marxistin, endlich haben wir sie identifiziert.«

An diesem Abend dauerte das Verhör nicht lange, und schon bald brachten sie mich für die Nacht in eines der Zimmer neben dem Untersuchungsraum. Eine Frau mit ihrem Kind war schon vor mir hier einquartiert worden. Das arme Kind weinte und jammerte die ganze Zeit über. Ich wollte es auf den Arm nehmen und trösten, aber es fremdelte. Außerdem waren meine Arme viel zu schwach, um das Kind hochzuheben. Ich fühlte mich krank und elend. Man hatte mir ausdrücklich verboten, mit meiner Zellengenossin zu reden. Trotzdem versuchte ich, ein Gespräch anzufangen, aber die Frau war ängstlich und hatte keine Lust zu sprechen.

Schließlich legte ich mich hin, doch meine angespannten Nerven ließen mich nicht zur Ruhe kommen. Ich war erschöpft, niedergeschlagen und bedrückt. Unzählige Fragen schossen mir durch den Kopf. Was würde nun kommen? Was wußte man über mich? Alle paar Minuten warf der Gefängniswärter einen Blick durch das Guckloch in der Tür auf uns.

Am darauffolgenden Tag rief mich ein Mann höflich beim Namen und führte mich ab. Unterwegs riet er mir: »Denk bitte gut nach! Hab Mitleid mit deinem eigenen Leben!« Ich entgegnete: »Ich stecke tief drin.« Darauf beruhigte er mich: »Sei nicht verzweifelt!« Ich war erstaunt über seine Höflichkeit. Später erfuhr ich, daß er mein Verhör leitete.

Während wir durch das Gebäude schritten, konnte ich unter meiner Augenbinde hervorlugen und stellte fest, daß überall entlang den Wänden viele Gefangene, Männer und Frauen, saßen. Manche hatten sich in eine Wolldecke eingedreht und lagen auf dem Fußboden im Flur.

An einer Seite des Ganges waren dicht nebeneinander mehrere Türen, die mit Eisenstangen vergittert waren. Durch diese konnte man auf die Gänge blicken, in denen die Zellen lagen. Ich sah mehrere Gefangene, die an diesen Eisenstangen aufgehängt waren. Sie streckten ihre Fußspitzen zum Boden und versuchten, ihre Füße etwas zu bewegen. Schließlich blieben wir vor einer Tür stehen, die mit einem Vorhang bedeckt war. Der Verhörer klingelte. Ein Mädchen, von dem ich später erfuhr, daß sie Lida hieß, erschien hinter dem Vorhang und nahm mich mit. Aus den Zellen drangen leise Wortfetzen heraus, anscheinend flüsterten die Gefangenen miteinander. Ich war glücklich, daß ich wieder in eine Zelle kam. »Ich werde meine Augenbinde abnehmen, mich bewegen, schlafen und reden, wann ich will, oder, wenn mir danach ist, werde ich leise für mich singen«, dachte ich.

Lida, die mit den Gefängniswärtern zusammenarbeitete, öffnete eine Zelle. Ich schob meine Augenbinde beiseite und sah eine Frau, die unter einer Wolldecke auf dem Boden schlief. Sie wurde durch den Lärm des Türöffnens aufgeweckt und streckte ihren Kopf unter der Decke hervor. Lida zeigte mit der Hand auf mich und sagte: »Malihe, du kannst dich bei ihr nach deiner Schwester erkundigen. Sie kommt von dem Ort, wo auch deine Schwester sitzt.«

Nach diesen Worten von Lida betrachtete ich Malihe genauer. Ihre Gesichtszüge waren denen ihrer Schwester sehr ähnlich, und ich wußte nun, wer sie war. Ich hatte gehört, daß sie sehr gut mit den Verhörern kooperierte.

Lidas Bemerkung konnte ich allerdings nur schwer einordnen. Wollte sie mich wirklich vor Malihe warnen, oder tat sie das nur aus Feindschaft oder Konkurrenz zu ihr? Ich denke, sie wollte mir einen Wink geben. Jedenfalls hatte mich ihr Hinweis rechtzeitig auf die Gefahr aufmerksam gemacht. Malihe versuchte, das Vertrauen der Gefangenen, vor allem der Neuverhafteten, zu gewinnen. So gelangte sie an wichtige Informationen, die sie dann weiterleitete.

Ich legte meine Augenbinde und meinen Tschador ab und ordnete meine zerzausten Haare mit der Hand. Seit mehr als zwei Wochen hatte ich meine Haare nicht mehr kämmen können. Ich hatte Sehnsucht, mit jemandem zu reden. Aber wem sollte ich mein Herz ausschütten? Malihe etwa? Sie war doch nichts anderes als eine Verhörerin, ihr konnte ich auf keinen Fall vertrauen. Sie beobachtete mich aufmerksam. Viele Tage hatte ich nicht gesprochen. Nur mit Schwierigkeiten konnte ich einen Laut von mir geben. Meine Stimme klang gebrochen, als ich ihr zögernd von meiner Besorgnis über die Zukunft erzählte. Sie sagte: »Morgen und übermorgen ist Feiertag. Niemand wird zum Verhör gebracht.«

Erleichtert atmete ich tief durch und legte mich hin. Ich schaute hinauf. Über meinem Kopf befand sich ein Fenster, vor das ein dichtes, dickes Metallnetz gespannt war. Die Fensterscheiben waren so stark verschmutzt, daß es nicht möglich war, den Himmel und die Sterne zu betrachten.

Am nächsten Tag verlangte Malihe von der Wärterin, daß sie uns ins Bad bringe. Sie sagte: »Sie hat eine Waschung nötig.« So konnten wir außer der Reihe duschen gehen. Als das heiße Wasser über meinen geschwächten Körper strömte, breitete sich in mir eine tiefe Erleichterung aus und ich konnte mich endlich etwas entspannen.

Malihe war zufrieden, daß sie eine Gesprächspartnerin gefunden hatte. Sie erzählte mir Erlebnisse aus der Gefangenschaft oder berichtete über Gefangene, die außer ihr niemand getroffen hatte, weil sie in ständiger Isolationshaft gehalten wurden. Malihe aber kannte sie alle. Sie hatte sie entweder in der Zelle getroffen oder hatte ihren Verhören beigewohnt. Ich war eine aufmerksame Zuhörerin. Indem ich Desinteresse vortäuschte, versuchte ich, sie zu weiteren Erzählungen zu animieren.

Unter anderem erzählte sie von Nasrin Nikseresht: Ihre Standhaftigkeit war allen Gefangenen bekannt, obwohl ihr nur wenige begegnet waren, weil sie in Einzelhaft saß. Nasrin wurde gefoltert und trug dabei so schwere Verletzungen davon, daß sie im Rollstuhl zu den Verhören gefahren werden mußte. Man erzählte sich, die Verhörer hätten unter sich gewettet, daß sie diese Person so kaputt machen würden, daß sie alles verriete. Nasrin aber war unzerbrechlich und besiegte sie alle. Einmal kamen sie tatsächlich auf die Idee, ihr den Ehering abzunehmen, weil sie dachten, ihr Widerstand hätte ausschließlich mit ihrem Ehemann zu tun, der 1981 bei einem Schußwechsel ums Leben gekommen war.

Sogar Malihe verherrlichte Nasrin und sprach voller Respekt von ihr. Man sagte, Nasrin habe keinen Haß gegenüber den Tawabs gehegt, sie sah sie als Opfer und zeigte ihnen ihr tiefes Mitgefühl. Nasrin wurde im Sommer 1983 hingerichtet.

Während dieser Gespräche erwähnte sie auch Nafiseh Nassehi. Von ihr wußte man auch, daß sie nicht zerbrochen war. Wenn ihr die Tawabs Tee oder Essen in die Zelle brachten, versuchte sie, mit ihnen zu reden und sie vor den Folgen ihrer Tätigkeit und ihres Verrats zu warnen. Nafiseh wurde wegen ihrer Mitgliedschaft zu den Volksfedayin (Minderheit) hingerichtet.

Nach ein paar Tagen riefen sie mich wieder zum Verhör. Jemand legte ein Blatt vor mich hin und ging hinaus. Auf dem Papier stand: »Schreiben Sie die Namen derjenigen auf, die Sie aus Ihrer politischen Aktivität kennen.« Ich schrieb ein paar Namen auf und legte den Kugelschreiber zur Seite. Mürrisch betrachtete ich unter meiner Augenbinde hindurch die Umgebung. Links von mir saß ein Mann, wie ich mit dem Gesicht zur Wand. Es schien, daß er das gleiche Papier bekommen hatte. Er trug eine Brille mit dicken Gläsern auf der Nase und starrte unentschlossen an die Wand. Nach einigen Stunden kam der Verhörer herein, griff nach meinem Papier und sagte augenblicklich: »Anscheinend mußt du erst in den Keller gehen, damit aus dir ein Mensch wird.«

Er führte mich auf den Gang und befahl mir, an der Wand zu stehen. Ich bereitete mich darauf vor, ausgepeitscht zu werden. Über den anderen Sachen trug ich ein Wollkleid. Da ich wußte, daß man sich beim Auspeitschen unter einem Wollkleid unendlich heiß fühlen würde, zog ich es aus. Ich wartete und wartete. Vermutlich war gerade kein Folterbett im Keller frei. Kalter Schweiß rann mir den Körper herunter, und bisweilen überkam mich ein inneres Schütteln. Dann brachten sie das Mittagessen, aber ich aß nichts. Ich bin so schwach, daß ich dieses Mal bestimmt viel schneller ohnmächtig werde als beim ersten Mal, dachte ich.

Nach der Mittagspause tat sich immer noch nichts. Ich fühlte mich so elend, daß mir die Kräfte schwanden und ich mich auf den kalten Boden setzen mußte. Unter der Augenbinde hindurch konnte ich die Füße der Vorbeikommenden betrachten.

Inzwischen war es längst Nachmittag geworden. Der Flur war fast wie ausgestorben. Ein Wärter kam auf mich zu und fragte nach dem Namen meines Verhörers, aber ich kannte seinen Namen nicht. Er sagte: »Geh in deine Zelle, morgen rufen sie dich wieder aus.«

Dieser Tag war also überstanden. Mein Körper schmerzte von Kopf bis Fuß. Die Angstzustände der endlosen Wartezeit kamen fast einer Auspeitschung gleich.

Nach ein paar Tagen rief man mich erneut aus. Derselbe Verhörer. Ich konnte ihn nicht sehen, aber ich hörte seine Stimme. Vermutlich war er noch sehr jung. Er fragte nach meiner Meinung über das Prinzip der uneingeschränkten Herrschaft der Geistlichen über das Volk (welayat-e faghieh) und über den

Marxismus. Ich antwortete: »Ich bin gegen das erste, das zweite findet meine Zustimmung.«

»Du weißt, daß du dafür hingerichtet wirst! Du hast es jetzt in der Hand. Entweder Hinrichtung oder langjährige Gefangenschaft oder sogar Freiheit.« Das Wort Freiheit betonte er derart, daß ich eine Gänsehaut bekam und zu zittern begann. Ich wußte, was er meinte. »Alle deine Informationen sind veraltet, du bist verraten worden und identifiziert. Jetzt macht es keinen Sinn mehr, dich zu peitschen. Aber glaub mir, wenn wir vor zwei Jahren eine von unseren heutigen Informationen über dich gehabt hätten, deine Vernichtung unter der Peitsche wäre sicher gewesen.« Danach fragte er mich noch, auf welche Art man mich nach meiner Verhaftung gefoltert hatte und wie stark ich gepeitscht worden war, worauf er mich wieder in meine Zelle zurückschickte.

Mehrere Wochen lang wurde ich nicht mehr zum Verhör gerufen. Malihe verließ unsere Zelle währenddessen nie, tagsüber schlief sie oder ging auf und ab. Sie kam mir sehr mitgenommen vor, andauernd sprach sie von einem Verhörer namens Said, der angeblich in diesen Tagen das Evin-Gefängnis verlassen hatte. »Er war Medizinstudent und wollte sein Studium zu Ende führen. Jetzt hat er das Gefängnis verlassen, ohne sich von mir zu verabschieden«, klagte sie enttäuscht und unglücklich. »Sonderbar«, sagte ich, »daß du dich darüber wunderst. Wie kannst du erwarten, daß er dir auf Wiedersehen sagt! Vergiß nicht, er ist der Verhörer, du die Gefangene!« Malihe achtete nicht auf meine Worte und schwärmte: »Um den Hals trug er immer ein kurdisches Tuch.« Malihe stöhnte vor Kummer. Aus ihren Erzählungen entstand in mir ein Bild von Said: ein junger, gutaussehender Mann, der wild und unbändig wie ein Rambo seine Muskeln spielen läßt. Später erfuhr ich von anderen, daß er tatsächlich wegen seiner Brutalität im Gefängnis berüchtigt war.

Dann wurde Malihe aus der Zelle geholt. Morgens ging sie, nachmittags kam sie zurück. In Begleitung von Revolutionswächtern sollte sie auf Straßen und Kreuzungen ehemalige Gefährten und Freunde hochgehen lassen. Das bereitete ihr Vergnügen. Sie durchschaute die Verachtung nicht, die man ihr entgegenbrachte, sie verstand nicht, daß sie in den Augen der Verhörer und Revolutionswächter eine wertlose Denunziantin war.

Einmal, als sie wieder mit ihr unterwegs waren, nahmen die Revolutionswächter sie mit in ein Restaurant, wo sie zu Mittag essen wollten. Malihe mußte getrennt von ihnen allein an einem Tisch sitzen. Sie bestellten Reis mit gegrilltem Fleisch für sie. Malihe genoß diese Mahlzeit und brach sogar ihr Fasten dafür. Abends aß sie das Essen im Gefängnis nicht, um sich den guten Geschmack des Mittagessens nicht zu verderben. Malihe erzählte, daß im Restaurant Musik gespielt worden sei, aber die Revolutionswächter hätten befohlen, diese Musik abzustellen. Der Inhaber des Restaurants habe ängstlich protestiert: »Aber diese Musik ist nicht schlimm.« Doch die Revolutionswächter wollten keine Musik hören.

All dies war für Malihe verführerisch und reizvoll. Sie genoß sogar den Fahrstil der Wächter, die sich an keine Verkehrsregeln hielten und mit hoher Geschwindigkeit und quietschenden Reifen gefährliche Spielereien wagten. Fasziniert erzählte sie: »Said hat gar keinen Führerschein! Er ist so wilde Schlangenlinien gefahren, daß ich hinten im Wagen von einer Seite zur anderen geschleudert wurde.«

Tawabs hatten bisher immer nur Haßgefühle in mir geweckt. Jetzt war ich zum ersten Mal ganz eng mit einer Tawab zusammen; tagtäglich bekam ich mit, wie jämmerlich ihre Welt war. Ich bekam Mitleid mit ihr. Sie war erst siebzehn Jahre alt gewesen, als man sie verhaftet hatte.

Eines Tages teilten ihr die Verhörer mit, daß ihr Bruder hingerichtet worden war. Als sie in die Zelle zurückkam, weinte sie. Sie sagte: »Mein Bruder ist das Opfer seiner Freunde und Bekannten, sie haben seine jugendliche Ahnungslosigkeit ausgenutzt.« Malihe konnte den Tod ihres Bruders nicht mehr anders sehen. Ich entgegnete: »Sicher hat dein Bruder auch an irgend etwas geglaubt, und er hat seine Überzeugung standhaft vertreten.«

Eines Tages durfte sie ihre Familie zu Hause besuchen, weil sie am Besuchstag mit den Revolutionswächtern unterwegs war. Ihre Mutter machte ihr schwere Vorwürfe, vor allem auch wegen ihrer Zusammenarbeit mit den Revolutionswächtern auf der Straße. Malihe war unglücklich, weil die Familienmitglieder ihre neue Gesinnung nicht akzeptierten. Sie trank nichts von dem Tee, den ihre Schwester servierte. Verärgert und spöttisch fragte ihre Schwester sie: »Sind wir jetzt etwa auch unrein?«

Malihes Mutter hatte ein großes Herz, zu allen Besuchstagen kam sie ins Gefängnis, um ihre Tochter zu sehen. Das erstaunte mich sehr, denn vor einiger Zeit war Malihes Mutter selbst meine Zellengenossin gewesen. Damals hatte sie über Malihe geschimpft, die sie bei den Revolutionswächtern angezeigt hatte. Malihe liebte ihre Mutter, aber das hatte sie keineswegs davon abgehalten, sie zu verraten.

Malihes Welt, die von Demütigung und Verachtung geprägt war, beschäftigte mich in meinen einsamen Tagen. Je mehr ich über Malihe wußte, um so mehr mußte ich mich distanzieren. In ihrer Gegenwart fühlte ich mich einsam, aber wenn sie nicht da war, ging es mir besser: Ich konnte Gymnastik machen, auch mal eine Ballade singen, in der Zelle auf und ab gehen und mit mir selbst reden. Als sich die Hinrichtung meines Bruders wieder jährte, konnte ich Malihes Gegenwart nicht ertragen. An diesem Abend sehnte ich mich nach guten Freunden, hätte mich gern mit jemandem von Herzen unterhalten. Lieber wäre ich allein gewesen. Wie jeden Abend ging ich früh zu Bett. Leise weinte ich unter der Wolldecke. Ich dachte an die Farbe Blau, die Lieblingsfarbe meines Bruders, an meine Kindheit, an die süßen und bitteren Erlebnisse meines Lebens. Wahrscheinlich werde ich eines Tages das Schicksal meines Bruders teilen, dachte ich für mich.

Ein paar nützliche Seiten hatte es dennoch, mit einer Tawab in der Zelle zu sitzen: Wir bekamen die Tageszeitung. Was für ein Glück, in der Zelle Zeitung zu lesen. Außerdem besaßen wir einen Bleistift, obwohl das streng verboten war, und so konnte ich die Zeit mit Kreuzworträtseln vertreiben.

Alle paar Tage riefen mich die Verhörer zu sich, sehr oft abends. Im eigentlichen Sinne wurde ich nicht verhört, vielmehr mußte ich über Politik und Ideologie diskutieren.

Er brachte das Gespräch auf den Krieg mit dem Irak. Ich sagte, daß ich gegen den Krieg sei. Dann sprach er über den Kampf gegen Amerika oder über die Einheit aller Moslems auf der ganzen Welt, über den Kampf gegen die Zionisten im Südlibanon und so weiter.

In der Zeitung las ich an diesem Tag, daß zahlreiche Amerikaner bei einem Bombenanschlag auf den US-Marinestützpunkt im Libanon umgekommen waren. Die iranische Regierung dementierte den Vorwurf, sie sei an diesem Bombenanschlag beteiligt. Der Verhörer sagte zu mir: »Dieses Attentat ist von unseren Revolutionswächtern ausgeführt worden, aber das geben wir aus taktischen Gründen nicht bekannt.«

Einmal leitete er unser Gespräch auf Syrien. Ich sagte: »Ich weiß nicht über jedes Land dieser Welt Bescheid. Außerdem hat das nichts mit meiner Verhaftung zu tun.« Er sagte: »Wir unterstützen die syrische Regierung, aber nur aus taktischen Überlegungen, denn Syrien ist nicht vollständig islamisch. Die Frauen gehen unverschleiert auf die Straße.«

Diese sinnlosen Auseinandersetzungen waren sehr mühselig, besonders weil ich gezwungen war, meine Position zu äußern. Ich konnte keinen Grund für solche Diskussionen erkennen.

Als ich einmal im Gang auf mein Verhör wartete, machte eine andere Gefangene durch Hüsteln auf sich aufmerksam. Ich räusperte mich ebenfalls. Geräuschlos krochen wir aufeinander zu. Ich hob den Kopf und konnte unter meiner Augenbinde den ganzen Flur übersehen. Niemand außer uns war da. Wir schauten uns an: Es war Nasrin Baghai. Wir kannten uns von der Universität. Ich wußte nicht, daß sie auch verhaftet worden war. Sie flüsterte: »Wir sind erst vor kurzem verhaftet worden.« Sie und ihr Mann wollten das Land verlassen, alles war vorbereitet, aber ein paar Tage vor ihrer Flucht waren sie in Gefangenschaft geraten.

»Meine Schwiegermutter haben sie auch mitgenommen. Wir wollten gerade am Straßenrand parken, als sie uns verhafteten. Wir waren wohl schon lange im ›Netz‹, sie haben uns gründlich observiert. Alles ist verraten worden. Wir haben unsere politische Überzeugung verteidigt und sind beide zum Tode verurteilt worden. Gib auf dich acht, und unternimm nichts ohne Überlegung!« sagte sie nachdrücklich. Plötzlich hörten wir Schritte, und wir mußten aufhören zu flüstern. 1984 ist sie zusammen mit ihrem Ehemann hingerichtet worden.

Eines Abends nach dem Abendessen, als Malihe und ich ruhig in unserer Zelle saßen, wurde eine neue Gefangene hineingestoßen, die kaum auf ihren Füßen stehen konnte. Sie trug einen dunkelblauen Tschador. Das war ein Zeichen dafür, daß sie ganz frisch verhaftet worden war, denn Frauen, die bei ihrer Verhaftung unverschleiert waren, bekamen von den Wärtern einen dunkelblauen Gefängnis-Tschador.

Unsere neue Zellengenossin stand unschlüssig und verängstigt da. Wir begrüßten sie und wiesen sie darauf hin, daß sie ihren Tschador und ihre Augenbinde in der Zelle ablegen könne. Ich nahm ihren Arm und sagte ihr, sie solle sich auf eine Wolldecke setzen und ihre Beine ausstrecken, dann könne ich ihre Füße massieren. Sie hieß Zohre. Ich wollte ihr in Anwesenheit von Malihe keine Fragen stellen, aber Malihe fragte ununterbrochen, warum und wie sie verhaftet worden war, und sie interessierte sich besonders dafür, warum man sie gezüchtigt hatte.

Malihe gebrauchte absichtlich das Wort »tazir«, Züchtigung, das heißt nach den religiösen Vorschriften mit der Peitsche bestrafen; das Wort Folter wollte sie nicht in den Mund nehmen. Zohre antwortete treuherzig auf alle Fragen. Ich bemühte mich, das Gespräch auf andere Themen zu lenken. So erzählte ich vom Leben in der Zelle und von den Regelungen, um sie dazu zu bringen, uns Fragen zu stellen. Als Malihe sich kurz abwandte, gab ich ihr ein Zeichen, sie solle den Mund halten. Während des Gesprächs massierte ich ihre verwundeten Füße.

Dann sagte ich: »Es ist Zeit, schlafen zu gehen.« Malihe war verwundert, weil ich mich noch nie so früh schlafen gelegt hatte. Ich wies sie darauf hin, daß Zohre müde war und Schmerzen hatte. Zohre sagte ahnungslos: »Nein, nein, ich bin nicht müde. Ich freue mich, daß ich mich mit anderen Gefangenen unterhalten kann.« Aber ich bestand darauf, und schließlich war sie auch einverstanden. Wir breiteten unsere Wolldecken aus und legten uns hin.

Als ich sicher war, daß Malihe schlief, flüsterte ich ihr zu: »Zohre, rede nicht soviel, wenn Malihe dabei ist! Gib nicht viel von dir preis!« Sie hätte gern mehr mit mir gesprochen, über ihre Zukunftsängste und ihre Lage. Ich erklärte ihr, daß wir uns, wenn die Gelegenheit günstig sei, über alles unterhalten könnten, daß wir aber jetzt ruhig sein müßten, damit Malihe durch das Flüstern nicht aufgeweckt würde.

Meine Freundschaft zu Zohre entwickelte sich schnell. Uns verbanden nicht gleiche Eigenschaften oder Überzeugungen, im Gegenteil, wir hatten einen sehr unterschiedlichen Lebensstil und konträre Ansichten. Aber wir waren aufeinander angewiesen. Wenn Malihe mit den Revolutionswächtern unterwegs war, nutzten wir die Gelegenheit, um uns miteinander zu unterhalten. Wir konnten kein Ende finden, sogar wenn wir auf der Toilette saßen und die anderen sich umgedreht hatten.

Zohre hatte einen Sohn, und seinetwegen war sie sehr besorgt. Von ihrem Mann sprach sie indes nur sehr selten. Aus ihren Andeutungen wußte ich, daß ihre Ehe schon seit mehreren Monaten nicht mehr in Ordnung war. Aber ich spürte, daß sie in ihrer Einsamkeit an ihn dachte. Man hatte sie auf der Straße festgenommen. Die Patrouillen der Revolutionswächter hatten Verdacht geschöpft und ihre Tasche durchsucht. Sie fanden ein kleines Heftchen über Philosophie. Zudem war sie in Begleitung eines Mannes, was sie erst recht verdächtig erscheinen ließ.

Zohre bekräftigte bei ihren Vernehmungen, daß sie keiner politischen Gruppierung angehöre und sich lediglich für Philosophie interessiere. Aber gerade dieses Interesse brachte ihr mehrere

Jahre Gefangenschaft ein. Für die Freilassung hätte sie wie alle anderen ihre Reue und Abscheu schriftlich erklären müssen. Aber sie war nicht dazu bereit und zog es vor, in Gefangenschaft zu bleiben.

Sie hielt es für wichtiger, gründliche Kenntnisse der Philosophie zu erwerben, als einer Ideologie anzuhängen. Ihrer Auffassung nach hatten die iranischen Intellektuellen ohne tiefe Kenntnisse der Philosophie, besonders der Hegelschen Philosophie und seiner Theorie über Dialektik, eine politische Position bezogen, woraus Abweichung und Verwirrung resultierten. Weiter meinte sie, die Mitglieder der Tudeh-Partei, der moskauorientierten kommunistischen Partei, hätten die Bücher über Materialismus und Marxismus verfälscht ins Persische übersetzt. Deshalb meinte sie, es sei notwendig, die deutsche Sprache zu erlernen, um die wichtigen philosophischen Quellen im Original studieren zu können. Ich teilte ihre Meinung nicht, die ich für das Ergebnis des politischen Vakuums in der Gesellschaft hielt.

Eines Tages holte man mich und Malihe ab. Ich wunderte mich, warum wir beide zusammen zum Verhör mußten. Der Verhörer teilte uns mit: »Ich bringe jetzt eine der führenden kommunistischen Persönlichkeiten hierher. Er soll mit euch diskutieren. Außerdem solltet ihr wissen, daß eure Führer in unserer Hand sind.« Er schaute mich an und fuhr fort: »Ihr könnt Fragen zum Marxismus stellen, aber über die Regierung dürft ihr nicht sprechen.«

Ich war neugierig und zugleich aufgeregt. Der Verhörer wies den Gefangenen auf einen Stuhl gegenüber von uns und sagte zu mir: »Du kannst deine Augenbinde abnehmen.« Er stellte uns den Mann als Herrn Nureddin Riahi vor, einen der Führer der Rah-e Kargar. Der Mann machte einen völlig entkräfteten, ausgehungerten Eindruck. Er trug einen Bart – ich wußte, daß sich die Männer in Isolationshaft nicht rasieren durften. Er trug einen braunen Anzug, wahrscheinlich denselben wie bei seiner Verhaftung.

Der Verhörer befahl: »Fangt an!« Ich drehte mich unvermittelt um und blickte ihm ins Gesicht. Er war sehr jung, wohl etwa zwanzig Jahre alt, bartlos.

Malihe ergriff das Wort: »In der marxistischen Ideologie gibt es einen fundamentalen Widerspruch. Die Marxisten glauben, daß die Geschichte auf Evolution basiert. Daraus kann man ableiten, daß der Übergang von der Sklaverei zum Feudalismus Evolution und damit Fortschritt war, ebenso der Übergang vom Feudalismus zur Bourgeoisie, obwohl man doch feststellen muß, daß Ausbeutung und Unterdrückung von Tag zu Tag zugenommen haben. Das ist ein fundamentaler Widerspruch.«

Riahi antwortete: »Marx verstand unter Evolution Fortschritt und Entwicklung der Produktionswerkzeuge. Ausbeutung bei gleichzeitiger Entwicklung muß man als Mehrwert betrachten. Ist etwa der Lohn eines Sklaven höher als der eines Landarbeiters in der feudalistischen Zeit? Nein, es ist genau umgekehrt!«

Malihe widersprach weiter. Sie ging überhaupt nicht auf Riahis Thesen ein, ihr ging es nur darum, die Wortführerin zu spielen. Mir war die Geschwätzigkeit sehr willkommen, weil mich der Verhörer wenig beachtete. So schwebte ich in meiner eigenen Welt. Ich schaute Riahi genau an. Keine Stelle seines Körpers war bandagiert. Ich hatte gehört, daß er vor einem Jahr verhaftet worden war.

Die Situation verwirrte mich. Mein weiß-schwarz gepunkteter Schleier rutschte mir ständig vom Kopf, und das irritierte mich zusätzlich. Dann schaute ich hinunter auf meine Füße. Ich trug verschiedene Pantoffeln: einer war schwarz und zu groß für meine kleinen Füße, der andere rot und zu klein. Ich schämte mich und versuchte, meine Füße unter dem Stuhl zu verstecken. Der Diskussion schenkte ich keinerlei Aufmerksamkeit. Wenn ich heute an diesen Tag zurückdenke, kann ich mich nicht an Einzelheiten erinnern. Welche Position vertrat Riahi? Was wollte der Verhörer wissen, und was hatte er mit dieser Veranstaltung im Sinn? Was wollten sie überhaupt von mir?

Ich war tief in solche Gedanken versunken, als ich auf einmal abrupt in die Wirklichkeit zurückgerissen wurde: »Warum sagst du nichts? Du sollst dich an der Diskussion beteiligen und deine Meinung über den Marxismus äußern!« forderte mich der Verhörer auf.

»Ich möchte jetzt nicht über Philosophie diskutieren.«

»Dann sag eben etwas über Ökonomie!«

»Ich glaube an die soziale Gerechtigkeit. Ohne Beseitigung der Klassenunterschiede wird es keine Gerechtigkeit geben.«

»Soziale Gerechtigkeit ist ein relativer Begriff. Man kann sie nicht mit der Beseitigung von Klassen gleichsetzen.« Riahi nannte ein paar westeuropäische Länder als Beispiel. Aber ich hatte mehr an das schwedische Modell gedacht. Selbstverständlich war mir bekannt, daß in Schweden eine größere soziale Gerechtigkeit herrscht als in Amerika, aber ich hatte keinen freien Kopf für solche Diskussionen. Ich war nervös und ängstlich, fühlte mich unterdrückt.

Eine Frage ergriff vollständig Besitz von mir und ließ mir keine Ruhe: Wo steht Riahi? Schließlich fragte ich ihn: »Meinen Sie, die Islamische Republik kann soziale Gerechtigkeit garantieren?« Ich war mit meiner Frage noch nicht fertig, als sich der Verhörer plötzlich einmischte und sagte: »Ich habe doch vorhin gesagt, daß solche Fragen nicht erlaubt sind.« Dadurch verstand ich, daß Riahi die Islamische Republik ablehnte, denn sonst hätte ihn der Verhörer mit Genugtuung antworten lassen.

Riahi fragte mich, ob ich das Buch »Im Gericht der Geschichte« von Medidow gelesen habe. Ich verneinte. Er empfahl mir dringend, es in Gefangenschaft zu lesen. Der Verhörer sagte, daß er mir bald die Liste der im Gefängnis vorhandenen Bücher geben werde. Später mußte ich jedoch feststellen, daß dieses Buch nicht auf der Liste war.

Warum hatte Riahi mir solche Fragen gestellt? Aus persönlicher Neugier, oder hatte er andere Gründe? Er fragte mich dann, ob ich Bücher von Ayatollah Morteza Motahari gelesen habe. Ich sagte: »Sein Buch über Polygamie im Islam habe ich gelesen.« Riahi lächelte vielsagend: »Erstaunlich, daß alle Frauen hinter diesem Buch her sind.« Der Verhörer lächelte ebenfalls. Ich ekelte mich vor ihrem ironischen Lächeln. Riahi empfahl mir, auch andere Bücher von Ayatollah Motahari zu lesen. Von diesem Rat war ich nicht begeistert, aber später habe ich sie dann doch gelesen – zum Zeitvertreib. Durch diese Lektüre ist in mir kein Interesse für den Islam geweckt worden, ich habe lediglich mehr über den Islam erfahren.

Während der Diskussion rutschte mein Schleier immer weiter meinen Rücken hinunter. Der Verhörer war ruhig. Wahrscheinlich begriff er kaum etwas. Schließlich bestimmte er, daß die Diskussion an einem anderen Tag weitergeführt werden sollte. Er schickte Riahi aus dem Zimmer und schimpfte wütend hinter ihm her: »Die haben euch ins Unglück gestürzt mit ihren Theoriegespinsten, die haben euch betrogen!« Er ließ noch eine Reihe von vulgären Ausdrücken folgen, dann brachte man mich zurück in die Zelle, aber Malihe blieb noch bei ihm.

Meine Zellengenossin Zohre hatte mit Besorgnis und Ungeduld auf mich gewartet. Das Ganze hatte viele Stunden gedauert. Ich fing an, ihr zu berichten, aber als sie merkte, daß ich ruhebedürftig war, ließ sie mich allein. Ich ging in der Zelle auf und ab. Ich spürte Angst in mir und fragte mich: Was wollen sie von mir, und warum haben sie Riahi mit mir zusammengebracht? Haben sie ihn zur Diskussion gezwungen? Nie wieder wollte ich an so einer Debatte teilnehmen müssen. Meine unveränderte Überzeugung, mein Widerstand gegen die Islamische Republik und meine Verschlossenheit im Verhör machten meine Akte viel schwerer. Der Verhörer hatte einmal gesagt: »Du wirst zum Tode verurteilt!« Ich hatte mein Schicksal bereits akzeptiert, aber ich hatte Angst, daran zu denken.

Unsere Zelle maß von Wand zu Wand sieben Schritte, und diese sieben Schritte ging ich in die eine und wieder in die andere Richtung, bisweilen schwang ich wie ein Pendel stundenlang hin und her. Früher hatte ich immer wieder an die glücklichen Momente meines Lebens gedacht, die in meinem Gedächtnis einen besonderen Platz hatten, aber in diesen Tagen konnte ich nur an Schmerzen und Unglück denken. Ich malte mir das Ende aus. Die Erinnerungen an meinen Geliebten stimmten mich sehr traurig, und ich mußte weinen.

Ich war konfus, und meine Gefühle waren durcheinander. Sie werden mich mit solchen Diskussionen kaputtkriegen! Ich erschrak über meine eigenen Gedanken, aber ich fühlte mich ohnmächtig und gelähmt; ich hatte keine Kraft mehr, mich in Gefahr zu begeben. Einsamkeit ergriff mich. Ich wollte auf keinen Fall mehr an solchen Diskussionsprogrammen teilnehmen. Dies teilte ich meinem Verhörer ein paar Tage später mit, und er sprach auch tatsächlich nie wieder davon. Von Malihe erfuhr ich, daß die obersten Verhörer solche Methoden für unwirksam hielten.

Bald bekamen wir eine Liste der Bücher, die man sich im Evin-Gefängnis ausleihen konnte. Es waren wieder die gleichen langweiligen Bücher. Aber dieses Mal verspürte ich das dringende Bedürfnis, die Eintönigkeit in der Zelle und meine inneren Ängste zu vertreiben. Der Inhalt der Bücher war nicht wichtig. Wichtig war, beschäftigt zu sein.

Gegenüber den Verhörräumen waren mit Eisenstäben vergitterte Türen. Das waren die Eingangstüren zu den Zellen. Abends hängten sie Gefangene an den Türgittern auf. Wenn die aufgehängten Gefangenen die schlurfenden Schritte von anderen Gefangenen hörten, begannen sie, leise zu husten oder sich von einem Bein auf das andere zu stellen. Da wir immer von einem Wärter begleitet wurden, trauten wir uns nicht, den Kopf zu heben und in die Gesichter dieser Leute zu schauen. Die meisten waren Männer. Ich fühlte ihre Anwesenheit in mir. Auch im Keller hängten sie Gefangene auf; manche so hoch, daß sie mit ihren Fußspitzen den Boden nicht berühren konnten. Dieses Bild schleppte ich immer mit mir zurück in die Zelle. Innerlich war ich so kaputt, daß ich oft nicht schlafen konnte; wenn ich dann doch vor Müdigkeit einschlief, plagten mich Alpträume von aufgehängten Frauen und Männern, die wahrscheinlich nur ein paar Meter entfernt von mir litten. Ich fühlte mit ihnen, wie sie sich abmühten, ihr Gewicht von einem auf den anderen Fuß zu verlagern. Das mußte der gleiche Schmerz sein, den ich selbst durchgemacht hatte, als sie mich mit der Ghapan-Methode gefoltert hatten: ein Schmerz, der durch meinen ganzen Körper geschossen war.

An einem dieser Abende mußte ich auf einem Gang stehenbleiben und warten. Es war Winter. Eiseskälte stieg in mir hoch. Mein Körper zitterte, weil ich nichts hatte, um mich warm anzuziehen. Die aufgehängten Menschen in meiner unmittelbaren Nähe ließen mich noch mehr erschaudern. Sie spürten, daß sich jemand auf dem Gang befand, hüstelten vorsichtig. Ich strich mit meinen Pantoffeln über den Boden. Mein Tschador konnte das Zittern nicht verbergen. Als der Verhörer kam, fragte er mich: »Warum zitterst du?«

»Mir ist kalt.«

»Hast du nichts zum Anziehen?«

»Mehr habe ich nicht, ich mußte all meine Sachen im Ghezelhessar-Gefängnis lassen.«

»Warum bringen dir deine Verwandten nichts zum Anziehen?«

»Sie wissen doch gar nicht, wo ich bin.«

»Von jetzt an darfst du Besuch bekommen.«

Ich war sehr glücklich und konnte meine Freude kaum verbergen. Ich sagte: »Aber sie wissen nicht, wo sie mich besuchen können.«

»Du kannst sie anrufen.«

Noch am gleichen Abend durfte ich mit meiner Schwester telefonieren. Sie konnte nicht fassen, daß ich noch am Leben war. Viele Monate hatte sie keine Nachricht von mir gehabt.

Endlich war der Besuchstag da. Als ich meine Schwester zum ersten Mal nach langer Zeit sah, war ich plötzlich genauso beklommen und sorgenschwer wie an dem Abend, an dem ich verhaftet worden war. Ich teilte ihr mit, daß mir erneut der Prozeß gemacht würde. Angst stand in ihrem Gesicht geschrieben, aber sie weinte nicht. Sie war oft vom Ghezelhessar-Gefängnis zum Evin-Gefängnis gelaufen, um nach mir zu fragen. Die Antwort war immer die gleiche: »Sie ist nicht hier.«

Fereshte, die ich aus dem Viehstall des Ghezelhessar-Gefängnisses kannte, saß neben mir im Besuchersaal. Wir waren eng befreundet. Meine Schwester und Fereshtes Mutter hatten sich auf der anderen Seite der Wand auch angefreundet, nachdem sie sich an den Besuchstagen immer getroffen hatten. Ich wollte unbedingt mit Fereshte reden, um etwas über das Schicksal der anderen Freunde aus dem Ghezelhessar-Gefängnis zu erfahren. Nachdem das Gespräch durch den Telefonhörer mit meiner Schwester beendet war, konnte ich Fereshte hastig fragen: »Seit wann bist du hier? Warum hat man dich hierher gebracht? Und wie geht es den anderen?«

Aber Fereshte, die früher durch ihr unbekümmertes und keckes Wesen aufgefallen war, blieb an diesem Tag auffallend ruhig. Ungerührt wandte sie den Blick von mir. Ich sah, daß sie unter dem Tschador ein zusätzliches Kopftuch trug und in der Hand einen Rosenkranz. Es war wohl üblich, daß man sich in der Zelle mit dem Rosenkranz die Zeit vertrieb. Aber daß sie den Rosenkranz so demonstrativ fromm in der Hand hatte, gab mir zu denken. Ich beobachtete ihre Mutter; sie weinte und versuchte gestikulierend, ihrer Tochter etwas durch die Glaswand mitzuteilen. Ich konnte die Sorge von ihrem Gesicht ablesen. Dann fragte sie mich gestikulierend, ob sich ihre Tochter verändert habe. Sie fragte mich auch, ob ich mich verändert hätte.

Ich zauderte mit der Antwort. Fereshte schien fremd und weit entrückt. Bald erfuhr ich, daß sie in der Kiste im Viehstall des Ghezelhessar-Gefängnisses zerbrochen war und alle Bedingungen des Hadji angenommen hatte. Sie kooperierte sogar mit ihm. Es fiel mir schwer, ihre Verwandlung zu akzeptieren. Bei den Verhören hatte sie eisernen Widerstand geleistet, in der Abteilung war sie sehr mutig gegenüber den Wärtern. Ihren Ehemann hatte sie immer als Verräter bezeichnet, weil er schon kurz nach seiner Verhaftung unter Folter aufgegeben hatte und von da an mit den Wärtern zusammenarbeitete. Was war jetzt aus ihr selbst geworden!

Ich wandte mich nochmals an Fereshte: »Was ist mit den anderen, sind sie immer noch in dieser Hölle?« Nach kurzem Zögern antwortete sie nervös: »Weiß ich nicht.« Verzweifelt und niedergeschlagen ging ich in meine Zelle zurück.

Eines Abends wurden Zohre und ich zur Teilnahme an dem jeden Donnerstag im Gebetshaus stattfindenden Gebet ausgerufen. Ich war noch nie zum Beten gegangen, aber das war mir in diesem Moment gleichgültig. Ich war mit anderen Gedanken beschäftigt: Wie weit kann ich gehen? Wann muß ich mich bremsen oder zurückziehen? In diesen Tagen war ich davon überzeugt, daß ich meine Kräfte für größere Kämpfe schonen mußte. Und warum sollten ausgerechnet wir mit den frommen Tawabs zusammen zum Gebet gehen? Andererseits war es natürlich ein Privileg, frische Luft zu schnappen. Bald erfuhren wir, daß dahinter nicht mehr stand als eine Spezialmethode unseres Verhörers, der sich etwas davon versprach, Gefangene gemeinsam mit Tawabs ins Gebetshaus zu schicken.

Wir marschierten lange durch das hügelige Gelände des Evin-Gefängnisses, in frischer und klarer Luft. Wie oft hatte ich mir in diesen Jahren immer wieder gewünscht, einmal abends unter freiem Himmel zu sein. Das Evin-Tal lag hinter uns, und über uns strahlten Mond und Sterne. Die Luft war angenehm. Ich zitterte nicht mehr vor Kälte, öffnete meinen Mund so weit wie möglich und ließ die Luft tief in mich einströmen. Die Wärter waren großzügig und übersahen, wie wir unsere Umgebung betrachteten. Zwischen den Bäumen konnte man manchmal das schwache Licht von Häusern erkennen.

Im Gebetshaus wurden wir in eine Ecke gesetzt, durch einen langen Paravent von den Männern getrennt, die alle noch sehr jung sein mußten. Jeder bekam ein Gebetsheftchen. Dann fing das Gebet an. Der Vorbeter, ein Wärter aus dem Gefängnis oder ein Mann von draußen, sang ein arabisches Gebet, und die Gefangenen sangen leise mit. Hin und wieder unterbrach der Vorbeter sein Gebet und rezitierte persische Trauergedichte über die Imame. Wenn er während seines Trauervortrages die Begriffe Sünde und Vergebung erwähnte, erhob sich ein erbärmliches Weinen und Klagen unter den Gefangenen.

Eine schaurige Atmosphäre erfaßte uns. Ladjevardi und seine Leute versuchten ständig, denjenigen, die gegen die Partei Gottes, die Hisbollah, Widerstand leisteten, zu suggerieren, daß sie sündige Menschen wären. Isolation, permanente Unterdrückung und Folter verstärkten das Gefühl, mit Sünde behaftet zu sein. Nach und nach mußten die Gefangenen glauben, daß sie die gesamte Gesellschaft gegen sich hatten. Sie fühlten sich schutzlos und wußten keine Hilfe, und durch die Tawabs und die Reueschwüre der Gefangenen wurde diese Atmosphäre weiter verschlimmert. Das Gefängnis wurde dadurch immer enger und unerträglicher.

Ich war diese Stimmung schon gewohnt, aber für Zohre war das alles völlig fremd. So hatte sie sich die Gefangenschaft nicht vorgestellt. Sie weinte unaufhörlich; nicht weil sie unter dem Einfluß des Gebetes und der Trauergesänge stand, sondern wegen dieser jungen, apathischen Gefangenen. Auf dem Rückweg achteten wir nicht mehr auf den Mond, die Sterne und die frische Luft. Zohre fragte mich: »Sind diese jungen Männer tatsächlich Gefangene?« Sie war schockiert. Ich hatte Mitgefühl mit ihnen, ihr Schicksal, ihre Einsamkeit und Zerbrochenheit verursachten mir Schmerzen.

In den folgenden Wochen mußten wir regelmäßig mit ins Gebetshaus. Der Spaziergang tat uns gut, aber an den Gebeten und dem Weinen teilzunehmen, war beklemmend. Ich zählte die Sekunden bis zum Ende des Gebetes und versuchte, mich mit anderen Gedanken zu beschäftigen, damit diese jämmerliche und melancholische Stimmung nicht auf mich abfärben konnte, doch immer wenn ich tief in mich versunken war, riß mich die Stimme aus dem Lautsprecher wieder in die Realität zurück.

Eines Abends brachte man ein Mädchen in unsere Zelle, die im Ghezelhessar-Gefängnis Tawab geworden war. Offensichtlich hatten sie das Mädchen für eine Nacht geschickt, damit sie mir von all den Enttäuschungen und zerstörten Hoffnungen der Gefangenen berichten konnte. Die Frauen, die ich kannte, nannte sie namentlich, und erzählte: »Damals waren sie Opfer, jetzt sind sie gerettet und erlöst von ihren Sünden. Sie sind fromme Moslime geworden, der Hadji hat zu ihnen Vertrauen und kann ihnen sogar Aufgaben übertragen.« Ich fragte sie nach meinen »Töchtern«, die ich sehr liebte. Das Mädchen berichtete, daß beide Reue gezeigt hätten, Tag und Nacht beteten und sich fromm verhielten. Sie sagte: »Die armen Mädchen waren noch jung, und man hatte sie betrogen. Der Hadji hatte sie gerettet. Sie preisen den Hadji, weil er sie auf den rechten Pfad geführt hat.«

Am nächsten Morgen wurde das Mädchen wieder abgeholt: Sie hatte ihre Aufgabe erledigt. Wenn ich diese Information aus dem Munde des Verhörers gehört hätte, das war klar, hätte ich sie nie geglaubt.

Nach langem, verzweifeltem innerem Kampf begann ich, die Tagesgebete zu halten. Diesen Schritt möchte ich als Kapitulation bezeichnen. In Trakt 4 des Ghezelhessar-Gefängnisses hatte ich schon einmal zwei Monate lang die Tagesgebete gesprochen, aber damals war das eine Zwangsmaßnahme, für mich wie für alle anderen. Aber in jenen Tagen hatte ich weniger Qualen verspürt, weil es Vorschrift war und alle mitmachen mußten. Aber jetzt war kein direkter Zwang dabei. Es war die Wahl zwischen Leben und Tod, und ich hatte Angst davor, hingerichtet zu werden.

Der Verhörer hatte mir beiläufig gesagt, daß meine Hinrichtung absehbar sei, weil ich meine politischen Ansichten verteidigen und unverrückbar daran festhalten würde. Ein anderes Mal hatte er angedeutet, daß der Inhalt meiner Akte ihm das Gefühl vermittle, wenn ich ein moderateres Verhalten zeigte, könnte meine Hinrichtung in lebenslängliche Haft umgewandelt werden. Ich war in den Fängen eines Todesalptraums. Abscheu gegenüber dem Leben erfüllte mich. Wenn ich mich im Gebet niederbeugte, haßte ich mich und fühlte mich gedemütigt.

Malihe wurde in eine andere Zelle verlegt. Mit Sicherheit fand sie Gelegenheit, die Nachricht, daß ich nun jeden Tag betete, weiterzugeben.

Eines Tages, unterwegs zum Besuchersaal, traf ich meine alte Freundin und Kommilitonin Shahla wieder. Sie war ein paar Monate vor mir in einer anderen Stadt verhaftet worden, und ich war erstaunt, daß man sie nach Teheran gebracht hatte. Ich ging neben ihr her, so daß sie mich erkennen konnte, und begrüßte sie freudig, aber sie antwortete nicht. Sie hob ihren Kopf und schaute mich an. Ich sah, daß sie sehr dünn und abgemagert war. Üblicherweise unterhielten wir uns versteckt, indem wir uns den Tschador vor den Mund hielten. Aber Shahla gab auf meine neugierigen Fragen keine Antwort. Ich wunderte mich, aber erst als mich der Verhörer am darauffolgenden Tag wegen meiner neugierigen Fragen bedrohte, begriff ich, daß Shahla mit ihm zusammenarbeitete. Am Ende sagte er: »Wenn du deine alten Freunde tatsächlich sehen willst, kann ich ein Treffen arrangieren.«

Shahla wurde am nächsten Morgen in unsere Zelle gebracht. Vom ersten Blick an hatte ich den Eindruck, daß in ihr eine Wandlung vorgegangen war, und unsere Freundschaft gehörte der Vergangenheit an. Sie erzählte: »Ein Jahr nach meiner Verhaftung bin ich auf viele neue Erkenntnisse gestoßen. Ich glaube an die Wahrheit des Islam und der Islamischen Republik, und mit der Vergangenheit möchte ich nichts mehr zu tun haben. Die Verhörer haben mich auf den rechten Pfad geleitet.«

Die Untersuchungsbeamten hatten ihr eines Tages für ein paar Stunden Freigang gewährt, damit sie an einer Beerdigung von im Krieg gegen den Irak gefallenen Soldaten teilnehmen und auf der Straße die guten gläubigen Moslems beobachten konnte. Sie sagte: »Ich habe gesehen, daß sie sich nach dem Islam sehnen«, und sie war sehr beeindruckt, daß die Verhörer und Gefängniswärter ihr

Glauben und Vertrauen geschenkt hatten. Sie war sogar ein bißchen verlegen darüber.

Das Wiedersehen mit Shahla war ein weiterer Schlag auf meine matte Seele. Diese alte Freundin, mit der mich viele Tage wunderschöner Erinnerungen verbanden, war jetzt eine Fremde. Ihr jämmerlicher Zustand und ihre Ergebenheit vor den Gefängniswärtern erschütterten mich zutiefst. Früher war sie eine lustige und fröhliche Frau, aber jetzt hatten Kummer und Qual Falten in ihr Gesicht gegraben. Bald holten sie Shahla wieder aus der Zelle. Mit ihr zusammenzusein, war schmerzhaft für mich, und ich war froh, als sie weg war. Ich denke, daß es auch für sie eine Erleichterung war.

Ich hatte Angst, eines Tages das gleiche Schicksal zu erleiden, aber gleichzeitig spürte ich, daß immer noch genug Kraft zum Widerstand in mir wach war. Das Treffen mit Shahla hielt den Absturz auf.

Ein anderes zufälliges Treffen stimmte mich zuversichtlich: Als ich einmal aus dem Besuchersaal kam, entdeckte ich eine Bekannte aus dem Ghezelhessar-Gefängnis. Sie erzählte, daß viele dort ihre Auffassung geändert hatten. Sie waren zwar keine Tawabs geworden, hatten jedoch einen Rückzieher gemacht; sie hielten sich an die Regeln und nahmen an den Pflichtgebeten teil. Sie empfahl mir dringend, nicht so extrem zu denken und lieber in manchen Punkten zurückzustecken. Am Ende ermahnte sie mich: »Sei rücksichtsvoll mit dir.« Sie hatte dem Druck der Folterung in der Kiste widerstanden, nur ihr farbloses Gesicht und der abgemagerte Körper zeugten noch von den Qualen.

Es war Ende Winter, der Jahrestag der Revolution. Im Gebetshaus wurde nun jeden Abend ein Sonderprogramm veranstaltet, an dem wir teilnehmen mußten. Auf dem Weg traf ich meine Kommilitonin Sedigheh wieder. Ich wußte bereits, daß sie verhaftet worden war, denn der Verhörer wollte über sie Informationen von mir haben. Ich hatte ihm geantwortet, daß ich schon lange nichts mehr mit Sedigheh zu tun hätte. Als ich sie nun zum ersten Mal im Gefängnis sah, wollte ich gern ein paar Worte mit ihr wechseln. Ich näherte mich ihr. Das Knirschen der Schritte auf dem Schnee bereitete uns Freude, und wir lachten zusammen. Im Gebetshaus setzte ich mich neben sie. Als laut gebetet wurde und die Lautsprecher dröhnten, versuchte ich im Schutze dieses Wirbels ein Gespräch mit ihr anzufangen. Aber sie machte einen unglücklichen Eindruck, und auf meine Frage, wann man sie verhaftet habe, gab sie nur eine knappe Antwort. Sie zeigte deutlich, daß sie keine Lust hatte, mit mir zu reden. Wahrscheinlich vermutete sie, daß ich sie verraten hatte, weil ich ihre Adresse kannte. Der Gedanke, daß sie so von mir denken könnte, war sehr bedrückend, und ich wünschte mir, daß sie vor ihrer Entlassung aus dem Gefängnis die Wahrheit erfahren würde.

An einem dieser Abende kamen ausländische Regierungsgäste zur Besichtigung des Evin-Gefängnisses. Zu diesem Anlaß wurde das ganze Gebetshaus bunt geschmückt und große Bilder von Khomeini und Beheshti aufgehängt, überall standen Blumen und Süßigkeiten. Wie ich später gehört habe, konnten nur ausgesuchte Gefangene aus verschiedenen Trakten und Zellen teilnehmen. Das Schauspiel war perfekt; die ausländischen Gäste der Regierung konnten im Evin-Gefängnis einen bunten Saal voller fröhlicher, reumütiger Gefangener bewundern.

Die weiblichen Gäste mußten hinter den Paravent zu uns in die Frauenabteilung kommen. Sie hatten Kopftücher umgebunden, aber man merkte sofort, daß sie das nicht gewohnt waren, andauernd rutschten sie ihnen herunter, woraufhin die Revolutionswächterinnen oder die Dolmetscherinnen sie mit leiser Stimme aufforderten, die Kopftücher zurechtzurücken. Eine Frau aus der Besuchergruppe mit südostasiatischen Zügen musterte mich mit Neugier. Nach ein paar Minuten kam eine eng verschleierte Frau zu mir, anscheinend die Dolmetscherin der Frau. Sie sagte zu der Wärterin Saideh, die neben mir saß: »Sie will sich mit ihr unterhalten.« Saideh lehnte ab und schlug eine Frau vor, die als Tawab bekannt war, aber die Übersetzerin sagte: »Es ist besser, wenn sie mit ihr redet, weil man ihr gesagt hat, daß sie sich mit jeder Gefangenen unterhalten kann.« Saideh war nicht einverstanden und schob immer wieder die Tawab vor.

Aber die Ausländerin bestand darauf, mit mir zu sprechen. Ich kann mir gut vorstellen, warum ihre Wahl auf mich gefallen war: Mein Gesicht war sehr blaß, und ich sah insgesamt äußerst geschwächt aus. Auch mein Schleier war auffällig, er hatte schwarze und weiße Pünktchen. Wahrscheinlich hatte Saidehs Ablehnung die Frau noch neugieriger gemacht. Schließlich durfte sie mir ein paar Fragen stellen. Sie fragte mich, wie lange ich schon in Gefangenschaft sei und wie mein Urteil laute. Am Ende wollte sie noch wissen, ob die Möglichkeit bestehe, Bücher zu lesen. Ich nickte zustimmend. »Welche Bücher?« fragte sie mich. »Nur islamische Bücher«, sagte ich kurz.

Der Gefängnisdirektor Ladjevardi war auch anwesend. Ein Tawab übersetzte simultan für ihn und gab den ausländischen Gästen auch selbst ein Interview, in dem er die Islamische Republik und ihre Politik mit voller Überzeugung verteidigte. Die Besucher stellten Ladjevardi ein paar Fragen, und wie es seine Art war, antwortete er mit ironischem Lächeln. Ein Journalist sprach das natürliche sexuelle Bedürfnis der jungen Gefangenen an und fragte Ladjevardi, ob die Gefangenen heiraten könnten. Bei dieser Frage setzte unter den jungen Männern Gemurmel und Gelächter ein. Ladjevardi sagte: »Unsere Gefangenen haben solche Bedürfnisse nicht«, und dabei schaute er zu den Gefangenen und fragte: »Ist das etwa ein Problem für euch?« Ein explosionsartiges Lachen brach aus.

In diesem Tumult schlich ein Gast hinter den Vorhang und näherte sich der Frauenabteilung. Auf englisch fragte er: »Ist jemand unter euch, der Türkisch kann?« Plötzlich erschien ein Revolutionswächter. Ich merkte, daß Sedigheh und ein paar andere, die mich kannten, mit einem Lächeln auf mich wiesen. Ich lächelte auch und schüttelte verneinend den Kopf. Sie ließen aber nicht nach. Ich konnte mir vorstellen, warum Sedigheh auf dieser Begegnung bestand. Wahrscheinlich wollte sie meinen politischen Standpunkt aus meinem eigenen Munde hören. Schließlich nahm ich die Aufforderung an. Der Revolutionswächter erlaubte mir, mit dem Mann zu sprechen.

Unser Azeri-Türkisch unterscheidet sich ein wenig von dem Türkisch, das in der Türkei gesprochen wird, deshalb mußten wir uns manchmal mit englischen Worten behelfen. Seine freundliche Stimme und die Anwesenheit von Sedigheh und anderen Bekannten gaben mir Mut, und nach kurzem Zögern traute ich mich, unbekümmert, sogar lachend, zu sprechen. Kurz stellte ich mein Schicksal in der Gefangenschaft dar. Er zeigte sich erstaunt, daß ich bereits mehr als zwei Jahre im Gefängnis war. Dann fragte er mich, ob ich Bücher bekomme. Man hatte den Ausländern wahrscheinlich berichtet, daß die Gefangenen Bücher lesen dürfen. Ich erzählte ihm, daß es nur islamische Bücher gebe, und selbst die auch nicht für alle Gefangenen. Er war sehr freundlich und fragte mich lächelnd: »Haben Sie auch Reue gezeigt, und sind Sie jetzt ein Anhänger der Islamischen Republik?«

Ich erwiderte: »Denken Sie, was Sie hier sehen oder hören, ist die vollständige Wirklichkeit im Evin-Gefängnis?« Er lachte: »Nein.« Ich lachte auch. Dann fragte ich ihn nach seinem Beruf. Er sagte, er sei Journalist. Am Ende wünschte er mir Gesundheit und wollte noch ein Foto von mir machen. Er erklärte, daß er das Foto nicht veröffentlichen werde, sondern daß er es nur als Andenken für sich machen wollte. Ich lehnte ab. Wir verabschiedeten uns herzlich.

Sedigheh und ich schauten uns kurz an und lächelten beide. Dann kehrte ich zurück auf meinen Platz. Ich fühlte mich glücklich, denn ich hatte einen Menschen getroffen, der weder Gefangener noch Wärter war und zudem aus einem anderen Land kam. Ein paar Minuten lang hatte mich eine menschlich interessante Begegnung aus meinem grauen Alltag geholt.

Im Februar wurde Zohre in einen anderen Trakt verlegt. Die Trennung fiel uns schwer, weil wir in der kurzen Zeit eine sehr tiefe Beziehung zueinander entwickelt hatten, dennoch freute ich mich für sie, daß sie nicht weiter in der engen Zelle bleiben mußte. Ich wäre auch gerne in eine Gemeinschaftszelle verlegt worden, aber der Verhörer sagte zu mir: »Nein, wir haben noch viel zu tun.« Diese Bemerkung versetzte mich in Angst und Schrecken.

Ein Tag nach dem anderen verging. Mein abgezehrter Körper wurde durch meine Appetitlosigkeit immer schwächer, und ich litt unter Schwindelgefühlen, ständigen Kopfschmerzen, Schlaflosigkeit, Alpträumen, und manchmal setzten mir auch Schmerzen am Herzen sehr zu.

Eines Tages mußte ich um die Mittagszeit zum Verhör. Dort angekommen, stellte ich fest, daß kein Verhör stattfand, sondern eine Diskussion zwischen Nasrin, die ihre politische Meinung verteidigte, und Shahla, die ihre eigene marxistische Vergangenheit kritisierte. Der Verhörer wies mich an, die Diskussion gut zu verfolgen und, wenn ich wollte, meine Meinung zu äußern.

Wieder fühlte ich Angst und Hilflosigkeit in mir aufsteigen. In diesen Tagen probierten sie neue Verhörmethoden aus: Man wollte die Islamisierung der Gefangenen nicht nur unter Druck, sondern auch durch solche Diskussionen erreichen.

Der Verhörer wies mich auf einen Stuhl und erlaubte mir, meine Augenbinde abzulegen. Mit dem Gesicht zur Wand saßen wir in einer Reihe, links von mir Nasrin, rechts Shahla, der Verhörer hinter uns. Nasrin hatte ich schon auf dem Flur getroffen und mit einem Lächeln begrüßt. Ich war glücklich, daß sie noch am Leben war.

Shahla eröffnete die Diskussion mit der Behauptung, alle linken Gruppen seien von einem falschen politischen Standpunkt ausgegangen und hätten demnach eine falsche Taktik entwickelt. Als Bestätigung dafür nannte sie die Einstellung der linken Gruppen zum Krieg mit dem Irak. Sie hielt den Krieg für gerecht und meinte, daß die Menschen im Iran für diesen Krieg wären und alles dafür opferten. Nur die Linken wären dagegen.

Nasrin konterte, die Masse verurteile diesen Krieg und wolle ihn beendet sehen, weil er nichts außer Unglück und Armut bringe. Shahla antwortete darauf, daß wahrscheinlich die gehobenen oder reichen Schichten gegen den Krieg seien, nicht aber die Masse, und dann wandte sie sich Nasrin zu: »Wir alle und auch du, wir waren doch von der Masse weit entfernt und kannten ihre Bedürfnisse und Wünsche gar nicht.« Nasrin entgegnete: »Zufälligerweise habe ich selbst in einem ärmlichen Viertel in Süd-Teheran gelebt, und mit den einfachen Menschen hatte ich enge Kontakte.«

Shahla war sprachlos und brachte das Gespräch schnell auf ein anderes Thema: die Flucht der führenden Linken ins Ausland. Sie sagte, deren Asyl in kapitalistischen Ländern stehe im Widerspruch zu ihrer linken Überzeugung. Nasrin erwiderte darauf, daß das Asyl in demokratischen westlichen Ländern notwendig sei, um die Kraft der Bewegung zu schonen. Das Asyl in kapitalistischen Ländern bedeute nicht, daß sie die kapitalistische Ideologie akzeptieren. Zur Untermauerung erinnerte sie an Khomeinis Flucht und sein Asyl in Frankreich.

Nasrins Offenheit beeindruckte mich sehr. Was für ein Schicksal erwartete diese junge Frau mit ihrer Geradlinigkeit und ihrem Mut? Ob sie daran denkt, daß sie vielleicht erschossen wird? Unter dem Tschador trug sie ein rosarotes Kleid. Für kurze Zeit verließ der Verhörer den Raum, und die Diskussion wurde unterbrochen. Nasrin und ich konnten uns einen Blick zuwerfen und uns anlächeln. Nasrin fragte mich: »Warum schweigst du?«

»Ich höre zu.«

»Hast du keine Fragen?«

Ich schwieg wieder. Ich hätte ihr viele Fragen stellen können, denn sie war erst vor ein paar Monaten verhaftet worden, aber in Anwesenheit von Shahla traute ich mich nicht. Ich sagte zu ihr: »Du hast ein schönes Kleid an.«

»Das habe ich neulich von meinen Eltern bekommen, obwohl ich Besuchsverbot habe.«

Der Verhörer kam zurück, und die Diskussion wurde fortgesetzt. Der Verhörer griff hin und wieder unterstützend in Shahlas Beiträge ein. Als die Diskussion wieder auf die Flucht ins Ausland kam, sagte der Verhörer zu Nasrin: »Du und dein Mann, ihr habt Kontakt mit dem Ausland.« Nasrin verneinte das. Dann nannte der Verhörer ein paar Namen und forderte Nasrin auf, Erklärungen über diese Personen abzugeben. Die Diskussion verwandelte sich plötzlich in ein Verhör. Ich spürte, daß Nasrin unter Druck stand, und fühlte mich in dieser Atmosphäre selbst sehr unwohl. Deshalb sagte ich: »Aber das ist doch kein Verhör, Sie haben uns zu einer Diskussion geladen.« Der Verhörer wandte sich noch einmal an Nasrin: »Du hast noch viel zu sagen, aber das verschieben wir auf später«, und die Diskussion nahm weiter ihren Lauf. Nasrin schob ihren Fuß Zentimeter für Zentimeter in meine Richtung, ich schaute zu und lächelte. Als es bereits dämmerte, sagte der Verhörer: »Die Diskussion ist beendet, ich habe mein Abendgebet noch nicht gesprochen.«

Schließlich fing das Verhör wieder an, meine Unterlagen sollten vervollständigt werden. Dieses Mal legte man mir Taten zur Last, von denen ich gar keine Ahnung hatte. Auch der Chefverhörer nahm nun an meinen Verhören teil. Er war ungehobelt. Einmal sagten sie mir, daß meine Schwester auch verhaftet worden sei, und sie habe über mich Dinge ausgepackt, die meine Aussagen eindeutig widerlegten. Das war ein schmerzhafter Schlag! Aber ich entschied, das als hinterhältige Täuschung einzuordnen. Später konnte ich erfahren, daß meine Schwester nie verhaftet worden war, alles war nur eine Lüge.

Alle während der Besuchszeit geführten Gespräche wurden aufgenommen. Auf meine Gespräche waren sie besonders scharf, sie achteten genauestens auf jedes einzelne Wort, auf jede Frage und Antwort, und ich mußte dem Verhörer anschließend alles erklären. Einmal deutete mir der Verhörer an, daß die Höhe der Gefängnisstrafe nicht allein von meiner politischen Tätigkeit vor der Verhaftung abhing, sondern mein Verhalten im Gefängnis werde mir ein paar weitere Jahre einbringen. Das hat sich später auch bestätigt.

In dieser Zeit war ich seelisch und körperlich am Ende, ich fühlte mich elend, krank und ausgelaugt. Tagsüber verkroch ich mich in einer Ecke der Zelle, deprimiert und tieftraurig. Mein Zustand übertrug sich automatisch auf meine Zellengenossin Nahid. Die Stimmung war bedrückend für uns beide. Ich war besorgt über meine Zukunft, sah keine Hoffnung mehr. Inständig wünschte ich mir, eines natürlichen Todes zu sterben, weil ich keinen Mut hatte, mich selbst umzubringen. In dieser Zeit nahm ich sehr wenig Nahrung zu mir. Das war kein Hungerstreik, sondern mir wurde speiübel, wenn ich nur ans Essen dachte.

Der Gefängnisarzt gab mir Beruhigungs- und Schlafmittel. Die Tabletten durfte ich nicht mit in die Zelle nehmen. Sie standen außerhalb der Zelle auf dem Flur, und abends konnte ich eine Tablette bekommen. Wenn sich eine Gelegenheit ergab, nahm ich heimlich mehrere Tabletten heraus und versteckte sie in meiner Zelle. Ich wußte selber nicht, warum und wozu ich die Tabletten versteckte.

Eines Abends machte sich Nahid bereit, ins Gebetshaus zu gehen, aber ich durfte wegen meiner schlechten Verfassung in der Zelle bleiben. Zwei Stunden lagen vor mir, in denen ich unbeobachtet und ganz allein in der Zelle war. Nahid besaß eine Flasche mit Medizin. Der Anblick dieser Flasche ließ meine Hände und Füße zittrig werden. Ich bekam Angst, daß ich irgend etwas unternehmen würde, wozu ich noch nicht bereit war. Wie leicht konnte ich mit dem Glas meine Pulsadern aufschneiden! Nahid konnte diese Gedanken von meinem Gesicht ablesen und stellte die Flasche vorsichtshalber nach draußen. Ich spürte Zufriedenheit in mir aufkommen. Wenn es nichts gab, womit man sich umbringen konnte, gab es auch keinen Kampf und keine Versuchung. Aber da waren noch die Tabletten. Sie reichten zwar nicht zum Selbstmord, aber ich dachte, ich könnte mindestens mehrere Stunden meine Ruhe haben. Ich schluckte ein paar Tabletten und fiel in einen tiefen Schlaf. Von Nahids Rückkehr merkte ich nichts.

Erst am nächsten Morgen, als sich die Tür öffnete und wir unser Frühstück bekamen, wurde ich wach. Ich war durstig und trank meinen Tee, aber mein Stückchen Brot und den Käsewürfel rührte ich nicht an. Wieder verlor ich das Bewußtsein und schlief ein. Nach einigen Stunden erwachte ich. Ich fühlte mich schlapp und hatte starke Kopfschmerzen. Nahid saß mir gegenüber, nachdenklich und ruhig. Nachmittags schluckte ich nochmal mehrere Schlaftabletten.

Mitten in der Nacht rissen mich quälende Magenschmerzen aus dem Schlaf. Ich mußte erbrechen. Mühsam kroch ich zur Toilette und übergab mich, aber weil mein Magen eigentlich leer war, konnte nichts herauskommen; doch wieder und wieder wölbte sich mein Magen auf, um etwas herauszubringen. Alle Organe meines Körpers schienen sich aufzubäumen. Kalter Schweiß trat aus allen Poren und lief an mir herunter. Vor meinen Augen war alles dunkel. Ich fiel in Ohnmacht, und mein Kopf schlug an das Toilettenbecken. Ich fühlte Todesschmerz und gleichzeitig Lebensschmerz.

Nahid hatte Angst um mich und schob verzweifelt ein Pappschild unter der Tür durch. Das war unsere einzige Möglichkeit, um die Gefängniswärter aufmerksam zu machen. Aber sie sahen das Schild nicht, Nahid wurde immer nervöser und schlug schließlich wild an die Tür. Die Tür wurde geöffnet. Nahid warf den Tschador über meinen Kopf, band mir die Augenbinde um, und der Wärter nahm mich mit. Ich hatte keine Kraft zu laufen. Ich stützte mich an die Wand und taumelte schwankend Stück für Stück weiter. Die Krankenstation war nicht sehr weit. Dort legten sie mich auf ein Bett und gaben mir eine Spritze, die meinen leeren Magen abermals zum Erbrechen zwang, und das war äußerst schmerzhaft. Immer wieder fiel ich in Ohnmacht. Ein Wärter, der angeblich einen Erste-Hilfe-Kurs absolviert hatte, legte mir eine Infusion an und gab mir eine weitere Spritze. Ich fiel erneut in Ohnmacht und erlangte das Bewußtsein erst wieder, als die Infusionsnadel herausgezogen wurde. Der Wärter stellte mir ein paar Fragen: Wie lange ich im Gefängnis sei und warum. Ich konnte nicht antworten, weil ich zu schwach war.

Am frühen Morgen brachten sie mich zurück in die Zelle. Unterwegs beobachtete ich eine grauenerregende Szene: Zwei

Gefängniswärter schleiften einen Mann die Kellertreppe herauf. Er konnte nicht auf seinen eigenen Beinen stehen; Füße und Beine waren voller klaffender Wunden, aus denen Blut floß. Als sie direkt an mir vorbeikamen, hob ich meinen Kopf etwas, so daß ich einen kurzen Moment in sein Gesicht sehen konnte: Es war blaß, schmerzverzerrt, mit halbgeöffneten Augen, es hatte den Ausdruck eines Toten. Wahrscheinlich war er tatsächlich tot.

Heute, da ich diese Tage mit einem gewissen Abstand betrachten kann, gestehe ich offen, daß ich mich damals auf dem Gipfel der Hoffnungslosigkeit und Ablehnung befand. Ich fühlte mich unendlich einsam und allein. Die Enttäuschung und die daraus resultierende Verzweiflung distanzierten mich von der Vergangenheit, und der Gedanke an meine Zukunft erfüllte mich mit Pessimismus. Trotz dieses geistigen Zustands wollte ich Widerstand leisten, Widerstand gegen eine bedingungslose Kapitulation, gegen das, was sie mit verschiedenen Methoden bei mir erreichen wollten. In jenen Tagen war mir nicht mehr bewußt, welchen Inhalt mein Widerstand hatte, mich beschäftigte zu sehr, daß ich mich unterworfen hatte, die Tagespflichten einzuhalten, daß ich es zugelassen hatte, an mir und meiner Vergangenheit zu zweifeln, daß ich zugestimmt hatte, Interviews zu geben, um mein Schicksal ändern zu können. Mein inneres Ich und mein äußeres Ich waren im Kampf.

Es war eine kalte, ruhige Nacht, und ich saß zusammengekrümmt unter meiner Wolldecke, als sich auf einmal die Zellentür öffnete. Eine Frau in dunkelblauem Tschador trat ein, ein kleines Kind auf dem Arm. Die Frau nahm ihre Augenbinde ab, begrüßte uns und setzte sich hin. Sie hieß Simin. Ihr hübsches Gesicht leuchtete und verlieh ihr eine sympathische Ausstrahlung, die sich sogleich im ganzen Raum ausbreitete. Das Kind guckte neugierig und nervös herum. Seit einem Monat waren sie in Gefangenschaft. Aus Simins Blick sprachen Zärtlichkeit und zugleich Scharfsinn. Ich fühlte mich sehr zu ihr hingezogen.

Ihr Sohn war neun Monate alt; das Laufen lernte er in der

Zelle. Nach der langen Isolation vom realen Leben brachte mich dieses kleine Wesen wieder zum Lachen. Seit Iliar und Sarah vor einem Jahr gegangen waren, hatte ich kein Kind mehr gesehen. Mir war nur ein Bild von einem lachenden Kind geblieben, das ich aus einer Zeitung gerissen und an die Wand geklebt hatte. In diesen Tagen sehnte ich mich danach, ein eigenes Kind zu haben.

Nahid streichelte das Kind ein wenig. Der Kleine fremdelte und blickte erstaunt um sich. Ich streichelte ihn auch, weil ich eine Beziehung zu ihm aufbauen wollte. Auf einmal fing er an loszubrüllen. Seine Mutter unternahm alles, das Kind ruhigzustellen; sie stand auf, legte den Kopf des Kindes auf ihre Schulter, schritt in der Zelle auf und ab, sang ihm ein Wiegenlied vor. Aber nichts half. Er konnte sich nicht beruhigen und schrie weiter. Plötzlich riß der Gefängniswärter die Zellentür auf und herrschte Simin an: »Bring dein Kind zur Ruhe, die Leute hier schlafen.« Nach einer halben Stunde des Schreiens und Weinens wurde das Kind müde und schlief vor Erschöpfung ein. Wir versuchten, so ruhig wie möglich zu sein, um es nicht aufzuwecken.

Sehr schnell entwickelte ich eine innige Beziehung zu dem Kind. Morgens, wenn Simin zum Verhör abgeholt wurde, blieb der Kleine bei Nahid und mir. Mit Hingabe paßten wir auf ihn auf, spielten mit ihm, machten ihn sauber, gaben ihm die Flasche, brachten ihn ins Bett, ich wusch sogar seine Windeln. Von meinen Selbstmordversuchen hatte ich mich noch nicht ganz erholt und war immer noch schwach und appetitlos, aber ich fühlte mich vom Ruf des Lebens wiedererweckt. Wenn ich das Kind umarmte, sog ich den Duft des Lebens tief in mich hinein. Einmal pro Woche bekamen wir Nähnadeln und Garn. Mit einem Faden, den ich aus einem Handtuch gezogen hatte, stickte ich Blumen und Tiere auf die Kinderkleidung. So kam ich auf andere Gedanken und konnte dem Kind ein wenig Freude machen.

Es brauchte Spielzeug, aber wir konnten ihm nichts anbieten. Es erwartete Leben und Freude von uns, aber woher sollten wir das nehmen? Es wollte, daß wir wie Hunde und Katzen für ihn springen, bellen und miauen, singen, lachen ... Mit großer Anstrengung versuchten wir, unsere Sorgen für einen Moment zu vergessen, um für diesen kleinen Menschen zumindest eine scheinbar glückliche Atmosphäre zu schaffen. Er brachte Nahid, seine Mutter und mich zum Tanzen und Spielen.

Am unteren Ende der Zellentür war eine Aushöhlung, durch die das Essen in die Zelle geschoben werden konnte. Oft legte er sich sehr dicht vor die Tür, drückte seinen kleinen Kopf vor das Loch, um den Gang zu beobachten. Das Kind konnte nur die gegenüberliegende Wand sehen, aber wenn es eine Stimme hörte, sagte es mit trauriger Stimme: »Komm, komm!«

Einer der Wärter hatte den kleinen Jungen liebgewonnen, und wenn er etwas Zeit hatte, nahm er den Jungen mit, um mit ihm zu spielen. Wir wußten nicht, wohin er ihn brachte und was er mit ihm machte. Simin hatte kein Vertrauen zu ihm. Deshalb machte sie einmal ein verstecktes Zeichen an seine Windeln, damit sie sehen konnte, ob sie geöffnet wurden, aber das Zeichen blieb unberührt. Immer wenn der Wärter den Jungen zurückbrachte, machte er ein lautes Geschrei: Er wollte sich nicht vom Wärter trennen, wollte kein Gefangener sein. Das war bedrükkend. Auch der Wärter machte ein betrübtes Gesicht.

Einmal versuchte ich den Kleinen zu stillen. Als er meine Brustwarze im Mund hatte, merkte er zunächst nichts, erst nach einigen Minuten durchschaute er, daß nichts herauskam und er betrogen worden war. Entrüstet lief er weg und sprang in die Arme seiner Mutter. Simin sagte mit weicher Stimme: »O du untreuer Sohn. Kannst du immer noch nicht die Brust deiner Mutter erkennen?«

Simin war voll Verständnis und Liebe. Wir hatten Vertrauen zueinander und konnten auch über intime Sachen plaudern, und ich erzählte ihr von meinem Geliebten. Simin verstand, warum ich zur Zeit die Tagesgebete hielt. Sie ermutigte mich, die Sache nicht so schwer zu nehmen, weil ich das doch nur unter Zwang tat und die Situation mir keine freie Wahl ließ. Sie hatte auch Verständnis für diejenigen, die sich zu einem Interview bereit erklärten und Reue zeigten, um freizukommen.

Einige Tage später wurde ich wieder ohnmächtig und kam zur stationären Behandlung auf die Krankenstation, wo man mir Infusionen verordnete. Eine der Kranken namens Mariyam kam an mein Bett und sagte: »Ich kenne dich«, und lachte laut auf. Dann fing sie am ganzen Körper an zu zittern. Ich kannte sie nicht. Eine andere Frau gab mir durch Zeichen zu verstehen, daß Mariyam geistig verwirrt sei. Sie lief im Krankensaal hin und her und führte laute Selbstgespräche. Bei ihren Zitteranfällen hing ihr Gesicht vornüber, und sie schwieg für kurze Zeit, aber wenn die Attacke vorbei war, begann sie gleich wieder zu plappern. Wir konnten keinen Sinn in ihren zusammenhanglosen Worten finden.

Ein junges Mädchen, das einen dicken, blutverschmierten Verband um einen Arm hatte, fragte mich fröhlich, mit einem liebenswürdigen kurdischen Akzent, nach meiner Krankheit. Ich erzählte ihr, daß ich lediglich unter Schwäche und Schlaflosigkeit leide. Mariyam, die unser Gespräch mithörte, tröstete mich: »Sei nicht besorgt, mir ging es am Anfang genauso.« Bedrückt sagte ich zu ihr: »Willst du mich ermutigen?« Sie prustete los und fing wieder an zu zittern. Eine nie gekannte Angst durchfuhr mich, daß ich wie sie psychisch krank, eine Irre würde. Meine innere Stimme sagte: Nein. Du mußt stark bleiben und Widerstand leisten. Du darfst nicht kaputtgehen.

Neben mir lag Asadeh, ein junges Mädchen mit einem erschreckend blassen Gesicht. Ihre Beine waren von den Füßen bis zum Knie bandagiert. Blut war durch den Verband gesickert. Ununterbrochen stöhnte sie, konnte vor Schmerzen nicht schlafen und wälzte sich von einer Seite auf die andere. Spät nachts wurde ich durch Lärm aufgeweckt. Asadeh hatte erbrochen, und Mariyam, die trotz mehrerer Schlaftabletten die ganze Nacht wachgeblieben war, um auf sie aufzupassen, brachte einen Eimer. Ich hing noch an der Infusion und konnte nicht helfen. Eine Frau, die Magenblutungen hatte und beim Eingang lag, klopfte laut an die Tür. Schließlich kam ein Mädchen mit gefärbten Haaren, die sich als Krankenschwester ausgab. Mariyam war von der ganzen Aufregung extrem nervös geworden. Tief bewegt sagte sie mit klarer Stimme zur Krankenschwester: »Ist das etwa islamisch, daß man sie in so einen Zustand gebracht hat?« Die Krankenschwester schrie sie an: »Misch dich nicht ein, geh auf deinen Platz zurück!« Mariyam bekam wieder einen Zitteranfall und sagte laut, aber mit gebrochener Stimme: »Sie ... Schmerzen ... hat. Ihr ... versteht das nicht.« Die Krankenschwester zerrte sie in ihr Bett. Mariyam stotterte wieder: »Ich kann ... nicht schlafen.«

Die Krankenschwester gab Asadeh eine zusätzliche Ampulle in die Infusion und ging weg. Es kehrte wieder Ruhe ein. Am nächsten Morgen lag Mariyam ohnmächtig in ihrem Bett.

Asadeh war wach, und ich fragte sie nach ihrem Befinden.

»Ich fühle mich besser«, sagte sie.

»Weshalb bist du verhaftet worden?«

»Ich weiß es selbst nicht. Ich bin zusammen mit meiner Freundin festgenommen worden.«

Ihre Klugheit war lobenswert. Sie war gefoltert worden, weil sie ihre Freunde nicht verraten wollte, und war deshalb mißtrauisch. Ihre einzige Sorge waren ihre Eltern, die jetzt ihretwegen Schwierigkeiten hatten. Sie beschrieb mir aufs genaueste ihr Haus, sogar das Waschbecken blieb nicht unerwähnt. Ich verstand, daß ihr das guttat, das Haus bedeutete Hoffnung und Freude für sie.

Die Krankenschwester kam und sagte laut: »Verschleiert euch, der Arzt kommt.«

Der Arzt, selbst ein Gefangener, kam herein. Wir waren verschleiert, aber Asadehs Kopf war nicht bedeckt. Die Krankenschwester warf einen Tschador über ihren Kopf, nun konnte der Arzt ihre Beine untersuchen. Er sagte: »Der Verband muß gewechselt werden.« Als der Arzt weg war, nahm die Krankenschwester die Verbände ab, Blut und Eiter wurden sichtbar. Wir sahen die Spuren der Folterung mit einem Kabel auf ihren Füßen. In der Fußsohle klaffte ein tiefes Loch, man konnte durch das offene Fleisch die Knochen sehen. Das Bein war von gefährlichen Wunden und Entzündungen übersät und dick angeschwollen.

Die Krankenschwester legte neue Verbände an und befahl uns dann, den Raum zu putzen.

Gegen Mittag brachte man mich zurück in meine Zelle. Nahid und Simin hatten sich schon Sorgen um mich gemacht und waren begierig zu erfahren, was ich erlebt hatte. Detailliert erzählte ich ihnen von den Menschen, die ich neu kennengelernt hatte.

Eines Abends mußten wir uns in einem Saal neben den Verhörräumen versammeln. Wir mußten uns auf den Boden setzen und durften unsere Augenbinden ablegen, aber miteinander zu reden war streng verboten. Gezeigt wurde ein Video, in dem Ehsan Tabari, der Chefideologe der Tudeh-Partei, auftrat. Der gebrochene Mann argumentierte mit philosophischen Begriffen gegen den Materialismus und für den Idealismus. Ich konnte mich nicht auf seine Worte konzentrieren, unbemerkt betrachtete ich die anderen Gefangenen, manche waren mir bekannt, andere nicht. Eine Frau, unter deren Tschador weiße Haare hervorguckten, lächelte uns liebevoll zu. Sie versuchte, Simins unruhigen Sohn mit drolligem Mienenspiel zu beschäftigen. Ihre weißen Haare paßten nicht zu ihrem jungen Gesicht. Sie hieß Fardin Modares, hatte länger als ein Jahr in einer Einzelzelle gesessen und war nun glücklich, ein Kind zu sehen, das genauso alt war wie ihre eigene Tochter.

Die Gefängniswärterin Saideh schimpfte, daß die Gefangenen sich wegen des Kindes nicht auf das Fernsehinterview konzentrieren könnten, und brach das Programm ab, der Rest des Videos sollte eine Woche später gezeigt werden.

Zurück in der Zelle, legte ich mich hin und dachte an Herrn Tabari. Ein Leben lang hatte er in zahlreichen Büchern und Erklärungen für den Materialismus argumentiert und sich gegen den Idealismus gewandt, seine Schriften wurden von den Linken sehr geschätzt. Er war Mitglied der philosophischen Akademie der Sowjetunion. Was er an diesem Abend ausgeführt hatte, stand in krassem Gegensatz zu all seinen Werken. Glaubte er tatsächlich, was er im Interview geäußert hatte? Was hatte man mit ihm gemacht, bis er dazu bereit war?

Für kurze Zeit kam ein junges Mädchen in unsere Zelle, dem man vorwarf, Handzettel verteilt zu haben, die zum Boykott der Parlamentswahlen aufforderten. Sie war mit einer Freundin zusammen verhaftet worden, und weil diese die Verantwortung für alles übernahm, kam das Mädchen bald wieder frei. In der kurzen Zeit, in der sie bei uns war, hatten wir sehr viel Freude miteinander. Tagsüber sang sie Kinderlieder für Simins Sohn, abends sang sie für uns mit ihrer schönen, weich klingenden Stimme Balladen. Sie hatte gerade Abitur gemacht und bereitete sich auf ihr Universitätsstudium vor. Mit ihren Erzählungen und Zukunftsplänen rief sie schöne Erinnerungen in uns wach. Bis zu den Wahlen mußte sie im Gefängnis bleiben und ihre Stimme im Gefängnis abgeben.

Am Wahltag wurde im Flur eine Liste der Kandidaten ausgelegt und eine Wahlurne aufgestellt. Wir hatten nicht den Mut, die Teilnahme an der Wahl zu verweigern, aber wir konnten zumindest geheim wählen. Ich schrieb auf meinen Wahlzettel: »Ich wähle denjenigen, der alle politischen Gefangenen freiläßt.« Später habe ich aus dem Munde Ladjevardis gehört, daß auf verschiedenen Wahlzetteln der Name Massud Radjawi stand und auch andere bekannte und unbekannte Namen.

Ich wurde in einen kleinen überdachten Hinterhof geführt. Ich mußte mich vor eine Wand setzen, und eine junge Frau, vermutlich eine Tawab, gab mir ein Album mit Fotos. Ich sollte die mir bekannten Personen kennzeichnen. Es waren alte Bilder von unverschleierten Frauen. Ich schaute das Album flüchtig durch, war aber gedanklich bei der Tawab, die sich hinter mich gesetzt hatte. Ich hatte das unbestimmte Gefühl, sie zu kennen. Ich klappte das erste Album zu und gab es ihr zurück. Dabei drehte ich mich um und konnte in ihr Gesicht blicken.

Ich erkannte sie sofort, sie hatte mit mir im Ghezelhessar-Gefängnis in einer Kiste gesessen. Damals hatte sie schon drei Jahre Gefangenschaft hinter sich, davon mehrere Monate Isolationshaft im Gohardasht-Gefängnis, und war überall für ihre Standhaftigkeit bekannt. Wir alle schätzten sie sehr. Fast alle Mitglieder ihrer Familie befanden sich im Gefängnis. Und nun war sie selbst in die Rolle der Verhörerin geschlüpft. Ich fühlte mich, als ob ein Hammer auf meinen Kopf schlagen würde, und konnte nicht mehr auf die Bilder achten. Dann schlug ich das zweite Album zu und tat so, als hätte ich alles durchgesehen und niemanden erkannt. Ich stand auf und sagte mit vor Wut zitternder Stimme zu ihr: »Was du denkst und welche Meinung du vertrittst, ist deine Sache. Aber mit dem Leben und der Zukunft deiner alten Freunde und Gefängnisgenossen darfst du nicht spielen. Behalte deine Würde und Ehre!« Ohne auf ihre Reaktion zu warten, ging ich weg. Am gleichen Nachmittag rief mich der Verhörer zu sich. Er schimpfte laut: »Du durftest deinen Kopf nicht heben, du solltest deine Verhörerin nicht sehen. Außerdem hast du nicht das Recht, sie derart zu kritisieren. Was seid ihr für Menschen, daß ihr sogar mit alten Freunden unhöflich umgeht? Verstehst du nicht, daß du sie beleidigt hast?« Dieses Erlebnis beschäftigte mich tagelang. Später hörte ich, daß sie zwar mit den Gefängniswärtern kooperierte, aber nicht in dem gleichen Maße wie die Tawabs. Einige Monate nach unserem Zusammentreffen wurde sie in die Freiheit entlassen.

Ich mußte die Fotoalben ein weiteres Mal durchblättern. Dieses Mal war Shahla als Verhörerin dabei. Kurze Zeit hatte ich mit ihr in einer Zelle gesessen und wußte, daß sie mit den Gefängnisbehörden zusammenarbeitete. Neben mir saß Sedigheh. Mit einem Lächeln machte sie mich auf einen Zettel aufmerksam, den sie geschrieben hatte. Sie hielt ihn so, daß ich ihn mit einigen Schwierigkeiten lesen konnte. Es stand darauf: »Jetzt weiß ich, wer meine Adresse und Identität verraten hat.« Ich antwortete ihr mit einem Lächeln, endlich konnte sie begreifen, daß ich sie nicht verraten hatte. Dann schrieb sie: »Bald werde ich entlassen und kann meinen Verlobten heiraten.« Ich schrieb zurück: »Ich wünsche euch viel Glück.«

Wir strichen das Geschriebene durch und beschäftigten uns wieder mit den Alben. Ich blätterte Seite für Seite weiter. Plötzlich sprang mir ein altes Bild meines Bruders in die Augen, er war darauf etwa zwanzig Jahre alt. Bedächtig und mit Wehmut schaute ich es an. Zu gern hätte ich es gestohlen, aber es war mit einem Stempel versiegelt. Ich gab Sedigheh ein Zeichen und flüsterte ihr zu: »Das ist mein Bruder.« Dann atmete ich tief durch und schloß das Album. Ich wollte einfach nur noch weglaufen.

Einmal, als ich auf dem Weg zum Gebetshaus war und die frische Frühlingsluft tief in mich einsog, ging ein paar Schritte vor mir ein Mädchen mit einem dunkelblauen Tschador. Ich näherte mich ihr mit eiligen Schritten und sah, daß es Nasrin war. Wie glücklich war ich, daß sie noch am Leben war! Wir begrüßten uns leise, und sie zischte mir sehr leise unter ihrem Tschador zu, daß sie ihre politischen Standpunkte nicht mehr verteidige und sich gegenüber der Islamischen Republik zurückhaltend zeige. Sie hoffte, daß sie so lebenslänglich bekommen würde, anstatt hingerichtet zu werden.

Das war das letzte Mal, daß ich Nasrin sah. Im Gebetshaus ließ die Wärterin, die uns beim Flüstern beobachtet hatte, Nasrin keine Sekunde aus den Augen. Ein paar Wochen danach ist sie hingerichtet worden.

Am Besuchstag hatte mir meine Schwester ein Kleid mitgebracht und gesagt: »Das ist ein Geschenk unseres Onkels.« Sofort danach wurde ich zu meinem Verhörer gebracht. Er fragte mich nach meinem Besuch. Ich berichtete, daß wir über die Familie gesprochen hatten. »Warum hat dein Onkel dir ein Kleid gekauft? Was macht er?« fragte mich der Verhörer. Ich versuchte, Ruhe zu bewahren. Weil ich auf keinen Fall weiter über dieses Thema sprechen wollte, sagte ich, daß die Milchpulverration für das Kind in unserer Zelle zu knapp bemessen sei. Das sei nicht mein Problem, antwortete mir der Verhörer, darüber solle sich die Mutter des Kindes Gedanken machen.

Dann verließ er den Raum. Auf dem Boden lag eine Sicherheitsnadel. Sie hatte mich schon beim Eintreten in den Raum in ihren Bann gezogen, ich wartete nur auf eine günstige Gelegenheit, zuzugreifen. Was kann man nicht alles mit einer Sicherheitsnadel tun, wenn man im Gefängnis sitzt. Während des Verhörs konnte ich mich überhaupt nicht richtig konzentrieren, der Glanz dieser verflixten Sicherheitsnadel lenkte mich vollkommen ab. Jetzt bückte ich mich, hob sie hastig auf und befestigte sie unter dem Tschador an meinem Kleid. Dann kam der Verhörer zurück und sagte: »Morgen werde ich dich in eine Gemeinschaftszelle verlegen.« Ich war tief bewegt und so glücklich, daß ich mich unwillkürlich bedankte. Der Verhörer warnte mich: »Du darfst aber keinen Ton über die Dinge erzählen, die im Ghezelhessar-Gefängnis passiert sind. Und glaub bloß nicht, nur weil du in der Gemeinschaftszelle bist, ist alles vorbei; ich werde über jede deiner Bewegungen und über dein Verhalten eingehend unterrichtet.«

Er gestattete mir zu gehen. Als ich aufstand, streckte er mir seine Hand entgegen: »Gib mir die Sicherheitsnadel!« Vor Scham wurde mir eiskalt, und ich begann zu zittern. Ich fühlte mich wie ein auf frischer Tat ertappter Dieb. Die Sicherheitsnadel war eine Falle, und ich war hineingetappt. Langsam zog ich sie mit zittriger Hand aus meinem Kleid und gab sie dem Verhörer mit den Worten: »Dieses wertlose Ding kann nur im Gefängnis, wo es am Allernötigsten fehlt, eine Bedeutung haben; zum Beispiel um Kleider oder Wäsche aufzuhängen.«

In der Zelle konnte ich meine Wut über mich selbst kaum bändigen. Am liebsten hätte ich irgend etwas kaputt gemacht. Meine Haut juckte, und ich kratzte mich. Nahid und Simin verstanden sehr gut, warum ich so wütend war. Die Geschichte mit der Sicherheitsnadel hat eine sehr tiefe Wunde in mir aufgerissen, und wenn ich heute eine Sicherheitsnadel sehe, muß ich unmittelbar daran denken und fange gleich an zu zittern.

Abends bekam ich ein Päckchen von meiner Familie. Zwischen anderen Kleidungsstücken war ein weißes Kleid mit Spitzen. Es erinnerte an ein Hochzeitskleid und stimmte mich noch trauriger. An diesem Abend war überhaupt alles bedrückend. Einerseits war ich froh, in eine Gemeinschaftszelle verlegt zu werden, andererseits war ich traurig, daß ich Nahid, Simin und vor allem das Kind verlassen mußte. Und dann noch dieses demütigende Ereignis mit der Sicherheitsnadel!

Schließlich beschlossen wir, unseren letzten gemeinsamen Abend zu feiern. Auf diese Art konnte ich auch die Geschichte mit der Sicherheitsnadel verdrängen. Ich zog das weiße Spitzenkleid an, darunter eine lange, bunt gemusterte Stoffhose, die meine Schwester einmal mitgebracht hatte. »Diese Hose mit den fröhlichen Farben habe ich extra für dich ausgesucht, weil du fern von der Natur bist«, hatte sie damals schmunzelnd erklärt.

Unser Festmahl bestand aus ein paar trockenen Scheiben Brot, die wir auf einen Teller legten. Wir füllten unsere roten Plastikbecher mit warmem Wasser, taten ein paar Stückchen Würfelzukker hinein und stießen auf unser Wohl an. Ich war aufgeregt und fühlte mich wie betrunken. Ich küßte Nahid und bat sie um Verzeihung, weil ich wegen meiner Krankheit hin und wieder launisch war. Dann küßte ich Simin und flüsterte ihr ins Ohr: »Ich liebe dich unendlich.« Das Kind schlief tief und fest. Ich wollte aufstehen und tanzen, aber der Kleine sollte nicht wach werden, und außerdem war ich immer noch zu schwach.

Ohne Zweifel, wenn jemand beobachtet hätte, wie ich aufgeregt herumlachte, in dem weißen Kleid und der bunten Hose, das Gesicht blaß und ausgemergelt – er hätte sich sehr gewundert! Es war eine groteske Szene.

Wieder in der Gemeinschaftszelle

Am nächsten Tag verschleierte ich mich, nahm meine Augenbinde und küßte Simin und Nahid zum Abschied, aber von dem Kind konnte ich mich nicht trennen. Der Kleine weinte, klammerte sich an mich, er wollte mit mir kommen. In der Hoffnung, uns in einer besseren Zeit wiederzusehen, und mit vielen guten Wünschen verabschiedeten wir uns. Ich ließ die Abteilung 209 hinter mir und ging die Treppen hinauf bis zum Büro 216. Dort verhörten sie mich wieder, fragten, in welchen Gefängnissen ich gesessen hatte, warum ich mehrere Male verhört worden war; und schließlich stuften sie mich als linientreu ein.

In dieser Abteilung gab es vier Gemeinschaftszellen für Frauen. Ich wurde in Zelle 3 eingewiesen. Fröhlich ging ich die Treppe hinunter und trat in die neue Abteilung ein. Einige Gefangene standen an der Treppe und beäugten mich neugierig. Ich schaute mich um, aber ich erkannte niemanden.

Im Gefängnis wird jeder Neuankömmling erst einmal strengstens unter die Lupe genommen: Jede Bewegung und jedes Wort, sogar wie diese Person bekleidet ist, hat Einfluß darauf, wie sie angenommen wird. Um sie einordnen zu können, werden ihr mit Blicken viele Fragen gestellt, wie: Zu welcher Gruppierung gehörst du? Woher kommst du?

An diesem Tag hatte ich das Gefühl, daß mich die anderen Gefangenen mit außerordentlicher Neugierde betrachteten. Später erzählten sie mir, daß ich mit meinem bleichen Gesicht, den sehr kurzen Haaren und dem ausgemergelten Körper einen jämmerlichen Eindruck machte. »Du siehst aus wie eine Typhuskranke«, sagten sie, und manchmal haben sie mich aus Jux auch so genannt.

Die Verantwortliche nahm mich an der Hand und führte mich in meine neue Zelle. Sie war ordentlich und sauber, selbstgenähte

Taschen waren in Regalen aufeinandergestapelt, und unter dem Fernseher stand ein Kasten für unsere Shampoos und Seifen. Auf der linken Seite entdeckte ich zu meiner großen Freude eine Wiege. Die Zellenvorsteherin und ein paar andere Gefangene stellten mir fortwährend irgendwelche Fragen, aber ich hatte kein Vertrauen zu ihnen. Andere Frauen taten so, als würden sie mich nicht beachten. Unter den Tawabs war ein zierliches Mädchen, die mich zu kennen meinte. Mit ihren hübschen grünen Augen blickte sie mich eiskalt an. Ich fragte sie: »Woher kennst du mich denn?«

»Rate mal!«

Plötzlich erinnerte ich mich – sie hieß Marzieh und hatte das Gymnasium mit mir besucht. Sie war sehr religiös und trug als einzige ein Kopftuch, welches sie sehr eng um den Kopf band. In jenen Jahren entwickelte sich mein Interesse für Politik, und ich tauschte mit meinen Schulkameradinnen die Bücher von Maxim Gorki aus. Zu allem, was gegen den Schah gerichtet war, fühlte ich mich hingezogen. Das verband mich mit Marzieh. Einmal nahm sie mich mit zu einer religiösen Versammlung, die mich allerdings nicht begeistern konnte: Die Frauen saßen getrennt von den Männern und trugen ein Kopftuch, obwohl sie alle Studentinnen sein mußten. Auch ich hatte ein Kopftuch umgebunden. Ein anderes Mal lud Marzieh mich in ihr Haus ein. Ich fühlte mich da sehr unwohl: Alles in dem Haus glänzte, vor der Tür mußten wir unsere Schuhe ausziehen und durften nichts berühren. Ernst und hölzern saßen wir da. Ihre Mutter war eine streng religiöse Frau.

Seitdem waren zehn Jahre vergangen. Marzieh berichtete mir, daß ihr Ehemann hingerichtet worden war, aber ich konnte keine Trauer oder Betroffenheit erkennen. Doch als sie von ihrem Kind erzählte und von ihrem jüngeren Bruder, der auch im Gefängnis saß, legte sich ein Schatten von Traurigkeit über ihr Gesicht. »Mein Kind lebt bei meiner Mutter. Immer wenn sie ins Gefängnis kommt, um mich oder meinen Bruder zu besuchen, bringt sie es mit«, sagte sie wehmütig.

Morgens ging Marzieh zum Büro der Verhörer, und abends, manchmal sehr spät, kam sie wieder zurück. Sie arbeitete mit ihnen zusammen. In ihrer Abwesenheit fühlten wir uns freier. Der scharfe Blick und die beißende Zunge, die sich stets gegen die Mitgefangenen richtete – das waren ihre wichtigsten Eigenschaften.

Ich begriff sehr schnell, daß in unserem Zimmer Frauen aus verschiedenen Gruppierungen untergebracht waren. Die rechte Seite gehörte den Tawabs, links hatten die Linken Platz genommen, und in der Mitte saßen die Volksmodjahedin. Ich suchte mir zunächst einen Platz zwischen den Linken und den Volksmodjahedin, näherte mich aber sehr schnell der Gruppe der Linken. Einige linke Frauen hielten das Tagesgebet nicht, deshalb durften sie bei den täglich anfallenden Arbeiten in der Zelle nicht alles übernehmen: nicht spülen, nicht Tee und Speisen verteilen oder gar berühren, denn nach dem islamischen Gesetz waren sie Unreine. Die sogenannten trockenen Arbeiten durften sie verrichten, wie kehren oder Staub wischen. So lauteten die ungeschriebenen Bestimmungen unserer Zelle, die wir respektierten und einhielten.

Die Regeln in unserer Zelle lauteten: Morgens, wenn im Fernseher Umerziehungsprogramme per Video gesendet wurden, durften wir den Raum nicht verlassen und mußten ruhig und bewegungslos zuhören. Niemand durfte währenddessen etwas nähen, häkeln, basteln oder lesen. Wer sich nicht daran hielt, wurde von den Tawabs ermahnt und denunziert. Handarbeiten waren in unserem Zimmer absolut verboten.

Eines Tages traf ich Manije wieder, mit der ich in den ersten Tagen nach meiner Verhaftung eine Zelle im Eshratabad-Komitee geteilt hatte. Damals war sie durch ihre Tapferkeit und Aufrichtigkeit aufgefallen, jetzt aber machte sie einen gedrückten Eindruck, und ihr Gesicht verriet große Angst. Sie erzählte mir, daß sie damals schon nach kurzer Zeit freigekommen war. Eine

Woche danach wurde sie aber erneut verhaftet und schwer gefoltert. Ein Jahr lang wartete sie auf ihre Hinrichtung, dann zeigte sie Reue, wurde Tawab und zu einer zehnjährigen Gefängnisstrafe begnadigt. »Meine erneute Verhaftung war Gottes Segen«, sagte sie, »jetzt bin ich mit den Wahrheiten vertraut und eine fromme Moslime geworden. Es war der Wille Gottes, daß mein Todesurteil nicht sofort vollstreckt worden ist, sonst hätte ich diese Welt als Heuchlerin und Unheilsstifterin verlassen müssen.«

Die Lebensfreude war von ihr gewichen; Enttäuschung und Rachegefühle entstellten jetzt ihr hübsches Gesicht. Meistens stand sie allein unter einem der Lautsprecher, die an jeder Ecke unseres L-förmigen Flurs angebracht waren. Aus den Lautsprechern dröhnten ständig Passionsgesänge, die nur dann unterbrochen wurden, wenn Namen ausgerufen wurden. Manije stellte sich vorzugsweise in die Ecke, aus der sie beide Teile des Flurs im Auge hatte. Oft sah ich auch, daß sie apathisch in eine Ecke starrte und Tränen über ihr Gesicht strömten. Was für eine Veränderung war mit ihr vorgegangen! Sie war jetzt die Vermittlerin zwischen ihrem Zimmer und dem Verhörerbüro. Ihre Zellengenossen quälte sie, wo sie nur konnte, sie war scharfzüngig und hatte sogar vor einer älteren Frau, die früher ihre Lehrerin gewesen war, keinen Respekt. Ich fragte mich oft: Ist sie mit ihrer neuen Rolle zufrieden? Wenn sie eines Tages entlassen wird, wird sie dann wohl über ihre Taten nachdenken und alles bereuen?

Es war der Fastenmonat Ramadan, und Fasten war zwingend vorgeschrieben, ausgenommen davon waren nur die Kranken und die menstruierenden Frauen. Sie durften aber nicht offen vor den anderen essen, sondern mußten sich mit den kalten Resten von der letzten Nacht in eine versteckte Ecke zurückziehen. Es gab auch Frauen, die sich nicht an die religiösen Vorschriften hielten, aber auch sie durften nicht offen essen.

Für mich war es das einzige Mal in all den Jahren meiner Gefangenschaft, daß ich so tat, als würde ich das Fasten halten. Diese Vortäuschung setzte mich unter einen enormen psychischen

Druck, der mir bis heute präsent ist und mich immer noch in meinen Träumen verfolgt. Ich fühlte mich wie ein geschlagener Krieger, der mitten in der Schlacht kapituliert. Das Fasten an sich war nicht schlimm, weil ich ohnehin öfter heimlich Wasser trank oder etwas aß. Schlimm war, daß ich das heimlich tun mußte.

Dieses Gefühl von Ergebenheit und Ohnmacht wurde jedes Mal in mir wach, wenn ich mich beim Tagesgebet gen Mekka verbeugte. Das Beten verlieh mir ein gewisses Sicherheitsgefühl, weil ich mich wie die anderen benahm, aber gerade dies zerfraß meine Seele. Ich dachte, daß ich so mein Ich und meine Zugehörigkeit verrate und verkaufe.

Ich habe nie, nicht in dieser Zeit und auch nicht später, jemanden getadelt, wenn er in der Gefangenschaft irgend etwas gezwungenermaßen mitgemacht hat, und ich bin glücklich, daß ich meine Mitgefangenen nicht mit der üblichen Engstirnigkeit, die im Gefängnis herrschte, beurteilt habe. Aber in meinem Inneren kämpfte ich ununterbrochen mit mir selbst, und meinen eigenen Gefühlen gegenüber war ich sehr kritisch. Ich befand mich in einem permanenten Widerspruch zwischen meinem Gefühl und meinem Verstand, im Krieg und auf der Flucht.

Mariyam, die ich von der Krankenstation kannte, wurde in unsere Abteilung verlegt. Ihr hysterisches Zittern hatte nachgelassen, aber sie war nervös und überreizt, quasselte permanent, ob man ihr zuhörte oder nicht. Ihre Worte richteten sich an alle Gefangenen und wahrscheinlich an die ganze Menschheit. Manchmal sagte sie witzige Dinge, die uns »Kluge« in Erstaunen versetzten. Die Tawabs meinten, daß sie die Rolle der Irren absichtlich spielte. Das war eine dumme Unterstellung, wenn ein Mensch nur einen Tag so eine Rolle spielen würde, wäre er ohne Zweifel am Ende des Tages tatsächlich verrückt.

Mariyam konnte sich nicht mehr an mich erinnern. Als ich ihr erzählte, daß wir uns auf der Krankenstation getroffen haben, erkannte sie mich, lachte laut und sagte: »Und, bist du noch nicht so geworden wie ich?« Ich mußte auch lachen, manchmal waren ihre Worte wirklich verblüffend. Mariyam war frei von jeder Bestimmung: Sie ging überall hin, verrichtete ihre Tagesgebete ohne Tschador auf dem Flur, sang und lachte laut während der Gebete.

Eines Tages wurden wir von einem lauten Schrei aufgeschreckt. Auf dem Flur bot sich uns ein bedrohliches Bild: Mariyam hatte eine Zellengenossin an der Kehle gefaßt und drückte mit voller Kraft zu. Am Anfang war es nur ein Spaß, und die bedrängte Frau versuchte, sich selbst wieder zu befreien. Aber Mariyams Druck wurde immer stärker, und die Frau lief blau an. Mit großer Anstrengung konnten wir Mariyams Hände lösen. Sie war vollkommen überdreht und wurde wieder auf die Krankenstation gebracht. Sie sagten: »Wenn man Mariyam anstrahlt, wird sie noch nervöser, das hetzt sie geradezu auf.« Später erfuhr ich, daß sich ihr Zustand immer weiter verschlimmerte und sie wahrscheinlich freigelassen wurde.

Mit der Zeit hatte sich herumgesprochen, daß ich im Viehstall des Ghezelhessar-Gefängnisses gesessen hatte. Der Schrecken der Holzkisten oder Särge hatte alle Gefangenen in Angst versetzt, und in diesen Tagen stand die Frage im Raum, ob man sich aus taktischen Gründen zurückziehen sollte, um nicht gebrochen zu werden. Deshalb wollten meine Mitgefangenen sich über die dortigen Zustände informieren, denn sie hatten nur eine vage Vorstellung davon.

Ich vereinbarte mit einer Zellengenossin, ihr zu berichten, und sie sollte es dann den anderen weitererzählen. Mit Mühe und Not fanden wir ein paar Stunden für ein ungestörtes Gespräch, wenn die Tawabs im Gebetshaus waren.

Eines Tages wurde eine meiner Zellengenossinnen, Mitglied der Volksmodjahedin, ausgerufen. Ihre engsten Freundinnen warfen ihr den Tschador über, drückten ihr die Augenbinde in die Hand und verabschiedeten sie, beklemmt, voller Angst. Als sie weg war, herrschte in unserem Zimmer Totenstille. Eine unheimliche Atmosphäre umfing uns. Spätabends kam über die

Lautsprecher der Befehl, ihre Sachen auf den Flur zu stellen. Schlagartig wurde mir die Ursache für die beängstigende Stimmung bewußt. An diesem Abend sollte sie hingerichtet werden. Ihre Freundinnen waren entsetzt und tief betroffen, aber sie unterdrückten ihre Tränen, denn die Gefängnisbestimmungen verlangten, daß niemand über die Hinrichtung eines »Heuchlers« traurig sein durfte.

Das schmerzhafte Schweigen des erstickten Schreis erfüllte unsere Zelle. Plötzlich durchfuhr ein lautes Schluchzen und Weinen die spannungsgeladene Stille: Die engste Freundin der Hingerichteten konnte sich dieser unmenschlichen Bestimmung nicht mehr beugen, und ihre Trauer brach laut und untröstlich los. Die Zellenvorsteherin flüsterte ihr etwas ins Ohr und forderte sie auf, ruhig zu bleiben, aber dadurch wurde ihr Weinen nur noch heftiger. Die anderen Freundinnen, deren rote Augen von ihrer eigenen Trauer zeugten, versuchten sie zu beruhigen, aber sie weinte herzzerreißend. Ein Mädchen, wie ich später erfuhr ihre Schwester, brachte ihr Wasser und Tabletten, aber trotz allem konnte sie mehrere Tage keine Ruhe finden und schluchzte unaufhörlich.

Die Gefängniswärter deuteten ihre Trauer und das »demonstrative« Weinen als linientreues Verhalten. Bislang war sie in unserer Zelle für die Verteilung der Medikamente verantwortlich gewesen, aber diese Verantwortung mußte sie nun abgeben. Ihr Name stand fortan auf der schwarzen Liste. Später wurde sie mit ein paar anderen Gefangenen zur Strafe ins Ghezelhessar-Gefängnis verlegt. Ihre Schwester war verzweifelt über die Trennung und schrie: »Ich wollte nur deshalb verhaftet werden, damit ich dich sehen kann und mit dir zusammen sein kann.« Unsere Zellenvorsteherin lief hinter ihr her und flüsterte ihr etwas zu, aber sie schrie weiter: »Warum, sagt mir endlich, warum!«

Mina war die beliebteste Frau in unserer Abteilung. Sie hatte ein hübsches Gesicht mit bezaubernden Augen, war hochgewachsen, sehr höflich und liebenswürdig. Wir alle liebten sie, und obwohl

Distanz zwischen den Volksmodjahedin und den Linken herrschte, versuchte sie, mit allen Freundschaft zu schließen. Sie war die beste Freundin unserer kleinen Gefängnisgenossen, sie brachte sie leicht zum Lachen, ließ sie auf ihren Rücken springen, und manchmal imitierte sie Tiere für sie. Die Tawabs schauten mit Neid auf ihre Beliebtheit. Mina war zum Tode verurteilt, aber sie zeigte keine Reue.

Mit Minas Schwester zusammen hatte ich im Evin-Gefängnis und im Ghezelhessar-Gefängnis gesessen. Sie hatte immer begeistert und mit großem Respekt von ihrer jüngeren Schwester erzählt, so daß man sich danach sehnte, diese Frau kennenzulernen. Einmal hatte sie stolz gesagt: »Meine Schwester ist ein herausragender Mensch.« So war es wirklich.

Einmal saßen Mina und ich mehrere Stunden neben unserem kleinen, kümmerlichen Garten und plauderten miteinander. Ihre Verhaftung war durch V-Leute erfolgt, die der iranische Geheimdienst in die Organisation der Volksmodjahedin eingeschleust hatte. Die V-Leute waren ehemalige Mitglieder, die nun mit der Gefängnisleitung zusammenarbeiteten. Bei einer günstigen Gelegenheit schlugen sie zu und brachten zahlreiche Menschen ins Evin-Gefängnis. Die meisten dieser Verhafteten bekamen einen psychischen Schlag, als sie merkten, daß sie in eine Falle geraten waren. Die führenden Persönlichkeiten ihrer Organisation waren jetzt zu ihren perfekten Verhörern avanciert, sie kannten ihre Handschriften und Adressen, wußten in allen Einzelheiten über ihre Aktivitäten Bescheid: Alles war bei den Behörden notiert und erfaßt. Manche wurden durch die Dimension des Verrates so depressiv, daß sie Reue zeigten.

Die V-Leute hatten den Volksmodjahedin auch versprochen, ihnen bei einer Flucht ins Ausland zu helfen, hatten von mehreren Personen hunderttausend Tuman kassiert und ließen sie kurz vor ihrer Flucht hochgehen.

Mina war eine starke Persönlichkeit und war immer noch fähig, Widerstand zu leisten.

Alle zwei Tage wurden nachmittags im Gebetshaus die Interviews veranstaltet, die mit Videokamera aufgezeichnet wurden. Die Teilnahme war für alle Gefangenen zwingend. In den Interviews traten die Gefangenen auf, deren Haft abgelaufen war, ein bestandenes Interview war Voraussetzung für ihre Entlassung. Vor allen anderen Gefangenen mußten sie ihre Abscheu gegen ihre frühere Überzeugung und Gruppierung erklären. Manchmal wurde von den Gefangenen auch das Geständnis erwartet, sie seien aus Wollust oder von satanischen Begierden in eine Gruppierung getrieben worden. Sehr oft fielen die Prüflinge aufgrund simpler Fragen und Antworten durch. Dann mußten sie wieder zurück ins Gefängnis, entweder für kurze Zeit oder auch für immer.

Bei denjenigen, gegen die keine genauen Anschuldigungen in den Unterlagen vorlagen und die unklugerweise mit keiner Gruppe sympathisierten, verliefen die Interviews wie ein Verhör. Das kam sehr oft vor.

Einmal war ein Iraker an der Reihe. Er war angeklagt, Bomben gelegt zu haben, aber nach einem Jahr mußte man seine Unschuld endlich anerkennen. Mit starkem arabischem Akzent erzählte er von seiner Verhaftung. Aber das reichte natürlich nicht für eine Freilassung, gegen irgend etwas mußte er auch noch seine Abscheu aussprechen. Ghodusi, ein Revolutionsstaatsanwalt und berüchtigter Hardliner, der das Interview leitete, wußte zunächst auch nicht, von wem sich der Iraker distanzieren sollte. Nach einer langen Pause sagte er schließlich: »Von Saddam Hussain.«

Zum Abschluß mußten die Gefangenen die Islamische Republik um Vergebung bitten. Sehr oft mischten sich die Tawabs ein und berichteten: Diese Person hat sich innerlich noch nicht gelöst und gehört zu den Heuchlern, weil sie mit Heuchlern zusammensitzt oder zu den ungläubigen Linken Kontakt hat. Sie nimmt nicht am Gebet teil und mißachtet die religiösen Anordnungen …

Die weiblichen Tawabs durften nur schriftlich Berichte einreichen. Die männlichen Tawabs konnten indes zum Mikrophon gehen und ihren Einspruch öffentlich vortragen. Dabei entstand immer Lärm und Tumult unter den Anwesenden. Jeder wollte irgend etwas fragen oder die Berichte der anderen Tawabs vervollständigen. Der Gefangene war gezwungen, sich zu verteidigen. Wenn die Stimmung heiß wurde, schrien die Tawabs laut: »Nieder mit den Heuchlern! Tod den Ungläubigen! Nieder mit den Kommunisten!« In solchen Fällen hatte der unglückliche Gefangene keine Chance und mußte im Gefängnis bleiben.

In der Gemeinschaftszelle waren die Grenzen zwischen den Gruppierungen der Gefangenen deutlich. An der rechten Zellenwand saßen einige ältere Damen. Sie unterschieden sich äußerlich von den anderen Frauen, die ich bisher gesehen hatte. Sie waren Bahais und einzig wegen ihres Glaubens in Gefangenschaft. Unter ihnen waren auch jüngere Frauen. Eine junge Ärztin hatte als »unreine« Bahai keinerlei Chance, ihren Beruf im Iran auszuüben. Deshalb hatte sie sich dazu entschlossen, über die pakistanische Grenze ins Ausland zu flüchten. Im Grenzgebiet wurde sie verhaftet. Bei ihrer Gerichtsverhandlung fragte man sie, warum sie den Iran verlassen wollte. Sie konnte beweisen, daß sie sich an verschiedenen Stellen als Ärztin beworben hatte, aber niemand hatte eine Bahai einstellen wollen. Eine andere Bahai erzählte, daß sie alles, was sie besessen hatten, für sehr wenig Geld verkauft hatten, um die Menschenschmuggler bezahlen zu können, die sie zusammen mit ihrem Mann und ihrer kleinen Tochter über die Grenze nach Pakistan bringen sollten. Doch sie wurden von den Patrouillen aufgeschnappt und verhaftet. Jetzt saßen die Frau und ihr Mann in Gefangenschaft und hatten keine Ahnung, wo sich ihre Tochter befand. Die Frau war depressiv, sehr oft auch nervös und aufgewühlt. Besonders nachmittags weinte und klagte sie laut wegen ihres Kindes. Die anderen Bahais versuchten, die Frau zu beruhigen. Aber die arme Frau konnte sich nicht beherrschen.

Eine fünfzigjährige Bahai und ihr Ehemann waren wegen ihrer Aktivitäten in der Bahai-Gemeinde verhaftet worden. Mehrere

Tage wurde der Mann gefoltert. Später haben sie ihr die Nachricht von seiner Hinrichtung überbracht. Die Frau wurde zu zehn Jahren Gefängnis verurteilt.

In unserer Zelle war eine fünfzigjährige Frau, die wir »Mutter« nannten. Vom ersten Augenblick an war ich entflammt von ihrer Herzlichkeit. Ihr Gesicht war faltenlos, aber ihre weißen Haare machten sie älter, als sie eigentlich war. Sie sprach den Akzent der Provinz Gilan und trug stets den typischen, faltenreichen Rock.

Mutter war Lehrerin von Beruf und hatte politische Aktivisten in ihrem Haus versteckt. Sie war eine einfache Frau mit weichem Wesen, deren unverblümte Offenheit eigentlich gar nicht in unsere Gefängniswelt paßte. Bei den Verhören hatte man ihr vorgeworfen, sie habe »ihre Informationen verbrannt«. Mutter verstand diesen Geheimdienstjargon nicht und sagte darauf mit naiver Ernsthaftigkeit: »Nein, ich habe nichts verbrannt! Wenn das so gewesen wäre, dann hätten die Revolutionswächter, die in mein Haus eingedrungen waren, doch den Rauch gesehen.«

Wir mußten über ihre naiven Antworten herzlich lachen. Mutter sagte: »Erst als mir der Verhörer erklärt hat, was gemeint ist, da habe ich begriffen, was es heißt, Informationen zu verbrennen.«

Den Revolutionswächtern trat sie mit Würde und Souveränität entgegen. Sie hatten genau wie die Gefangenen heimlich Respekt vor ihr. Mutter hatte mehrere Briefe an ihre Familie geschrieben, die aber wieder zurückgekommen waren, weil sie ironisch, aber wahrheitsgemäß über ihre Lage geschrieben hatte. Einmal schrieb sie ihrer Schwester, die vom Vermieter aus dem Haus geworfen worden war: »Du hast Dein Beamtengehalt, und deshalb bist Du ›mustakbar‹, wohlhabend und mächtig. Der Hauseigentümer ist ›mustazaf‹, mittellos, und deshalb darf er Dich aus dem Haus werfen. Diese Regierung ist die Herrschaft der Mittellosen über die der Wohlhabenden.« Der Brief kam zurück mit dem Vermerk: Außer Begrüßung und Frage nach Wohlbefinden nichts schreiben. Das nächste Mal schrieb sie kurz und bündig: »Friede sei mit

Euch. Wie geht es Euch? Weil ich darauf hingewiesen wurde, nichts außer diesen Worten zu schreiben, beende ich meinen Brief. Gott sei mit Euch.« Auch dieses Mal kam ihr Brief zurück.

Mutter war zu eineinhalb Jahren verurteilt, bald mußte sie entlassen werden. Sie hatte einen jungen Sohn, und wenn er sie im Gefängnis besuchte, kam sie mit glühendem Gesicht zurück: »Meine Hoffnung wird ein junger Löwe werden.« Mutter beachtete die von den Gefangenen selbst errichteten Barrieren und Bestimmungen nicht, sie entschied für sich selbst, was richtig war. Zu allen hatte sie eine sehr gute Beziehung und behandelte jede Gruppierung respektvoll. Einmal, als wir gemeinsam aßen, rief eine der Gefangenen: »Mama!« Sie errötete: »Das ist der schönste Name, den ich je in meiner Gefängniszeit gehört habe.«

Mutter war eine stolze und eigensinnige Persönlichkeit und nahm nichts von anderen an. Sie litt unter Rheuma und hatte Nierenkoliken, aber sie bemühte sich, ihre Schmerzen vor uns zu verbergen. Ihre Freundinnen hätten ihr gern das Wäschewaschen abgenommen, aber sie ließ das nicht zu. Das Gefängnisessen vertrug sie nicht gut, doch wenn wir manchmal ein bißchen Fleisch bekamen und es ihr schenken wollten, hat sie es nie angenommen.

Nach und nach stabilisierte sich meine geistig-seelische Verfassung, und ich wurde ruhiger, aber mein Körper war nicht in Ordnung. Ich zitterte unaufhörlich und litt zudem permanent unter Kopfschmerzen. Eines Morgens wollte ich in den Waschraum gehen. In meinem Kopf drehte sich alles, ich stolperte und fiel in Ohnmacht. Als ich wieder zu mir kam, lag ich auf dem Flur, und einige meiner Mitgefangenen standen besorgt um mich herum. Eine Frau gab mir Wasser mit aufgelöstem Zucker. Ich trank ein paar Schlückchen, stand auf und ging mit Hilfe meiner Zellengenossinnen erneut in den Waschraum, doch ich wurde gleich wieder ohnmächtig.

Meine Zellengenossinnen schüttelten mich, und ich blinzelte matt um mich. Sie hatten mich in die Zelle gebracht, unter ein paar Wolldecken gelegt und hielten mir einen Becher unter die Nase: »Trink mal dieses Elixier.« Ich war so schwach, daß ich meine Augen nur einen Spaltbreit öffnen konnte. Der Abend war bereits angebrochen, und die Sonne ging unter. Ich wollte nicht wahrhaben, daß ich so lange bewußtlos gewesen war. Meine Zellengenossinnen faßten mir unter die Arme, so daß ich mich aufsetzen konnte, und mit viel Mühe schluckte ich ein paar Löffel hinunter. Unser Elixier machten wir im Gefängnis aus Datteln, trockenen Feigen, Zucker und manchmal etwas Milchpulver, dazu kam Tee oder warmes Wasser. Manchmal war es tatsächlich wirkungsvoll, weil es uns Energie geben konnte. Aber jetzt stieß mich der süßliche Geschmack ab.

Was war mit mir los? Ich konnte nicht aufstehen, nicht gehen. Wenn ich nur hätte weinen können! Als ich ein paar Löffel von dem Elixier hinuntergeschluckt hatte, kehrte tatsächlich etwas Kraft in mich zurück.

Ich mußte zum Gericht. Mein Herz schlug bis zum Hals, ich war völlig außer mir. Ich sprach mir selbst Mut zu: einmal mußte es ja soweit sein, mindestens werde ich erfahren, wie lange ich noch im Gefängnis bleiben muß.

Wir mußten in einer Reihe die Treppe hinuntersteigen, verließen das Gefängnisgebäude, gingen einen kurzen Weg bergab und traten schließlich in ein Gebäude ein. Nach zwei langen Stunden war ich endlich an der Reihe. Der Wärter brachte mich in einen Saal und befahl mir, die Augenbinde abzulegen. Hinter einem Schreibtisch saß ein Geistlicher als Richter. Ein anderer bärtiger Mann, der kein Mulla-Gewand trug, saß getrennt von ihm hinter einem anderen Tisch. Ich wußte nicht, welche Funktion er hatte. Der Geistliche las die Anklageschrift vor. Die gesamte Anklage war vollkommen übertrieben, ein großer Teil hatte überhaupt nichts mit mir zu tun. Über mein Verhalten in Gefangenschaft wurde gesagt, daß ich mich solidarisch mit den Linken zeige, in einen Hungerstreik getreten sei und versucht habe, Kontakt mit der Außenwelt aufzunehmen. Am Ende verlas der

Richter ein paar Punkte, für die die Staatsanwaltschaft die Todesstrafe gefordert hatte.

Einsam stand ich da, ein dicker Kloß schnürte mir den Hals zu. Der geistliche Richter fragte mich: »Was hast du dazu zu sagen?« Mir hatte es die Sprache verschlagen, ich konnte mich in dem Moment überhaupt nicht verteidigen. Da unterbrach der Ruf des Muezzins zum Gebet die Stille. Der Geistliche stand auf und sagte: »Das reicht für heute, ich rufe dich noch einmal.«

In unserer Zelle setzten sich ein paar Zellengenossinnen rund um mich und wollten wissen, wie es gelaufen war. Ich erzählte alles. Durch ihr Mitgefühl sammelte ich mich allmählich. Vor uns lagen zwei Feiertage, und sie rieten mir: »Denk nicht an den dritten Tag!« Ich redete mir zu: Jetzt muß ich mich freuen und das Leben genießen, was in der Zukunft geschehen wird, überlasse ich der Zukunft.

Picknick im Evin-Gefängnis

Der nächste Tag war ein Feiertag. Über die Lautsprecher wurde mitgeteilt, daß wir uns ankleiden und unsere Teller und Löffel einpacken sollten. Ein Wirbel brach aus. Was ist los? Wo wollen sie uns hinschicken? Mit der Zeit merkten wir, daß nichts Böses dahintersteckte; sie wollten tatsächlich ein Picknick im Gefängnisgelände veranstalten. Als wir das Wort hörten, lachten wir alle. Picknick? In Gefangenschaft? Also los, auf zum Picknick ins Evin-Gefängnis, mal sehen, was das wird! Mutter und ein paar andere wollten im Trakt bleiben, aber im nächsten Moment schallte der nächste Befehl aus den Lautsprechern: »Picknick für alle obligatorisch.«

Wir verließen das Gebäude, und nach kurzer Zeit erreichten wir einen Wald. Nach ein paar hundert Metern mußten wir stehenbleiben und durften unsere Tschadors ablegen. Mit Erstaunen stellten wir fest, daß wir uns auf einem großen, schönen Platz befanden, auf dem zwischen Turngeräten Blumen blühten. Das war wohl ein militärischer Übungsplatz. Dann erblickten wir ein Schwimmbecken. Wir waren außer uns! Wir kletterten, turnten, sprangen, hangelten uns an den Seilen hoch und rutschten wieder zu Boden. Unser ausgelassenes Lachen wurde sehr laut. Die Revolutionswächterinnen protestierten ausnahmsweise nicht. Wir fühlten uns frei.

Ein paar jüngere Frauen sprangen mit Kleidern ins Schwimmbecken. Ich sprang auch hinein. Wir fühlten uns so unbeschwert und heiter, daß sogar die Tawabs, die sich so fromm und zurückhaltend gaben, ins Wasser sprangen. Eine Tawab konnte besonders gut schwimmen. Sie zeigte uns lachend, wie man richtig schwimmt. Erstaunlich, daß in dieser Stunde niemand daran dachte, wer »rein« und wer »unrein« war.

Kreischend ermutigten wir auch andere Gefangene, ins Wasser

zu kommen. Nach einer Stunde stieg ich aus dem Schwimmbecken, wickelte meinen Tschador um mich, zog meine Kleidung aus und legte sie zum Trocknen auf den Boden.

Um die Mittagszeit mußten wir wieder Tschador und Augenbinde anlegen. Ein kleiner Transportwagen brachte uns Speisen und als Nachtisch Wassermelonen. So etwas hatten wir bisher in Gefangenschaft nie erlebt! Auch das Essen war unvergleichlich. Es gab grüne Bohnen mit Reis, und unsere Teller waren richtig voll.

Nach dem Essen legten sich manche Frauen auf den Boden und sonnten sich. Zusammen mit ein paar anderen Gefangenen machte ich einen Spaziergang in den Wald. Schon bald ließen wir den Picknickplatz hinter uns. Es waren keine Mauern mehr zu sehen. Auf einmal erblickten wir ein Treibhaus mit verschiedensten Blumen und exotischen Pflanzen. Wir wußten, daß manche männliche Häftlinge für den Verkauf an die Besucher Blumen züchten mußten.

Als wir merkten, daß uns niemand verfolgte, marschierten wir tiefer in den Wald. Wir hörten das Rauschen der alten mächtigen Bäume und das Zwitschern der Vögel, die in den Kronen saßen. In der Ferne brauste ein Wasserfall. Wir waren wie elektrisiert. Einen kurzen Moment dachte ich an Flucht. Aber wo konnte ich hingehen? Eine Gefangene, die wahrscheinlich selbst auch an Flucht dachte, sagte zu mir: »Die lassen uns nicht einfach laufen. Noch ein paar Schritte, dann sehen wir bestimmt die Mauer und die Wachtürme und Wachsoldaten.« Ich kannte die mächtigen Evin-Mauern von der anderen Seite, als ich noch in Freiheit war. Von den Hügeln am Rande Teherans aus kann man sie sehen. Wir phantasierten noch ein wenig und gingen zurück zum Übungsgelände.

Nachmittags mußten wir wieder aufbrechen. An diesem Tag schien alles zu leuchten. Doch als wir in unserer Abteilung ankamen, waren wir wieder unrein und Heuchler.

Am Morgen des nächsten Tages wurde das Feiertagsgebet zelebriert. Ladjevardi, der Gefängnisdirektor, hielt zuvor eine

Ansprache und hob besonders seine Ergebenheit hervor und den Dienst, den er für die Sicherheit des Landes leiste: »Alles, was ich getan habe, geschah mit Einwilligung des Imam Khomeini.« Dann sagte er noch: »Ich lasse die Gefangenen sogar Picknick im Evin-Gelände machen.« Wir lachten leise. Jetzt verstanden wir: Es war eine Propaganda-Aktion.

Selten dachte ich an den beiden Feiertagen an die Gerichtsverhandlung, aber am zweiten Abend war ich wieder voller innerer Erregung.

Am Samstag morgen machte ich mich bereit und setzte mich unter den Lautsprecher. Jedes Geräusch aus dem Lautsprecher brachte mein Herz zum Rasen. Dann wurde mein Name ausgerufen. Ich verabschiedete mich und machte mich auf den Weg.

Dieses Mal war nur der geistliche Richter im Zimmer. Er blätterte in meinen Unterlagen und befragte mich zu belanglosen Dingen, die nichts mit der Anklage zu tun hatten. An meinem persönlichen und intimen Leben war er besonders interessiert. Seine Neugier machte mich wütend. Er achtete gar nicht auf meine Antworten und beleidigte mich immer weiter mit seinen bohrenden Fragen. Warum stellte er mir derartige Fragen? Aus persönlicher Neugier, oder wollte er mich beleidigen und provozieren?

Ich begriff, daß ihn meine Antworten nicht interessierten, sie hatten keinerlei Einfluß auf sein Urteil. Ich zitterte und hatte einen dicken Kloß im Hals. Er sagte: »Ich habe dir Zeit gegeben, Stellung zu nehmen.« Ich gab keine Antwort.

Dann fragte er mich, ob ich bereit sei, meine Abscheu und Reue zu verkündigen, und ich bejahte dies mit einem bitteren Gefühl. Die Gerichtsverhandlung war zu Ende. Jetzt mußte ich mehrere Monate auf das Urteil warten.

Fernsehen war unsere Lieblingsbeschäftigung und das größte Vergnügen. Bei den Abendnachrichten herrschte absolute Ruhe in unserer Zelle. Die Inlandsnachrichten beschäftigten sich überwiegend mit dem »Heiligen Krieg« gegen den Irak. Jede Nacht sendeten sie Filmberichte über blutjunge Knaben, die an die Front geschickt wurden, und verkündeten Siege. Uns ließen solche Siegesnachrichten kalt, denn wie konnte der Krieg nach den tagtäglichen Siegen immer noch voll im Gange sein?

Auf unseren Besuchstagen erfuhren wir, daß Armut und Mißstände immer weiter zunahmen, selbst die lebensnotwendigen Nahrungsmittel waren nicht auf dem freien Markt vorhanden. Für ein Stück Seife mußte man mehrere Stunden in der Schlange stehen. Auch im Gefängnis bekamen wir diesen Mangel zu spüren. Zum Beispiel gab es keine Papiertücher mehr zu kaufen, die besonders für die Frauen wichtig waren, die unter Infektionen im Intimbereich litten. Zahnpasta war rationiert, eine Frau hatte die Aufgabe, neben dem Waschbecken zu stehen und ein winziges Stückchen Zahnpasta auf die Zahnbürsten zu drücken.

Im Gefängnis gab es einige Bücher unter dem Titel »Dokumente aus dem amerikanischen Spionagenest«. Sie enthielten die Schriftstücke, die die Revolutionswächter nach dem Überfall auf die amerikanische Botschaft erbeutet hatten, hochgeheime Dokumente, die in der Originalsprache und in der persischen Übersetzung abgedruckt waren. Aus Angst, daß mein Verstand und mein Gedächtnis nachlassen könnten, fing ich an, die Übersetzungen mit den Ursprungstexten zu vergleichen. Ich stellte sofort fest, daß sie nicht vollständig übereinstimmten. Auf diese Weise konnte ich meinen Verstand trainieren und gleichzeitig meine Kenntnisse in Englisch ausbauen.

Arabisch war die einzige Sprache, die man im Gefängnis lernen durfte, doch viele meiner Zellengenossinnen hatten überhaupt keine Lust auf Arabisch. Ich versuchte, diese Kurse zu besuchen, um mich geistig fit zu halten.

Die Teilnahme an den Interviews war Pflicht für alle, aber mit uns Linken nahmen sie die Bestimmung nicht so genau. Trotzdem nahmen manche von uns aus Informationsgründen daran teil.

Ein junges Mädchen aus unserer Zelle, deren Strafe seit sechs Monaten abgesessen war und die beim ersten Interview durchgefallen war, mußte noch einmal zum Interview erscheinen. Wir gingen alle mit ihr und hofften inständig, daß sie diesmal ihre »Prüfung« bestehen würde. Man hatte sie verhaftet, weil sie in ihrer Schulzeit, die schon viele Jahre zurücklag, politisch tätig war.

Sie ging ans Mikrophon, berichtete kurz über ihre damaligen Aktivitäten und verkündete am Ende ihre Reue und Abscheu. Die Tawabs aus unserem Trakt ereiferten sich: »Nein, sie lügt, sie steht immer noch hinter ihrer politischen Überzeugung«, und gemeinsam skandierten sie die Parole: »Tod der Ungläubigen!«

Die Arme konnte nichts mehr tun, nach zehn Tagen wurde sie ausgerufen, und man teilte ihr mit, daß sie so lange im Gefängnis bleiben müßte, bis aus ihr ein »Mensch« geworden sei. Aufgebracht und tränenüberströmt kam sie zurück und sagte wütend: »Ich verabscheue die Tawabs, die mit der Zukunft der Menschen spielen.«

Ein anderes Mal waren wir Zeuginnen beim Interview einer Zellengenossin, die Mitglied der Tudeh-Partei war. Der Revolutionsstaatsanwalt Ghodusi verlangte von der Frau, daß sie sich als Spionin bezeichnete. Aber sie sagte: »Ich war keine Spionin.« Ghodusi erklärte: »Wenn Kianouri, der Generalsekretär der Tudeh-Partei, offen im Fernsehen beichtet, daß er selbst für die Sowjetunion spioniert hat, dann bedeutet das, daß alle Mitglieder der Tudeh-Partei Spione sind.« Sofort schrien alle Tawabs im Chor: »Tod den Tudeh-Spionen!«

Die Frau war außer sich und mit ihren Nerven am Ende. Nach ein paar Tagen kam sie frei, aber als sie sich verabschiedete, sahen wir Tränen in ihren Augen, kein Glück war in ihrem Gesicht zu erkennen.

In den Gemeinschaftszellen 4 und 6 waren einige Frauen, deren Haftstrafen längst abgelaufen waren, bei manchen sogar schon seit mehreren Jahren, aber weil sie kein Interview geben wollten, mußten sie bleiben. Mutters Gefängniszeit war auch abgelaufen. Im »Freiheitsbüro« verlangte man von ihr einen Reuebrief, aber sie lehnte das rigoros ab. »Aus welchen Beweggründen weigerst du dich?« fragten die Gefängniswärter. Sie antwortete mutig und offen: »Weil ich gegen euch bin.« Die Wärter waren erstaunt und sagten: »Aber du hast doch gar nichts getan.« Mutter antwortete: »Als ich verhaftet wurde, war ich gleichgültig gegenüber euch, das heißt, nicht gegen und auch nicht für euch, aber seit ich euch in euren Gefängnissen kennengelernt habe, bin ich gegen euch.«

Als Mutter uns das erzählte, lächelten wir voller Bewunderung, denn was sie getan hatte, war im Evin-Gefängnis beispiellos.

»Bereitmachen, gleich findet eine Veranstaltung im Gebetshaus statt«, dröhnte es eines Abends im Sommer 1984 durch die Lautsprecher. Wir wunderten uns, normalerweise fingen die Interviews nachmittags gegen drei Uhr an und waren vor Sonnenuntergang zu Ende. Mehrere Frauen aus unserer Zelle gingen aus Neugier hin. Vollkommen verstört kehrten sie wieder zurück. Sharareh, deren Augen vom Weinen rot waren, erzählte mir, daß man Mina zum Interview gebracht hatte. Ladjevardi hatte stolz und offen verkündigt, daß sie heute nacht hingerichtet werde. Diese ganze Nacht dachte ich an Mina und ihre Schwester.

Ende September zirkulierte das Gerücht, daß Ladjevardi nicht mehr für die Gefängnisse im Iran zuständig sei.

Ich hoffte inständig, daß diese Nachricht richtig war. Trotzdem reagierten manche Gefangenen gleichgültig darauf, weil sie meinten, daß der Wechsel in der Gefängnisleitung keine Veränderungen bringe. Dann bekamen wir mit, daß Hadji Dawud Rahmani, der Leiter des Ghezelhessar-Gefängnisses, ebenfalls seinen Job verloren hatte. Im Oktober des gleichen Jahres wurde der Ingenieur Forutan zum neuen Direktor ernannt. Wir mußten uns alle im Hof versammeln, weil er mit uns über unsere Probleme reden wollte. Das Gespräch blieb ergebnislos, statt auf unsere Klagen einzugehen, versuchte er nur, die Mißstände zu beschönigen und zugunsten der Regierung zu interpretieren.

Dann kam der neue Direktor in unseren Trakt. Wir mußten uns verschleiert in Zelle 6 versammeln. Er setzte sich auf den Boden und hielt eine Ansprache. Seine Worte waren so simpel, daß wir innerlich lachen mußten. Er sprach von den Wundertaten der Islamischen Revolution, und ganz besonders hob er hervor: »Jetzt können sich die Männer wenigstens sicher fühlen, daß ihre Ehefrauen ihnen gehören; denn vor der Revolution war die Gesellschaft so verdorben, daß die Frauen sogar auf Partys gingen und mit allen anwesenden Männern zu tun hatten.«

Wir hatten keine Lust, so dummem Zeug zuzuhören, wir wollten über unsere Probleme reden. Einige beklagten sich darüber, daß sie ohne Gerichtsverfahren und Begründung im Gefängnis säßen. Er antwortete, daß sie ihre Beschwerden schriftlich bei ihm einreichen sollten. Da meldete sich Mutter ruhig und bestimmt zu Wort: »Sie haben gesagt, daß Sie im Ausland, in Deutschland, studiert haben. Und unser Staatspräsident Khamenei reist auch andauernd ins Ausland, von einem Staat in den anderen, sogar in kommunistische Staaten. Wie verhält sich unser Staatspräsident Khamenei gegenüber den unreinen Ausländern? Wie lösen Sie das? Bringen Sie mal den Leuten aus Zelle 5 bei, wie sie sich benehmen sollen!« Wir konnten unser Lachen über die ironische Frage von Mutter kaum unterdrücken.

Forutan starrte Mutter sprachlos an. Sie ließ sich nicht bremsen: »Die Thermoskanne, die wir gemeinsam mit Zelle 5 benutzen müssen, macht uns täglich Probleme: Wer darf sich zuerst Tee nehmen, und wer darf sie spülen und zurückgeben? Wir gehören auf jeden Fall zu den Unreinen, und deshalb dürfen wir die Thermoskanne nicht berühren.«

Forutan konnte sein Lachen nur mit Mühe verbergen und sagte: »Ja, ich war auch ein paarmal mit einer Kommission im Ausland. Normalerweise hatten wir unsere eigene Küche, und alles wurde in unserer Küche zubereitet. Aber euer Problem ist ganz einfach zu lösen, wir können eine zusätzliche Thermoskanne besorgen.«

Sogar diese einfache Lösung ist nie umgesetzt worden, es blieb dabei: Die Tawabs, die überwiegend in Zelle 5 wohnten, bestanden darauf, ihren Tee vor uns zu nehmen, und abgesehen von der Verächtlichmachung, die in diesem Verhalten lag, mußten wir uns meistens mit kaltem Tee begnügen oder bekamen gar keinen mehr ab.

Forutan hatte es plötzlich eilig, unsere Zelle zu verlassen. Aber die Gefangenen ließen ihn nicht los, und manche beschwerten sich lautstark über das Verhalten der Tawabs. Forutan schaute sich um, und mit einem kleinen Lächeln und dünner Stimme sagte er: »Ich habe auch Angst vor den Tawabs.«

Eines Tages entdeckte ich Asadeh zwischen Neuankömmlingen. Ich war glücklich, sie wieder zu treffen, und begrüßte sie. Aber sie schaute mich verwirrt an. Ich sagte zu ihr: »Eine Nacht lag ich in deinem Nachbarbett auf der Krankenstation.« Sie konnte sich offensichtlich nicht daran erinnern und gab mir keine Antwort. Ich fragte sie: »Was ist mit deinem Fuß geworden?« Gleichgültig sagte sie: »Das ist wieder okay.« Ich fragte sie: »Wo warst du überhaupt in dieser Zeit?« Sie antwortete: »Weiß ich nicht.«

Später beobachtete ich, daß sie immer allein auf dem Flur saß, irgendein Buch in der Hand. Während des Lesens zuckten ihre Lippen nervös. Wenn wir Hofgang hatten, las sie sogar beim Spazierengehen mit hektisch zuckenden Lippen. Manchmal starrte sie lange in irgendeine Ecke und führte Selbstgespräche. Ihre Zellengenossinnen erzählten, daß sie im Gohardasht-Gefängnis in eine Isolierzelle gesperrt worden war. In ihrem jungen Gesicht gab es keine Spur von Freude und Leben mehr. Als ich sie drei Jahre später wieder im Gefängnis traf, war ihr psychischer Zustand etwas besser, aber nun funktionierten ihre Nieren nicht mehr, eine Spätfolge der schweren Folterungen. Im Sommer 88 wurde sie hingerichtet.

Sechs Monate waren seit meiner Gerichtsverhandlung vergangen. Ich war gerade dabei, das Mittagsgebet im Flur zu verrichten, als mehrere Namen ausgerufen wurden. Meiner war auch dabei. Ich brach mein Gebet sofort ab, legte Tschador und Augenbinde an und ging los. Wieder saß ich in der dritten Etage des Zentralgebäudes vor den Gerichtssälen. Eine nach der anderen bekam ein Papier vorgelegt.

Mein Urteil lautete: zehn Jahre Gefängnis. Die drei Jahre, die ich bereits im Gefängnis saß, wurden nicht angerechnet. Aber in diesem Moment spürte ich nur eine Regung: Glück, daß ich am Leben blieb. Gleichgültig unterschrieb ich das Urteil.

In der Abteilung stürzten mir meine Freundinnen entgegen. Sie waren auch erleichtert und fröhlich. Mutter sagte: »Das ist aber ungerecht, daß sie dich nach drei Jahren Gefangenschaft nochmals zu zehn Jahren verurteilt haben.« Ich antwortete: »Das ist nicht wichtig, das ist mein Schicksal.« Sie hatten mir mein Mittagessen verwahrt, und obwohl es kalt war, genoß ich es. Endlich wußte ich über meine Zukunft Bescheid. Jetzt mußte ich mich auf viele Jahre Haft vorbereiten, es gab keinen Grund mehr, von einem Wunder zu träumen.

Meine Gefangenschaft lastete schwer auf den Schultern meiner Familie. Jedesmal mußte meine Schwester einen ganzen Tag Urlaub opfern, um mich besuchen zu können, und das konnte sie nur mit sehr viel Mühe erreichen. Die Wärter behandelten die Verwandten der Gefangenen voll Verachtung und demütigten sie, wo sie nur konnten. Selbstverständlich bedeutete es uns sehr viel, Besuch zu bekommen, aber für die Familie war das eine Art Mitgefangenschaft, die für uns sehr schmerzhaft war. Ich bat meine Schwester mehrmals, sie solle mich nicht so oft besuchen kommen, denn jetzt kannte ich mein Urteil und fühlte mich nicht mehr unsicher. Ihre Antwort war immer die gleiche: »Ich habe Sehnsucht nach dir.«

Eines Morgens mußten wir die Zellentüren schließen. In jeder Zelle wurden ein paar Namen vorgelesen. Die Ausgerufenen mußten sich zur Verlegung bereithalten. In unserer Zelle war ich die einzige. In Eile packte ich meine Sachen zusammen. Die Trennung von all den guten Freundinnen, die ich in den letzten paar Monaten gefunden hatte, tat weh. Ich liebte die Wände dieser Zelle. Es war so, als ob ich mich von meinem eigenen Haus und meiner Familie trennen müßte. Würde ich all diese Menschen je wiedersehen?

Verschnaufpause

Nach einer halben Stunde Fahrt hielt der Bus vor dem Ghezelhessar-Gefängnis an. Unter der Augenbinde hervor schaute ich mich um. Mir war alles bekannt. Brot und Käse wurden ausgeteilt, und weil ich sehr hungrig war, aß ich alles auf. Unter den Gefangenen erblickte ich einige Bekannte.

Schließlich wurden wir in die neuen Abteilungen eingewiesen. Die Linken wurden in den Trakt 7 geschickt. Im Büro des Traktes saß Nushin. Es war gerade ein Jahr her, daß wir zusammen im Viehstall eingesperrt waren, und zufälligerweise hatten unsere Kisten nebeneinander gestanden. Uns hatte nur ein Holzbrett getrennt. Während des Essens hatten wir mit einem Löffel an die Holzbretter geschlagen. Jetzt saß sie mir mit islamischem Schleier und einer Feder in der Hand gegenüber! Sie war zuständig für unseren Trakt und kooperierte sehr eng und gut mit den Wärtern und dem Direktor. Ich hatte diese Nachricht schon im Evin-Gefängnis gehört, aber nun stand ich der Realität gegenüber.

Mit kühler Stimme fragte sie mich nach meinen Personalien. Sie tat, als ob wir uns nicht kennen würden. Mit einem faden Geschmack im Mund verließ ich das Büro. Im Trakt begrüßten mich meine liebe Freundin Goli und ein paar andere Bekannte, der herzliche Empfang befreite mich von der bitteren Erfahrung, die ich ein paar Sekunden vorher gemacht hatte.

Ich war beeindruckt von der Helligkeit und Sauberkeit des Traktes, die Eisenstäbe und Wände waren anscheinend vor kurzem angestrichen worden. Außerdem war es nicht so unruhig wie sonst.

Ich ging in den Hof, um mir ein wenig die Beine zu vertreten. Dort sah ich ein paar Bekannte. Aber entgegen meinen Erwartungen kamen sie nicht auf mich zu und gaben überhaupt nicht zu erkennen, daß sie wußten, wer ich war. Später traf ich noch andere Bekannte im Trakt, aber sie gingen an mir vorbei, ohne von mir Notiz zu nehmen. Daß Nushin und die ehemaligen Freundinnen, die sich in Tawabs verwandelt hatten, so taten, als würden sie mich nicht kennen, konnte ich irgendwie einordnen. Aber die Distanziertheit dieser ehemaligen Zellengenossinnen konnte ich nicht begreifen, wahrscheinlich waren sie über mich nicht richtig informiert.

Gegen Abend schlug Fereshte, die für den Trakt zuständige Tawab, heftig an die eiserne Tür, das hieß: wir mußten den Tschador überlegen. Maysam, der neue Gefängnisdirektor, kam. Ein paar Minuten später trat ein Mann ein, er war etwa fünfunddreißig Jahre alt, trug einen Militärparker und hatte einen so vollen Bart, daß sein Gesicht nicht zu erkennen war. Er begrüßte uns und setzte sich auf einen Stuhl, den Fereshte für ihn bereitgestellt hatte. Er sagte: »Ich möchte mich mit euch über eure Probleme unterhalten.« Wir berichteten, daß das Wasser im Waschraum oft kalt war und daß sich die Krätze ausgebreitet hatte. Die Gefangenen protestierten ganz offen, ohne ein Blatt vor den Mund zu nehmen. Als Maysam versuchte, sich herauszureden, sagte eine Gefangene ohne Hemmungen zu ihm: »Sie geben die gleiche Antwort wie der Hadji.« Als Maysam das hörte, fing seine Stimme vor Wut an zu zittern.

Eine andere Gefangene, eine gelernte Krankenschwester, sprach ausführlich über die Krätze. Maysam antwortete: »Ich werde darüber nachdenken und etwas unternehmen, vorher schicke ich euch einen Facharzt vorbei.« Es war das erste Mal, daß ich erlebte, wie Gefangene freiheraus mit einem Gefängnisdirektor über ihre Probleme redeten. Ich konnte es kaum glauben, aber es war tatsächlich ganz anders als zur Zeit des Hadji Dawud Rahmani.

Banafsheh besuchte mich. Wir kannten uns aus dem Viehstall. Sie war eine ausgesprochen fröhliche und witzige Frau. Die Gefangenschaft hatte tiefe Spuren in ihrem Gesicht hinterlassen, aber insgesamt war ihr Zustand immer noch gut. Banafsheh war keine angeberische Person, obwohl sie allen Grund dafür gehabt hätte: Zehn Monate hatte sie es in der Kiste ausgehalten!

Sie erzählte unendlich viele schreckliche Dinge, die meine Vorstellungskraft sprengten. Ich fühlte mich, als wenn mir jemand die Kehle zudrücken würde, ich hätte laut schreien können. Mittlerweile kam Sima, eine alte Freundin, die auch in der Kiste gesessen hatte, zu uns. Sie konnte nicht schlafen und wollte ein bißchen spazierengehen. Als sie meine Aufregung bemerkte, sagte sie zu Banafsheh: »Warum willst du ihr alles in einer Nacht erzählen?« Aber ich konnte nicht bis zum nächsten Tag warten. Während des letzten Jahres, das ich im Evin-Gefängnis verbracht hatte, waren viele Gerüchte über das Ghezelhessar-Gefängnis im Umlauf, und jetzt wollte ich endlich die Wahrheit wissen. Ich fragte Banafsheh: »Wie ist die Sache mit den Kisten zu Ende gegangen?«

Dieses Mal antwortete Sima: »Die neue Gefängnisverwaltung mit ihrem Direktor Maysam, die völlig unerwartet eingesetzt wurde, hat die Kisten mit eigenen Augen gesehen, als sie das Ghezelhessar-Gefängnis besuchte. Sie haben Fotos davon gemacht und zugegeben, daß es Folter war, was ihr durchgemacht habt, daß es eine Schande für den Islam sei, mit solchen Methoden Menschen bekehren zu wollen. Sie erzählten uns sogar, daß Ayatollah Montazeri geweint habe, als ihm die Bilder gezeigt wurden. Die neue Gefängnisleitung gab bekannt, daß man wegen physischer oder psychischer Folter mündlich beziehungsweise schriftlich Anzeige gegen den Hadji erstatten könne.«

Banafsheh lachte ironisch: »Du kannst nicht glauben, wie viele grauenerregende Briefe die neue Gefängnisleitung bekam, und nun stell dir vor, einige von den Tawabs standen vor allen anderen Gefangenen auf und erklärten laut und deutlich: ›Was wir erlebt haben, das war keine Folter, das war eine Gnade Gottes, dadurch sind wir Menschen geworden.‹ Eine andere Frau, deren Trommelfell durch Folter geplatzt war und aus dem immer noch Eiter floß, stand einfach so da und gab keinen Ton von sich.«

Ich sagte: »Ist es möglich, daß die Gefängniswärter bestätigen, daß es Folter war und die Gefangenen selbst die Maßnahmen als Gottes Gnade bezeichnen? Sind denn alle verrückt geworden?«

Sima lächelte und sagte: »Wir sind alle verrückt geworden.«

Banafsheh berichtete mir kurz, daß sich das Leben im Trakt 7 total verändert hatte: »Du darfst im Hof spazierengehen, Bücher lesen; es gibt verschiedene Sachen zu kaufen, und du siehst ja selbst, alles ist anders geworden.« Ich fragte: »Warum gehen meine ehemaligen Bekannten so gleichgültig an mir vorbei und begrüßen mich nicht?« Sima antwortete: »Das hat nichts mit dir zu tun. Du wirst die Antwort schon noch finden.« Banafsheh ergänzte: »Wegen der schlimmen Ereignisse, die wir alle erlebt haben, existiert kein Vertrauen unter uns, besonders unter den alteingesessenen Gefangenen.«

Inzwischen ging die Sonne auf, verwirrt und deprimiert ging ich zu Bett. Unterwegs sah ich auf dem Flur einige betende Gefangene.

In unserer Zelle stand ein Regal aus Pappe, voll mit Büchern, die von den Gefangenen gekauft worden waren. Ich war wie eine halb Verhungerte vor einem reichlich gedeckten Tisch, konnte mich nicht entscheiden, wo ich anfangen sollte. Darunter waren auch einige englische Bücher, aber leider keine Romane. Ich sehnte mich danach, einen Roman zu lesen.

Immer noch hielt ich mich, wenn auch unregelmäßig, an die Pflichtgebete, aber das machte mich unglücklich und verlegen. Manche beobachteten mich kritisch, andere drehten sich um. Ich fühlte mich isoliert und haßte mich selbst. Bei den Verbeugungen, die zum islamischen Gebet gehören, fühlte ich mich elend, aber die Kraft, mich von den Pflichtgebeten loszulösen, fehlte mir noch. Ich wußte, daß kein unmittelbarer Zwang zum Beten bestand, aber ich wollte nicht wieder Dinge machen, die andere von mir verlangten, ich wollte selbst entscheiden, mein Problem selbst bewältigen. Ich fühlte mich seelisch unter einem Druck, für den es scheinbar keine Erklärung gab.

Meine Freundin Goli erkannte, daß ich wegen der Gebete im ständigen Krieg mit mir selbst war. Wenn ich krank war oder mich chronische Kopfschmerzen quälten, setzte sie sich neben mich und tröstete mich. Sie massierte meine Stirn und war ständig bemüht, irgend etwas für mich zu tun. Ich war mißmutig, übellaunig, verwirrt und mir selbst gegenüber erbarmungslos. Meine Wut ließ ich an Goli und meinen anderen Freundinnen aus. Am liebsten hätte ich laut geschrien: »Laß mich los! Laß mich allein!« Aber Goli verstand mich auch ohne Worte. Trotzdem ließ sie mich nicht allein und kümmerte sich fürsorglich um mich. Später schämte ich mich vor Goli. Wahrscheinlich wäre es besser gewesen, wenn sie mir vorgehalten hätte, wie dumm ich mich benahm. An diesen Tagen dachte ich nicht einmal an den Mann, den ich liebe, ein Gedanke, der mich durch die ganze Gefangenschaft begleitete und mir stets Ruhe schenkte.

Bald mußten wir unsere Abteilung verlassen, weil Techniker eine Arbeit zu verrichten hatten. Die Gefangene, die als erste wieder in die Abteilung zurückgekehrt war, lehnte sich aus dem Fenster zum Hof und schrie: »Kinder, wir haben einen Farbfernseher!« Zuerst dachten wir, sie wollte uns nur aufziehen, und achteten nicht auf ihr Geschrei, aber als wir selbst in der Abteilung ankamen, stellten wir erstaunt fest, daß wir tatsächlich einen Farbfernseher bekommen hatten.

Nachmittags lag ich in meiner Zelle und nickte beim Lesen ein. Im Halbschlaf vernahm ich eine schöne Musik, aber ich war nicht sicher, ob ich diese Melodie nur träumte. Die Musik vermischte sich mit Vogelgezwitscher, dem Rauschen des Windes und dem Plätschern eines Baches. Ich öffnete meine Augen und schaute kurz um mich herum, um mich wiederzufinden. Die anderen saßen wie gebannt vor dem Fernseher. Es lief ein Trickfilm, und ich erkannte einen Dschungel. Eine Pusteblume dirigierte mit ihrer Flöte in der Hand das Konzert der Natur. Eine Nachtigall sang mit der Flöte im Duett, und nach und nach stimmten andere Vögel mit ein. Alle Zweige und Blätter tanzten mit der Musik. Ein junger Zweig begann zu wachsen und zu sprießen. Die Pusteblume dirigierte ihn mit der Flöte, und er entfaltete seine Blüten. Am Ende des Konzertes erhob die Pusteblume ihre Flöte und verneigte sich.

Wäre die Vorstellung bloß nie zu Ende gegangen! Den anderen konnte ich vom Gesicht ablesen, daß sie das gleiche wünschten. Anschließend herrschte eine bedrückte Stimmung in unserer Zelle. Ich wollte auf das oberste Bett klettern und mein Gesicht an das Fenstergitter pressen, um frische Luft zu bekommen – aber der Platz war schon besetzt. Ich ging in die Abteilung unter uns, doch der allgegenwärtige Wirbel verscheuchte mich. Es war, als ob mich alle Wände bedrängten. Ich sehnte mich danach, auf einer unendlichen Wiese zu laufen, allein und unbeobachtet zu sein. Gitti saß auf ihrem Platz, bekleidet mit dem dunkelblauen Kittel und Kopftuch, wie immer. Hatte sie die Melodie gehört? Daß sie das Konzert nicht gesehen hatte, war mir klar, weil sie ihren Kopf nie hochhob. Sie saß immer mit dem Rücken zum Gang. Wahrscheinlich wünschte sie sich auch, laut aufzuschreien. Wahrscheinlich werde ich eines Tages wie sie …

Eines Abends kam Herr Sarhadizadeh in den Trakt. In der Schah-Zeit war er mehrere Jahre wegen seiner politisch-religiösen Aktivitäten inhaftiert. Nach der Revolution bezog er hohe staatliche Posten und war Mitglied in einem Komitee, das für die Gefängnisse im Iran zuständig war. Er hielt eine lange Ansprache auf dem Flur, aber aus unserer Abteilung gingen nur wenige Frauen hin. Deshalb schaute er selbst bei uns vorbei. Er begrüßte uns und setzte sich auf den Boden, zufälligerweise neben Gitti, die wie immer zusammengekauert dasaß. Fereshte brachte in Windeseile einen Stuhl für ihn her, aber er blieb auf dem Boden sitzen. Wir wußten nicht, welchen Anlaß dieser Besuch hatte. Schließlich fragte er Gitti mit ruhiger Stimme: »Was wünschen Sie sich?« Gitti hauchte schüchtern: »Persönlich habe ich keine Wünsche.« Offenbar hatte er die Antwort nicht verstanden und fragte nochmals nach.

Da ergriff eine junge Frau das Wort und sagte scharf: »Es ist nicht notwendig, eine nach der anderen nach ihren Wünschen und Problemen zu fragen. Sie sind doch selbst in Gefangenschaft gewesen und haben die gleichen Erfahrungen gemacht. Sie wissen doch, welche Rechte die Gefangenen haben und was für ein Unrecht ihnen in der Islamischen Republik angetan wird. Wir verlangen die gleichen Möglichkeiten, die Sie damals in der Schah-Zeit mit Streiks durchgesetzt haben.«

Sarhadizadeh ließ seinen Kopf hängen, zog die Augenbrauen zusammen. Die junge Frau war zwanzig Jahre alt und hatte »lebenslänglich« bekommen. Herausfordernd sagte sie: »Sie waren doch der Leiter des Komitees für die Gefängnisse, und Sie wissen mehr als alle anderen über die Zustände. Was können wir Ihnen also Neues berichten? Wollen Sie, daß wir unsere elementaren Rechte, wie zum Beispiel warmes Wasser oder einen funktionierenden Waschraum, von Ihnen erbetteln?« Sarhadizadeh war wie eine Wachsfigur zusammengeschmolzen. Beleidigt murmelte er: »Für solche Gespräche bin ich nicht hergekommen«, stand auf und ging weg.

Im Jahre 1985 lagen Teheran, Broudjerd und ein paar andere Städte unter den Raketen des Irak. Abends, wenn die Raketen in Teheran einschlugen, konnten wir die Detonationen hören und auch spüren. Manchmal, besonders abends, heulten die Sirenen, und wir beobachteten, wie sich im dunklen Himmel die irakischen Flugzeuge näherten und Blitze von den Flugabwehrraketen aufleuchteten. Ich hatte keine Angst um mich, aber ich dachte sehr oft besorgt an meine Familie: mein Bruder und meine Schwester, die Beamte waren, durften Teheran nicht verlassen, und sie mußten sogar in dieser bedrohlichen Lage arbeiten.

Als ich meine Schwester am Besuchstag fragte, ob sie keine Angst habe, wenn die Raketen auf Teheran niedergehen, antwortete sie: »Nein, wenn sich alle fürchten, verliert die Angst ihre Bedeutung. Alle leben in der gleichen Situation; nur die Kinder fürchten sich, wenn die Sirenen heulen. Ich stelle dann laute Musik an und singe selbst dazu, so konzentrieren sich die Kinder auf die Musik und meine Stimme und bekommen nur wenig von dem Lärm mit.«

Versteinerte Gestalten

Vom Fenster aus konnten wir beobachten, daß eine neue Gruppe von Frauen in Abteilung 8 einquartiert wurde. Wir waren neugierig darauf, die neuen Frauen kennenzulernen. Abends drangen laute Gebetsrufe, begleitet von Lamentieren und Heulen, von ihnen zu uns. Als das Licht ausgeschaltet wurde, machten sie noch lauter weiter. Das alles erschien uns sehr rätselhaft, und wir wurden noch neugieriger. Am nächsten Tag waren sie mit dem Hofgang an der Reihe. Wir preßten unsere Gesichter an die Netze, die vor unsere Fenster gespannt waren, um sie genauer betrachten zu können. Ich erkannte sie: Sie stammten aus der kleinen Stadt Karadj, die in der Nähe von Teheran liegt; vor mehreren Jahren hatte ich zusammen mit einigen von ihnen in einer Abteilung gesessen. Vor zwei Jahren hatte man sie von uns getrennt und mit äußerst harten Maßnahmen auf den rechten Weg zu leiten versucht.

Freitag abends beteten und lamentierten sie wieder mit weinenden Stimmen laut und ergreifend.

Sie waren noch nicht ganz zwei Wochen in der Abteilung 8, als ich zusammen mit zehn anderen Gefangenen den Befehl erhielt, mich zur Verlegung in ihre Abteilung fertig zu machen. Wir protestierten empört und verzweifelt, und der diensthabende Wärter versprach uns, mit dem Direktor darüber zu sprechen, aber unter der Bedingung, daß wir jetzt hingingen und dort übernachteten. Mit einem unguten Gefühl verließen wir das Büro und gingen in den Trakt 8.

Die Gefangenen saßen vor ihren Zellen auf dem Flur und starrten uns an. Keine von ihnen hieß uns willkommen. Sie waren mit einer dunklen Hose und einem dunklen Mantel bekleidet. Ihre Ärmel reichten bis über die Hände. Sie trugen dunkle Kopftücher. Nie lasen sie Bücher oder Zeitungen, und sie redeten kein Wort miteinander. Manche vertieften sich in den Koran oder in ein Gebetsbuch. Es war, als würden wir eine Stadt betreten, in der die Zeit stehengeblieben war und deren Bewohner versteinert waren. Wir wurden auf verschiedene Zellen verteilt, aber wir nahmen uns vor, zusammen auf dem Flur zu bleiben und nicht in die Zellen zu gehen. Ein paar Mal entschlossen wir uns, mit den Frauen zusammen zu essen: die Atmosphäre war jedoch so bedrückend, daß es nicht auszuhalten war. Danach aßen wir immer getrennt von ihnen.

Zufälligerweise fand an unserem ersten Tag in der Abteilung der Gebetsabend statt, an dem über die Lautsprecher Gebete gesendet wurden. Das Licht ging aus, sie saßen auf dem Flur und beteten laut mit. Anfangs wimmerten sie nur leise, aber nach und nach wurden die heulenden Stimmen lauter und lauter. Wenn der Erzähler von sündigen Menschen sprach, erschallte ihr Weinen noch heftiger; das war kein Weinen mehr, sondern ein makabres, hysterisches Klagen, so intensiv, daß man denken konnte, eine Mutter weinte über ihr verstorbenes Kind. Diese traurige, depressive Stimmung riß mich so in ihren Bann, daß ich mitweinen mußte. An diesem Abend richteten wir unser Nachtlager auf dem Boden des Flurs ein. Ich zog mir die Wolldecke über den Kopf. Mona lag neben mir und fragte mich: »Was kann ich tun, daß ich nichts mitbekomme?«

»Halte deine Ohren zu, und stecke deinen Kopf unter die Decke.«

»Ich halte meine Ohren doch zu, aber das nützt gar nichts, ich kann das Geschrei immer noch hören«, antwortete sie.

Mehrere Tag lang schlugen wir Protest, um aus dieser Abteilung verlegt zu werden. Schließlich kam der Stellvertreter des Direktors zu uns, und wir fragten ihn: »Warum habt ihr uns hierhin verlegt? Wir können hier nicht leben, wir wollen mit unseren Freundinnen zusammen sein.« Er antwortete: »Wir haben euch hierher gebracht, damit sich diese schaurige Atmosphäre endlich entspannt und es hier genauso wird wie in den anderen Abteilungen. Aber ihr seid frei, lebt, wie ihr wollt! Hier hat niemand das Recht, euch zu demütigen.« Unsere Antwort war klar: Die hier herrschende Atmosphäre war ihr eigenes Problem. Wenn eine Suppe versalzen ist, hat der Koch Schuld.

Ein paar der Tawabs kamen und beschwerten sich über uns: »Diese Huren sollen aus unserem Trakt weggeschickt werden.« Sie hatten eine solche Gehirnwäsche durchgemacht, daß Lachen oder Späße aus ihrer Sicht Sünde waren. Sie waren der Überzeugung, daß sie damals beschmutzte, schändliche und ehrlose Menschen waren, und jetzt lehnten sie alle Dinge, die zu einem normalen menschlichen Leben gehören, ab, um rein und heilig zu werden. Sogar Gespräche mit Gleichgesinnten schienen ihnen anstößig. Unser Verhalten war ihrer Meinung nach absolut unannehmbar. Wenn wir den Fernseher einschalteten, um einen Film oder andere Programme zu schauen, wandten sie ihren Blick sofort ab. Nur Gebetsprogramme und religiöse Sendungen waren akzeptabel. Filme hielten sie für eine antimoralische Sache. Wir durften nur ein bestimmtes Waschbecken benutzen, und sie stellten für uns Extrapantoffeln hin.

Wir weigerten uns, diese verachtenden Diskriminierungen hinzunehmen, und wurden nach zwei Wochen endlich aus diesem Trakt verlegt. Die Erfahrungen dieser zwei Wochen haben einen besonderen Platz in meinen Erinnerungen. Wenn ich nicht selbst diesen »versteinerten Gestalten« begegnet wäre, hätte ich nicht geglaubt, daß sich das Wesen von Menschen im Gefängnis durch Gehirnwäsche so verändern kann. Sie sahen alle aus wie lebendige Skelette. Wie konnten sie mit dem Leben in einer Stadt der Lebendigen außerhalb der Gefängnismauern fertig werden?

Als einzige von den elf Frauen wurde ich in die Abteilung 3 verlegt, obwohl ich den Gefängniswärtern gesagt hatte, daß ich mich vor dieser Abteilung fürchtete. Ich wußte, daß alle Frauen, die dort einsaßen, die Folter der Kisten hinter sich hatten und total religiös geworden waren. Das Wiedersehen mit den alten, vollkommen veränderten Bekannten fiel mir sehr schwer. Im

Büro wies man mir die Zelle 13, am Ende des Flurs, zu. Lustlos ging ich in die Abteilung, schritt den langen Flur entlang, trat mit hängendem Kopf in meine neue Zelle ein und begrüßte die alten Bekannten. R. und ein paar andere Bekannte besuchten mich. Sie versuchten, mich davon zu überzeugen, daß sie sich nicht wegen Folter oder Druck von oben verändert hätten, sondern von sich aus die Wahrheiten erkannt hatten. Ich sollte ihre neue Lage verstehen und begreifen, daß sie aus voller Überzeugung und freien Stücken fromme Moslems geworden wären und in der Vergangenheit Fehler begangen hätten. Jegliche Diskussion mit ihnen war sinnlos.

Trotz allem kam ich in dieser Abteilung etwas zur Ruhe. Ich konnte hier selbst wählen, wie ich leben wollte. Hin und wieder betete ich noch, wie fast alle linken Gefangenen dieser Abteilung, aber nach und nach spürte ich, daß ich mich endlich entscheiden mußte. Endlich fühlte ich mich stark genug, um ganz offen bekanntzugeben, daß ich nicht mehr bereit war zu beten, nicht einmal, wenn ich unter Druck gesetzt würde. Daran habe ich mich auch gehalten. Jetzt war ich wieder ich selbst, mein Selbstbewußtsein war wieder erwacht, und das verstärkte meine Position und mein Ansehen im Gefängnis.

An einem Feiertag wurde mein Name durch die Lautsprecher ausgerufen. Ich war beunruhigt: Heute? An einem Feiertag? Ich ging zum Gefängnisbüro. Nach langem Warten schickten sie mich in ein anderes Büro. Dort sagte man mir: »Du bist begnadigt worden.« Vollkommen perplex ging ich zurück in meine Abteilung. Nach ein paar Tagen kam der Gefängnisdirektor Maysam zu mir: »Sie kommen bald frei, unter der Bedingung, daß Sie gegenüber den anderen Gefangenen Reue zeigen.« Das nahm ich nicht an. Er belehrte mich, ich solle meine Zukunft nicht aufs Spiel setzen, nicht so festgefahren auf meinem Standpunkt beharren. »Alle wissen doch, daß das eine rein formelle Sache ist, Reue zu zeigen, eine Bedingung für die Freiheit. Sie sind jung«, sagte er, »denken Sie an eine Eheschließung und Ihr Leben in Zukunft!« Mein Entschluß war klar, ich akzeptierte das nicht.

Als ich bei der nächsten Besuchszeit mit meiner Schwester sprach, war sie auch überrascht und meinte, daß wohl irgendein Trick dabei sei, daß sie mit meinen Prinzipien und meiner Würde spielen wollten.

Ein paar Tage später mußte ich mich mit einigen anderen Gefangenen in der Krankenabteilung melden. Ein Mulla saß da, der sich als Mitglied des Amnestie-Komitees vorstellte. Er gab uns Amnestie-Formulare, die wir ausfüllen sollten. Im Beisein der anderen Gefangenen sagte er zu mir: »Ich kenne deine Familie. Ich stehe in großer Schuld deines Vaters. Ich schäme mich, daß die Unterlagen der Tochter dieser Familie unter meiner Obhut stehen. Warum sind die Kinder von diesem großen, frommen Mann so geworden? Warum bist du überhaupt im Gefängnis?«

Ich kannte ihn nicht und war erstaunt. Mein Vater war gestorben, als ich noch ein kleines Kind war. Ich konnte nicht begreifen, was seine frommen Ansichten mit mir zu tun hatten. Die Gefangenen, die diesem Gespräch zuhörten, waren über das höfliche Benehmen des Mullas meiner Familie und mir gegenüber verwundert. Jetzt begriff ich, warum das Los der Amnestie auf meinen Namen gefallen war.

Viele Gefangene waren bereit, jede Bedingung für ihre Freiheit zu erfüllen. Sie bettelten den Mulla an, ihren Namen auf seine Liste zu nehmen. Sie warteten stundenlang auf ihn, weinten, gaben ihm Briefe. Ich war sicher, daß ich nicht freikommen würde, weil ich keine öffentliche Reue zeigen wollte, aber mindestens konnte ich hoffen, daß meine Gefängnisstrafe verkürzt würde. Das war dann auch der Fall. Meine zehnjährige Gefängnisstrafe wurde um drei Jahre reduziert. Ich nahm das völlig gleichgültig auf, denn ich wußte ganz genau, daß sie mir am Ende wieder eine neue Bedingung stellen würden. Nach und nach hatte ich mich mit dem Leben im Gefängnis abgefunden. Ein Leben außerhalb der Mauern lag jenseits meiner Vorstellung.

Nach kurzer Zeit fand ich neue Freundinnen. Shohre kannte ich aus der Abteilung 8, aus der Zeit des Viehstalls. Die Frauen, die den Viehstall erlebt hatten, trafen sich manchmal, um über diese Zeit zu reden. Shohre imitierte den Hadji perfekt und so komisch, daß wir uns kugelten vor Lachen.

Setareh war an diesem Tag auch unser Gast. Ich begegnete ihr zum ersten Mal. Sie hatte wunderhübsche Rehaugen, die einen Zauber ausstrahlten. Ihr kleiner Sohn hatte zwei Jahre lang mit ihr im Gefängnis gelebt. Ich kannte den Jungen, sein freundliches Benehmen und seine feinen Ausdrücke waren hinreißend. Setarehs Ehemann war im Sommer 1981 verhaftet und nach kurzer Zeit hingerichtet worden. Die verstümmelte Leiche des Mannes wurde den Eltern übergegeben, aber sie durften ihn nicht auf einem öffentlichen Friedhof begraben. Überall versuchten sie, eine Grabstätte für ihren Sohn zu finden, sie fragten sogar bei nicht-islamischen Friedhöfen an. Schließlich begruben sie ihn im Blumenbeet ihres Gartens.

Setareh sprach nicht gern über diese Ereignisse. Am Jahrestag der Hinrichtung ihres Mannes war sie sehr traurig. Wir gingen zu ihr und schenkten ihr simple, selbstgebastelte Dinge. Shohre hatte zusammen mit anderen eine Tasche für ihren Sohn gebastelt, der nun bald seinen ersten Schultag hatte, und ich hatte einen Hut für ihn gestrickt. Setareh erzählte: »Als mein Mann und ich verhaftet wurden, war unser Sohn drei Jahre alt. Er kam mit mir ins Gefängnis. Mehrere Monate mußte ich mit ihm auf dem Flur auf einer Wolldecke verbringen. Er dachte, daß die Wolldecke unser Haus wäre. Wir durften die Decke nicht verlassen, auch das Kind nicht. Er saß auf dem harten Boden und durfte nie spielen. Er konnte nichts anders tun, als den Flur zu beobachten: Er sah Gefangene, die mit verbundenen Augen an uns vorbeigingen und von den Folterungen schwer verletzt waren.«

Setareh wurde so oft gefoltert, daß sie nicht mehr laufen konnte. Wenn sie auf die Toilette gehen mußte, durfte sie der kleine Junge, der keine Augenbinde tragen mußte, begleiten und ihr den Weg zeigen. Die Mutter legte ihre Hand auf die Schulter des

Kleinen und kroch über den Boden bis zum Waschraum. Setareh sagte: »Mein Junge hat die sanften Augen eines Rehs.« Unsere Künstlerin Mona stellte sich vor, daß sie eines Tages diese Szene auf eine große Leinwand bringen würde: eine Mutter, die über den Boden kriecht, die Hand auf der Schulter ihres kleinen Sohnes.

In unserem Hof gab es ein Wasserbecken und vier Blumenbeete. In den Beeten wuchsen Gemüse, Sonnenblumen, Lotosblumen, Wunderblumen und anderes. Die Sonnenblumen wurden so riesig, daß man sich wie im Dschungel zwischen hohen Bäumen fühlte. Wir nannten diesen Teil des Beetes Kuba, weil er wie die Zuckerplantagen aussah, die wir aus dem Fernsehen kannten. Dann gab es die Grazienbeete. Die Grazien blühten mit Sonnenaufgang auf, und bei Sonnenuntergang waren sie verblüht. Diese Beete nannten wir Holland, weil wir gehört hatten, daß Holland ein Land der Blumen ist. Die Dotterblumen nannte Ashraf Mutterblumen, weil sie nicht so schnell verblühten. Das erinnerte sie an ihre Mutter. Astern bezeichneten wir als Widerstandsblumen, da sie sehr lange und ausdauernd lebten. Oft saßen wir mehrere Stunden vor den Blumenbeeten und unterhielten uns. Mit der Zeit wurden wir mutiger und trauten uns, wenn es warm genug war, in der Nähe der Beete zu frühstücken. Wir hielten uns sehr oft im Hof auf, weil es in unseren Zellen sogar am Tag und mit angeschalteten Lampen dunkel war.

Manchmal konnten wir bei Sonnenuntergang eine ergreifende Szene am Himmel sehen. Durch den blauen Himmel zogen gemächlich kleine Wolken. Die tiefstehende Sonne reflektierte ihr warmes, rötliches Licht in den weißen und gräulichen Wolken. Von Minute zu Minute entstanden die schönsten Farbschattierungen, der ganze Himmel verwandelte sich in ein Meer von Farben. Ein majestätischer Augenblick. Wir waren tief bewegt, am liebsten hätten wir vor Freude geschrien! Alle Gefangenen blickten wie gebannt in den Himmel. Ich beobachtete meine Mitgefangenen, wie sie sich voller Sehnsucht nach dem Himmel streckten.

Nach und nach fühlte ich mich deutlich besser. Nur noch sehr selten hatte ich nervöse Anfälle, und ich konnte wieder herzlich lachen. Ich las Bücher und erteilte meinen Mitgefangenen Englischunterricht.

Ich hatte das lange vermißte Vergnügen, Französischlehrbücher von Mogé zu studieren und den Roman »Krieg und Frieden« von Tolstoi zu lesen. Ich habe den Roman geradezu verschlungen, während die anderen in ihren Betten schliefen. Als Andrej starb, habe ich lange geweint. Mit Natascha konnte ich mich als junges Mädchen gut identifizieren; in Pierre fand ich auch einen Freund. Lange Zeit lebte ich mit den Helden dieses Romans zusammen.

Anfang Sommer hörte ich, daß ich zusammen mit zwanzig anderen Gefangenen ins Evin-Gefängnis verlegt werden sollte. Die »Verschnaufpause« war zu Ende: Eine neue Epoche in meiner Gefangenschaft brach an. Aber nun hatte ich für diese Herausforderung genügend Energie und Kraft.

Die Verschnaufpause ist zu Ende

Wir saßen auf dem Zentralflur 216 des Evin-Gefängnisses. Mojtaba stand uns gegenüber, stramm, steif, grimmig, in der grünen Uniform der Revolutionswächter, die Hose in die Stiefel gesteckt. Ich sah ihn zum ersten Mal: Er war furchterregend, vielleicht wegen seines gewaltigen Bartes und seiner ungepflegten Haare, vielleicht wegen seines Gesichtsausdruckes, vielleicht kam er mir aber auch so unheimlich vor, weil ich gehört hatte, daß er bei Züchtigungen und Auspeitschungen immer dabei war. Wir wußten nicht, welche Funktion er eigentlich hatte, angeblich war er der Stellvertreter des Gefängnisleiters. Seit 1980 war der Posten des Gefängnisleiters einige Male neu besetzt worden, aber Mojtaba überdauerte alle. Mit rauher Stimme herrschte er uns an: »Dies ist das Evin-Gefängnis. Hier ist nicht das Ghezelhessar-Gefängnis. Achtet sehr gut auf meine Worte! Der Zeitvertreib ist vorbei. Die Zeit, eine scharfe Zunge zu riskieren, ist endgültig vorbei.« Ich sagte zu mir: Die Verschnaufpause ist zu Ende. Sie war zu kurz.

Nach diesen Warnungen und Drohungen schickte er uns in die Zellen. Ich nahm all meinen Mut zusammen, ging ein paar Schritte näher zu ihm und sagte: »Ich habe eine persönliche Bitte.« Mojtaba nahm eine Beschützerpose ein, senkte den Kopf und wartete auf meine Worte. Ich sagte zu ihm: »Im Ghezelhessar-Gefängnis durfte ich Zigaretten kaufen und rauchen. Ich würde diese Erlaubnis gern wieder bekommen.« Er schaute mich derart fassungslos an, daß ich erschrocken zusammenzuckte. Haßerfüllt schrie er: »Offenbar hast du überhaupt nicht zugehört. Nimm die Watte aus deinen Ohren. Hier ist nicht das Ghezelhessar-Gefängnis, hast du das nicht verstanden? Wenn du in den unteren Trakt gehst, dann wirst du begreifen, was ich meine.«

Ich bestand nicht weiter auf meiner Bitte, sonst wäre ich bestimmt geschlagen worden. Mit gesenktem Kopf marschierte ich hinter den anderen in die Abteilung. Ich hörte seine Stimme hinter mir: »Unverschämtheit! Die unfähigen Verantwortlichen im Ghezelhessar-Gefängnis haben euch so übermütig gemacht.«

In der Zelle erwarteten uns schon ein paar Tawabs. Als ich ihnen ins Gesicht sah, begriff ich die Bedeutung der Drohungen von Mojtaba sofort. Ein paar dieser jungen Tawabs kannte ich schon von früher, sie waren voller Haß und Abscheu. Ich ging wieder hinaus auf den Flur. Meine Bekannten hatten mehr Glück, in ihren Zellen gab es keine Tawabs. Erst zum Abendessen kehrte ich zurück in meine Zelle. Doch mein Blick fiel auf die Tawabs: Sie saßen da wie wilde Tiere, die fauchen und brüllen und nur darauf warten, auf das Opfer zu springen und es zu zerreißen. Ich verlor meinen Appetit und ging wieder hinaus. Verzweifelt spazierte ich auf dem Flur auf und ab.

Ich kannte das Schicksal von einigen der Tawabs. Sie waren Volksmodjahedin und seit 1981 in Gefangenschaft. Im Ghezelhessar-Gefängnis konnten sie das Vertrauen des Hadji gewinnen und verschiedene Verantwortungen in den Abteilungen übernehmen. Im geheimen bauten sie ihre Organisation wieder auf. Effat leitete diese Gruppe. Nach einem Jahr wurden sie verraten, gefoltert, zehn Monate lang permanent verhört und mit Kabeln ausgepeitscht und saßen danach auch in den tödlichen Kisten. Bei den Verhören waren immer alle zusammen in einem Raum. Der Hadji und seine Verhörer waren Tag und Nacht mit diesen Frauen beschäftigt, bis sie restlos alles ausgepackt hatten und total verändert waren.

Ich war in diese Gedanken vertieft, als plötzlich aus den Lautsprechern tönte, wir sollten uns auf den Gang zum Gebetshaus vorbereiten. Die Tawabs machten sich sofort fertig, und ich freute mich darauf, für eine oder zwei Stunden meine Ruhe zu haben. Ich ging wieder zu meinen Freundinnen in Zelle 6. Weil ich nicht mehr rauchen durfte, war ich ein wenig kribbelig. Ich dachte ständig an die letzte Zigarette aus dem Ghezelhessar-Gefängnis, die ich aufbewahrt hatte, um sie hier zu rauchen, und war nicht in der Lage, mich auf das Gespräch zu konzentrieren.

Müde ging ich schließlich in meine Zelle. Unsere persönlichen Sachen hatten wir noch nicht bekommen, und so zog ich mir eine Wolldecke über den Kopf und legte mich auf den Boden.

Ich war im Tiefschlaf, als ich plötzlich von den lauten Stimmen der Tawabs aufgeschreckt wurde. Eine sagte feindselig: »Atheistin! Heuchlerin!« Eine andere ergänzte: »Ich würde sie alle am liebsten mit eigenen Händen erwürgen.« Sie traten mich in die Seite. Wie sollte ich mich wehren? Ich hatte Angst, denn sie waren in der Überzahl und zudem äußerst gereizt und aufgeputscht. Ich rollte mich zusammen und hörte noch, wie eine von ihnen sagte: »Die sind im Ghezelhessar-Gefängnis viel zu gut behandelt worden. Die haben anscheinend vergessen, daß das hier ein Gefängnis ist.«

Am nächsten Morgen stand ich traurig und mit Unbehagen auf. Beim Frühstück überwachte eine Tawab die Thermoskanne, weil sie befürchteten, daß wir Unreine sie berühren könnten. Ich bekam überhaupt nichts herunter und verließ den Raum. Die Atmosphäre in der Zelle war so unerträglich, daß ich nur zum Schlafen und zu den Mahlzeiten hineinging. Den Rest der Zeit verbrachte ich auf dem Gang oder im Hof, wo ich mich mit irgendwelchen Beschäftigungen abzulenken versuchte. Sehr oft ging ich in Zelle 6, wo ich mich ohne Ende mit meiner Freundin Sharareh unterhielt. Wir gingen auch zusammen zum Büro der Abteilung und beschwerten uns bei der zuständigen Wärterin Frau Rahimi. Sie behauptete mit gekünstelter Freundlichkeit, es gebe keine andere Möglichkeit, wir müßten uns mit den anderen Gefangenen arrangieren.

Ozra verhielt sich von Anfang an ganz anders: Sie trat nie in Zelle 7 ein und blieb Tag und Nacht auf dem Flur. Aqdas, die gehässigste der Tawabs und Zellenvorsteherin, heckte für sie etwas aus: Mit Hilfe von anderen Tawabs überfiel sie Ozra, um sie mit Gewalt in ihre Zelle zu zerren. Ozra widersetzte sich, aber die Tawabs schlugen und traten laut schimpfend auf sie ein. Ozra lag auf dem Boden. Wir versuchten, sie zu schützen, und schrien: »Ihr dürft die anderen Gefangenen nicht schlagen oder angreifen, ihr habt kein Recht dazu!« Aqdas schrie zurück: »Recht? Wir haben Rechte. Ihr habt keine Rechte. Man muß euch an die Wand stellen und erschießen oder an einem Strick aufhängen.«

Eine Wärterin rief uns zu, daß wir uns verschleiern sollten. Plötzlich stand Mojtaba da, befahl uns, in die Zellen zu gehen, und schloß alle Türen ab. Ozra blieb allein unter den Fausthieben und Fußtritten von Mojtaba zurück, und drinnen hörten wir ihre dünne Stimme. Sie widersetzte sich immer noch wimmernd: »Mit denen werde ich nicht in eine Zelle gehen, Sie können mich nicht dazu zwingen.«

Die Tür unserer Zelle wurde geöffnet und Ozra mit einem Fußtritt hineinbefördert. Sie hockte sich neben den Eingang, und als die Tür später wieder geöffnet wurde, ging sie gleich wieder auf den Flur. Effat und andere Tawabs versuchten erneut, etwas dagegen zu unternehmen, aber das gelang ihnen nicht. Nach einer Woche bekamen wir auch Mut und siedelten von Zelle 7 nach Zelle 6 über, wo es keine Tawabs gab. Ozra tat das gleiche. Unser Umzug wurde stillschweigend akzeptiert. Diesen Sieg verdankten wir Ozra.

Maysam, der nun auch zum Direktor des Evin-Gefängnisses ernannt worden war, kam in unseren Trakt. Wir berichteten ihm alles über unsere Abteilung, eine sagte sogar: »Hier ist mein Leben in Gefahr.« Er hörte sich alles an und sagte am Ende: »Keine Gefangene darf eine andere Gefangene beschimpfen und beleidigen.« Aber das waren nur leere Worte. Die Tawabs konnten nach der Gehirnwäsche nicht anders. Keine nennenswerten Veränderungen traten ein, einzig Mojtaba war nicht mehr so häufig zu sehen.

Es war bekannt, daß die alten Wärter des Evin-Gefängnisses gegen Maysam waren. Jabbari, eine Revolutionswächterin, die für die Frauenabteilung verantwortlich war, nahm gar keine Notiz von ihm. Einmal sagte sie im Beisein anderer Gefangener: »Was für ein Esel ist dieser Maysam?«

Die Tage waren bedrückend. Wir reagierten hochempfindlich aufeinander. Die Volksmodjahedin verlangten von uns, während der Gebetszeiten den Fernseher auszuschalten oder erst nach ihrem Gebet mit dem Essen zu beginnen. Manchmal gab es heftige Auseinandersetzungen. Es war eine harte Zeit, und wir waren auch miteinander sehr hart.

Zwei politische Ereignisse bewegten meine Gedanken: der Bericht der UN-Menschenrechtskommission und die Verhaftung von Mehdi Hashemi, einem engen Mitarbeiter des Ayatollah Montazeri. Dadurch wurde meiner Meinung nach die Position von Ayatollah Montazeri erheblich geschwächt, und das konnte einen direkten Einfluß auf das Leben der Gefangenen haben.

Die Vorstellung, daß Ladjevardi wieder zurückkommen könnte, rief Trauer und Angst in mir wach. Würde ich die Kraft haben, die furchtbaren Jahre noch einmal durchzustehen? Ein Alptraum, den ich bis heute nicht vergessen kann, war wahrscheinlich das Ergebnis dieser beklemmenden Situation: Ich träumte, daß eine der stärksten und widerstandsfähigsten Frauen in unsere Abteilung zurückgebracht wurde. In meinem Traum war sie eine Kleinwüchsige, aber sie hatte die gleiche Kleidung an wie immer. Der Gefängniswärter führte sie an der Hand und präsentierte sie vor jeder einzelnen Zelle. Sie sprang mit leeren Augen und einem naiv-dummen Lächeln von einer Ecke zur anderen.

Mehdi Hashemi erschien kurze Zeit nach seiner Verhaftung im Fernseher. Er beichtete, daß er seine Leute in das Korps der Revolutionswächter eingeschleust hatte und es ihm so gelungen war, ein Waffenarsenal in Isfahan anzulegen. Dann gab er zu, zusammen mit seinen Leuten in der Schah-Zeit einen monarchistischen Geistlichen und eine Prostituierte getötet zu haben. Detailliert schilderte er, wir sie ihr Opfer mit dem Schwert, dem Symbol der Gerechtigkeit Alis, töteten. Diese Ereignisse lagen damals allerdings schon zwölf Jahre zurück und waren in der Schah-Zeit passiert. Welche Folterungen hatten Hashemi zu seinen Bekenntnissen getrieben? Wenn ich daran dachte, spürte ich ein gewisses Mitleid mit ihm, aber dann dachte ich an die ermordete Prostituierte, und mein Mitleid verblaßte.

Kurz vor seiner Hinrichtung erschien er erneut im Fernsehen: »Ich bin ein Verderbter, ein Verschwörer. Im Gefängnis und in Untersuchungshaft habe ich wunderbare Augenblicke erlebt. Hier habe ich die Wurzeln meines verdorbenen Wesens erkannt.« Am Ende flehte er Khomeini jämmerlich an, ihm zu vergeben. Später las ich die Nachricht von seiner Hinrichtung in der Tageszeitung.

Das andere Thema, das mich ständig beschäftigte, waren die Reaktionen der sozialistischen Länder auf den Bericht der UN-Menschenrechtskommission, aus dem klar hervorging, daß der Iran die Menschenrechte mißachtete. Die UNO wollte eine Resolution gegen die Islamische Republik beschließen, die jedoch von der Sowjetunion und den Ostblockländern nicht unterstützt wurde. Nach meiner sozialistischen Überzeugung mußten gerade diese Länder sich gegen jegliche Unterdrückung und Menschenrechtsverletzung wenden. Ihre Erklärung, daß sich Amerika und der Westen hinter den Menschenrechten versteckten, um ihre imperialistischen Ziele zu verfolgen, schien mir nicht glaubhaft. Diese widersprüchlichen Gedanken verfolgten mich.

Als der Winter 1986 zu Ende ging, wurde ich völlig überraschend in die Abteilung 2 verlegt. Ich wollte meine Zelle nicht verlassen: nicht allein wegen meiner Freundinnen, sondern irgendwie hatte ich mich in die Wände, Türen und alles verliebt; das war mein Zuhause, hier war ich ein wenig zur Ruhe gekommen, auf eine Art war ich glücklich. Die Verlegung bot andererseits die Gelegenheit, der Sackgasse, die wir uns in dem engen Raum geschaffen hatten, zu entfliehen. Dicht nebeneinander zu sitzen, zu leben, aus Höflichkeit Auseinandersetzungen zu vermeiden, die wahren Gefühle zu verstecken – dies alles erzeugt Spannungen und Verstimmung. Eine neue Zelle bedeutete Abwechslung, auch in den eintönig gewordenen Freundschaften, denn mit der Zeit war Langeweile in unsere Beziehungen eingekehrt, sie glichen einem alten Buch, das man zu oft gelesen hat.

Wir wollten lieben und geliebt werden. Als ich die Zelle verließ, war Goli sehr unglücklich. Vielleicht war sie aber auch in ihrem tiefsten Inneren damit zufrieden. Meine Anwesenheit schien sie zu kränken, doch trotz allem hatte sie mich lieb und konnte mich nicht ignorieren. Sie litt unter diesem doppelten Gefühl aus Liebe und Überdruß, das mir selbst sehr gut bekannt war. In Abteilung 2 kannte ich fast niemanden. Ich suchte Mahshid, eine alte Bekannte, von der ich gehört hatte, daß sie verhaftet worden war; ich vermutete sie in dieser Abteilung. Nach langem Suchen fand ich sie tatsächlich: Sie saß in ihrer Zelle vor dem Fenster, an die Wand gelehnt, mit verschlossenen Augen, und sonnte sich. Ich schlich zu ihr und sprach sie leise an. Als sie meine Stimme hörte, sprang sie hoch und fiel mir in die Arme, mit ihrer ganzen Größe, um die ich sie immer beneidet hatte. Sie kam mir ein wenig gealtert vor. Wir saßen nebeneinander an der Wand, als ich plötzlich eine Verbrennungswunde auf ihrem Unterschenkel entdeckte. Ich beugte mich, um ihre Fußsohlen zu betrachten. Die Haut war abgefetzt. Mahshid zog ihre Füße zurück und lachte. Sie war über vierzig Jahre alt und stammte aus einer großen, angesehenen Familie. Vor ihrer Verhaftung hatte sie viele Jahre an einem Gymnasium unterrichtet. Ihr Bruder, der jüngste Sohn der Familie, und seine Frau waren verhaftet und nach kurzer Zeit hingerichtet worden.

Dieses Unglück hatte seinen Schatten über die ganze Familie geworfen. Mahshid hatte keine Verbindungen zu irgendwelchen politischen Gruppierungen, sie war nur auf Verdacht inhaftiert und gefoltert worden. Sie dachte ständig mit Sorge an ihre Mutter und an ihren kleinen Bruder, der geistig zurückgeblieben war. Seinetwegen hatte sie nie geheiratet, sie war sein einziger Halt. Nach der Verhaftung war sie sofort aus dem Schuldienst entlassen worden, das machte sie tief unglücklich. »Wenn ich nicht mehr arbeiten kann, gehe ich ein.« Ich tröstete sie: »Es gibt doch tausend andere Tätigkeiten.« Sie erwiderte: »Aber ich kann nicht mehr, ich habe keine Energie.« Nach Folter und langer Isolationshaft litt sie unter ernsthaften Herzproblemen.

Ich hatte mich gerade in der neuen Abteilung eingelebt, als wir schon wieder unsere Sachen packen mußten. Ich verabschiedete mich von Mahshid, legte meinen Kopf auf ihre Schulter und weinte. Zum Jahrestag der Hinrichtung der Frau ihres Bruders hatte ich ein Tuch bestickt und schenkte es ihr jetzt. Der Abschied fiel mir schwer, aber ich mußte gehen.

Wir wurden in eine leerstehende Abteilung gebracht. Alles war schmutzig, so daß wir am nächsten Tag gleich anfingen zu putzen. Wir waren müde, aber glücklich, etwas machen zu können.

Dann kam jener Frühlingstag, der mir sehr wichtig und lieb ist: Ich dachte an meinen Geliebten. Bei Sonnenuntergang hatten wir uns unsere Liebe eingestanden. Diesen Frühling jährte es sich zum sechsten Mal. Ich habe diesen Tag jedes Jahr für mich gefeiert. Es war zu intim, um andere daran teilhaben zu lassen oder darüber zu reden, der Tag gehörte nur uns beiden. Ich zog meine beste Kleidung an, duschte, wenn es möglich war, und machte mich für meinen Geliebten schön, obwohl er nicht bei mir war. Ich versuchte, ganz allein zu sein und mich an jedes schöne, kleine Detail zu erinnern, aber mein Lächeln versteckte ich vor niemandem.

Dann hörten wir, daß einige Gefangene ins Gohardasht-Gefängnis verlegt werden sollten, und waren neugierig, ob dieses Gerücht stimmte. Sharareh, die immer einen guten Riecher hatte, behielt wieder recht. Ich wollte auch gerne dahin. Das Gohardasht-Gefängnis kannte ich noch nicht und sagte zu Sharareh: »Das wäre doch zu schade. So viele Jahre seines Lebens verbringt man in verschiedenen Gefängnissen und soll das Gohardasht-Gefängnis nicht kennenlernen!«

Unbewußt sehnte ich mich nach etwas Neuem in diesem langweiligen, eintönigen Leben. An Freiheit konnte man gar nicht erst denken, und es war auch sinnlos, auf ein Wunder zu warten, also schien die Verlegung in ein unbekanntes Gefängnis verlockend. Manchmal wünschte ich mir sogar eine Einzelzelle, um meine Ruhe zu haben und fern von all den ständigen Problemen und Reibereien zu sein.

Das Gohardasht-Gefängnis

Mit unserer Vermutung lagen wir richtig. Spät nachts, als wir gerade ins Bett gehen wollten, wurde über die Lautsprecher gemeldet: »Die nachfolgenden Personen müssen sich morgen früh mit all ihren Sachen zur Verlegung bereithalten.« Unter den mehr als zwanzig Namen war auch meiner. Sharareh wurde nicht aufgerufen. Sie war bedrückt, denn seit einem Jahr waren wir überall zusammen und liebten uns wie zwei unzertrennliche Schwestern. Ich tröstete sie und sagte ihr, daß sie bestimmt bald nachkommen werde.

Am Morgen danach stand ich mit den anderen Gefangenen vor dem Gebäude 216 und wartete auf den Bus. In unserem tristen Alltag war die Reise von einem Gefängnis zum anderen ein glückliches Ereignis. Ich wünschte mir, ewig im Bus zu sitzen und zu fahren ... Beim Aussteigen konnte ich meinen Blick nicht von der langen Mauer lösen. Sie war noch höher und gigantischer als die der anderen Gefängnisse, in denen ich schon gesessen hatte. Ich dachte mir, wenn jedes der vielen kleinen Fenster zu einer Zelle gehörte, dann mußte es hier unendlich viele Zellen geben, und die Islamische Republik durfte stolz sein, das allergrößte Gefängnis im mittleren Osten gebaut zu haben.

Das eiserne Tor wurde mit einem schneidenden, ohrenbetäubenden Gequietsche zugeschlagen. Schon nach einer Stunde befanden wir uns in der Abteilung. An beiden Seiten des Flurs lagen hintereinander viele Einzelzellen. Früher saßen hier die Gefangenen allein hinter verschlossenen Türen, aber jetzt standen sie offen; einst herrschte hier tödliche Stille, jetzt schallte von überall Lachen über den Flur. Die Wärterin fragte zu meinem großen Erstaunen: »Wer hält das Fasten, und wer nicht?«, damit sie wußte, wem sie mittags das Essen bringen sollte. Sie hatten unsere Rechte offenbar anerkannt.

Jeden Tag hatten wir zwei Stunden Hofgang, und so konnten wir uns ein wenig austoben. Leider gab es keine Beete oder Blumen. Bestimmte Ecken waren verbotene Zonen, weil dahinter die Männerabteilungen lagen. Mit viel Mühe gelang es uns, Verbindung mit ihnen aufzunehmen. Ein paar Mal warfen sie uns kleine zusammengefaltete Zettelchen herunter, die wir schnell durchlasen und vernichteten. Wir versuchten, uns den Inhalt zu merken, damit wir ihn den anderen weitererzählen konnten, aber von Mund zu Mund rückten die Nachrichten natürlich immer weiter von dem Original ab.

Wir trieben fast alle Sport und machten lange Dauerläufe. Bei den Volksmodjahedin, zahlenmäßig die stärkste Gruppe, hatte der Sport militärische Züge: Wie Soldaten liefen sie in einer Reihe, nach der vierten Runde stampften sie mit den Füßen auf den Boden. Das war ein imposantes Getöse. Anschließend stellten sie sich in der Mitte des Hofes sehr diszipliniert auf, zählten laut und machten im Rhythmus dazu Gymnastik. Eigentlich war Sport verboten, erst recht in Gruppen. Aber sie achteten einfach nicht auf die Bestimmungen.

In unserer Abteilung, am Ende des Ganges neben unserer Zelle, war eine breite eiserne Tür, niedrig und mysteriös. Ein paar Mal hörten wir Geräusche hervordringen. Wir klebten unsere Ohren an die Tür in der Hoffnung, etwas herauszufinden. Von der anderen Seite drangen Lärm und Tumult zu uns. Manchmal klopfte auch irgend jemand dumpf. Was ging bloß hinter der unheimlichen Tür vor?

Eines Tages schickten sie uns zum Hofgang und ließen die Eisentür »zufällig« offen stehen: Das sollte wahrscheinlich eine Ermahnung und Drohung sein. Wir sahen, daß sich hinter der Tür eine finstere Garage mit tiefem Dach befand, ohne Fenster, mit Zementboden. Durch das vom Gang einfallende Licht wurden Sätze und Bilder an den Wänden erkennbar.

Später erzählte mir Goli, daß sie mehrmals einige Stunden in diesem schwarzen, stickigen Loch verbringen mußte. Der Keller hieß »die Gaszelle«. Sie stießen mehrere Gefangene gleichzeitig hinein, und nach ein paar Stunden, wenn alle unter Atemnot litten und bewegungslos auf dem Boden lagen, zerrten sie die Leute wieder heraus und verhörten sie weiter.

Eines Nachmittags im Sommer 87 wurde mein Name ausgerufen. Auf diesen Moment hatte ich schon gewartet, denn meine Haftzeit sollte in ein paar Wochen ablaufen. Hinter einem Wärter ging ich über endlose Gänge und Treppen. Das Gebäude war weit verzweigt wie ein Labyrinth. Schließlich kamen wir zu einem Büro, in dem bereits mehrere Gefangene saßen. Ich mußte ein Formular ausfüllen.

Die Frage über meine politische Meinung beantwortete ich nicht und schrieb dafür auf das Formular: »Ich protestiere gegen die Überprüfung der politischen Meinung.« Die letzte Frage lautete: »Sind Sie bereit, Ihre Abscheu gegenüber allen antirevolutionären Gruppierungen, besonders gegen Ihre eigene, bekanntzugeben?«

Ich schrieb: »Nein.«

Der Mann, der hinter dem Tisch das Formular in Empfang nahm, schimpfte entgegen meinen Erwartungen nicht sofort los, als er meine Antworten las. Als ich vier Jahre zuvor das Interview kategorisch abgelehnt hatte, hatte mich der Verhörer geschlagen. Jetzt sagte der Mann gleichgültig: »Solange du unsere Bedingungen nicht akzeptierst, bleibst du im Gefängnis!«

Ein wenig beunruhigt ging ich hinaus. Vieles ging mir gleichzeitig durch den Kopf. Sicher wird meine Strafe wieder verlängert, und ich muß viele weitere Jahre bleiben. Aber warum über die Zukunft spekulieren! Es war eine Art von Widerstand, nicht auf alle Bedingungen einzugehen.

Viele meiner Mitgefangenen kamen gerade wegen dieser verdammten Bedingungen nicht frei. Aus unterschiedlichen Gründen wollten sie nicht nachgeben und Reue zeigen. Ein Satz der Reue – dabei ändert sich die innere Überzeugung nicht. Das war nur eine Äußerlichkeit. Aber wir wollten unsere konträre Meinung offen zum Ausdruck bringen, sogar in dieser schwierigen Lage.

Viele Verwandte setzten ihre Kinder unter Druck, die Bedingungen zu akzeptieren. Es erschien ihnen dumm, nur wegen eines Satzes im Gefängnis zu bleiben. Die Propagandamaschinerie meldete überall, daß wir selbst die Freiheit gar nicht wollten.

Eines Tages, als ich im Hof joggte, kam ein Wärter zu mir, und ich mußte ihm folgen. Ich ging mit ihm in unsere Abteilung, packte meine Sachen eilig zusammen und verabschiedete mich. Nach dem Mittagessen stieg ich mit drei anderen Gefangenen in ein Auto ein.

Einzelzelle

Abends standen wir vor einem Gebäude des Evin-Gefängnisses, das mir völlig fremd vorkam. Ob es das Gebäude war, in dem ich schon einmal während der Schah-Zeit ein paar Monate gesessen hatte? Von weitem kam Frauenlärm. Wir liefen einen langen Gang im Erdgeschoß entlang, und ich kam zusammen mit meinen drei Reisegefährtinnen in eine Zelle. Bald darauf kam jede von uns in eine Einzelzelle.

Nach einem Monat wurde ich aus meiner Einzelzelle geholt und wieder vor Gericht gebracht. Sie stellten mir nur eine einzige Frage: »Bist du bereit zu einem Interview?« Meine Antwort war klar: »Nein!«

Zur Strafe hoben sie die Begnadigung auf, und damit war mein altes Urteil, zehn Jahre Haft, wieder in Kraft. Das bedeutete: Nach sechs Jahren mußte ich nochmals sieben Jahre im Gefängnis bleiben.

In meiner Nachbarzelle wurde eine Frau angesiedelt. Ihrer Stimme nach mußte sie mittleren Alters sein. Manchmal konnten wir ein bißchen miteinander durch die Türluken reden. Sie war im Irak im Lager der Volksmodjahedin gewesen. Ihr demütiges Verhalten gegenüber den Wärterinnen, die sie verspotteten, paßte irgendwie nicht dazu. Auf dem Weg vom Irak in den Iran war sie aufgegriffen worden. Einmal sagte sie: »Ich habe Mariyam Radjawi persönlich getroffen. Aus ihrem eigenen Munde habe ich gehört, daß sie immer an die Gefangenen denkt.« Ich ließ meine Nachbarin wissen, daß ich nicht zu den Volksmodjahedin gehöre. Eine kurze Stille unterbrach unser Gespräch, dann sagte sie: »Das ist nicht wichtig, wir sind doch alle Gefangene.«

Da mischte sich in unser Gespräch eine weitere Stimme ein, die aus der anderen Nachbarzelle kam. Anscheinend kannten sich die beiden. Sie nannte sie Mutter. Anfangs vermittelte ich ihre Gespräche von einer zur anderen Zellenwand, aber dann stellte ich fest, daß sie ihre Stimmen hören konnten, und mischte mich nicht mehr ein. Sie unterhielten sich über Verhaftungen und nannten mehrere Namen.

Die ältere Frau verhielt sich rätselhaft. Wenn die Wärterinnen kamen, rief sie laut: »Tod Radjawi!« Einmal sagte ich zu ihr: »Ich verstehe dich nicht. Willst du dich bei den Wärterinnen einschmeicheln? Das hat sowieso keinen Einfluß auf deine Zukunft. Du machst dich in ihren Augen nur lächerlich.« Sie antwortete: »Ach, ich mache mich nur lustig über sie und versuche, sie zu überlisten.«

Die Gefangene zu meiner Linken war schon öfter in Gefangenschaft gewesen. Monatelang hatte sie im Gohardasht-Gefängnis in einer Isolierzelle gesessen. Nach mehreren Jahren hatte man sie freigelassen, aber beim Versuch, den Iran illegal zu verlassen, wurde sie wieder verhaftet. Wir versuchten zuerst, uns durch Morsezeichen zu verständigen. Aber ich beherrschte das Morsen nicht so gut wie sie. Deshalb zogen wir es vor, nachmittags, wenn es etwas ruhiger wurde, durch die Türluke miteinander zu sprechen.

In meiner Einsamkeit dachte ich oft an den Mann, den ich liebte. Obwohl mehrere Jahre seit meiner Verhaftung vergangen waren, hatten meine tiefen Gefühle für ihn nicht nachgelassen. Einmal schrieb ich auf meine Handinnenfläche: »Ich bin nicht allein, er ist immer bei mir.« Als meine Schwester mich besuchte, legte ich meine Hand kurz auf die Scheibe zwischen uns, so daß sie es lesen konnte. Ich sah Tränen in ihren Augen. Wenn ich gewußt hätte, daß sie das traurig stimmt, hätte ich es nicht getan.

Die Welt der Einzelhaft ist eine Welt für sich. Je ausgeprägter die Vorstellungskraft und je stärker die Phantasie ist, desto leichter kann man die endlosen Stunden verkraften. Ich versuchte, die kleinsten Erinnerungen vor meinen Augen ablaufen zu lassen. Besonders die Bilder von der Natur holte ich mir lebendig vor Augen. Manchmal konzentrierte ich mich auf Bücher und Filme, die ich in Freiheit gelesen und gesehen hatte. Auch Ereignisse, die bereits tief abgesunken waren, holte ich mir zurück ins Gedächtnis. Ich durfte mich glücklich schätzen, weil ich viel mehr Erlebnisse im Gepäck hatte als die jungen Schülerinnen, die verhaftet worden waren. Der Rucksack meines Lebens war voller Erinnerungen, mit zahllosen Hochs und Tiefs.

In dem kleinen, begrenzten Rahmen des Gefängnislebens gewöhnt sich der Mensch an das langsame Tempo und das eintönige, simpel geordnete Leben. Jede kleine Veränderung, sei sie auch unwichtig, versetzt ihn in einen angespannten Zustand. Dann ist er bereit, harte Auseinandersetzungen in Kauf zu nehmen, um sich gegen die auferlegte Veränderung zu wehren. Eine lange Woche wartet man darauf, endlich baden zu können und nach dem Bad eine halbe Stunde im Hof spazierenzugehen. Man ist abhängig von den Launen der Wärterinnen, denen diese kümmerlichen Wünsche gleichgültig sind. Am ersehnten Tag kommt eine neue Wärterin und sagt: »Heute ist nicht dein Badetag«, oder: »Das Wasser ist kalt«. Das Glück ist auf einmal wie weggeblasen. Das Warten bringt die Gefangenen an die Grenze des Erstickens.

Jede Bewegung auf dem Gang bekommt man mit. Mit der Zeit wird man hellhörig. Man erkennt jeden an seinem Schritt, und wenn man einen Schlüssel im Schloß hört, weiß man gleich, welche Zelle geöffnet oder geschlossen wird. Man horcht auf jedes Wort, das zwischen Wärtern und Gefangenen gewechselt wird. In dieser kleinen, grotesken Welt fühlt man sich wie ein altes, sensationslüsternes Klatschweib, das auf die Geheimnisse der Nachbarn lauert.

Um zwei Uhr mußte die Tür der Zelle 1 geöffnet werden. Wenn ich um diese Zeit keine Geräusche hörte, wußte ich gleich, daß die Wärterin sich verspätet hat. Man zählt das Öffnen und Schließen der Zellentüren mit. So weiß man, wann man selbst an der Reihe ist. Fix und fertig steht man hinter der Tür. Endlich wird die Tür geöffnet. Man rennt zur Toilette, und man rennt wieder zurück in die Zelle.

In der Einzelzelle hat man eine intensive Verbindung zu den Wärtern. Jede Veränderung an ihnen nimmt man ganz genau wahr. In der letzten Zeit trugen sie nicht mehr diese schwarzen, schlampigen Kittel, sondern schickere Modelle. Die fest umgebundenen Kopftücher hatten sie mit lose umgelegten, farbenfrohen Tüchern vertauscht.

Saberi, eine der jüngsten Wärterinnen, die ein hübsches Gesicht hatte, war richtig locker geworden. Ihren Dienst nahm sie zwar sehr ernst, aber sie ließ uns auch mal außer der Reihe zur Toilette gehen. Sie hatte immer einen Kaugummi im Mund. Ihr lautes Kichern schallte über den Gang, wenn sie mit anderen jungen Wärterinnen zusammenstand. Einmal fragte sie mich, als sie das Abendessen verteilte: »Mit einem einzigen Wort kannst du dein Leben retten und freikommen, welchen Nutzen hat das denn für dich, im Gefängnis zu sitzen? Warum nimmst du die Sache so ernst?«

Ich stellte ihr eine Gegenfrage: »Wenn Sie an meiner Stelle wären, was würden Sie tun? Würden Sie tun, was von Ihnen verlangt wird?« Gleichgültig zuckte sie mit den Schultern: »Ja, sicher!« Oft sah ich, wie sie sich müde an die Wand lehnte und nachdachte. Ich glaube nicht, daß sie mit ihrer Tätigkeit zufrieden war. Ein paar Monate später waren Saberi und einige andere Wärterinnen verschwunden. Wahrscheinlich hatten sie ihren Dienst getan und konnten jetzt ohne Aufnahmeprüfung an der Universität studieren.

Die Wärterin Yusefi war ganz anders. Sie unterhielt sich vertrauensvoll mit den Gefangenen. In unserer Abteilung gab es mehrere nichtpolitische Häftlinge. Sie diskutierten mit ihr über ihre Schuld beziehungsweise Unschuld. Sie war fast wie eine alte Tante für sie. Eine Frau, die auch zu den Nichtpolitischen gehörte, begann nachmittags immer zu weinen. Einmal erzählte sie, daß sie in einem Personenwagen mit einem Mulla zusammen erwischt und verhaftet worden war. Der Rang des Geistlichen hatte keinen Einfluß auf ihre Lage. Im Gefängnis sagte man ihr, dieser Mann sei nur ein Scheinmulla. Sie gab einer anderen Frau, die wegen des gleichen Vergehens verhaftet worden war, den guten Rat: »Es ist besser, wenn du bei den Verhören behauptest, daß du mit dem Mann eine kurze Ehe geschlossen hattest.« Die andere antwortete: »Die haben den Mann so lange geschlagen, bis er am Ende gebeichtet hat, daß wir nur befreundet waren.«

Yusefi erlaubte manchen Gefangenen, nachmittags die Flure zu putzen. Hin und wieder sah ich junge Gefangene, die den Mosaikboden wischten, aber sie sprachen nie mit uns. Einmal warf eine von ihnen plötzlich eine Zeitung in meine Zelle. Ich war so schockiert, daß ich keine Reaktion zeigen konnte. Nach ein paar Minuten erkannte ich die Stimme. Es war Farah. Laut rief sie mir zu: »Hast du sie bekommen oder nicht?« Die Wärterinnen kamen während des Putzens nicht auf den Gang, weil er naß war und sie befürchteten, unrein zu werden. Später nutzten wir diese Gelegenheit, um miteinander zu reden. Die Frauen, die putzten, mischten sich nicht in die Gespräche ein, aber wenn sie eine Wärterin sahen, riefen sie laut: »Ruhe, nicht reden!«

Am Anfang war auch eine Frau namens Nasi unter den Flurputzerinnen. Sie war wegen Prostitution verhaftet und zur Hinrichtung verurteilt worden. Nun saß sie bereits mehrere Jahre im Gefängnis. Die Wärterinnen trösteten sie: »Weil du Reue gezeigt hast, wird deine Todesstrafe bestimmt in ›lebenslänglich‹ umgewandelt.« Eines Tages hörten wir aus den Zellen am Anfang des Flurs weinende Stimmen. Ein paar Tage lang wurden die Gänge nicht gewischt. Dann waren wieder zwei Gefangene zum Putzen auf dem Gang. Nasi und Farah waren nicht mehr dabei. Sie waren hingerichtet worden.

In der Zeitung las ich, daß in dem Ort Tadjrish, der am Albors-Gebirge über dem Evin-Gefängnis liegt, bei einer Überschwemmung nach starken Regenfällen mehrere Häuser eingestürzt waren. Dabei hatte es viele Verletzte und Tote gegeben. Sofort schoß mir ein Gedanke durch den Kopf: Wenn das Gefängnis auch überschwemmt wird, dann besteht wahrscheinlich die Möglichkeit zu flüchten. Vorsichtshalber steckte ich mein Geld und meine Uhr in die Tasche und wartete hinter der Zellentür, um bei einer eventuellen Gelegenheit sofort weglaufen zu können. Unglücklicherweise hörte es auf zu regnen. Ich blieb also, wo ich war.

In dieser Woche sah ich im Hof Donyas Wäsche auf den Leinen. Als ich das nächste Mal da war, hing ihre Wäsche immer noch auf der Leine. Das war das vereinbarte Zeichen für die anderen Gefangenen, daß sie freigelassen worden war.

Eines Nachmittags erhielt ich den Befehl, meine Sachen zu pakken. Ich war glücklich, daß die Isolationshaft ein Ende hatte. Aber als ich mit den Bündeln in der Zelle saß, wanderten meine Augen über die Wände der Zelle. Über mich legte sich ein Schatten der Schwermut. Zu meinem kleinen feuchten Nest hatte ich eine innere Beziehung gewonnen. Aber trotzdem war ich erleichtert, daß ich bald wieder in einer Gemeinschaftszelle landen würde. Zusammen mit einigen anderen wurde ich aus der Isolationshaft verlegt.

Ein Baum im Hof

Wir wurden zu einem Gebäude gefahren, das ich aus meiner Haft während des Schah-Regimes kannte. Damals gab es keine Treppe zu der Abteilung. Frau Hosseini, die Frau des damaligen Gefängnisdirektors, zog uns an den Händen hinauf. Ihr Mann hat als der berüchtigtste Folterer der Schah-Zeit Berühmtheit erlangt. Er brachte sich um, als ihn die Revolutionswächter nach der Islamischen Revolution verhaften wollten.

Jetzt aber führte eine Treppe nach oben. Der Wärter öffnete mir die Tür, und ich marschierte in meine neue Abteilung hinein. Freudestrahlend kamen mir meine Freundinnen und Bekannten entgegengelaufen. Ein unerklärbares Gefühl zog mich aber zuerst zum Hof. Er war trist und von langen Mauern umrahmt. Hinter einem Mauerrand erblickte ich eine Platane, deren Zweige und Blätter in der leichten Brise tanzten. Zart und melodisch rauschten die Blätter, und die untergehende Sonne bildete die Kulisse dazu. Vor wie vielen Jahren hatte ich den letzten Baum gesehen?

In der Schah-Zeit hatten wir nachmittags auf dem Hof Volleyball gespielt. Wie viele Jahre waren inzwischen vergangen? Mitten im Spiel erschien ein Gefängniswärter auf dem Balkon und las einige Namen vor. Das war Ende Oktober 1978. Damals weinte ich sehr viel und war gleichzeitig überglücklich. Elf Leute, darunter ich, mußten bleiben, die anderen kamen frei. Draußen wartete eine Menschenmenge, die Leute küßten sich und feierten. Traumhafte Tage waren das!

Diese Abteilung hatte eine ungewöhnliche Architektur: Sie bestand aus fünf Räumen auf zwei Etagen. Ich war wieder mit Sharareh zusammen. Von morgens bis abends liefen wir die Treppe rauf und runter, setzten uns auch auf die Stufen und sprachen über alles, was uns bewegte und was wir in der letzten Zeit erlebt hatten.

In unserer Abteilung entwickelte sich eifrige Aktivität. Wir lernten Fremdsprachen, lasen Bücher oder trieben Sport. Der Sport nahm uns so in Anspruch, daß sogar die Zeit knapp wurde. Vormittags war Volleyball-Training, eine ernsthafte Sache, denn nur wer im Training erfolgreich war, konnte an den Wettbewerben teilnehmen. Ich saß immer unter den Zuschauerinnen und durfte die Spielerinnen anfeuern. Ungeduldig warteten wir darauf, daß der Ball von unseren Stars Foruzan oder Sudabeh über das Netz geschlagen wurde. In dieser Zeit stellte sich eine gewisse Zufriedenheit unter uns ein, wir lebten ruhig zusammen, und Empfindlichkeiten oder Kränkungen gab es nur noch sehr selten.

Wir beschlossen, unser tägliches Zeitungsstudium gezielter zu betreiben: Jede von uns suchte sich ein wichtiges Tagesthema aus, sammelte die Nachrichten aus dem Fernsehen und aus den Zeitungen dazu, erstellte eine eigene Analyse und hielt ein Referat. Zum ersten Mal in der ganzen Zeit meiner Gefangenschaft bot sich mir die Gelegenheit, meine Gedanken systematisch aufzubauen und in eine ordentliche Form zu fassen. Manchmal schrieben wir unsere Analyse auch nieder und gaben sie den anderen Gefangenen zum Studieren und Lesen.

Roghiyeh litt schon lange unter Tuberkulose, aber ihre Krankheit war erst jetzt anerkannt worden. Sie durfte nun täglich mehrere Stunden in der Sonne bleiben. Sie sammelte mit einer Freundin Blütenblätter in kleinen Penizillinflaschen, mischte ein wenig Wasser darunter und stellte so Naturfarben her. Die Knochen, die wir ab und an im Essen fanden, trockneten sie in der Sonne und strichen sie mit der Farbe an. Aus den bunten Knochen bastelten sie in ihrer kleinen Werkstatt, die sie sich in einer Ecke eingerichtet hatten, niedliche Figürchen.

Farzaneh hockte wie immer in der Nähe der Eingangstür. In den Jahren 1983 und 84 hatte sie im Ghezelhessar-Gefängnis in der Kiste gesessen. Kaum der Kiste entronnen, wurde sie für mehrere Monate in eine Einzelle gesperrt. Effat, die wie Farzaneh zu den Volksmodjahedin gehörte, behauptete, daß sie absichtlich die Irre spielte. Wir wußten alle, daß das nicht zutraf – die Wahrheit war, daß Effat und ihre Gesinnungsgenossinnen selbst krank waren, sie verhielten sich extrem asozial und fanatisch und kannten nichts anderes als Kränkungen, Beleidigungen, Belästigungen und Feindschaft gegenüber den anderen Gefangenen.

Ich kannte Farzaneh seit 1981. Damals war sie nach einer kurzen Periode der Freiheit erneut zusammen mit ihrer kleinen Tochter inhaftiert worden. Die Tawabs haßten sie. Es hieß, sie sei im Haus von Mussa Khiabani, einer führenden Persönlichkeit der Volksmodjahedin, verhaftet worden. Die Tawabs haßten sogar ihr Kind. Einmal nahmen sie die Kleine mit, angeblich, um mit ihr zu spielen, aber sie hatten vor, sie zu quälen, zogen ihre Beine so weit auseinander, daß das Kind nachher lange Schmerzen hatte.

Farzaneh hatte ihr Gedächtnis verloren. Sie verkroch sich während Tagen und Wochen unter ihrer Wolldecke, ging nicht einmal auf die Toilette und ließ sich schon gar nicht dazu bewegen, ins Bad zu gehen. Sie stank bestialisch, meterweit konnte man sie riechen. Ihr Kopf war kahlrasiert. Manchmal nahm sie mehrere Tage lang nichts zu sich, aber mit einem Mal stand sie auf, suchte in jedem Zimmer nach etwas Eßbarem und stopfte alles in sich hinein, was sie nur finden konnte. Niemand konnte etwas dagegen unternehmen. Äußerst selten ging sie auf den Hof.

Einmal zog sie all ihre Kleidung aus und stand mehrere Stunden nackt da, die Arme in die Hüften gestützt, den Kopf hoch erhoben: eine Statue aus Haut und Knochen. Kein Funken von Leben war in ihr zu sehen. Mutter konnte einigermaßen gut mit ihr umgehen, sie redete ihr gut zu und überzeugte sie schließlich davon, sich wieder anzuziehen.

Bevor Farzaneh zu uns kam, hatte sie in einer Einzelzelle gesessen. Einige Gefangene beschwerten sich schriftlich darüber, daß sie in unsere Abteilung verlegt worden war, und traten in einen Streik. Sie schrieben, daß das Gefängnis und die Folterungen die Ursache für den Zustand von Farzaneh seien und daß sie medizinisch behandelt werden müsse. Aber wegen einer schwerkranken Person zu streiken, hielten manche Mitgefangene nicht für eine angemessene Aktion. Die Streikenden mußten später zum Verhör, wo sie klar und deutlich verwarnt wurden.

Unter uns waren zwei Ärztinnen. Eine von ihnen, Mahwash Keshawarz, verlangte nachdrücklich, daß Farzaneh eine Therapie gewährt würde. Wegen dieses Protests wurde Mahwash wieder in Isolationshaft gebracht. Sie hatte die letzten neun Jahre im Gefängnis unter äußerst harten Umständen zugebracht, weil sie die Freilassungsbedingungen nicht akzeptieren wollte. Über einen langen Zeitraum wurde sie gefoltert. Mahwash beging zwei Jahre nach ihrer Freilassung, im Jahre 1992, Selbstmord.

Nach ein paar Wochen wurde Farzaneh wieder in eine Einzelzelle gesperrt.

Der Sommer 1987 ging zu Ende. Die Bäume im Hof färbten sich nach und nach gelb, sie wiegten sich in jeder leichten Brise und warfen sanft ihr Laub auf den Boden. Die leichte, kühle Luft, die die Kunde vom Herbst mit sich wehte, war nach dem heißen Sommer wohltuend und erfrischend.

Wieder stand uns eine Verlegung bevor. Wir hofften, daß es damit noch ein bißchen Zeit hätte, aber unser Wunsch wurde nicht erfüllt. An einem der ersten Herbsttage mußten wir die Abteilung verlassen. Der Aufenthalt hier war für uns wie Urlaub in einem majestätischen Landhaus, und die Erinnerung daran hat sich tief in mein Gedächtnis gegraben.

In der allgemeinen Abteilung

In einem Minibus wurden wir in Gruppen zu einem großen Gebäude gefahren, das die Wärter »Sanatorium« nannten. Es war nach der Revolution 1983 von Gefangenen in Zwangsarbeit erbaut worden. In einem Gelände, das wir später als Ausgangshof nutzen konnten, mußten wir mit dem Gesicht zur Wand warten. Die Wärterinnen und Wärter schimpften ununterbrochen und brüllten Befehle. An diesem dunklen Abend schien alles furchterregend und beklemmend. In der Zelle stand ein dreistöckiges Bett und vor dem Fenster ein Regal. Ich zog mich zum Fenster hinauf und sah durch die eiserne Jalousie auf das Evin-Tal. Manche horchten an der Tür und berichteten, daß die zweite Gruppe in die Zelle neben uns einquartiert wurde. Durch Klopfzeichen nahmen wir wieder miteinander Kontakt auf.

Die ganze Umlegung dauerte bis Mitternacht. Ich war müde und zerschlagen, hatte Kopfschmerzen, und außerdem war mir kalt. Ich drehte mich in eine Wolldecke ein und setzte mich in eine Ecke. Die Vorstellung, wieder mit vielen Frauen in einer verschlossenen Zelle eingesperrt zu sein, machte mich wahnsinnig.

Am nächsten Morgen wurden die Türen geöffnet. Das kam völlig überraschend. Vor Freude stürzten wir alle auf den Gang, umarmten und küßten uns so herzlich, als wenn wir uns viele Monate nicht gesehen hätten. Unsere Sachen lagen durchwühlt auf dem Flur. Wir sortierten alles, richteten uns wieder ein und versuchten, Ordnung zu schaffen. Überall war es schmutzig, nach ein, zwei Stunden fingen wir an: Fenster, Türen, Regale, Böden – alles wurde gewissenhaft geputzt.

Um die Mittagszeit kam eine Wärterin und rief: »Ihr könnt euer Mittagessen abholen!« Das Essen stand im Erdgeschoß bereit, wir sollten also zwei Etagen hinuntergehen und alle schweren

Töpfe nach oben tragen. Wir beschwerten uns, aber die Wärterin sagte: »So ist das eben. Holt euer Essen, oder laßt es bleiben!« Wir protestierten weiter. Die Wärterin schlug einfach die Tür zu und ging weg. Die Nachricht, daß wir nichts zu essen hatten, verbreitete sich in Windeseile. Wir weigerten uns einige Tage, das Essen zu holen. Niemand konnte unsere Haltung in diesem Fall verstehen, besonders unsere Verwandten nicht. Wenn sie uns unterstützten, dann nur, weil sie dachten, es wäre für die schwachen Frauen zu schwer, die großen Töpfe hinaufzutragen.

Wir bekamen also nichts zu essen und mußten die Reste von den Nahrungsmitteln, die wir in unserem vorherigen Trakt gekauft hatten, rationieren. Ein paar Gefangene entschlossen sich, bei diesem Streik nicht mehr mitzumachen, und holten ihr Essen im Erdgeschoß ab. Zwischen uns brach ein Streit aus: Eine Partei war gegen den Streik, für die andere kam es nicht in Frage, den Wärtern die Arbeit des Essenausteilens abzunehmen. Nach und nach holten sich immer mehr Frauen ihr Essen ab, aber die Mehrheit, darunter auch ich, weigerte sich.

Zamani, der Vertreter des Ministeriums für Sicherheit und Information WAWAK, kam und sagte unmißverständlich: »Euer Protest hat keinerlei Einfluß auf die Gefängnisbestimmungen. Und wenn wir es eines Tages für richtig halten, werden wir euch sogar das Kochen übertragen.« Die Vorstellung, daß unsere Familien eines Tages die Kosten für uns übernehmen müßten oder daß wir unsere Magen nur durch Zwangsarbeit vollkriegen könnten, jagte uns Angst und Schrecken ein. Irgendwo hatte ich gelesen, daß in sehr ferner Vergangenheit die Gefangenen tagtäglich mit aneinandergeketteten Beinen auf den Marktplatz getrieben wurden, wo sie für ihr Essen betteln mußten.

Schließlich gaben wir unseren Streik auf und holten unser Essen im Erdgeschoß ab. Mutter aber streikte allein weiter. Sie war auch prinzipiell dagegen, zusätzliche Nahrungsmittel zu kaufen, weil sie davon überzeugt war, daß es die Pflicht des Staates sei, seine Gefangenen ausreichend zu ernähren. Das einzige, was sie zusätzlich kaufte, waren Hygieneartikel. Sogar Obst, meinte sie, müßten die Behörden den Gefangenen geben. Manchmal konnte sie wirklich stur sein, und hatte sie sich erstmal zu etwas entschlossen, war sie nie wieder bereit, sich umstimmen zu lassen. Diese Dickköpfigkeit hatte sie sich durch ihre Lebenserfahrungen erworben.

Einmal, als sie unterwegs zum Besuchersaal war, sah eine Wärterin, daß sie unter ihrem Tschador kein zusätzliches Kopftuch trug. Sie schickte sie wieder in die Zelle zurück und befahl ihr, ein Kopftuch anzulegen. Die Wärterinnen waren verpflichtet, uns zu ermahnen, falls bei der Besuchszeit Haare zu sehen waren. Mutter ging zurück in die Zelle, aber sie holte kein Kopftuch und ging auch nicht in den Besuchersaal.

Weil es ohnehin zwingend war, einen Tschador zu tragen, konnten wir solche Befehle hinnehmen. Aber Mutter wollte sich von diesen Backfischen nicht herumkommandieren lassen. Einmal sagte sie zu einer Wärterin: »Ich bin fünfzig Jahre alt, und ausgerechnet du kleines Mädchen willst mir beibringen, wie ich mich verschleiern soll?«

Mutter war mit sich selbst streng, anderen gegenüber aber war sie äußerst großzügig, und in der Gemeinschaft verhielt sie sich sehr demokratisch. Sie hatte auch über die Art, wie wir miteinander umgingen oder Beschlüsse faßten, ihre eigenen Vorstellungen. Für einen demokratischen Beschluß hielt sie es für erforderlich, daß sich alle Gefangenen versammeln, diskutieren und per Mehrheitsbeschluß entscheiden. Danach sollten alle die Beschlüsse akzeptieren. Einige unter uns, auch ich, waren grundsätzlich gleicher Meinung, aber das war im Gefängnis natürlich unmöglich, und einmal sagte ich zu Mutter: »Hier ist nicht der Hyde Park in London. Deine Vorstellung ist nicht durchführbar.«

Damals glaubte ich, es sei unter den gegebenen Umständen notwendig und sinnvoll, die wichtigen Beschlüsse einer bestimmten Gruppe zu überlassen. Ihre Entscheidung sollte nachher von allen ohne Wenn und Aber respektiert und befolgt werden.

Heute zweifle ich an meiner damaligen Argumentation. Wieviel wußte ich über Demokratie? Selbstverständlich ist es nicht leicht, einen Beschluß demokratisch zu fassen: Geduld, Selbstbeherrschung und Nachsicht sind notwendig. Sicherlich ist das in der Atmosphäre der Gefangenschaft mit Gefahr verbunden, aber wer ernsthaft daran festhalten möchte, muß auch die Schwierigkeiten annehmen. Und wer mitentscheidet, fühlt sich auch mitverantwortlich.

Nach und nach kehrte wieder der Alltag in unserer Abteilung ein. Nach über zwanzig Tagen Streik litten die meisten von uns unter Verstopfung. Inzwischen waren einige Gefangene aus dem Gohardasht-Gefängnis im Erdgeschoß unseres Traktes einquartiert worden. Sie brachten uns wertvolle Geschenke mit: Zigaretten und handschriftlich kopierte Bücher, die sie in die Abteilung geschmuggelt hatten. Mehrere Wochen bestand unsere einzige Tätigkeit darin, diese in winzigen Buchstaben abgeschriebenen Bücher in eine lesbare Schrift zu übertragen, die alle Gefangenen ohne Mühe entziffern konnten. Wir achteten pedantisch darauf, daß kein einziger kleiner Buchstabe fehlte, weil wir dachten, daß das den Inhalt und die Bedeutung verändern würde. Das Kopieren und anschließende Lesen wurde reihum aufgeteilt, sogar spät nachts arbeiteten wir weiter, aber mit größter Sorgfalt hielten wir die Abschriften vor den Augen der Wärterinnen verborgen.

Unter den Büchern war eines von Bertolt Brecht mit dem Titel »Kleines Organon für das Theater«. Öfters dachte ich, wie schön es wäre, wenn wir im Gefängnis Theaterstücke aufführen könnten. Unter uns waren bestimmt begabte Gefangene, die gern mitgewirkt hätten. Dieser Traum hat sich leider nie erfüllt.

Ich erinnere mich auch an ein Buch von Iwan Pawlow und an das Buch von Sigmund Freud, in dem er seine Theorie über das Unterbewußtsein darlegt. Diese Bücher lösten bei uns heftige Diskussionen aus. Außerdem hatten wir ein Buch von Wladimir Majakowski über den Aufbau von Gedichten. Darin zitierte er ein Gedicht von Sergej Jessenin, ebenfalls ein russischer Lyriker und enger Freund von Majakowski, das er vor seinem Selbstmord für Majakowski geschrieben hatte. Majakowskis Antwort in Form eines langen Gedichts stand gleich im Anschluß daran. Darin bezeichnete Majakowski das Leben als Heilung – paradoxerweise beging Majakowski selbst nach diesem von Leben überquellenden Gedicht Selbstmord.

In Erinnerung an Parvin

Ende 1987 wurde im Gebetsraum ein runder Tisch organisiert, an dem Führer von verschiedenen linken Gruppierungen, die nach langen Folterungen kapituliert hatten, miteinander diskutierten. Dieses Programm fand nun jeden Tag von drei Uhr nachmittags bis Sonnenuntergang statt. Anfangs gingen wir nicht hin. Aber die gesamte Diskussion wurde direkt über die Lautsprecher übertragen, so daß man ihr nicht ausweichen konnte. Manche Gefangene verkrochen sich in eine Ecke bei den Waschräumen, wo die Lautsprecher nicht so deutlich zu hören waren.

Das einzige Ziel dieser Diskussionen bestand darin, die politischen Personen zu diffamieren. Die Diskussionsteilnehmer waren sehr bedacht ausgewählt worden; sie sprachen über verschiedene Persönlichkeiten in einer Art, daß die Zuhörer nicht erkennen konnten, ob es sich um die Personen handelte, die unter Folter Widerstand geleistet hatten und deswegen hingerichtet worden waren; ob sie zu denen gehörten, die man nicht verhaften konnte; oder ob es Gefangene waren, die mit der Staatsanwaltschaft kooperierten. Manche denunzierten ihre Freunde und Verwandten. Man mußte sehr genau zuhören und zudem gewisse Informationen besitzen, um bei dieser Veranstaltung nicht alle über einen Kamm zu scheren. Einerseits platzte ich fast vor Wut, wenn ich diese Diskussionen verfolgte, andererseits war ich vor Neugier wie gefesselt und hörte weiter hin.

In den ersten Tagen nahmen nur die Führer der Tudeh-Partei an dem Programm teil. Sie berichteten, wie die Partei gegründet wurde, und beichteten am Ende, daß sie für die Sowjetunion spioniert und politische Fehler gemacht hätten. Manche Äußerungen stützten sie mit Dokumenten aus anerkannten, vertrauenswürdigen Quellen.

Nach zwei Wochen waren andere linke Gruppen an der Reihe. Die Enthüllungen über die »Organisation zur Befreiung der Arbeiterklasse« (Paykar) und über die Volksmodjahedin drehten sich immer um angeblich freie sexuelle Beziehungen. Sie diffamierten diese Gruppierungen so, daß der Eindruck erweckt wurde, ihr wichtigstes Thema sei der Sexualtrieb und keineswegs die Politik. Die Aussage über die Organisation der Volksfedayin (Mehrheit) belegten die Diskussionsteilnehmer mit Seite tausend und sowieso des Verhörs von einem ihrer Führer. Wir waren verwirrt – wie konnte ein Gefangener im Verhör Tausende von Seiten schreiben?

An einem anderen Abend knüpften sie sich die Organisation »Revolutionäre Arbeiterbewegung« (Rah-e Kargar) vor. Ein führendes Mitglied beschuldigte den Ehemann unserer Zellengenossin Parvin vollkommen unbegründet, mit dem Geheimdienst der Islamischen Republik kooperiert zu haben.

Parvin knickte zusammen und zog sich völlig in sich zurück. Wir versuchten, sie mit Späßen und Witzen aufzuheitern und sie aus ihrem desolaten Zustand herauszuholen. Sie nahm auch zum ersten Mal nicht am Abendessen teil. Wir machten uns über unsere Suppe lustig, taten so, als ob es eine Delikatesse wäre, weil wir ihr wenigstens ein kleines Lächeln abringen wollten – aber sie zeigte keine Reaktion. Wahrscheinlich nahm sie unsere Stimmen gar nicht wahr. Sie befand sich in einer anderen Welt.

Einige Monate nach diesen Programmen saßen wir wie jeden Abend vor dem Fernseher, um Nachrichten zu sehen. Parvin schien weit entrückt und teilnahmslos, ihr Blick war matt und voller Trauer. Wortlos half sie einigen Gefangenen beim Nähen eines Kleides. Als die Nachrichten zu Ende waren, standen wir auf, aber sie blieb vor dem Fernseher sitzen und nähte weiter. Ich dachte, sicherlich braucht sie dieses Alleinsein.

Abends richteten wir unsere Schlafstätten ein, und auch Parvin ordnete ihre Sachen und kletterte mit ihrem Waschzeug in der Hand vom Etagenbett herunter. Ich sagte zu ihr: »Jetzt ist doch das Wasser gar nicht richtig warm.« Sie murmelte etwas, aber ich verstand kein Wort. Irgendwie machte ich mir Sorgen und lief vorsichtshalber hinter ihr her. Sie ging in eine Kabine des Waschraumes und machte die Tür hinter sich zu. Ich vermutete, daß sie ihre Unterwäsche waschen wollte, weil wir das immer abends machten. Es kamen noch ein paar andere Gefangene dazu. Wir hielten uns lange mit dem Zähneputzen auf. Plötzlich drang uns der scharfe Geruch von Reinigungsmittel in die Nase, doch wir wußten nicht, woher er kam. Auch in den anderen Kabinen waren Gefangene beschäftigt. Parvin kam schließlich heraus und ging stumm in ihre Zelle.

Ich schlief neben Parvin. An diesem Abend versteckte sie ihren Kopf unter der Wolldecke und sagte kein Wort mehr. Ich versuchte, ein Gespräch mit ihr anzufangen, aber sie gab keine Antwort. Wenn nur Goli hier wäre, wünschte ich mir, sie kannte Parvin sehr gut und hätte mit ihr über ihre Schmerzen und Sorgen reden können. Ich hob ihre Wolldecke hoch und sagte ihr das. Ruckartig zog sie die Wolldecke zurück. Ich war ratlos und konnte nicht schlafen. Dann hörte ich plötzlich ein unterdrücktes Schluchzen. Nach ein paar Minuten erbrach sie sich. Ich begriff, daß das kein Schluchzen war, sondern ein Würgen. Wahrscheinlich wollte sie das Erbrechen unterdrücken. Es stank nach Putzmittel. Panisch vor Angst sagte ich: »Parvin, was ist los? Sag, was du geschluckt hast! Etwa Putzmittel?« Ohne Verzögerung antwortete sie: »Sei nicht kindisch!«

Kalter Haß schlug mir aus ihrem Blick entgegen, der überhaupt nicht zu ihren liebevollen Augen paßte und den ich bis dahin noch nie bei ihr gesehen hatte. Ich war verzweifelt. Was sollte ich tun? Sollte ich den anderen meinen Verdacht mitteilen? Und wenn es gar nicht stimmte, würde Parvin mir je verzeihen? Ein paar andere Gefangene kamen zu Hilfe. Parvin stöhnte: »Ich brauche keine Hilfe«, und verbarg ihren Kopf wieder unter der Wolldecke. Die anderen holten Wasser und einen Lappen, um den Boden zu putzen. Ich sprang hoch. Eine Überlegung ging mir wie ein Blitz durch den Kopf. Ich lief zu Roghiyeh, weil ich mich erinnerte, daß sie Tabletten gegen Magenprobleme besaß. Sie fragte mich: »Wofür brauchst du sie?« Ich antwortete: »Beeil dich, Parvin fühlt sich nicht wohl und erbricht.« Roghiyeh verstand meine Sorge nicht. Sie hatte das Interview auch gehört und sagte: »Parvin soll sich nicht so quälen! Sie ist doch kein Kind, daß sie sich durch so ein Gequatsche von ein paar Verrätern verunsichern läßt.« Hastig sagte ich zu ihr: »Wir reden später darüber«, und wir gingen zusammen die Tabletten holen.

Als ich in die Zelle zurückkam, kniete Parvin auf dem Boden vor dem Waschbecken und übergab sich. Dieses Mal konnte ich sehen, daß sie Putzmittel erbrach. Neben ihr stand Mehrangis. Beklommen schauten wir einander an. Dann rannte ich zum Abteilungseingang und hämmerte mit Fäusten und Füßen an die Tür. Farzaneh kam dazu und half mir. Wir schrien: »Aufmachen!« Es vergingen mehrere Minuten, bis die Wärterin endlich kam. Sie öffnete die Tür, aber bevor sie etwas sagen konnte, schrie ich mit zittriger Stimme: »Eine Frau hat Putzmittel geschluckt und muß sofort auf die Krankenstation!« Die Wächterin lief schockiert in die Abteilung, um sich selbst ein Bild zu machen. Alle Gefangenen standen hilflos und voller Furcht im Gang. Manche waren gerade erst wach geworden und wußten nicht genau, was überhaupt los war. Parvin versteckte sich in einer Kabine des Waschraums und war nicht bereit herauszukommen. Mit ganzer Kraft klammerte sie sich an die Wasserrohre. Eine der Gefangenen redete mit weicher Stimme auf sie ein, doch sie ließ nicht los. Mehrangis war erfahrener. Sie riß sie mit einem Schlag auf ihre Hand los und zog sie nach draußen. Inzwischen waren weitere Wärterinnen dazugekommen. Mehrangis trug Parvin, die ihren Kopf leblos herunterhängen ließ. Wir holten einen Tschador und eine Augenbinde für sie und legten ihr alles an.

Später erzählte Mehrangis, daß Parvin wieder wegzulaufen versuchte, als sie Wärterinnen sah und begriff, daß man sie auf die Krankenstation bringen wollte, aber sie hatte ihre Hand fest im Griff. Die Wärterin ließ nicht zu, daß Mehrangis sie begleitete.

Die Zeit war knapp, und von Sekunde zu Sekunde verschlimmerte sich der Zustand von Parvin. Eine Gefangene mit Tschador und Augenbinde kam hinzu und sagte bestimmend: »Ich gehe mit.« Von diesem, keinen Widerspruch duldenden Tonfall war die Wärterin so überrascht, daß sie sie kommentarlos mitgehen ließ.

Als die Tür hinter uns abgeschlossen war, schauten wir uns bestürzt und ohnmächtig an. Die meisten wußten nicht, was überhaupt passiert war. Diejenigen, die etwas mitbekommen hatten, erzählten es den anderen. Unter uns gab es eine Ärztin. Wir wollten von ihr hören, daß Parvin überleben würde. Sie überlegte und sagte: »Das Putzmittel war lange in ihrem Magen. Wir müssen erstmal sehen, wieviel sie überhaupt geschluckt hatte.« Farzaneh holte die Flasche, aber wir konnten nicht genau feststellen, wieviel sie davon genommen hatte. Unsere Ärztin wiederholte: »Es gibt eigentlich kaum Hoffnung, aber warten wir ab.«

Wir fragten uns gegenseitig: Warum gerade Parvin? Sie war eine erfahrene, geduldige Frau, die in jeder kritischen Situation Ruhe bewahrte und für uns alle einen Halt darstellte, besonders für die jüngeren Gefangenen. Ist sie durch diese Beschuldigung ihres Ehemannes, die sie an jenem verdammten Abend gehört hatte, in den Selbstmord getrieben worden? Wir fanden keine Antwort. Wie konnte diese Behauptung so wichtig sein? Ihr Mann war vor einem Jahr hingerichtet worden, und wir wußten, daß er nicht mit den Behörden kooperiert hatte. Solche falschen Beschuldigungen waren im Gefängnis nichts Neues, alle durchschauten, daß das nur ein fieser Trick war. Aber unser Wissen schützte uns nicht immer, denn obwohl wir die Fallen der Gefängnisleiter kannten, tappten wir wieder und wieder hinein.

Parvins Familie war stets mit finanziellen Sorgen und mit Gefangenschaft belastet. Nach der Revolution im Jahre 1982 wurden alle Mitglieder ihrer Familie inhaftiert, ihre Schwester Wida schluckte bei ihrer Verhaftung eine Zyankali-Kapsel, so daß sie bereits tot war, als sie im Gefängnis ankam. Ihr Bruder Ruzbeh war gerade einen Monat verheiratet, als die Revolutionswächter kamen, um ihn und seine Frau ins Gefängnis zu bringen. Beide wurden sofort hingerichtet. Parvin war zu »lebenslänglich« verurteilt worden. Sie zählte immer, wie viele Jahre Gefangenschaft sie schon hinter sich hatte, und redete niemals davon, wie viele Jahre noch vor ihr lagen.

Wir konnten nicht schlafen. Wie Gespenster hockten wir auf dem Boden der finsteren Zellen oder irrten planlos auf dem schwach beleuchteten Flur umher. Die Gefangene, die Parvin begleitet hatte, kehrte wieder zurück: Sie hatten ihr nicht erlaubt, mit auf die Krankenstation zu gehen. Die einzige verhängnisvolle Neuigkeit, die sie mitbrachte, war, daß Parvin vor der Krankenstation Blut gespuckt hatte. Zwei Tage vergingen. Die Wärterinnen gaben uns keine Nachricht. Unter dem Vorwand, daß ich eine Zahnbürste und ein Handtuch für Parvin abgeben wollte, ging ich zum Gefängnisbüro. Jabbari saß zusammen mit ein paar anderen Wärterinnen im Büro. Sie nahmen die Sachen für Parvin nicht an. Ich bestand darauf und sagte: »Parvin braucht das bestimmt.« Plötzlich schrie Jabbari: »Parvin? Sie ist tot! Was geht dich denn Parvin an?« Ich war außer mir und heulte und schrie: »Mörder! Sie haben sie getötet. Henker! Parvin ist meine Schwester, meine Freundin, sie war alles für mich!« Sie stürzten sich auf mich und stießen mich wie einen Ball mit Fäusten und Füßen von einer Seite zur anderen. Ich konnte nur meinen Kopf mit beiden Händen schützen, während sie immer weiter auf mich einschlugen. In dem Moment hörte ich, wie Glas zerbrach, und sah, daß eine Wärterin versuchte, Jabbari von mir loszureißen.

Ein paar Minuten später saß ich mit blau angeschwollenem Gesicht bei meinen Freundinnen. Ich weinte. Sie redeten ruhig auf mich ein und sagten, daß Jabbari nur aus Haß gesagt hätte, Parvin sei tot, man dürfe das nicht so ernst nehmen. Sie meinten, sie sei bestimmt nur wütend gewesen und habe mich quälen wollen. Nachmittags kam eine Gefangene, die ein paar Tage auf der Krankenstation gelegen hatte, wieder in die Abteilung zurück.

Sie bestätigte, daß Parvin lebte und noch auf der Krankenstation lag. Als einzige Behandlung hatten sie ihr Medizin gegeben, die weiteres Erbrechen bewirkte.

Am Tag danach war Besuchstag. Sollten wir ihre Familie informieren? Ein paar enge Freundinnen von Parvin waren dagegen. Sie meinten, wir sollten es Parvin selbst überlassen, denn sie hatte ja überlebt, und es sei ihre eigene Sache, ob sie es ihrer Familie erzählen wolle oder nicht. Ich konnte mich dieser Argumentation nicht anschließen, aber ganz sicher war ich auch nicht. Wir durchsuchten die Sachen von Parvin nach einer Notiz oder irgendeinem Zeichen, warum sie den Selbstmordversuch unternommen hatte, aber wir fanden nichts.

Die erste Gruppe ging in den Besuchersaal. Die Frauen wußten nicht, wie sie sich verhalten sollten. Die nächste Gruppe gab die schwere Nachricht ohne Beschönigung weiter. Wir hörten, daß die Mutter von Parvin aufgelöst und mit quälender Ungewißheit im Wartesaal saß und sich bei jedem, der von einem Besuch zurückkam, nach ihrer Tochter erkundigte. Die letzte Nachricht, die wir mitbekamen, war, daß Parvin an diesem Tag in das Krankenhaus Loqmandole im Zentrum Teherans gebracht worden war. War das ein gutes Zeichen? Unsicherheit befiel uns, drei Tage waren seit ihrem Selbstmordversuch vergangen, vielleicht war es schon viel zu spät.

Am Nachmittag des darauffolgenden Tages sagten sie zu einer Gefangenen, die zum Verhör gerufen worden war, ganz beiläufig: »Man hat sich sehr viel Mühe gegeben, aber ohne Erfolg. Heute morgen ist Parvin gestorben.« In tiefer Trauer versammelten wir uns in der Zelle, in der Parvin zuletzt gelebt hatte. Vollkommene Stille umfing uns. In dem Moment platzte eine Wärterin herein und verlangte Parvins persönliche Sachen. Weinend und mit zittrigen Händen packten wir die Sachen, manche Kleidungsstücke behielten wir zur Erinnerung an sie, den Rest gaben wir ab. Jetzt hatten wir die Gewißheit, daß sie nie mehr zurückkehren würde. Endlos strömten die Tränen aus unseren Augen, mal weinten wir laut auf, dann schluchzten wir leise in uns hinein.

Eine der Gefangenen schlug vor, wegen Parvins Tod eine politische Aktion durchzuführen. Ich war aber kein politisches Instrument. Wir alle nicht. Ich war ein Mensch, der zuerst mit seinen Sorgen und seiner Trauer fertig werden mußte, bevor er weiterdenken konnte. In diesem Moment reagierte niemand auf diesen Vorschlag.

Ein paar Tage später begannen wir einen Hungerstreik. Ungefähr vierzig Gefangene beteiligten sich daran. Als offiziellen Grund gaben wir die Verantwortung der Gefängnisleitung für den Tod von Parvin an. Es gab Diskussionen im Zusammenhang mit dem Streik, aber dieses Mal konnten wir uns sehr schnell einigen. Wir vereinbarten, fünf Tage zu streiken.

Die Mitglieder der Volksfedayin (Mehrheit) und die Tudeh-Anhänger protestierten getrennt, aber wir fingen alle am gleichen Tag an. Die Wärterin bekam schriftliche und mündliche Erklärungen. Sie hörte sich alles ganz genau an, um es weiterzuleiten, und fragte nur: »Wie viele Leute machen insgesamt mit?« Wir konnten keine genaue Zahl angeben. Auch über die konkrete Durchführung hatten wir eine verworrene Vorstellung: Auf welche Art und Weise wir das Essen zurückweisen sollten, sorgte für eine lange Diskussion, und jede politische Gruppe hatte ihre eigene Meinung dazu. Unsere Variante war: Wir nahmen unser Essen aus den Töpfen, kippten es sofort in die Mülleimer und stellten diese vor die Zellentür. Das lächerliche Problem mit der Form der Zurückweisung löste sich von allein, weil uns die Gefängniswärter ohnehin weniger Essen lieferten.

Mehrere Wochen trugen wir die schwere Last vom Tode Parvins auf unseren Schultern, die finsteren Schatten drangen in jeden Winkel unserer Abteilung. Niemand lachte, keine langen Diskussionen. Es war still, unendlich still. Niedergeschlagen saßen wir in irgendeiner Ecke, versunken in schwermütigen Gedanken: Parvin konnte jede von uns sein.

Mehrere Gedichte und Essays über Parvins Tod tauchten in unserer Abteilung auf; die Verfasserinnen waren alle unbekannt. Eine Frau trug ein Trauergedicht vor, in dem sie Parvins Leben lobpreiste, aber mit keiner Silbe ihren Selbstmord erwähnte. Wir stickten dieses Gedicht auf einen weißen Stoff, jede Gefangene machte ein paar Nadelstiche, und später schenkten wir das Tuch ihrer Familie.

In manchen der Abhandlungen über Parvins Selbstmord wurde unser Verhalten untereinander kritisiert. Wir alle trugen Schuld an diesem Unheil, denn wir hatten eine Atmosphäre geschaffen, die sie nicht aushalten konnte. Obwohl wir eng mit ihr zusammenlebten, hatten wir ihre Schmerzen und ihre Einsamkeit nicht erkannt.

In den ersten Tagen nach diesem Unglück beobachteten uns die Wärterinnen ganz genau, wenn wir auf dem Hof waren. Merkwürdigerweise waren sie auch konfus, und in einigen Abhandlungen suchten die Verfasserinnen nach den Ursachen für diese Verwirrung. Einige Gefangene wurden in ihren Verhören gefragt, wie es zum Selbstmord Parvins kommen konnte.

Ein Bekannter meiner Familie, der Mitglied im Amnestie-Komitee war, rief mich zu sich. Er behandelte mich sehr höflich, bot mir sogar einen Platz an und schickte die Wärterin Jabbari hinaus. Er wollte von mir erfahren, warum Parvin sich umgebracht hatte. Angeblich interessierte es ihn, weil Parvins Angehörige den Grund für ihren Selbstmord wissen wollten. Er erklärte mir ausdrücklich, daß es sich dabei nicht um ein Verhör handle. Ich antwortete: »Die Gefängnisleitung trägt die volle Verantwortung für Parvins Tod, weil sie sich nicht rechtzeitig bemüht hat, Hilfe zu leisten.«

Im Rauschen der Zeit ist Vergeßlichkeit eine Chance, um weiterzuleben. Nach und nach kehrte die Normalität in unsere Abteilung zurück: Lärm, Gymnastikübungen, lesen, laufen, lächeln, Zufriedenheit darüber, noch am Leben zu sein, und Angst davor, es könnte noch schlimmer werden. Halb sieben aufstehen, auf Tee warten, halb acht frühstücken, ab acht Uhr anfangen, sich mit irgend etwas zu beschäftigen, mittags voller Freude das Mittagessen empfangen, nach dem Essen Ruhe und flüstern, nachmittags plaudern, auf dem Gang laut lachen, fernsehen, sogar Zeichentrickfilme anschauen: eine eintönige, aber beruhigende Ordnung. Wenn wir diese Ordnung nicht geschaffen hätten, wäre das Gefängnis eine noch schlimmere Hölle gewesen, ein Staat ohne Gesetz. Unsere Flure betrachteten wir als Fußgängerzone einer belebten Stadt. Hier verabredeten wir uns, trafen einen netten Freund zum Rendezvous, bummelten, besuchten Nachbarn und gingen wieder zurück in unsere eigenen vier Wände.

Direkt hinter der Abteilungstür lag eine quadratische Eingangshalle, an deren Wände wir rundum Kästen gestellt hatten. Dort bewahrten wir Nahrungsmittel auf, die wir kaufen konnten, etwa Zwiebeln und Obst. Weil unser kleiner Kühlschrank nicht für die gesamte Abteilung reichte, beschlossen wir, daß er nur von den Kranken benutzt werden sollte. In einer Ecke über dem Kühlschrank stand ein Fernseher. Von der Halle ging ein langer Flur ab, an dessen beiden Seiten die Zellen lagen.

Am Ende des Ganges stand ein dreistöckiges Bett. In dieses Bett hatten wir unser Gepäck gestellt. Damit es etwas schöner aussah, hängten wir einen selbstbestickten Vorhang darüber. Die Gemeinschaftszellen waren ungefähr sieben mal sechs Meter groß. In den Jahren 1987 und 88 waren in jeder Zelle etwa zwanzig Gefangene untergebracht. In jeder Abteilung gab es elf Gemeinschaftszellen.

In manchen Zellen stand ein dreistöckiges Bett. Die mageren und zierlichen Frauen konnten an den Regalen hochklettern, auf das oberste Bett steigen und sich bis vor das kleine Fenster ziehen. Da oben war es sehr eng, aber es war die einzige Möglichkeit, wenn man mal allein sein wollte. Dann hatte man das Gefühl, als ob man in seinem eigenen Zimmer säße und hinter sich die Tür geschlossen hätte. Durch das mit Eisenstangen vergitterte Fenster war das Tal und das Dorf Evin zu sehen und ein paar Häuser, die wie Wochenendhäuser aussahen. Eines dieser Häuser war besonders schön. Auf seinem Dach befand sich ein Taubenschlag, in dem weiße und braune Tauben gezüchtet wurden. Vor Sonnenuntergang ließ ein junger Mann die Tauben fliegen; sie drehten ihre Runden und landeten wieder auf dem Dach. Das Haus lag ziemlich weit von uns entfernt, aber in meiner Phantasie hörte ich das Schlagen ihrer Flügel. Am Wochenende sahen wir Menschen, die auf einer schmalen Straße wanderten.

Wir sehnten uns danach, wandern zu gehen, und diese Sehnsucht offenbarte sich in unseren Späßen. Ein Witzbold aus unserer Zelle rief manchmal von da oben die Wanderer: »Hallo, warte, warum nimmst du uns nicht mit?« Oder: »Du Faulpelz, jetzt ist es zu spät zum Wandern, wir waren schon um acht Uhr oben auf dem Gipfel.« Diese simplen Albernheiten brachten uns unendlich zum Lachen.

Einmal mußte Setareh niesen, als sie sich hinter das Fenster geklemmt hatte, und weil es da oben so eng war, stieß sie mit ihrem Kopf heftig an das Gitter. Allein diese kleine komische Szene beschäftigte uns mehrere Stunden, wir lachten uns halb tot. Manchmal beschwerten sich die Gefangenen, die nicht wußten, was da los war, weil sie sich durch die lauten Lachkrämpfe gestört fühlten. Eine Gefangene sagte zu ihnen: »Wir sind ins Gefängnis gesteckt worden, um uns zu amüsieren. Wenn du nicht lachen willst, dann geh doch nach Hause.«

Die einjährige Rosa kam mit ihrer Mutter in unsere Abteilung. Sie war außerordentlich hübsch. Samira nannte sie »Goldene Pflaume«. Dieser Name paßte zu ihrer hellbraunen Haut, ihren grünen Augen und blonden Haaren. Sie hatte noch einen älteren Bruder, der jetzt bei Verwandten lebte. Ihre Mutter war eine Armenierin aus dem irakischen Teil Kurdistans. All dies – aus Kurdistan zu stammen und Armenierin zu sein – vergrößerte ihre Schuld, obschon sie selbst nichts getan hatte und nur wegen ihres als Spion beschuldigten Mannes verhaftet worden war. Zu Beginn ihrer Gefangenschaft war sie sehr nervös und übertrug diese innere Unruhe auf ihre Tochter.

Nach einer gewissen Zeit verkraftete sie das Gefängnisleben etwas besser. Nach und nach lernte sie ein paar persische Sätze. Für Rosa war es anfangs schwierig, etwas zu sagen. Die Mutter sprach mit ihr Kurdisch und Armenisch, und wir redeten mit ihr Persisch. Als sie die ersten persischen Wörter sagte, waren wir überglücklich. Sie war unsere Puppe. Aus den allerschönsten Stoffen, die wir hatten, nähten wir ihr Kleider oder strickten etwas für sie aus unserer weichsten Wolle. Sie zog es an, und wir standen fasziniert da, bewunderten unsere Kunst und ihre Schönheit. Sie mochte die Kleidung und die komischen Hüte, die wir für sie machten, überhaupt nicht. Die klügeren Gefangenen bastelten ihr Spielzeug.

Rosa war auch bei den Wärterinnen beliebt. Die junge Wärterin Hamidi war vernarrt in Rosa, und wenn sie Dienst hatte, besuchte sie sie, nahm sie manchmal mit oder schenkte ihr Spielzeug. Eine andere Wärterin, die ihren kleinen Sohn zu den Diensten mitbrachte, holte Rosa ab, damit sie mit ihrem Sohn zusammen spielen konnte. Nach ein paar Monaten wurden Rosa und ihre Mutter auch in die Abteilung 2 verlegt. Lange Zeit haben wir dieses kleine Engelchen unter uns vermißt. Wir trösteten uns, indem wir sie imitierten, ihre ersten, süßen Sätze nachsprachen.

Das Jahr 1987 neigte sich dem Ende zu. Mit einem gründlichen Hausputz bereiteten wir uns auf das neue Jahr vor: Die Türen und Fenster wurden blank poliert, der Boden gewienert, die Kacheln des Waschraumes abgeschrubbt – alles sollte glänzen und sauber sein. Wir schufteten bis an die Grenze der Erschöpfung. Ungute Gedanken und Vorahnungen umwölkten meinen Verstand. Das hatte nichts mit dem Jahreswechsel zu tun, sondern ich wußte intuitiv, daß Schlimmes bevorstand. Diese beklemmenden Gefühle wurden wahrscheinlich von dem undurchsichtigen Ende des Krieges genährt.

Die anderen wurden von ähnlich düsteren Vorgefühlen gequält. Nur die Volksmodjahedin waren davon frei. Sie glaubten, eine große politische Veränderung bahne sich an, alles werde zusammenbrechen und wir müßten uns mehr denn je auf diesen Moment vorbereiten. Diesen trügerischen Glauben überspielten sie mit Frömmigkeit. Ein Gläubiger ist, wer an Wunder glaubt – und sie glaubten felsenfest und ganz offen an ihre »Aktion des ewigen Lichts«. Die vierzig Volksmodjahedin in unserem Trakt demonstrierten mehr als vorher ihren Zusammenhalt und den Glauben an die gemeinsamen Ziele. So kamen sie uns mächtig vor, obwohl sie nur eine kleine Minderheit waren. Die Frauen, die zu dieser Gruppe gehörten, litten viel weniger unter seelischen Widersprüchen. Die Gruppe schenkte ihnen Geborgenheit, aber wenn eine von ihnen Zweifel hatte oder eine andere Meinung vertrat, dann wurde sie ausgestoßen. Die Volksmodjahedin umschlangen sich gegenseitig und spannen sich in ein dichtes Netz ein. Für die linken Gruppierungen spielten Gruppenbewußtsein und Einheit auch eine Rolle, jedoch keine so erhebliche. Jeder mußte sich an das anpassen, was die Allgemeinheit für legitim hielt, damit er nicht aus dem engeren Kreis verstoßen wurde. Doch was war legitim? Es gab keine Möglichkeit, darüber zu diskutieren. Das Gewicht dieser Atmosphäre lastete stets auf allen von uns.

Norouz 1988

Nach langer Zeit bekamen wir endlich wieder Hofgang. Wir liefen alle ins Freie. Auf dem Hof entdeckte ich einen Basketball und warf ihn in den verlassenen Korb. Schon nach kurzer Zeit waren zwei Mannschaften entstanden. Andere reagierten sich mit Bockspringen ab.

Ausgelassen und fröhlich tobten wir uns aus. Mit der Zeit wurden wir müde und sonnten uns ein bißchen. Eine Gefangene fing an zu singen. Die Frauen aus Abteilung 1 lauschten erst dem Gesang ein wenig und stimmten dann mit ein. Als wir das hörten, fingen wir auch an zu singen: »In der Frühlingsbrise tanzen die Blüten.« Bis dahin hatte ich nicht gewußt, daß Fazilat Allame, Mitglied der Volksmodjahedin, die schon ein paar Monate später hingerichtet werden sollte, so schön singen konnte. Aus tiefstem Herzen wünschte ich mir, daß dieses Lied nie verklingen würde. Auch an den nächsten Tagen sang Fazilat wieder für die anderen Gefangenen im Hof, wie eine Verliebte unter dem Balkon des Verlobten.

Norouz war dieses Jahr begleitet von Raketen, die der Irak nach Teheran abfeuerte. Tag und Nacht heulten die Sirenen. Manchmal schlugen die Raketen in Teheran in der Nähe des Evin-Gefängnisses ein. Wir bekamen mit, daß die Bewohner die Stadt verlassen und sich in die Berge und Felder außerhalb Teherans zurückgezogen hatten. Wir aber saßen im Gefängnis fest, von dunklen Sorgen erdrückt. In den Fernsehnachrichten sahen wir erst die ganze Dimension dieser Katastrophe.

Als wir einmal im Hof waren, erschienen plötzlich irakische Kampfflugzeuge am Himmel. Der Tod kreiste über unseren Köpfen. Sofort mußten wir den Hof verlassen. Wir hörten nachher, daß sie einen Kindergarten getroffen hatten. Am Besuchstag erfuhren wir von unseren Angehörigen, daß die Teheraner diesen

Krieg nicht mehr unterstützten und zermürbt waren. In den Nachrichten wurde angedeutet, daß die Islamische Republik bereit sei, die UNO-Resolution 598 anzunehmen.

Die Vorbereitungen zu den Parlamentswahlen liefen auf Hochtouren. Die Mullas diskutierten in unterschiedlichen Kolorierungen über die UNO-Resolution. Sie wollten, daß dieser »Heilige Krieg« weitergeführt werde bis zum »Endsieg«. Die Redner im Parlament brüsteten sich mit der Opferbereitschaft der Hisbollahi. Dieses grauenerregende Trauerspiel ließ sich nur zwischen den Zeilen der Zeitungs- und Fernsehberichte lesen. Das Schicksal der Menschen war in den Händen dieser Clowns.

Ein Orkan braute sich über uns zusammen …

Hosseinzadeh, der Gefängnisdirektor, rief jede einzelne Gefangene zu sich. Er wollte unsere Position aushorchen. Auf unsere Antworten, die ihm meistens nicht gefielen, sagte er mit spöttischem Haß: »Ihr könnt sagen, was ihr wollt. Momentan herrscht Demokratie im Iran, und wer das nicht glaubt, der wird es bald sehen.«

Diese Drohungen nahmen wir nicht ernst, wir konnten uns die Dimension des Schreckens, der uns einfangen sollte, nicht vorstellen.

Schwarzer Sommer 1988

Auf dem unendlichen Friedhof
sind die Gräber errichtet
die Hinterbliebenen vergießen
immer noch blutige Tränen.

Ahmad Shamlu

Mitte Juli 1988 gab es in den 14.00 Uhr-Nachrichten eine kurze Meldung: Die iranische Regierung hat die Resolution 598 des UN-Sicherheitsrates angenommen. Das Ende des Krieges sollte uns eigentlich glücklich stimmen. Aber alles schien sehr undurchsichtig; nervös und mit großen Bedenken harrten wir der Dinge, die uns bevorstanden. Khomeini hatte in seiner Ansprache gesagt: »Ich habe den Giftbecher genommen.« Wer sollte den Preis dafür zahlen?

In den Tageszeitungen waren immer noch Kriegsnachrichten zu lesen. An der iranisch-irakischen Grenze waren die Gefechte mit voller Härte im Gange, und die Zahl der Gefallenen war enorm hoch. Noch immer gab es keinen Waffenstillstand. Zwischen den Zeilen konnten wir lesen, daß die Volksmodjahedin mit den militärischen Mitteln, die Saddam ihnen im Irak gegeben hatte, an der Grenze operierten. Ein paar Tage später breitete sich unter uns eine Nachricht wie ein Lauffeuer aus: am Gefängnistor hing ein Plakat, auf dem stand, daß bis auf weiteres keine Besuchserlaubnisse mehr erteilt würden. Wir hatten schon erlebt, daß einzelne Personen, Gruppen oder Abteilungen von solchen Maßnahmen betroffen waren, aber ein absolutes Besuchsverbot in allen Gefängnissen in ganz Iran hatte es noch nie gegeben.

Wir bekamen keine Tageszeitungen mehr, und eines Abends montierten sie auch unsere Fernseher ab. Damit war unsere

Verbindung zur Außenwelt vollkommen abgebrochen. Die Kranken durften sich nicht mehr auf der Krankenstation untersuchen lassen. Einige Monate zuvor hatten sie viele Gefangene in Einzelzellen verlegt. Wir hatten auch mitbekommen, daß sie einige linke Gefangene hingerichtet hatten. Spät in der Nacht hörte ich Schüsse. Am Ende hörte ich kurz hintereinander zwei finale Pistolenschüsse.

Drei Volksmodjahedin aus unserer Abteilung bildeten die erste Gruppe, die weggebracht wurde. Wir haben nie wieder etwas von ihnen gehört. Mariyam Golzadeh Ghafouri war eine von ihnen. Sie lächelte immer, aber an diesem Abend war ihr Lächeln verzerrt und voller Angst. Wir standen auf dem Flur und schauten ohnmächtig zu, wie sie sich verabschiedeten. Am nächsten Morgen wurden sie hingerichtet.

Ein paar Tage später wurde noch eine Gruppe von Volksmodjahedin ausgerufen. Die ausgerufenen Frauen bemühten sich nach Kräften, ihre Angst zu verbergen, aber das war nicht möglich. Wir hatten alle Angst. Irgendeine Stimme in uns versuchte, diese Apokalypse aus unserem Kopf zu streichen, diese unheilvolle Realität zu verdrängen: Werden sie wirklich hingerichtet?

Auch Farzaneh Zia Mirzai, Volksmodjahedin, wurde zusammen mit anderen weggeführt. Am Nachmittag, als wir draußen waren, stürzte sie plötzlich auf den Hof. Blaß und bebend rannte sie zu ihren Freundinnen und Bekannten, die in einer Ecke des Hofes saßen, und flüsterte ihnen irgend etwas zu. Am aufgebrachten Verhalten der Gruppe konnten wir erkennen, daß sie ihnen etwas Schreckliches, zutiefst Beunruhigendes berichtet hatte. Farzaneh hatte immer noch ihren Tschador an. Hastig kam eine Wärterin herbei und nahm sie wieder mit. Sie legte ihre Augenbinde um. Ein verkrampftes, panisches Lächeln zerriß ihr junges Gesicht. Hatten sie sie absichtlich zurückgeschickt, damit sie berichten konnte, was sie gesehen hatte? War das die beste Möglichkeit, uns zu warnen und in Schrecken zu versetzen?

Ich hörte, daß Farzaneh an diesem Tag zum Gericht gebracht

worden war. Viele Frauen und Männer hatten auf dem Flur gewartet. Einer nach dem anderen wurde in ein Zimmer gerufen. Nach ein paar Minuten kamen sie wieder heraus und stellten sich in einer anderen Reihe an. Sie standen in der Schlange der Reise ins Jenseits: Sie wurden erschossen oder erhängt.

Vor der Gerichtsverhandlung bekamen alle ein Blatt Papier, auf das sie ihre Meinung über das Prinzip der »Uneingeschränkten Herrschaft der islamischen Rechtsgelehrten«, über die Organisation der Volksmodjahedin und über die Islamische Republik schreiben mußten. Im Gerichtssaal stellte der geistliche Richter kurz ein paar Fragen, und das Urteil wurde gefällt. Wenn sich jemand selbst als Volksmodjahedin bezeichnete und nicht, wie verlangt, als Heuchler, mußten keine weiteren Fragen gestellt werden. Den Gefangenen, die hingerichtet werden sollten, täuschten sie vor, daß sie ins Gohardasht-Gefängnis verlegt würden. Sie zeigten ihnen sogar ein Verlegungsdokument. Fürchteten sie die Reaktionen der zum Tode Verurteilten? Spät nachts hörten wir oft Schüsse. Ein, zwei Mal marschierten die Wächter durchs Gelände und sangen laut Parolen: »Tod den Heuchlern! Tod den Ungläubigen!«

An zwei Abenden übertrugen sie die Ansprachen zum Freitagsgebet über die Lautsprecher. Ich war zusammen mit einigen Gefangenen auf dem Flur, und wir versuchten, uns mit Erzählungen aus der Vergangenheit abzulenken. Aber der Krach aus den Lautsprechern übertönte alles. Die Stimme schlug wie ein Hammer auf uns ein. Ali Akbar Rafsandjani redete von der Ausrottung der Heuchler, womit die Volksmodjahedin gemeint waren. Er sagte, daß die Volksmodjahedin mit Panzern und Maschinengewehren die Grenze bei Shahabad übertreten hätten. »Wir haben sie aus der Luft bombardiert und alle vernichtet. Das war ein Sieg über die Feinde, die wir alle zum Teufel in die Hölle gejagt haben.« Dann erzählte er noch, eine Frau habe eine Handgranate vor ihrem Gesicht explodieren lassen: »Sie wollte, daß ihr dreckiges Gesicht unkenntlich bleibt.« Er stieß die abscheulichsten Worte aus.

Bei anderen Freitagsveranstaltungen trat Ayatollah Mussawi Ardabili ans Rednerpult. Er sprach von der Vernichtung der Feinde. Jedesmal, wenn er das Wort »Feinde« in den Mund nahm, grölte die Menge: »Tod den Heuchlern! Tod ... Tod und Tod!« Ardabili redete auch von den Komplizen der »Heuchler« und den »Revolutionsgegnern«, die im Gefängnis saßen. Da dröhnten wieder Parolen aus der Menge: »Die gefangenen Heuchler sollen hingerichtet werden!«

Die letzte Gruppe der Volksmodjahedin wurde abgeführt. Aber die Schlange vor dem Büro des geistlichen Richters war so lang, daß gar nicht alle drankamen und sie unverrichteter Dinge zurückgebracht werden mußten. Mehrere Tage warteten sie darauf, an die Reihe zu kommen. Sie wußten, was sie erwartete. Ich wünschte mir, daß sie keine Nachrichten oder Namen mehr ausrufen würden. Aber dann kam die Wärterin wieder, und mein Herz pochte vor Angst. Schließlich kam der verhängnisvolle Augenblick. Wir wußten nicht, wie wir uns von ihnen verabschieden sollten. Viele hatten keine Kraft, dieses Ereignis mit anzusehen, und blieben in ihren Zellen. Unzählige Male stand ich mit ein paar anderen Frauen für den letzten Abschied auf dem Flur. Wir unterdrückten unsere Trauer und ließen uns den Schmerz nicht anmerken. Sie wurden alle abgeholt und kehrten nie wieder zurück. Keine von ihnen.

Mahin Ghorbani, eine der am längsten einsitzenden Gefangenen, war die einzige aus der Gruppe der Volksmodjahedin, die noch nicht ausgerufen worden war. Sie hatte ein ungutes Gefühl, sie glaubte, man habe vergessen, ihren Namen vorzulesen. Fast ihre ganze Gefangenschaft über war sie ständig gefoltert worden und hatte oft in der Strafabteilung gesessen. In den letzten zwei Jahren hatte sie sich von den Volksmodjahedin distanziert; deswegen war sie einsam und hatte ein schweres Gewissen. Ihre graumelierten Haare, die von Tag zu Tag weißer wurden, und ihr faltiges Gesicht machten sie älter, als sie in Wirklichkeit war. Sie betete nicht mehr, und ihre Verbindung zu den Linken war sehr gut, aber mit Abstand. Besonders an den Tagen, an denen ihre ehemaligen Genossinnen weggebracht wurden, fühlte sie sich schuldig, weil sie lebte und noch nicht hingerichtet worden war. Sie weinte und wartete sehnsüchtig darauf, daß sich ihr Schicksal vollendete. Sie fürchtete sich nicht vor ihrer Hinrichtung, sondern davor, hierzubleiben. Sie faßte den Entschluß, wenn ihr Name nicht bald ausgerufen würde, sich selbst an die Wärterinnen zu wenden. Aber wozu diese Eile? Zur Hinrichtungsstätte? Mahin, wußtest du das selbst? Als ihr Name ausgerufen wurde, atmete sie erleichtert auf und rannte ihrem Henker entgegen.

Wir konnten das alles nicht glauben. Überall suchten wir nach Lebenszeichen. Wenn Gefangene aus anderen Abteilungen oder Gefängnissen zu uns verlegt wurden, fragten wir besorgt nach diesen Frauen. Niemand war ihnen je wieder begegnet.

Nachts offenbarte sich unsere Unruhe in Alpträumen. Bei jedem kleinen Laut, den eine im Schlaf von sich gab, sprangen wir wie elektrisiert auf, suchten die träumende Mitgefangene, reichten ihr etwas Wasser und legten uns wieder hin. Wieder Schlaf und wieder Alpträume. Ohnmächtige Hilflosigkeit lastete auf uns allen. Auf unserer Seite der Gefängnismauern herrschte der Tod. Ob die Menschen jenseits der Mauer davon wußten? Bestimmt nicht.

Abends schauten wir durch das eiserne Gitter auf die andere Seite der Gefängnismauer. Der junge Taubenzüchter ließ seine Vögel wieder fliegen, und vor Sonnenuntergang kehrten sie in ihren Taubenschlag zurück. Gezüchtete Tauben können nicht anders. Am Wochenende sahen wir, wie die Menschen scharenweise zum Wandern in die Berge gingen. In diesen lauen Sommernächten vermischten sich die fröhlichen Stimmen der Kinder, die vergnügt im Luna-Park kreischten, mit der Musik aus den Lautsprechern. Das alles fand nicht sehr weit von uns entfernt statt.

Im September 1988 sahen wir bunte Ballons am Himmel. Das war ein Zeichen dafür, daß wieder eine internationale Ausstellung stattfand. Auf einem Ballon, der hoch über den anderen flog, erkannten wir die britische Flagge. Die Logik des internationalen

Handels war nicht durcheinandergebracht. In dieser kleinen Zelle, in der ich saß, hatte ich etwas gelernt: Meine Heimat ist groß, grenzenlos. Ich fühlte mich solidarisch mit den Bergbauarbeitern in England und Südamerika. Ich konnte die Sandinisten, die in Nicaragua friedliche Wege beschritten, und all die unbekannten Bewegungen der fortschrittlichen Kräfte verstehen. Ich fühlte mich auch mit den Palästinensern verbunden. An diesen Tagen habe ich mich – wie alle anderen auch – vergessen gefühlt, wir waren die Vergessenen dieses Informationszeitalters.

Die Justizbeamten, die von Zeit zu Zeit zu uns kamen, stellten uns Fragen, die wir nur mit Ja oder Nein beantworten durften. Einmal platzten sie während des Mittagessens herein und fragten: »Hältst du die Tagesgebete? Bist du bereit, dich zur Islamischen Republik zu bekennen und ein Interview zu geben?« Wir legten unsere Löffel aus der Hand und antworteten eine nach der anderen: »Nein.« Nur zwei Frauen bejahten die Fragen, aber Wut und Resignation lagen in ihren Stimmen, so daß die Beamten Zweifel hatten, ob sie tatsächlich ein Ja gehört hatten. Von da an standen wir alle in der Warteschlange des Henkers.

Dann kamen sie noch einmal und stellten sich als Mitglieder der Amnestie-Kommission vor, deren Auftrag darin bestand, die Unterlagen der Gefangenen zu kontrollieren. Solche Kommissionen erlebten wir nicht zum ersten Mal. Mehrmals waren die zu »lebenslänglich« verurteilten Gefangenen bereits abgeholt worden, sie warteten mehrere Stunde im Verhörgebäude. Ohne irgend etwas zu machen oder Fragen zu beantworten, wurden sie wieder zurückgeschickt.

In den letzten Tagen des Monats August geriet ein Stück Tageszeitung aus Abteilung 2 in unsere Hände. Anscheinend gab es dort wieder welche. Wir lasen, daß der Sprecher des höchsten Gerichtsrates die höchste Strafe für die Linken verlangt hatte. In der Zeitung stand: »Nachdem die heuchlerischen Volksmodjahedin liquidiert sind, kommen jetzt die linken Atheisten an die

Reihe.« Diese Aussage war offen genug und bedurfte keiner Interpretation. Aber der Mensch kämpft mit sich, solche schrecklichen Nachrichten nicht zu glauben, damit er auf den Beinen stehen bleiben kann. So lebt er weiter.

Von einer Frau, die wegen ihrer Zugehörigkeit zur Bahai-Religion verhaftet worden war, erfuhren wir, daß sie in der ersten Woche des Monats damit begonnen hatten, die linken Frauen systematisch auszupeitschen. Wir wollten das nicht wahrhaben, bis die Nachricht aus Abteilung 2 bestätigt wurde. Wenn der Muezzin zum Sonnenaufgang gegen vier Uhr morgens zum Gebet rief, wurden die Zellen der Abteilung 2 geöffnet, die Gefangenen rausgeholt, im Gang auf eine Metallpritsche gefesselt und gepeitscht. Sie bekamen fünf Hiebe mit dem Kabel und mußten zurück in ihre Zelle; dann waren die Frauen aus der nächsten Zelle dran, alle Insassinnen wurden auf den Flur getrieben, festgeschnallt, gepeitscht; die dritte Zelle, die vierte und so weiter. Einige Stunden waren sie damit beschäftigt.

Zum zweiten Mal kamen sie nach dem Ruf des Muezzins zum Mittagsgebet und teilten wieder fünf Peitschenhiebe aus, zum dritten Mal um vier Uhr nachmittags, dann nochmal um 20.00 Uhr und zum letzten Mal spät nachts. 25 Peitschenhiebe in fünf Gängen.

Am Anfang übernahm Mojtaba Sarlak diese Aufgabe eigenhändig. Das Geheul der Peitschen und das Gequietsche der Metallpritsche drangen bis in unsere Abteilung. Später übernahm die alte Wärterin Taleghani das Auspeitschen. Sie war eine korpulente Frau mit männlichen Gesichtszügen, deren Hiebe nicht weniger heftig waren. Nach und nach kamen alle Wärter, Frauen und Männer, an die Reihe. Yusefi, eine ältere Wärterin, versuchte sich damit herauszureden, daß sie auf dem Gebiet keine Erfahrung habe, aber sie gaben ihr die Peitsche in die Hand, und sie war gezwungen, sie auf dem Rücken der Gefangenen zu schwingen.

Anfangs wußten wir nicht, welche Gefangenen von dieser Maßnahme betroffen waren, ob sie die Neuverhafteten peitschten oder die schon lange Einsitzenden. Dann erfuhren wir die volle

Nachricht: Es handelte sich um die Gefangenen, die ihre Haftstrafe verbüßt hatten, aber immer noch im Gefängnis saßen, weil sie keine Reue zeigten oder nicht abschwören wollten.

Nach ein, zwei Wochen kamen einige von diesen Gefangenen wieder in die Abteilung 2 zurück. Diese Nachricht verbreitete sich wie ein Lauffeuer. Wir sprangen über die Regale, und durch die Eisenstäbe hindurch konnten wir sie auf dem Hof sehen; abgemagert und gebrochen konnten sie nur mit Mühe gehen. Sie schämten sich und hoben ihren Kopf nicht, damit wir ihnen nicht ins Gesicht blicken konnten. Unter Folter waren sie zum Beten gezwungen worden. Vor Gericht hatte ihnen der geistliche Richter gedroht, daß der Islam für abtrünnige Frauen Peitschen bis zum Tode vorsieht, es sei denn, sie zeigen Reue. Manche der Gefangenen wünschten sich, lieber auf Anhieb hingerichtet zu werden, statt tagtäglich Peitschenhiebe zu ertragen. Gebrochen und verzweifelt kapitulierten sie.

Jetzt waren also wir Linke an der Reihe. Darauf hatten wir schon gewartet. Sieben oder acht Gefangene, Mitglieder der Tudeh-Partei und der Volksfedayin (Mehrheit), wurden abgeholt. Besorgt blickten wir ihnen nach. Um die Mittagszeit kamen sie wieder zurück. Im Gerichtssaal hatte man ihnen die Fragen gestellt: »Seid ihr Moslimen? Sprecht ihr eure Pflichtgebete?« Die Antwort war: »Nein.« Der geistliche Richter verurteilte sie zum Peitschen bis zum Tode, falls sie keine Reue bekunden würden. Noch vor dem Richter erklärten sie, daß sie in einen Hungerstreik treten werden. Das war ein mutiger Entschluß. Zu der Zeit glaubten sie wahrscheinlich auch, daß sie dazu in der Lage wären.

Als der Muezzin zum Gebet rief, wurden sie wieder ausgerufen. Der geistliche Richter hatte angeordnet, daß mittags das Peitschen beginnen sollte. Immer wenn wir den Ruf des Muezzins hörten, schnürte es uns die Kehle zu. Überall herrschte Todesstille. Auf einmal fünfundzwanzig Peitschenhiebe zu bekommen, ist schon schlimm genug. Aber darauf warten zu müssen, fünfmal am Tag gepeitscht zu werden, ist ein Grauen ohne Ende. Das Warten war noch schlimmer als die Hiebe.

Keine Nacht konnten sie durchschlafen. Die letzten Peitschenhiebe gab es um 24.00 Uhr, weiter ging es am nächsten Morgen gegen 3.30 Uhr. Diese Zeitspanne war zu kurz zum Schlafen. Sie gewöhnten sich mit der Zeit daran und schliefen zwischen 4.00 und 12.00 Uhr, weil das der längste Abstand war. Zwei Wochen später holten sie die nächste Gruppe ab. Wir wußten, welches Schicksal ihnen bevorstand. Vor dem Gericht war jedoch so viel los, daß sie gar nicht drankamen. Am nächsten Tag bereiteten sie sich darauf vor, daß ihre Namen bald vorgelesen würden. Aber vergebens. Mehrere Tage warteten sie. Eine von ihnen, eine junge, lebhafte Frau, zog sich jeden Morgen ihre beste Kleidung an und ging vor die Zellentür. Mit spöttischer Stimme rief sie immer wieder: »Wärterin, was wird mit unseren Peitschenhieben?« Montag und Mittwoch waren Gerichtstage. An einem Montag Ende September wurden sie abgeholt. Traditionell ist an dem Tag Schulanfang im Iran. Dieses Mal sagte die junge Frau: »Wir gehen wieder zur Schule, wir werden entweder bestehen oder nicht.« Auch diese Gruppe von Frauen trat gegen die Strafmaßnahme in den Hungerstreik. Durst und Hunger und dazu Peitschenhiebe. Die Frauen aus der zweiten Gruppe waren, abgesehen von einer, Mitglieder der Tudeh-Partei und der Volksfedayin.

In diesen beklemmenden Tagen vergingen die Stunden langsamer. Jede beschäftigte sich mit irgend etwas, die meisten allein. Eine versuchte, einen Entwurf für ihre nächste Strickarbeit auf Papier zu skizzieren, eine andere hatte zwischen die Beine des Bettes einen Rahmen gespannt, um einen Teppich zu knüpfen. Zwei schöne kleine Teppiche wurden in diesen Tagen geknüpft.

Zwei meiner Mitgefangenen hatten die Idee, aus einem kleinen Stoffrest ein Kleid für mich zu nähen. Der Stoff war vollkommen ungeeignet, aber das hielt sie nicht von ihrem Plan ab. Jeden Tag mußte ich eine Stunde bewegungslos dastehen, und sie zerrten dieses kleine Stückchen Stoff an meinem Körper hin und her, probierten es auf verschiedene Weise. Am Ende bastelten sie nach langer Mühe ein Kleid zusammen, aber ich konnte es nicht anziehen, weil es zu klein war. Also ribbelten sie eine Socke auf, die ungefähr die gleiche Farbe hatte wie der Stoff, häkelten ein Stückchen und nähten es an die Seite. Ich wiederholte, daß ich überhaupt kein Kleid haben wollte, aber das nützte nichts. Am Ende war das Kleid so häßlich, daß ich nie den Mut hatte, es anzuziehen.

In diesen Tagen hatten wir nur noch ein einziges Buch: »Die Elenden« von Victor Hugo. Es war ein Erinnerungsstück aus der Verschnaufpause im Ghezelhessar-Gefängnis. Mehrere Monate hatte es im Regal gestanden und war mit Staub bedeckt. Alle hatten das Buch schon mehr als einmal gelesen, aber jetzt wanderte es wieder von Hand zu Hand.

Weil wir keinen Fernseher hatten, vor dem wir uns die Zeit hätten vertreiben können, kamen wir abends in einer Zelle zusammen. Wir erzählten uns gegenseitig die Romane, die wir im Gedächtnis hatten. Das war gar nicht so leicht! Aber Lale konnte sich peinlich genau an die Bücher erinnern, die sie vor Jahren gelesen hatte, alle Charaktere zeichnete sie originalgetreu nach. Einmal trug sie uns einen Roman von Romain Rolland vor. Eine knisternde Spannung erfaßte den ganzen Raum, erregt und begeistert lauschten wir bis zum Ende. Lale war eine talentierte Künstlerin. Außerdem hatte sie eine schöne Stimme und kannte sich sehr gut in Musik aus.

In solchen Momenten kamen wir ein wenig zur Ruhe. In diesen Tagen erfanden wir pausenlos neue Witze über unser unausweichliches Schicksal. Eine sagte: »Ich binde mir ein Kissen unter das Kleid, um meinen Rücken zu schonen, und wenn die Wärterinnen sich über meinen Buckel wundern, dann könnt ihr doch alle bestätigen, daß ich schon als Bucklige ins Gefängnis gekommen bin.«

Shokat trumpfte damit auf, daß sie sich ein Schild aus Blechdosen gebastelt hätte. »Das kommt unter mein Kleid, wenn ich dran bin. Und wenn der Mojtaba die Peitsche mit voller Wucht auf das Blech schlägt, erschallt ein lautes Geräusch. Dann kommt er nicht darauf, daß ein Blech an meinem Rücken befestigt ist, sondern denkt stolz: Na sieh mal einer an, wie stark ich peitschen kann!«

Eine phantasierte: »Dieses Urteil mit den Peitschenhieben kann nur für die Leute gelten, die gebürtige Moslems sind. Wenn eine Person beweisen kann, daß Vater und Mutter keine Moslems waren, kann sie natürlich nicht als Abtrünnige bezeichnet werden.« Ich sagte: »Ich werde dem Richter sagen, daß mein Vater und meine Mutter von Anfang an Marxisten waren.« Ein paar Leute waren schockiert, weil sie dachten, daß sie meine Mutter und meinen Vater bald auch verhaften würden. Ich lachte und tröstete sie: »Keine Angst, beide sind schon vor langer Zeit gestorben und können wohl nicht mehr zu Tode gepeitscht werden.«

Eine witzige Mitgefangene hatte daraufhin einen sehr interessanten Gedanken: »Dann werden sie nach den politischen Überzeugungen deiner Großeltern fragen.« Soweit hatte ich noch nicht gedacht. Ich überlegte kurz und schrie auf einmal entflammt auf: »Meine Großeltern waren ›Utopische Sozialisten‹.«

Die lautlosen Schreie

Im Oktober versetzte uns eine Nachricht in helle Aufregung: Es gab wieder einen neuen Direktor im Evin-Gefängnis. Das war ein kleiner Hoffnungsschimmer. Manche dachten aber, solange die Gefängniswärter nicht das erreicht hatten, was sie sich zum Ziel gesetzt hatten, würden Peitschenhiebe und der Tod für uns allgegenwärtig sein. Als Gegenargument stellte ich ihnen die Frage: »Was bedeutet dann die Einsetzung eines neuen Direktors in dieser kritischen Zeit?« Meine Interpretation war zugegebenermaßen leichtsinnig. Das gesamte Ausmaß dieser Monate, daß sie Tausende von Menschen hingerichtet hatten, erfuhren wir erst später.

Zwei Wochen lang fanden keine Gerichtsverhandlungen mehr statt. Forutan, der neue Gefängnisdirektor, kam in unsere Abteilung. Er hatte 1984 nach der Absetzung Ladjevardis schon einmal für mehrere Monate das Gefängnis geleitet. Nun blieb er vor jeder Zelle stehen und begrüßte die Insassinnen. Matt und sprachlos schauten wir zu. Er fragte uns: »Habt ihr irgendwelche Wünsche?« Wir gaben keine Antwort. Anschließend wurden wieder Fernseher installiert, und wir bekamen Tageszeitungen. Forutan versicherte, daß die Strafen nach den religiösen Vorschriften (Hadd) und damit auch die Auspeitschungen abgesetzt würden. Daraufhin beendeten die Frauen ihren Hungerstreik, nahmen wieder Nahrung zu sich und kamen zurück in unsere Abteilung.

Mahtab und Nadin bestanden nur noch aus Haut und Knochen, ihre Augäpfel waren tief in den Augenhöhlen versunken, die Wangenknochen hervorgetreten, wodurch die Gesichtshaut aufriß. Was hatten sie nur durchgemacht? Mit größter Betroffenheit sahen wir sie an. Eine von den Gefangenen sagte mit tränenerstickter Stimme: »Versetzt euch mal in die Lage dieser Leute;

Hungerstreik und dazu regelmäßig Peitschenhiebe. Diese beiden jungen Frauen sind über zwanzig Tage lang täglich fünfmal gepeitscht worden. Nur als sie ihre Monatsregel hatten, wurde die Auspeitschung abgesetzt. Zwanzig Tage haben sie das Essen und Trinken verweigert, in der letzten Woche waren sie bewußtlos. Wenn sie mit den Peitschenhieben an der Reihe waren, haben die Wärterinnen sie mit Fußtritten und Peitschenhieben auf den Gang getrieben. Am Ende waren sie so kaputt, daß sie nicht mehr zur Pritsche gehen konnten, deswegen wurden sie in der Zelle gepeitscht.«

Mahtab erzählte mir, daß sie in den letzten Tagen und Nächten nichts mehr wahrgenommen hatte, sie war nur in dem Moment zu sich gekommen, als man sie fragte: »Bist du bereit, deine Tagesgebete zu halten?« Sie antwortete mit einem schwachen Kopfschütteln. »Den Hunger konnten wir besser verkraften als den Durst.« Dann erzählte sie: »Der Wasserhahn in der Zelle hat mich die ganze Zeit so herausfordernd angeschaut, daß ich ihm den Rücken zukehren mußte. Einmal bin ich in meinem Dämmerzustand zum Wasserhahn gegangen, aber ich weiß nicht, ob ich tatsächlich etwas getrunken habe oder nicht; ich weiß nur, daß mein Tschador plötzlich naß war.« Die Risse in ihrem Gesicht und an den Lippen waren ein Zeichen dafür, daß sie lange keine Flüssigkeit zu sich genommen hatte. Wir konnten fast nicht glauben, daß ein Mensch über zwanzig Tage einen Hungerstreik ohne Wasser und Nahrung aushalten kann, und dazu noch fünfhundertfünfzig Peitschenhiebe. Das war ein ungewöhnlicher Rekord.

Der Mensch entwickelt phänomenale Fähigkeiten, wenn er am Leben bleiben will. Mahtab erzählte: »Einmal spät abends, ich war halb bewußtlos, hörte ich eine Männerstimme, die wahrscheinlich aus einer oberen Etage kam. Der Mann sang die Ballade ›Göttin Nas‹. Ich bin mir nicht sicher, ob ich diese Stimme wirklich gehört oder ob ich das nur geträumt habe. Aber so habe ich jedenfalls festgestellt, daß ich immer noch am Leben bin. Das war ein kleines Fünkchen Hoffnung, das in mir aufblitzte.«

Sohaila Darwish Kohan, Mitglied der Volksfedayin (Mehrheit), war nicht mehr unter denen, die wieder zurückkamen. Sie hatte ebenfalls fünfmal täglich Peitschenhiebe bekommen, aber seit ein paar Wochen hatte niemand mehr etwas von ihr gehört. Es kursierte das Gerücht, daß sich jemand erhängt hatte. Ich war mir ganz sicher, daß das Sohaila war. Oder sie war unter den Peitschenhieben ums Leben gekommen. Später, als wir wieder Besuch bekommen konnten, erkundigte sich ihre Mutter bei jedem zurückkehrenden Besucher nach ihrer Tochter. Wahrscheinlich hatten sie der Mutter Bescheid gegeben, daß sich ihre Tochter erhängt hatte, aber sie wollte es nicht glauben und wartete darauf, etwas anderes über ihre Tochter herauszufinden. Sie hoffte, daß sie in irgendeiner Ecke des Evin-Gefängnisses noch am Leben war. Aber Sohaila war gegangen. Sie war eine stille Frau, in ihrem Blick lagen Schmerz und Trauer. Nach Parvins Selbstmord hatte sie lautlos, aber ohne Ende geweint.

Die Volksmodjahedin, die noch am Leben waren und wieder in unseren Trakt zurückkehrten, konnte man an einer Hand abzählen. Wo waren die anderen? Es gab nicht die geringste Spur von ihnen, weder in den Einzelzellen noch andernorts.

Im Oktober sammelte eine Wärterin Telefonnummern und Adressen unserer Angehörigen ein, um diese zu benachrichtigen, daß ab sofort wieder Besuchserlaubnisse erteilt werden. Das war seit langem der erste Hoffnungsschimmer, obwohl wir uns nicht sicher sein konnten, daß dieser tödliche Sommer wirklich zu Ende war. Unschlüssig warteten wir auf den Besuchstag.

Das erste Treffen mit den Familien fand statt. Die Angehörigen weinten und waren verzweifelt. Tief besorgt flehten sie uns an, wir sollten aufgeben und uns nicht sinnlos opfern. Manche der Angehörigen waren monatelang täglich zum Evin-Gefängnis gekommen, in der Hoffnung, irgend etwas über den Gefangenen zu erfahren, aber mußten immer wieder ohne Nachricht nach Hause fahren. Die Dimension des Gemetzels, das hinter den Gefängnismauern stattgefunden hatte, konnte niemand ermessen.

Nur wenige Familien erhielten die schreckliche Nachricht, sie könnten die Sachen ihrer Angehörigen im Gefängnis abholen. Andere bekamen gar keine Mitteilung und auch keine Besuchserlaubnis. Ihr Warten war ohne Hoffnung. Wir fragten uns: Ist es denn möglich, daß sie alle Vermißten getötet haben? Nach dem zweiten oder dritten Besuchstag verschloß sich niemand mehr der Realität. Die Wahrheit kam nach und nach ans Tageslicht. Hatten die Behörden Angst vor den Familien der Hingerichteten? Woche für Woche wurden die persönlichen Habseligkeiten von einigen Getöteten an die Familien ausgehändigt. Manche kamen täglich zum Gefängnis, um irgend etwas über ihre Angehörigen herauszufinden. Schließlich warf man ihnen die Nachricht an den Kopf: »Ihr Gefangener ist hingerichtet worden, nehmen Sie die persönlichen Sachen mit!« Manche Verwandte erlitten einen Schock und konnten sich nie mehr erholen. In anderen Städten machten sie es noch unbarmherziger: Sie schleuderten spät nachts die persönlichen Sachen des Hingerichteten über die Hausmauer und rannten davon.

Unsere Verwandten weinten nur noch, wenn sie uns besuchten. Sie brachten uns die Namen von hingerichteten, ehemaligen Zellengenossinnen mit. An jedem Besuchstag erfuhren wir neue Namen; unsere Liste wurde länger und länger. Wer einen Ehemann oder Bruder hatte, der auch in Gefangenschaft war, kam in tiefer Trauer aus der Besucherzelle zurück. Jede Nachricht traf uns wie ein Schlag. Und wieder und wieder neue Namen. Allmählich wurde die Liste vollständig. Die persönlichen Sachen von Leila Hadjian sind abgegeben worden, von Ghamar Azkia, Effat Khoi, Mariyam Talebi, Sohaila Rahimi … Wir mußten nach und nach glauben, daß die Gefangenen, die sie abgeführt hatten, alle hingerichtet worden waren. Wir wollten das einfach nicht wahrhaben. Es gab zum Beispiel keinen Grund dafür, Tayebe hinzurichten. Sie hatte doch ihre Gefängnisstrafe verbüßt und hätte eigentlich im gleichen Sommer entlassen werden müssen. Kurz vor ihrer Verhaftung hatte sie geheiratet, und ihr junger Ehemann wartete auf sie. Sie hatte überhaupt keine besondere Bedeutung in der politischen Organisation, sie war lediglich eine ganz gewöhnliche Sympathisantin. Zudem war sie behindert. Tayebe war noch so jung, und ich liebte sie von ganzem Herzen. Ich sagte zu Goli: »Irgendwo in einer Zelle muß sie sein, sie lebt.« Ich hatte inständig gehofft, nie die Nachricht zu hören, daß ihre Sachen abgegeben worden sind. Aber die Nachricht kam.

Mehr als fünfzig Volksmodjahedin aus unserer Abteilung und etwa zweihundert aus Abteilung 1 und 2 waren tot.

Wir konnten nicht weinen, auch die Frauen nicht, die ihren Ehemann oder Bruder verloren hatten. Sie hatten uns zerstört. Wir waren gebrochen, gelähmt und verbrannt. Viele hatten Herzprobleme. Goli sagte: »Das wäre ein Luxus, im Evin-Gefängnis an einem Herzinfarkt zu sterben.« Ich fühlte mich alt und war bereit zu sterben.

Wir durchsuchten die Zeitungen, um irgend etwas über den schwarzen Sommer 1988 zu erfahren. Keine Silbe. War alles nur ein Alptraum? Wir hörten uns um, ob jemand gegen die Hinrichtung so vieler Gefangener protestierte. Keine Nachricht.

Im Winter 1988 erschien in der Tageszeitung »Keyhan« die Stellungnahme des Außenministeriums zu einem Bericht von Amnesty International. Das Außenministerium wies alle Beschuldigungen als Lügen von sich. Im Bericht wurden Hinrichtungen von Gefangenen kurz erwähnt, von Massenhinrichtungen war aber nicht die Rede. Wußten sie nichts davon?

In den kalten Nächten des Januars 1989 rief Zamani uns einzeln zu sich und forderte uns auf, schriftlich Reue und Abscheu zu bekunden. Wenn wir das ablehnten, drohte er mit der Hinrichtung. Shokat fragte er: »Bist du bereit, Reue über deine teuflischen Taten zu zeigen und deine Abscheu darüber auszudrücken?«

Sie antwortete: »Ich denke nicht, daß ich eine schlimme Tat begangen habe. Also kann ich auch nichts bereuen. Was ich getan habe, war für das Wohl des Volkes.«

»Dann geh! Morgen wirst du im Jenseits deinen Lohn dafür erhalten.«

Noch am gleichen Abend mußten ein paar Gefangene ihre persönlichen Sachen packen und wurden abgeführt. Niedergeschlagen begleiteten wir sie. Wahrscheinlich würden wir uns nie wiedersehen. Schon vor ein paar Tagen hatten sie spät nachts ein paar von uns abgeholt. Nach welchen Kriterien wählten sie aus? Goli sagte: »Es ist vollkommen sinnlos, nach einer logischen Erklärung für die Vorgehensweise der Gefängnisleitung zu suchen, ihr werdet sie nie finden.«

Eines Abends erhielten wir den Befehl, unsere Sachen zu packen und uns bereitzuhalten. Auf jede Kleinigkeit bedacht, stopften wir die Sachen, die uns lieb waren, in unsere Stofftaschen. Wir sagten zueinander: »Sie werden nicht mehr als ein Päckchen an die Familien zurückgeben, deshalb muß man sich von manchen Sachen trennen.« Jede von uns schrieb oder stickte ihren Namen ganz dick und groß auf die Tasche. Frau Malek erzählte: »Zwischen den Sachen meines Mannes haben unsere Verwandten eine Damenarmbanduhr gefunden.« Im Gefängnis erzählte man sich, daß die Habseligkeiten der Hingerichteten durcheinandergeworfen würden. Für uns war es von eminenter Wichtigkeit, daß unsere Dinge an die Familien zurückgegeben wurden. Diese Kleidungsstücke, gebraucht und alt, waren unser ganzes Hab und Gut, eine Erinnerung an unsere Gefangenschaft, an unser Leben.

In dieser Verwirrung und Aussichtslosigkeit konnten wir das Gefühl nicht loswerden, daß sie ein Spiel mit uns trieben. Als die Wärterin uns ein Formblatt austeilte, auf dem wir an unsere Familie schreiben durften, hatte sich diese Unsicherheit immer noch nicht gelegt. Sollten wir in diesem Brief unseren letzten Willen niederschreiben? Stand die Hinrichtung bevor? Manche weigerten sich zu schreiben. Ich aber schrieb: »Wenn ich zurückblicke in die Vergangenheit, sehe ich, daß mein Leben trotz aller Härte und Leiden schön und lebenswert war. Ich bedaure nichts. Ich bedaure auch nicht meine tiefen Gefühle zu meinem Geliebten, die mein Leben in den langen Gefängnisjahren ausgefüllt haben.«

Als ich den Brief noch einmal las, mußte ich weinen. Es war nachts, und ich lag im Bett. Kein Brief, auch meiner nicht, wurde an die Verwandten weitergegeben.

Am folgenden Morgen wurden wir nicht abgeholt. Auch nicht am zweiten oder dritten Morgen. Nach ein paar Tagen packten wir unsere Sachen wieder aus.

Dann brachten sie die Gefangenen in die Zellen zurück, die sie einen Monat zuvor in jener beklemmenden Atmosphäre abgeführt hatten. Anfangs hatte man ihnen vorgetäuscht, daß sie bald hingerichtet würden.

Anläßlich des Jahrestages der Revolution, so hieß es, begnadigte Ayatollah Khomeini Gefangene. In den Zeitungen war aber lediglich die Rede von neunhundert freigelassenen Kriminellen. Es wurde dementiert, daß es Zehntausende politische Gefangene gebe.

Trotz allem ließen sie ab Ende 1988 nach und nach einen Teil der politischen Gefangenen frei. Bis zum Ende des Frühlings 1989 konnten viele, besonders Linke, das Gefängnis verlassen. In der Männerabteilung war nur noch eine kleine Gruppe von Gefangenen übriggeblieben. Die wenigen überlebenden Männer waren seelisch am Ende. Viele Frauen aber weigerten sich, die Reueerklärung abzugeben. Viele sperrten sie für lange Zeit in Isolationszellen.

Isolationshaft

An einem Nachmittag im April 1989 riefen sie mich aus und führten mich zum Büro des stellvertretenden Staatsanwaltes Naserian. Er befahl mir, mich zu setzen, und fragte: »Bist du bereit, die Erklärungen zu unterschreiben?« Ich antwortete: »Nein.« Er schrie und schimpfte auf mich ein: »Du starrsinnige Konterrevolutionärin, von Anfang an hättest du hängen müssen! Du bist unbelehrbar! Es ist überhaupt nicht klar, warum deine Angehörigen an jeder Tür um deine Freiheit anklopfen. Du mußt deinen Verwandten selbst sagen, daß du nicht freikommen möchtest, damit sie den Staatsanwalt endlich in Ruhe lassen.«

Dann wählte er eine Nummer und fing an zu reden. Ich vermutete, daß am anderen Ende der Leitung die Ehefrau von einem weit entfernten Bekannten meiner Familie war, der zu meinem Unglück eine hohe Position im Justizapparat hatte. Nachdem Naserian meinen Starrsinn mit ekelhaften Ausdrücken beschrieben hatte, drückte er mir plötzlich den Hörer in die Hand. Ich wußte nicht, was ich sagen sollte, ich war dieser Frau in meinem Leben nie begegnet. Sie fing an, mir gute Ratschläge zu erteilen: Ich solle Mitleid mit meiner Familie haben und an ihr Ansehen denken, diesen kindlichen Trotz ablegen und so weiter. Ruhig hörte ich mir alles bis zum Ende an, dann verabschiedeten wir uns.

Naserian war jetzt noch wütender auf mich, weil ich nicht den nötigen Respekt für die Frau gezeigt hatte. Mit einem Fußtritt beförderte er mich nach draußen. Sein letzter Satz war: »Ich sperre dich so lange in eine Einzelzelle, bis du endlich vernünftig wirst.«

Eine Stunde später stand ich auf dem Gang der Abteilung für Isolierzellen. Hunderte von Zellen in drei Etagen. In der ersten

Etage waren die Einzelzellen für Frauen, in den anderen für die Männer. Jabbari kam und führte eine Leibesvisitation durch. Ich hatte schon einmal eine harte Auseinandersetzung mit ihr, bei der sie mich richtig verprügelt hatte. Sie schickte mich in eine Isolierzelle am Ende des Ganges.

Ich trat ein und schaute mich um. Die Zelle war sehr eng; am oberen Rand der Wand befand sich ein kleines Fensterchen, ein Waschbecken und eine Toilette waren in einer Ecke installiert, und auf dem Boden lagen zusammengeknüllt schmutzige Militärwolldecken. Dann sah ich ein Rohr, wohl ein Heizungsrohr. Ich faßte es an – es war kalt. Hier mußte erstmal ein bißchen Ordnung geschaffen werden. Ich wußte nicht, wer vor mir dagewesen war, und beschloß, die Toilette und das Waschbecken zu putzen. Ich drehte den Wasserhahn auf, eisiges Wasser schoß heraus. Ich klopfte an die eine Wand, keine Antwort. Aber von der anderen Mauerseite klopfte es – jemand antwortete.

Wörter und Notizen waren an die Wand geschrieben. In einer Ecke stand mit Bleistift geschrieben: »Mutter, verzeih mir!« An einer anderen Stelle sah ich Striche. Ich zählte sie. Siebenundzwanzig Striche. Siebenundzwanzig Tage Einzelhaft. In einer anderen Ecke stand: »O Gott, stehe deinem Diener bei, eine leuchtende Flamme auf deinem Pfade zu sein.« Ich hielt einen kurzen Moment inne und hatte plötzlich die starke Überzeugung, daß das Foruzan Abdi geschrieben hatte. Von hier haben sie sie irgendwann spät in der Nacht weggeführt. Jetzt dachte ich an ihr Lächeln, ihre Schnelligkeit beim Volleyballspielen.

Sieben Schritte bis zur Wand. Wieder sieben Schritte zurück. Mauer. Ich weiß nicht, wie lange ich das machte, als ich auf einmal Geräusche wahrnahm. Das Quietschen der Eßkarre kam näher. Die Tür der Nachbarzelle wurde geöffnet. »Ein Stück Brot!« Das Essen roch nicht besonders gut, aber vielleicht hatte es mir auch einfach den Appetit verschlagen. Die Tür meiner Zelle wurde geöffnet, und vor mir stand Taleghani mit ihrem grimmigen Blick. Eigenartigerweise war ihre Stimme piepsig. Sie fragte: »Wieviel Brot?« Ich sagte: »Ein Stück« und hielt ihr meinen Teller hin. Sie kippte das Essen darauf, ein paar grüne Bohnen, Möhren und Kartoffeln, einige Knochen und eine dünnflüssige Soße. Drei Stück Würfelzucker legte sie in das Brot und drückte es mir in die Hand. Das war für das Frühstück am nächsten Morgen. Ich wollte noch etwas Käse haben. Sie sagte: »Alle zwei Tage gibt es Käse.« Ich verlangte nach Plastikfolie, um mein Brot bis zum nächsten Morgen frisch halten zu können. Sie antwortete: »Gut«, schloß die Tür, und die Karre entfernte sich quietschend, hielt vor der nächsten Zelle an, ich hörte das Drehen eines Schlüssels im Schloß, wieder Quietschen, wieder Schließgeräusche, bis sie am Ende des Gangs angelangt war.

Ich saß auf dem kalten Boden und aß ein paar Bissen. Die Knochen und den Rest des Gemüses kippte ich in den Eimer. Das war eigentlich verboten, und sie gestatteten mir nicht, den Eimer draußen zu entleeren, so daß ich mehrere Tage den Gestank von verfaulendem Essen ertragen mußte.

Taleghani brachte mir ein Stück Plastikfolie. Es stank beißend nach Petroleum. Mit einem Stück Seife, das auf dem Waschbecken lag, wusch ich die Folie ab, aber dadurch verbreitete sich der Petroleumgeruch in der ganzen Zelle. Dann zog ich die Wolldecken vorsichtig auseinander, um mich darauf zu setzen, aber sowie ich die Decken anfaßte, wirbelte eine riesige Staubwolke auf. Die Wolldecken waren übersät mit ranzig stinkenden Fettflecken. Ich schüttelte die Wolldecken kräftig aus, aber dabei entwich so viel Staub, daß es mir fast den Atem nahm. Mit einem Stück Stoff, das ich unter dem Waschbecken fand, wischte ich den Staub auf. Dann entschloß ich mich, ein wenig auszuruhen. Ich breitete eine Decke auf dem Boden aus, wickelte mich erst in meinen Tschador ein und zog dann eine andere Decke darüber. Kälte drang in meine Knochen, und bis zum Morgen lag ich zuammengekauert und regungslos da, denn wenn ich mich bewegte, drang der Gestank des Petroleums und der gammeligen Wolldecken in meine Nase. Ich bekam starke Kopfschmerzen.

Der Morgen brach an, und ich bekam Tee. Taleghani goß ihn in einen roten Plastikbecher. Ich sagte: »Die Wolldecken sind schmutzig, und die Plastikfolie stinkt nach Petroleum.« Sie antwortete nicht und ging weg. Das Brot, das ich in das Stück Plastik gewickelt hatte, war nicht mehr eßbar, aber den Tee genoß ich in vollen Zügen. Meine Augen juckten. Auf meinen Brauen und Wimpern hatte sich eine Staubschicht angesammelt. Ich stand auf, um meine Zelle sauber zu machen. Am Heizungsrohr kletterte ich zum Fenster hinauf und klappte es auf. Dann schüttelte ich die Wolldecken aus und wischte den langsam auf den Boden sinkenden Staub auf, mehrere Male wiederholte ich diesen Vorgang, doch alles nützte nichts. Ich faltete die Decken zusammen und legte sie in eine Ecke. Dann wusch ich die Plastikfolie ein zweites Mal, putzte das Waschbecken und die Toilette wieder, spülte den Plastikbecher und den Teller ab und stellte beides vor das Fenster.

Die Wassertropfen liefen an der zementierten Wand herunter, die dicken Tropfen schneller als die kleinen. Lange Zeit fixierte ich den Wettlauf der Tropfen. Dann lief ich wieder von einer Wand zur anderen. An den Türrahmen hatte eine meiner Vorgängerinnen eine Zeile aus einem Gedicht von Hafis geschrieben:

> Komm zurück und sei Vertrauter und Seele meines
> traurigen Herzens
> und dem Bedrückten ein Geheimnishalter der
> heimlichen Schmerzen.

Trotz der bitteren Kälte ließ ich das Fenster ein paar Stunden offen, um zu lüften und den Gestank zu vertreiben. Den Himmel konnte ich nicht sehen, und mir schien, daß es die ganze Zeit wolkig war. Ich tröstete mich damit, daß in ein paar Wochen der Frühling käme und es wieder wärmer würde. Einmal flog eine Turteltaube herbei, setzte sich vor mein Fenster und begann wohlig zu gurren. Sie war so nah, daß ich vor lauter Aufregung zu zittern begann. Vorsichtig zog ich mich an dem Rohr nach oben, um sie mit ein paar Brotkrumen zu füttern, aber sie flog wieder weg.

Zu meinem Unglück war die Toilettenspülung kaputt, und ich mußte nach der Benutzung becherweise Wasser hinterherschütten. Der stinkende Eimer mit den Essensresten stand immer noch in meiner Zelle. Eines Tages zeigte sich die Wärterin Taleghani großzügig und ließ mich diesen Eimer auskippen. Zum Schlafen band ich mir meine Augenbinde um, um meine Augen vor dem Staub der Wolldecken zu schützen. Trotzdem waren sie am nächsten Morgen geschwollen und entzündet.

Eines Tages, nach meiner Rechnung Ende 1988, wurde mir mitgeteilt, daß ich mich für den Gang zum Besuchersaal vorbereiten sollte. Das hatte ich nicht erwartet: Ich dachte, ich hätte Besuchsverbot. Überglücklich machte ich mich fertig. Beim Verlassen des Gebäudes sah ich, daß es sonnig war, obwohl es in der Zelle so ausgesehen hatte, als wenn es bewölkt wäre. Als ich meiner Schwester mitteilte, daß ich in Isolationshaft war, sagte sie betrübt: »Wenn ich an deine Einsamkeit denke, ist Norouz und mein Urlaub verdorben.« Ich tröstete sie und wünschte ihr eine gute Reise. Wir versprachen uns, beim Jahreswechsel aneinander zu denken. Sie hatte im Gefängnis eine einzelne Blume für mich gekauft, aber bevor ich in meine Zelle zurückging, nahm Jabbari sie mir wieder ab.

Norouz 1989

Meine Schwester hatte mir gesagt, daß der Jahreswechsel um 9 Uhr abends stattfindet. Ich hätte für das neue Jahr gern ein neues Kleid angezogen. Aber ich hatte keine andere Kleidung als die, die ich am Körper trug. Seit einer Woche hatte ich nicht mehr geduscht. Meine Haare waren wirr, und ich hatte ein altes Kopftuch umgebunden. In meiner Zelle gab es nichts. Ich hoffte, daß sie mir ein gutes Essen bringen würden. Aber es gab Eintopf wie immer. Ich lief wieder auf und ab. Dann faltete ich die Wolldecken zusammen und legte mich in eine Ecke. Wieder schlurfte ich in meinen Pantoffeln in der Zelle hin und her. Wenn ich mich hinsetzte, wurde mir kalt. Dann suchte ich die Wände erneut von oben nach unten ab, vielleicht fand ich irgendeine Notiz, die ich noch nicht gelesen hatte. Wieder las ich den Satz: »O Gott, stehe deinem Diener bei, eine leuchtende Flamme auf deinem Pfade zu sein.«

Wir hatten das Jahr mit so viel Freude begonnen! Die Volksmodjahedin sangen Lieder und Balladen: »Nach und nach kommen die berauschten Scharen.« Wir spielten und lachten laut … Jetzt weinte ich. Das ganze Jahr unterdrückter Tränen brach hervor. Tayebe erlebte den Jahreswechsel nicht. Viele erlebten ihn nicht. Intuitiv wußte ich, daß der Jahreswechsel noch bevorstand. Genau wußte ich es nicht, denn ich besaß keine Uhr mehr. Amine hatte sie im Herbst versehentlich in die Toilette fallen lassen. Es war eine gute Uhr und zudem ein Erinnerungsstück von meinem Geliebten. Sie war meine Verbindung zu ihm. Sicherlich war das für ihn genauso, denn ich hatte ihm auch eine Uhr geschenkt. Die anderen machten Amine Vorwürfe wegen ihres Leichtsinns, ich beschwerte mich aber nicht. Mir schien das nicht so wichtig. Doch Amine schimpfte mich aus: »Doch, das ist sehr wohl wichtig!« und versank ein paar Tage lang in Schweigen.

Amine hätte die Heldin eines Romans sein können. Sie war voller Widersprüche. Mitten in einem großen Streit wurde sie urplötzlich lieb und verständnisvoll. Stolz und selbstbewußt, mit hoch erhobenem Haupt, die Schultern zurückgeworfen, schritt sie über den Gang, als ob sie einen Wasserkrug auf dem Kopf trüge. Eigentlich hätte sie längst entlassen werden können, aber sie lehnte die Freiheitsbedingungen ab. Sie konnte andere Menschen ziemlich genau einschätzen und gehörte zu denjenigen, die die Abgrenzungen zwischen den Gefangenen nicht akzeptierten. In der letzten Zeit wurde sie äußerst nervös, und bei ihren engsten Freunden explodierte sie wegen jeder Kleinigkeit. Sie wurde mißtrauisch, auch mir gegenüber; oft konnte sie mich überhaupt nicht ertragen. Ich ging auf Distanz, damit wir uns nicht unnötig gegenseitig kränkten. Manchmal konnte sie sich selbst nicht ertragen. Einmal, als sie mich mit Shokat sah, sagte sie eifersüchtig: »Du bist ein launischer Mensch, immer suchst du neue Freundinnen.« Gewissermaßen hatte sie Recht. Sie hatte mich durchschaut.

Wieder fing ich an zu weinen. Ich hörte, daß die Türen geöffnet und geschlossen wurden, und wischte mir die Tränen aus dem Gesicht. Die Gefängniswärterin Yusefi stand vor meiner Tür, drückte mir ein Stück Papier und einen Kugelschreiber in die Hand und sagte: »In einer Stunde sammle ich die Zettel wieder ein.« Ich betrachtete es als ein gutes Omen und Neujahrsgeschenk.

Dann ging ich in meiner Zelle wieder auf und ab. Sieben Schritte. Mauer. Ich fühlte, wie die Zeit verging, und vermutete, daß der Jahreswechsel nahe bevorstand. Ich kletterte nach oben vor das winzige Fenster. Sollte ich singen? Von draußen drang nichts als das Plätschern des Regens und ein Rascheln in meine Zelle. Vermutlich versteckte sich ein Wärter hinter der Mauer, wie Norouz 1985. Damals hatten uns die Wärter eine Falle gestellt. Lautlos warteten sie auf dem Flur, bis wir anfingen zu singen. Sie stimmten sogar ein paar Zeilen in unser Lied ein. Danach rissen sie alle Gefangenen, die mitgesungen hatten, aus ihren Zellen und peitschten sie vor den Augen der anderen aus.

Leise sang ich ein Lied für mich, bis es wieder von meinen Tränen unterbrochen wurde. Ich schwieg. Niemand sang mit. Wahrscheinlich hatte niemand mein Lied gehört, außer meiner Nachbarin in der Nebenzelle. Plötzlich schallte eine Frauenstimme durch die Stille: »Freunde, alles Gute zum neuen Jahr!« Ich zuckte zusammen. In dieser Atmosphäre des Schweigens hallte die unerwartete Stimme an allen Wänden wider. Niemand antwortete. Ich kletterte hinunter und kauerte mich auf meiner Wolldecke zusammen. Plötzlich stand Yusefi vor meiner Zelle. Leise hatte sie sich herbeigeschlichen und fragte mich vor Zorn kochend: »Warst du das?«

»Was meinen Sie, worüber reden Sie?« war meine Antwort.

»Ich weiß, daß du es warst.« Ihre Augen blitzten. Die Tür wurde wieder zugeschlagen, und sie ging weg.

Einen Moment lang war ich bedrückt, aber dann lachte ich und fühlte mich wohl. Jetzt wußte ich, daß auch andere in meiner Nähe waren. Ich lauschte dem Plätschern der Regentropfen.

Der Frühling wird kommen.
Der alte Staub wird weggeweht.
Das Gestern ist vergangen.
Das Heute wird vorübergehen.
Das Morgen wird neu kommen.
Vergangene Trauer ist bitter.
Aber die Zukunft muß süß sein.

Diese Sätze schrieb ich auch an die Wand, neben das Waschbecken.

Ein paar Tage nach Norouz brachte mich die Wärterin auf den Flur und führte mich in eine neue Zelle. Ich nahm die Augenbinde ab und sah, daß alles schön war: Hell und warm, durch das Fenster konnte ich den Himmel sehen, und es waren sogar ein paar Äste zu erkennen. Der Boden war mit Teppich belegt, und alle meine Sachen und einige Essensvorräte lagen durcheinander auf dem Boden. Ich wollte meinen Augen kaum trauen und sagte im stillen zu mir: »Hier kann ich für immer bleiben.« Ich lachte. »Ich werde zuerst meine Kleidung ordnen«, dachte ich, «nein, zuerst muß ich die Zelle sauber machen. Nein – erst muß ich etwas essen.«

Aber bevor ich damit anfangen konnte, kam die Wärterin: »Baden!« Ach, wie glücklich war ich! Warmes Wasser, Seife und Shampoo. Unter der Dusche betrachtete ich die Wände des Waschraums. Ich entdeckte ein paar Namen und Daten. Die Namen waren wahrscheinlich Pseudonyme. Parasto, Sanoubar ... Auf den Schmutz im Waschraum achtete ich nicht. Nachdem ich mich wieder angekleidet hatte, fand ich mich richtig hübsch. Zurück in der Zelle, setzte ich mich zwischen meine verstreuten Sachen und Kleidungsstücke. Stück für Stück untersuchte ich genau: Es war meine ganze Habe. Ich fühlte mich sehr reich.

In einem Kleidersaum fand ich eine Nähnadel und ein Stück Kohle. Wer hatte diese Dinge wohl darin versteckt? Amine? Goli? Oder Setareh?

So viel Eßwaren – das konnte eigentlich nur das Werk von Goli sein. Ich wußte es. Sie bedrängte mich immer: »Du bist ein ausgemergelter Yogi!« In einem Unterhemd von mir hatten sie ein Stückchen Stoff versteckt, auf das eine Stickvorlage gemalt war, und ein wenig Faden zum Sticken war auch dabei. Dann fand ich noch ein paar Stoffetzen, aus denen man Fäden zum Nähen oder Sticken herausziehen konnte. Ich war glücklich, nahm ein Bonbon in den Mund und sagte zu mir: »Goli, ich bin kein Yogi.« Daß ich mit mir selbst lachte und redete, beunruhigte mich nicht. Ich vermute, daß alle Gefangenen, die in einer Einzelzelle sitzen, sich so verhalten.

Pedantisch faltete ich meine Kleidung. Der Himmel war jetzt nicht mehr blau, er hatte sich violett gefärbt. Ich liebe diese Farbe! Als ich noch im Ghezelhessar-Gefängnis war, hatte ich mich, wenn ich unter starken Kopfschmerzen litt, spät nachmittags im Hof auf den Boden gelegt und den Himmel betrachtet.

Das konnte meine Schmerzen lindern. In dieser Zelle fror ich nicht mehr, denn die Heizungsrohre in der Ecke waren richtig heiß. Ich hatte heißes Wasser, die Toilette war in Ordnung, die Wolldecken sauber und die Rache von Jabbari zu Ende. Ich habe sie nie wieder im Gefängnis gesehen. Vermutlich ist sie auf die Universität geschickt worden, um eine regimetreue Ärztin zu werden.

Ich war noch nicht lange in dieser Zelle, da befahl mir eine Wärterin: »Pack deine Sachen!« Mehr sagte sie nicht. Ich dachte, daß sie mich wohl ins Gohardasht-Gefängnis verlegen wollten, und packte meine Sachen traurig zusammen. Hier war ich doch sehr zufrieden! Ich warf mir den Tschador über den Kopf, setzte mich auf den Boden und wartete. Keine Nachricht. Auf dem Gang gingen und kamen Leute, Zellentüren wurden geöffnet und wieder geschlossen. Ein paar Frauen nahmen offensichtlich ihre Sachen mit. Mit großer Wahrscheinlichkeit wurden sie aus dem Gefängnis entlassen. Einen kurzen Moment dachte ich: »Sie werden mich auch freilassen!« In meiner Einsamkeit wuchs diese Vorstellung, die absolut unrealistisch war, immer weiter in meinem Kopf, und schon war es nicht mehr nur wahrscheinlich, sondern eine Tatsache: Sie werden mich freilassen.

Das kam vollkommen unerwartet! Ich wußte nicht, ob ich fröhlich sein sollte oder nicht. Ich nahm die kleine Bleistiftmine, die ich versteckt hatte, und schrieb an die Wand: »Nach siebeneinhalb Jahren komme ich frei«, und ich datierte diese Notiz.

Das Warten war tödlich. Ich hörte zwei Gefangene und konnte verstehen, was sie sagten: »Soundso ist freigekommen.« Ich kannte die beiden Frauen, stieg auf ein paar zusammengefaltete Wolldecken, preßte meinen Mund an das Fenster und rief: »Wahrscheinlich komme ich auch frei.« Sie fragten mich: »Hast du denn alle Formalitäten hinter dir?« Ihre Frage brachte mich wieder auf den Boden der Realität zurück – ich hatte die Erklärung nicht unterschrieben. Naserian hatte mir doch ausdrücklich gesagt, daß ich in Einzelhaft bleibe, bis ich verrotte, es sei denn, ich würde die Bedingungen akzeptieren.

Es kehrte Ruhe ein. Ich hörte die Schritte der Wärterin und stieg von den Wolldecken herunter. Der Nachmittag war bereits angebrochen. Ich packte meine Sachen wieder aus. Wahrscheinlich war ihnen ein Fehler unterlaufen, oder sie wollten mich quälen. Warum war ich bloß so naiv, mich diesen Gedanken hinzugeben und in Freude auszubrechen? Ich machte mir Selbstvorwürfe. In der Einsamkeit waren meiner Phantasie Flügel gewachsen. In dieser Nacht lief ich mehrere Stunden in meiner Zelle hin und her, bis ich todmüde war und sofort einschlief.

Spät nachts weckte mich das Geräusch von Plastiktüten. Dann hörte ich schlurfende Schritte von Pantoffeln im Gang. Mein Herz stockte, und ich zitterte am ganzen Leib. Eine Gefangene wurde mit ihren Sachen weggebracht, mitten in der Nacht. Das bedeutete Unglück. Ich versuchte, unter der Tür durch auf den Gang zu gucken, aber ich konnte nichts sehen. Die Geräusche auf dem Flur wurden immer leiser. Ich konnte nicht mehr schlafen. Hatte ich mich geirrt? Nach ein paar Wochen hörte ich an einem Besuchstag von einer langjährigen Mitgefangenen, daß Fardin hingerichtet worden war. Ich bin sicher, daß an jenem Abend, als sie ging, niemand da war, um sie zu begleiten.

Ich legte meine Füße auf das Heizungsrohr und sah durch das Eisengitter nach draußen. Manchmal beobachtete ich, wie männliche und weibliche Gefangene vorbeigeführt wurden, morgens und abends in sehr langen Reihen. Morgens hörte ich die Gespräche von ein paar männlichen Gefangenen und ihrem Aufpasser, die die Bäume und Blumenbeete pflegten. Sehen konnte ich die Gruppe nicht, aber nach ein paar Tagen waren sie irgendwie meine Bekannten. Sie redeten unendlich viel, sowohl während der Arbeit als auch in den Pausen. Der alte Aufpasser wollte den Jungen gute Ratschläge erteilen und erzählte ihnen von seinen turbulenten Jahren. Hin und wieder schimpfte er: »Warum seid ihr so faul und arbeitet nicht!« Einmal sagte er: »Arbeiten befreit von Sünden.« Die jungen Gefangenen machten sich über ihn lustig und sagten: »Du bist alt geworden.« Er verstummte.

Offenbar hatte ihn das gekränkt. Nach langem bedrückendem Schweigen versuchten die Gefangenen, ihn aufzuheitern, doch ohne Erfolg. Der alte Mann sagte an diesem Tag kaum noch ein Wort.

An manchen Nachmittagen hatten ältere Männer Hofgang. Manche von ihnen waren ordentlich bekleidet, und ich hatte den Eindruck, daß sie zum Nationalistischen Lager gehörten. Sie marschierten stramm und eifrig auf und ab. Unter ihnen befanden sich auch ausländische Gefangene. Ich erkannte Roger Cooper. Er ging selten im Hof spazieren, sondern machte meistens Späße mit dem Wärter, oder er brachte ihm etwas auf englisch bei. Ein Mann aus dieser Gruppe, dessen Gesicht von einem Professorenbart umrahmt war, ging auf seinen Märschen unter meinem Fenster hin und her. Offenbar war das verboten, denn die anderen näherten sich den Zellen nicht. Einmal, als ich sein Keuchen unter meinem Fenster hörte, begrüßte ich ihn, aber er gab keine Antwort.

Ende März fand wieder ein Besuchstag statt. Im Besuchersaal kaufte ich zwei Blumen; eine für meine Schwester und die andere für mich selbst, die ich erstaunlicherweise mit in die Zelle nehmen durfte. Am gleichen Tag bekam ich eine Neujahrskarte von Nina, einer Freundin, die seit kurzem in Freiheit war. Es war eine Ansichskarte mit vielen blühenden Bäumen, in denen die Strahlen der Sonne spielten und sich auf den glänzenden Blättern widerspiegelten. Überglücklich nahm ich mir vor, diesen Abend ein Fest zu feiern. Als die Eßkarre wieder zu hören war, breitete ich ein sauberes Tuch auf dem Boden aus, legte meine Blume daneben, deckte meinen Teller und mein Besteck richtig auf und stellte die Ansichtskarte dazu. Laut sagte ich zu mir: »Heute habe ich einen Gast.«

Das Quietschen der Karre verschwand wieder, und ich hörte eine Männerstimme auf dem Gang. Die Wärterin kam eilig herbei, öffnete meine Tür und sagte: »Tschador!« Nach mehrmaligem Öffnen und Schließen von Türen war ich endlich an der

Reihe. Ein Geistlicher erschien vor meiner Zelle, neben ihm die Wärterin Yusefi und noch eine andere, die sich fest in ihren Tschador gewickelt hatten. Dieser hohe Geistliche war Sprecher des höchsten Justizrates. Er fragte mich: »Wie lange bist du in Gefangenschaft?« Ich antwortete. Er fragte mich weiter: »Anschuldigung?« Ich gab Antwort, und er fragte: »Bist du bereit, die Abscheuerklärung zu unterschreiben?« Ich sagte: »Nein.« Er starrte mich einen Moment lang an und ging weiter. Meine Tür wurde wieder abgeschlossen.

Dann hörte ich die Stimme von Hawa aus der gegenüberliegenden Zelle. Sie antwortete auch mit Nein. Meine Tafel war gedeckt, und ich wartete auf mein Essen. Hinter meiner Tür unterhielt sich Yusefi mit einer anderen Wärterin. Sie guckten durch meine Türluke. Yusefi sagte zur anderen Wärterin: »Wenn ich für jede Nacht tausend Tuman bekommen würde, ich wäre nicht bereit, in diesem Loch zu übernachten. Was für Kreaturen sind diese Frauen, daß sie ohne einen Grund in Gefangenschaft bleiben. Sie sollen doch einfach sagen, was die hören wollen, dann hätten sie ihre Ruhe.« Die andere Wärterin erklärte Yusefi: »Sie sind eben Gottlose.«

Für jeden Gefangenen ist die Isolationshaft am Anfang eine Art Erholung, weil man von den tagtäglichen Reibereien und dem ständigen Lärm entfernt ist. Aber bald wird das Alleinsein langweilig und ermüdend: Für jede Kleinigkeit muß man die Wärterinnen rufen, man wird immer empfindlicher, sucht Auseinandersetzungen mit den Gefängniswärterinnen. In der Zelle will man sich irgendwie ablenken, macht alles schön, räumt seine wenigen Habseligkeiten von dieser Ecke zur nächsten. Aber wie oft kann man das tun? Nachmittags fühlt man sich noch niedergeschlagener, man sehnt sich nach seinen Freundinnen, nach Gesprächen mit ihnen.

Eines Abends, als ich vereinsamt in einer Ecke meiner Zelle hockte, wurde plötzlich die Tür aufgestoßen. Vor mir stand eine Frau mit Tschador und Augenbinde. Ich sprang auf und begrüßte sie. Sie lächelte. Dann hörte ich die Wärterin hinten im Flur: »Wo bist du mit deinen Gedanken, geh weiter, da nicht.« Sie warf die Tür mit einem Ruck zu und ging weiter. Die Frau hätte mir so viel erzählen können! Ich kannte sie nicht, aber mit Sicherheit war sie gerade erst verhaftet worden. Sie hätte von Menschen, Straßen, Bussen berichten können …

Manchmal hörte ich bekannte Stimmen, und nach ein paar Tagen waren sie wieder verschwunden. An den Besuchstagen erfuhr ich, daß diese Frauen freigelassen worden waren. Einmal hörte ich Monas Stimme, sie verlangte von der Wärterin einen Kamm. Mona band ihre langen hellen Haare immer zu einem Zopf zusammen. Einmal hatte sie zu mir gesagt: »Ich liebe es, wenn der Wind durch meine Haare weht.«

Dann traf ich Mona zufällig im Flur. Sie sagte: »Ich komme frei.« Sie sah das Elend in meiner Miene. Einen Moment drückten wir unsere Hände. Ein Wärter, der uns beobachtet hatte, kam sofort herbei und schlug mir ins Gesicht.

Als ich ein anderes Mal im Flur darauf wartete, in den Besuchersaal geführt zu werden, stand eine Gefangene mit ihren persönlichen Sachen neben mir. Mit Handzeichen versuchte sie, mir irgend etwas mitzuteilen, aber ich verstand nicht, was sie meinte. Sie öffnete ihren Tschador etwas, und ich konnte ihr Kleid sehen. Da erkannte ich sie wieder. Sie wurde freigelassen. Ich konnte mir vorstellen, daß ihre beiden Kinder an diesem Tag ein großes Fest feiern würden. Ich öffnete ebenfalls meinen Tschador ein bißchen und winkte ihr zu.

Einige Tage lang mußte eine Gefangene ständig laut niesen. Ich kannte dieses Niesen aus Abteilung 2. Es klang so, als würde sie es absichtlich provozieren, um sich bemerkbar zu machen. Bei jedem Niesen schimpfte die Wärterin: »Zur Hölle mit dir. Es reicht, alle haben verstanden, daß du hier bist. Halt's Maul!« Ich mußte jedesmal wieder darüber lachen. Wahrscheinlich lachten die anderen Gefangenen auch. Ein, zwei Wochen später hörte ich ihr Niesen nicht mehr.

In der Zelle auf meiner rechten Seite wurde jemand angesiedelt. Sehr ruhig nahm meine neue Nachbarin ihr Essen an, ich konnte ihre Stimme kaum wahrnehmen. Ich klopfte an die Wand, und prompt kam eine Antwort zurück; aber weil sie so schnell morste, konnte ich es nicht richtig verstehen und verwechselte sie mit einer anderen Frau. Als sie einige Tage später zum Besuchersaal ging, konnte ich ihr Gesicht zufällig sehen und erkannte, wer sie wirklich war. Wir waren zusammen in einer Abteilung gewesen, aber damals hatten wir keine besondere Beziehung, mal begrüßten wir uns, mal nicht. Sie war Anhängerin einer radikalen Gruppe, hatte sehr viel Widerstand geleistet und war dafür oft bestraft worden. Sie fühlte sich den anderen überlegen, und so war ihre Beziehung zu den Mitgefangenen eher förmlich, manchmal auch herablassend. Ich bin sicher, wäre jetzt nicht unser Kontakt die einzige Möglichkeit gewesen, aus der Einsamkeit zu flüchten, hätte sich niemals zwischen uns eine Freundschaft entwickelt.

Unsere Beziehung begann mit kurzen Morsenachrichten. Ich hatte das Gefühl, daß sie durcheinanderkam, weil ich nicht so schnell morsen konnte wie sie. Sie war launisch, wenn sie Lust hatte, fing sie an zu klopfen, und hörte auf, wann sie wollte. Einmal, als sie mitten in einem Gespräch unvermittelt aufhörte, beschloß ich, nie mehr mit ihr in Kontakt zu treten. Ich war gekränkt. Am nächsten Nachmittag fing sie wieder an zu klopfen – ich gab keine Antwort. Am Tag danach versuchte sie es nochmals – ich äußerte mich wieder nicht; das war meine Rache, und ich fühlte mich erleichtert. Am vierten Tag morste und morste sie. Ich saß auf der Toilette, und es klopfte so lange und energisch an meine Wand, daß ich mich schämte und antwortete. Sie fragte: »Wo warst du die letzten paar Tage?«

»Hier.«

»Ich dachte, sie hätten dich verlegt. Heute habe ich deine Stimme gehört. Warum hast du nicht geantwortet?«

»Mir war nicht danach. Wenn du keinen Wert auf die anderen legst und aufhörst, wann du möchtest ...«

Sie unterbrach mich sofort und morste: »Ich war aber beunruhigt. Habe ich einen Fehler gemacht? Habe ich etwas mißverstanden?«

Von da an brach unsere Verbindung nicht mehr ab, jeden Nachmittag unterhielten wir uns. Die Gespräche wurden länger und länger. Nach einer Woche konnte ich genauso schnell morsen wie sie. Meistens war es gar nicht mehr notwendig, die Wörter und Nachrichten vollständig zu morsen, wir verstanden uns so gut, daß wir die Antwort nach wenigen Buchstaben, manchmal mit dem ersten Morsezeichen, erkennen konnten.

Meine Nachbarin berichtete mir ausführlich, warum sie in Einzelhaft saß. Einmal hatte Naserian ihr im Beisein ihres Vaters mit dem Tode gedroht. Der Vater war verzweifelt, weinte und flehte sie an, alles zu tun, was von ihr verlangt würde. Weil sie diese Drohung von Naserian sehr ernst nahm, wurde ihr Leben noch schwerer, und wahrscheinlich war sie deshalb so sprunghaft, als wir uns kennenlernten. Ich sagte ihr, sie solle diese Aussage von Naserian nicht für bare Münze nehmen. Für ihren Vater empfand ich großes Mitleid und sagte es ihr auch. Ich kannte ihn von den Besuchstagen: Er war ein alter, edler Mann, der den Respekt aller Angehörigen der anderen Gefangenen genoß. Glücklicherweise war meine Nachbarin bei den nächsten Besuchstagen wieder mit dabei.

Ich bekam inzwischen die Tageszeitung, meiner Nachbarin wurde sie aber weiterhin verwehrt. Sobald ich alle Artikel gelesen hatte, teilte ich ihr die Neuigkeiten mit. In diesem Frühling 1989 fanden in Peking die Studentenunruhen für Freiheit und Demokratie statt. Jede Kleinigkeit über dieses Thema morste ich ihr. Als ich ihr übermittelte, daß die Studenten auf dem Platz des Himmlischen Friedens einen Hungerstreik begonnen hatten, unterbrach sie mich und fragte: »Begrenzt oder unbegrenzt?« Ich lachte. Sie interpretierte alles nach den Maßstäben unserer Gefangenschaft.

Sehr schnell wurden wir anhänglich. Wir waren uns nahe, und wenn wir das Bedürfnis verspürten, konnten wir reden. Mit der Zeit erkannte ich ihre Feinfühligkeit, die mir vor unserer Morse-Freundschaft verborgen geblieben war.

Über uns lag eine Männerabteilung. Manchmal konnte ich ihre Stimmen hören. Im Monat Ramadan las ein Mann abends den Koran. Morgens und abends sang er mit kräftiger Stimme die Pflichtgebete. Seine Stimme führte mich in meine Kindheit zurück, sie erinnerte mich an meinen Vater. Einmal hörte ich eine Männerstimme durch die Rohre des Waschbeckens. Die Stimme klang so nah, daß ich richtig schockiert war. Wahrscheinlich waren unsere Rohre direkt mit den Rohren der darüberliegenden Etage verbunden, und das konnte ein Weg sein, mit den Männern aus der oberen Abteilung zu kommunizieren. Ich legte meinen Mund eng an das Abflußrohr und begrüßte die unbekannte Stimme. Es kam jedoch keine Antwort. Ich versuchte es noch einmal, leider ohne Erfolg.

Khomeinis Tod

Am 3. Juni 1989 hörte ich elegische Korangesänge, die mit weinerlich klagenden Stimmen vorgetragen wurden. In den letzten Tagen hatte ich in der Tageszeitung gelesen, daß Khomeini schwer krank sei, und am Vortag hatte ich aus der Zeitung erfahren, daß er das Volk gebeten habe, für ihn zu beten. Diese Nachrichten morste ich meiner Nachbarin. Ich hörte, daß die Wärterin weinte, und eine andere Wärterin hielt sich den Finger vor den Mund und machte »Pst«. Ich war unruhig, aber ich ließ die Nachbarin meine Nervosität nicht spüren. Ich morste: »Wir müssen abwarten.«

Um acht Uhr morgens hörte ich den Koranvers: »Wir gehören Allah, zu ihm kehren wir zurück.« Ein Hubschrauber kreiste über dem Evin-Gelände. Was würde nun wieder passieren? Die beängstigende Stille wurde nur durch die Stimme des Koranrezitators unterbrochen »Wir gehören Allah …« Es war sehr heiß in meiner Zelle, und ich hängte einen dünnen Stoff vor das Fenster, damit es nicht noch unerträglicher wurde.

Als die Wärterin mittags das Essen brachte, war nichts Auffälliges an ihr zu bemerken; wie immer hatte sie ein Kopftuch umgebunden und einen langen schwarzen Kittel an. Nachmittags kam eine andere Wärterin und brachte mir die Tageszeitung. Ich war erstaunt – mit einer Zeitung hatte ich eigentlich nicht mehr gerechnet. Sie stand vor der Tür und hielt mir die Titelseite vor die Augen. Ich las die fette Überschrift: »Khomeini ist von uns gegangen«. Unbewegt starrte sie mich an und wartete auf meine Reaktion. Sie wußte nicht, daß ich die Nachricht längst kannte. Ohne mir etwas anmerken zu lassen, nahm ich die Zeitung.

Für eine ganze Woche war Staatstrauer angesetzt. Ein Extrablatt über seine Beisetzung wurde gedruckt, das alles in farbigen Bildern darstellte und nicht das kleinste Detail ausließ. Den ganzen Tag kamen Korangesänge und dazwischen Nachrichten aus den Lautsprechern, so laut, daß kein Gefangener weghören konnte. Ich ging in meiner kleinen Zelle hin und her, bis mir schwindlig wurde.

Die Tage gingen sehr langsam vorüber. Die Wärterinnen waren von Kopf bis Fuß schwarz gekleidet. Mit einem schwarzen Streifen bekundeten die Tageszeitungen ihre Trauer. Nateq Nuri beschrieb die Beerdigungszeremonie in einem langen Zeitungsartikel in allen Einzelheiten: Der Sarg wurde in einem Hubschrauber transportiert, der zuerst wegen der riesigen Menschenmenge nicht landen konnte. Schließlich gelang die Landung. Als der Sarg aus dem Hubschrauber getragen wurde, fiel der Leichnam Khomeinis heraus, und die erregten Menschen zerrten das Leichentuch von einer Seite zur anderen. Viele wurden ohnmächtig. Aus dem Hubschrauber schütteten sie Wasser auf die Menge. Die verzweifelten Menschen schlugen sich ins Gesicht und auf den Kopf und riefen: »Heute ist der Tag der Trauer.«

Nach der Trauerfeier erhielten wir wieder Besuchsgenehmigungen. Auf dem Weg zum Besuchersaal hörte ich die widerliche Stimme von Naserian. Er sagte zu der Wärterin: »Halte sie auf, ich habe etwas mit ihr zu erledigen.« Die Wärterin zog mich zur Seite und ging weg. Nach ein paar Minuten kam Naserian zu mir und fragte mich höhnisch: »Du bist immer noch in Isolationshaft. Wie lange bist du schon da?«

»Länger als fünf Monate.«

»Hast du immer noch nicht Vernunft angenommen?«

Ich antwortete nicht. Unter der Augenbinde konnte ich erkennen, daß sein schwarzes Hemd schlampig über der Hose hing.

»Ich habe dir so viel Zeit gelassen, damit du nachdenken kannst. Mit dir selbst hast du kein Mitleid, aber denkst du denn nicht an deine Familie? Der Egoismus hat auch Grenzen.«

Ich antwortete nicht. Er erkundigte sich nach meinem Universitätsstudium. Ich antwortete. Wieder lächelte er ironisch und spottete: »Die gnädige Frau ist Akademikerin. Die gebildete Frau bleibt bis zum Verrecken in der Zelle. Denk ja nicht, daß du uns entwischen kannst. Du weißt doch, was wir mit den anderen Gefangenen von deiner Sorte gemacht haben. Denk nicht, daß alles zu Ende wäre. Wenn wir wollen, werden wir euch alle töten.« Ich antwortete: »Ich habe alles gesehen, und das werde ich niemals vergessen.« Er fragte mich, ob ich mit meinem Besuch ohne Trennscheibe sprechen wollte. Ich verneinte. Er sagte: »Geh zurück in deine Zelle, ich rufe dich wieder. Ich hole deine Schwester, daß sie dich in meinem Beisein ohne Scheibe sehen kann.«

Weil ich wußte, wie schlimm die Situation in solchen Fällen werden kann, sagte ich: »Ich möchte das nicht.« Er sagte: »Das geht dich nichts an!«

Zwei Stunden später wurde ich abgeholt, aber sie brachten mich nicht ins Büro des Staatsanwaltes, sondern in den Besuchersaal, der fast leer war. Ich wurde auf die andere Seite der Scheibe geführt, auf die Besucherseite. Zwei Bänke waren einander gegenüber aufgestellt, Naserian thronte auf der einen. Mit einem Wink wies er mich an, auf der anderen Bank Platz zu nehmen, und gab mir ein paar Anweisungen. Dann kam meine Schwester herein. Sie rannte zu mir, und wir fielen uns in die Arme. Sie sah ausgesprochen mitgenommen aus. Ihr Kopftuch und ihr schwarzer Kittel waren total naß. Dann hörte ich wieder die häßliche Stimme von Naserian: »Ist gut, das genügt, setzt euch!« Ich sagte: »Ich habe meine Schwester seit vielen Jahren nicht mehr gedrückt.« Er erwiderte: »Das ist deine eigene Schuld.«

Ich fragte meine Schwester, warum ihre Kleidung so naß sei. Sie sagte: »Das ist nicht wichtig«, aber ihre Augen füllten sich mit Tränen. Ich fragte nochmal nach. Da berichtete sie mir, was vorgefallen war: Im Warteraum des Besuchersaals befahl man ihr, an einer bestimmten Stelle zu warten. Sie nahm an, nun würde sie in das Büro des Staatsanwaltes geführt. Im Gefängnis war es für Frauen Vorschrift, einen Tschador zu tragen, aber sie hatte keinen bei sich. Der Revolutionswächter telefonierte mit irgend jemandem: »Bruder, sie ist nicht islamisch bekleidet«, obwohl sie einen schwarzen Kittel und ein Kopftuch trug. Offenbar hatte der Wächter mit Naserian telefoniert. Genau diese Szene spielte sich immer dann ab, wenn der Gefängnisleiter die Nachricht von der Hinrichtung eines Gefangenen an die Familie überbringen wollte. Meine Schwester verließen die Kräfte, sie fiel ohnmächtig auf den Boden. Nun war aber keine Wärterin anwesend, und die »Brüder« durften eine Frau auf keinen Fall anfassen. Um meine Schwester wieder zu sich zu bringen, fiel ihnen nichts anderes ein, als ihr einen Eimer Wasser über den Kopf zu schütten.

Jetzt, nach diesem Alptraum, saßen wir nebeneinander. Wir schauten uns an und hielten unsere Hände. Liebevoll flüsterte sie: »Gib deinen Widerstand auf! Es ist eine schlimme Zeit. Ihr werdet auch umgebracht. Ich habe niemals Einfluß auf deinen Willen genommen, aber jetzt ist die Situation eine andere.« Wir unterhielten uns auf türkisch. Naserian, der kein Türkisch verstand, mischte sich ein und sagte: »Sie ist sehr stur und konterrevolutionär.« Er forderte meine Schwester auf, Einfluß auf mich zu nehmen, ich sollte endlich die Reueerklärung unterschreiben. Er sagte: »Ich verspreche, daß ich sie dann sofort nach Hause schikke.« Meine Schwester sagte zu Naserian: »Herr Naserian, warum halten Sie sie immer noch in Gefangenschaft, jetzt, da wir einen neuen Führer haben? Warum lassen Sie sie nicht frei?« Naserian unterbrach sie verärgert: »Warum sagen Sie so etwas, anstatt Ihrer Schwester gute Ratschläge zu erteilen? Die sind gegen die Revolution. Was hat das mit dem neuen Führer zu tun?« Naserian beendete abrupt das Gespräch. Meine Schwester stand auf und ermahnte mich: »Sei vorsichtig, paß auf dich auf!« Dann ging sie weg. Naserian fauchte mich an: »Ich wußte nicht, daß alle deine Verwandten Konterrevolutionäre sind. Bei so einer Familie kann ja nichts Besseres rauskommen!«

Als ich wieder in meiner Zelle war, dachte ich an meine

Schwester, wie sie mich in ihrem nassen Kittel gedrückt hatte, was sie zu Naserian gesagte hatte. Ich lachte laut und war stolz auf sie.

Meine liebsten Beschäftigungen in der Einzelzelle waren Sticken und Nähen. In meinen Sachen war eine Stickereivorlage, die die Wärterinnen nicht gefunden hatten. Sie stellte eine Landschaft an einem glitzernden Meer dar, in dem Schilf und Wasserlilien wuchsen. Jemand ruderte in einem Boot der Sonne entgegen. Ich wünschte mir, daß die Stickerei nie zu Ende ginge, aber eines Tages war sie schließlich fertig.

Danach nahm ich mir eine andere Arbeit vor. Ich malte Blumen auf einen Stoff und stickte sie nach. Oft hielt ich mich damit beschäftigt, meine Kleidung weiter oder enger zu machen. Ich genoß die Kreuzworträtsel aus den Tageszeitungen und suchte dabei lange nach den Antworten. Das war mein Abendvergnügen. Einmal gab es eine Fortsetzungsreihe in der Tageszeitung. Der bekannte Schriftsteller Ali Akbar Kasmai beschrieb darin seine Reise in die Schweiz. Nachmittags legte ich mich auf mein Bett, reiste in das schönste Land der Welt, ging am Ufer des Genfer Sees spazieren und fütterte die Möwen. Abends war der See unter den Lichtern ein funkelnder Stein. Ich lief auf den sauberen Straßen der Stadt Lausanne und betrachtete die schönen alten Gebäude, an deren Fassaden Schilder mit dem Baujahr angebracht waren.

In der Einzelzelle hatte ich nach und nach eine rigide Disziplin angenommen. Jede Veränderung beunruhigte mich. In meiner engen Welt konnte ich mich nicht von dieser Pedanterie befreien, von Tag zu Tag wurde sie schlimmer. Ich konnte nicht genug Bewegung finden. Regelmäßig schüttelte ich Hände, Füße und meinen Kopf und marschierte von einer Wand zur anderen. Jetzt war ich bald sechs Monate in Einzelhaft. Die Schlaflosigkeit setzte mir schwer zu. Eintönigkeit macht den Menschen irre. Es drängte mich, unter anderen Menschen zu sein.

Gemeinschaftszelle

Nach sechs Monaten Isolationshaft kam eines Donnerstag nachmittags Naserian in die Abteilung und inspizierte die Gefangenen. Meine Tür öffnete sich. Naserian stellte mir die gewohnten Fragen, ich gab die gleiche Antwort wie immer. Dann befahl er mit einer Geste der Gnade und des Wohlwollens, mich in eine Gemeinschaftszelle zu bringen. Eine Stunde später saß ich in einer Gemeinschaftszelle der Abteilung 1 in der ersten Etage, um mich herum meine Freundinnen, die meinen Erzählungen aufmerksam lauschten.

Shokat saß in einer Ecke und hörte voller Bewunderung zu. Glücklicherweise war ich wieder mit ihr zusammen. Wir hatten viel Spaß miteinander, ich half ihr beim Französischlernen, und wir lasen gemeinsam Bücher, unter anderen den Roman »Der Sumpf« von Upton Sinclair. Das Elend der Arbeiter stimmte Shokat sehr traurig, und ich sah, daß Tränen aus ihren Augen auf die Seiten tropften. Wenn wir in Eintracht miteinander diskutierten, waren wir glücklich und zufrieden, aber wenn wir unterschiedliche Meinungen vertraten, waren wir sehr unbarmherzig. Unsere Freundschaft war zart wie Samt und hochempfindlich, alle kleinen Mißverständnisse taten uns sehr weh. Manchmal verletzten wir uns so sehr, daß wir beide tiefe Wunden davontrugen. Bis zur Besessenheit kämpften wir für unsere Überzeugungen und kränkten uns gegenseitig. Immer wenn unsere Diskussion auf die Sowjetunion oder den Ostblock kam, endete es mit einem riesigen Streit. Shokat konnte keine Art von Kritik an der Sowjetunion aushalten.

Nach diesen heftigen Diskussionen suchten wir immer Ruhe, weil wir Angst hatten, die Brücke zwischen uns zu zerstören.

Im Herbst 1989 zeichneten sich die Umgestaltungen in Osteuropa schlagartig ab. Mit größter Aufmerksamkeit verfolgte ich in den Zeitungen die Nachrichten über den Zusammenbruch des Eisernen Vorhangs, den Fall der Berliner Mauer, die Demonstrationen in den osteuropäischen Ländern und den Aufstand in Rumänien. Ich legte mir einen Ordner an und notierte alles, was mir wichtig erschien, für jede Bewegung getrennt. Diese gewaltige Explosion kam viel überraschender und rasanter, als ich überhaupt begreifen und verdauen konnte, und wühlte meine Vorstellung und Überzeugung auf. Ich war ratlos, manchmal überkam mich ein Gefühl von Resignation, dann wieder spürte ich um mich herum ein Vakuum, oder ich sah vor mir nichts als einen tiefen Abgrund.

Ich morste Shokat, wie tief enttäuscht ich war, und berichtete ihr von meiner Ratlosigkeit. Bei ihr konnte ich Solidarität und Trost suchen: Niemand sonst hätte in diesen schweren Tagen meine Verwirrung zerstreuen können, sie war für mich wie eine erfahrene Lehrerin. Doch es schien, als ob sie überhaupt keine Veränderungen bemerken wollte, emotionslos und kalt wie ein Stein morste sie mir zurück: »Was jetzt passiert, ist ein Fortschritt für den Sozialismus. Diese demokratische Bewegung ist notwendig für den Sozialismus« und so weiter. Ich antwortete: »Ausgerechnet von dir kommt diese Erklärung. Bis gestern wolltest du keinen Mangel an diesem Gebäude erkennen und nicht zugeben, daß es keine Demokratie in den sozialistischen Ländern gibt.« Sie versuchte, die neuen Entwicklungen auf der Grundlage ihrer Überzeugung zu rechtfertigen, und erteilte mir Ratschläge: »Meine Tochter, du sollst nicht erschüttert oder gutgläubig sein. Ich bin überzeugt, daß der Sozialismus in der Sowjetunion wieder auferstehen und leben wird.«

Ihre Verblendung brachte mich zum Platzen. Manchmal kamen mir aber auch Zweifel an ihrer Ruhe und Besonnenheit. War ihre Überzeugung wirklich unverändert geblieben? Wahrscheinlich war sie auch konfus und ohne Hoffnung und gab deshalb solche Antworten. Diese harten Auseinandersetzungen zwischen uns machten uns müde, und am Ende schlossen wir den Kompromiß, zu schweigen und damit eine Feuerpause einzulegen, so daß Ruhe in unsere Verbindung einkehren konnte.

Meine Freundschaft zu Shokat war im besten und schönsten Stadium, als sie ihre Haltung plötzlich änderte. Mit einem Mal distanzierte sie sich von mir und behandelte mich unfreundlich und kühl. Weil ich keinen Grund sehen konnte, fühlte ich mich gedemütigt und beleidigt. War ich ihr keine gute Freundin gewesen? Ich war verunsichert und bemühte mich, meine Verletztheit zu verbergen, was jedoch in dem engen Raum nicht möglich war. Abends zog ich mich auf das oberste Bett zurück. Ich wollte mich von den lauten Gesprächen und den Fernsehgeräuschen fernhalten.

Zum ersten Mal im Gefängnis dachte ich daran zu schreiben. Ich entwarf einen Roman, der auf dem Leben meines Bruders basierte. Dieser Entwurf schien mir aber wertlos und uninteressant, und das entmutigte mich. Dann überlegte ich mir, eine kurze Novelle zu verfassen: einen Dialog zwischen zwei Gefangenen mit unterschiedlichem Charakter in einer Zelle. Leider gelang mir dieser Entwurf auch nicht besser; die Diskussionen zwischen den beiden waren so simpel, daß ich nicht mehr daran weiterarbeitete.

Uns stand schon wieder ein Umzug bevor. Ich kam in Zelle 6 der Abteilung 4. In dieser Gemeinschaftszelle lebten mehrere Gefangene, die ich schon von früher kannte. Ich begrüßte Setareh, aber meine Freundin Goli war nicht hier.

Am darauffolgenden Tag teilte mir die Frau, die durch Morsen Verbindung mit der Nebenzelle hatte, mit: »Wenn es dreimal an der Wand klopft, ist das für dich.« Die Zellentüren waren verschlossen, und wir konnten uns nicht auf dem Flur treffen. Es klopfte dreimal, das bedeutete: mein Telefon klingelt. Ich legte mein Ohr an die Wand, wie man einen Hörer ans Ohr legt. Ich klopfte auch dreimal, das hieß: »Ich bin's.« Mein Herz schlug heftig. Es war Shokat. Vor der Verlegung hatte ich mich nicht von ihr verabschiedet, weil ich über den einseitigen Abbruch unserer Freundschaft gekränkt war. Sie fragte mich: »Warum bist du einfach gegangen?« Ich schwieg. Sie fragte nochmal: »Warum bist du ohne Abschied gegangen? Warum bist du gegangen, ohne mir Bescheid zu sagen?« Ich konnte keine Antwort geben. Tränen liefen mir über das Gesicht. Ich war glücklich, daß unsere Freundschaft noch bestand.

Die Wand zwischen uns spielte von nun an eine widersprüchliche Rolle: Obwohl sie uns trennte, machte sie unsere Freundschaft sogar noch enger, denn wir trauten uns zuzugeben: »Ich liebe dich«, und wir tauschten weiche und zärtliche Worte aus. Die Betonwand schluckte unsere Furcht und Scham.

Die UN-Menschenrechtskommission

Im Winter 1989 schickten sie uns in die Abteilung 3. Sie sagten: »Das ist nur eine provisorische Verlegung. Wir wollen die Wände streichen, und es ist nicht notwendig, die persönlichen Sachen mitzunehmen.« Uns schien das unglaubwürdig, weil die Wände erst vor ein paar Jahren gestrichen worden waren und die Leitung ohnehin kein Interesse hatte, die notwendigen Reparaturen durchzuführen. In den kältesten Tagen des Winters war die Heizung ständig kaputt, und wir waren gezwungen, alles, was wir hatten, übereinander anzuziehen, damit wir die Kälte einigermaßen aushalten konnten.

In der unteren Etage lebten seit kurzer Zeit nichtpolitische Gefangene, die aus dem Qasr-Gefängnis hierher verlegt worden waren. Wir beobachteten durch unsere Fenster, wie sie laut und fröhlich im Hof umherliefen. Eine von ihnen, die gerade dabei war, unseren Flur zu wischen, öffnete in einem unbeobachteten Moment unsere Türluke, begrüßte uns und sagte: »Der Beauftragte der UNO, Galindo Pohl, kommt bald zur Inspektion der Gefängnisse.«

So ein Gerücht hatten wir schon gehört, aber wir hatten Zweifel, daß die Regierung eine Besichtigung gestatten würde. Über elf Jahre hatten sie diese Genehmigung verweigert. Diese emsigen Renovierungsarbeiten bekräftigten das Gerücht zusätzlich.

Eine Woche später kehrten wir wieder in unsere renovierte, frisch gestrichene und saubere Abteilung zurück. Ein paar Tage später hörten wir Baugeräusche auf dem Zentralgang. Bald lüftete sich das Geheimnis: Vor unserem Abteilungseingang wurde eine Wand bis zur Decke errichtet. Dadurch waren wir vom gesamten Gebäude abgetrennt.

Wer dieses Gebäude nicht genau kannte, konnte die Existenz

einer weiteren Abteilung nicht ahnen, denn man konnte nur drei Türen zu drei Abteilungen sehen. Um in den Besuchersaal zu gelangen, führten sie uns durch eine Verbindungstür in der Küche.

Wir berichteten unseren Verwandten darüber. Die Vermutung lag nahe, daß diese Mauer uns vor dem Beauftragten der Menschenrechtskommission verstecken sollte. Alle Wärter waren aufgeregt. Die Gefangenen, die in Isolationshaft saßen, wurden eilig in Gemeinschaftszellen verlegt.

Über den bevorstehenden Besuch des Beauftragten gab es unterschiedliche Auffassungen. Manche sagten, er sei Gesandter der Bourgeoisie und unterstütze die Ziele der kapitalistischen Länder, und deshalb werde er am Ende die Interessen der Islamischen Republik vertreten; diese ganze Menschenrechtsdiskussion interpretierten sie nur als ein Schauspiel. Andere vertraten die Meinung, sie hätten ihm nichts zu berichten, wenn er denn überhaupt in unsere Abteilung käme. Sie stellten ihn fast auf eine Stufe mit den Gefängniswärtern.

Diese Vorurteile meiner Mitgefangenen machten mir schwer zu schaffen, besonders weil sie ihre Meinung für gottgegeben hielten. Wir diskutierten heftig.

Ich sagte: »Sicherlich kann man die Organisationen kritisieren, aber sie können die öffentliche Meinung auf der ganzen Welt beeinflussen. Die Gegner von diktatorischen Regimes bemühen sich, diese Organisationen auf ihre Situation aufmerksam zu machen, und ihr wollt bei einer solchen Gelegenheit schweigen. Wenn die iranische Regierung gewußt hätte, daß wir diesen Besuch ablehnen, dann hätte sie so eine Mauer gar nicht bauen müssen.«

Meine Argumentation überzeugte die meisten meiner Mitgefangenen nicht. Nur Sharareh und ein paar andere unterstützten meine Gedanken. Die anderen warfen uns vor, wir würden nach rechts tendieren. Wir nahmen uns jedenfalls vor, über unsere Situation und was wir in den Gefängnissen erlebt hatten, selbst zu berichten, ohne Dolmetscher.

An einem dieser Tage wurden Farzaneh Amui und eine Frau aus unserer Zelle, deren Mann hingerichtet worden war, ausgerufen. Sie mußten mehrere Stunden auf dem Flur warten, dann wurden sie wieder in die Zelle zurückgeschickt. Sie wußten nicht, was das sollte.

Später, als ich ein Gespräch mit Herrn Galindo Pohl hatte, hörte ich aus seinem Munde, daß ihm Berichte über diese beiden Frauen zugespielt worden waren, durch die er auch von der ernsten psychischen Erkrankung von Farzaneh erfahren hatte. Er wollte diese beiden Gefangenen persönlich treffen. Die Gefängniswärter hatten zwei Frauen zu ihm gebracht, die sich als Farzaneh Amui und die andere Frau vorstellten. Sie waren gut gekleidet, machten einen sehr fröhlichen Eindruck und sahen eigentlich gar nicht wie Gefangene aus. Sie lachten und sagten, daß sie sehr glücklich und zufrieden wären. Galindo Pohl durchschaute dieses Spiel. Er sagte zu mir: »Ich weiß recht gut Bescheid, manche Abteilungen sind vor mir versteckt worden, ich konnte sie nicht besichtigen.« Mit Sicherheit hatten die Gefängniswärter ein paar Tawabs zu Galindo Pohl geschickt.

Später bekamen wir mit, daß viele Verwandten der Hingerichteten und der Gefangenen vor dem Gebäude, in dem sich Galindo Pohl aufhielt, zusammengekommen waren, um mit ihm zu reden. Die Revolutionswächter trieben sie gewaltsam auseinander, manche von ihnen wurden gleich verhaftet.

Ein paar Monate darauf wurde der Bericht der UN-Menschenrechtskommission veröffentlicht. Die Tageszeitungen schrieben, ohne den Bericht abzudrucken, daß Galindo Pohl seinen »guten Willen« gezeigt und die positive Realität in den Gefängnissen in seinem Bericht wiedergegeben hätte. Wir wußten nicht, was in seinem Bericht stand. Angeblich hatte er sich auch bei der Regierung bedankt, daß diese Inspektion genehmigt worden war. Die iranische Regierung legte diesen Satz zu ihren Gunsten aus und gab ihn großartig in allen Zeitungen bekannt. Für diejenigen, die diesen Besuch als Schauspiel interpretiert hatten, war das natürlich eine Bestätigung.

Zehn Monate später, im Oktober 1990, inspizierte er mit seinen Begleitern zum zweiten Mal die Gefängnisse im Iran. In diesem Bericht beschrieb er die Menschenrechtsverletzungen in den Gefängnissen der Islamischen Republik und innerhalb der iranischen Gesellschaft so hart, daß ihm nie wieder die Erlaubnis erteilt wurde, in den Iran zu reisen. Die iranische Regierung bezeichnete ihn als Handlanger der Heuchler.

Letztes Norouzfest in Gefangenschaft

Nachts, um 2.30 Uhr, ging das alte Jahr still vorüber. Nur ein paar Gefangene waren noch wach, um das neue Jahr zu begrüßen. Wir mußten auf dem Boden schlafen, und weil es keinen Platz zum Sitzen gab, lagen wir wach auf unseren Schlafdecken. Der Fernseher lief leise im Hintergrund.

Ich dachte an den Mann, den ich außerordentlich liebe. Nach so vielen Jahren der Trennung waren meine Träume immer noch frisch. Die Erinnerungen an ihn entzündeten eine Flamme in mir, deren Wärme ich unter meiner Haut, in meinen Wangen und meinem ganzen Körper spüren konnte. Zwei Gefangene hielten ein Heftchen in der Hand und flüsterten leise miteinander. Während des Jahreswechsels standen einige von uns auf, umarmten und küßten sich und wünschten einander Glück.

Als wir am ersten Tag des neuen Jahres morgens aufwachten, wartete eine herrliche Überraschung auf uns: Elham, die sich schon viele Tage lang ausschließlich mit ihrem Zeichenblock beschäftigt hatte, hatte von jedem ein Porträt gezeichnet und diese, als wir tief im Schlaf waren, mit Shararehs Hilfe an die Wand gehängt. Unsere Zelle hatte sich in ein Museum verwandelt. Begeistert betrachteten wir die Ausstellung und unterhielten uns über die Bilder. Elham hatte ihre Begabung für Malerei erst vor ein paar Monaten entdeckt, als sie in Isolationshaft saß. Dort zeichnete sie auf die innere Seite von Zahnpastaschachteln mit Bleistiftminen, die sie im Saum ihres Tschadors versteckte. Unsere Toiletten waren aus Metall. Einmal setzte sie sich neben eine Toilette, auf der sich ihr Gesicht verzerrt widerspiegelte. So zeichnete sie eine Karikatur von sich selbst.

Am Norouztag durften die Gefangenen aus den anderen Zellen auf den Hof gehen. Wir kletterten hintereinander vor das Fenster und wünschten unseren Bekannten Glück für das neue Jahr. An diesem Tag waren auf dem Hof alle fröhlich und trugen frisch gewaschene Kleider. Leila war besonders vergnügt und beschwingt. Sie hatte einen Faltenrock angezogen, der mit großen roten Blumen gemustert war. In ihrer Zelle hatte sie vor den anderen Gefangenen getanzt, und jetzt tanzte sie auf unsere Aufforderung hin noch einmal in einer Ecke des Hofes, die unserem Fenster gegenüberlag, die aber von den Wärterinnen nicht eingesehen werden konnte. Der fröhliche Tanz von Leila und die Bilderausstellung von Elham bescherten uns einen Jahresbeginn fern von den üblichen Auseinandersetzungen mit den Wärterinnen.

Nach den langen Jahren in Gefangenschaft hatte niemand mehr Lust, das Norouzfest traditionsgemäß vorzubereiten. Wir sprachen sehr wenig miteinander, es war langweilig, die gleichen Erinnerungen wieder und wieder zu erzählen. Unsere Ansichten und sogar Gefühle hatten sich einander angeglichen, sozusagen als Schutzmaßnahme, es sollten bloß keine Meinungsverschiedenheiten aufkommen. Wir hatten Angst, standhaft unsere Ideen zu verteidigen, weil wir unser Zusammensein auf engem Raum nicht gefährden wollten. Und wie oft konnten wir noch über die weltpolitischen Veränderungen sprechen? Wie oft noch wollten die anderen meine Zweifel an der Diktatur des Proletariats hören? Wie oft sollte ich noch meine persönliche Ansicht über das private Leben von Leonardo da Vinci über die Lippen bringen, dessen Homosexualität meiner Meinung nach keinerlei negativen Einfluß auf seine Kunst und sein Wissen hatte? Wie oft kann man mit immer den gleichen Gesprächspartnern über die Rechte des Individuums und über Moral diskutieren? Ich suchte Neuheiten, die ich nicht finden konnte, auch nicht bei den Menschen, die ich liebte. Das war unvermeidbar. Wir hatten viele Abgründe überwunden und nur einen kurzen Blick in deren Tiefe geworfen. Ein stilles Gewässer im Tal oder auf dem Gipfel verfault.

Ein zerstörtes Nest

Der Frühling brachte uns ein Geschenk mit: Hinter dem eisernen Gitter unseres Fensters flogen laut zwitschernd Spatzen durch die Luft. Sie hatten es immer eilig beim Fliegen, Landen, Aufpicken von Krümeln und waren immer in Hektik. Sie hatten viel zu tun, ihnen blieb nur wenig Zeit. Ganz anders die Turteltaube. Die war faul. Sie setzte sich oft vor unser Fenster, schaute in die Runde und pickte Brotkrümel auf. Bald brachte sie jedesmal ein Stückchen Holz oder kleine Zweiglein in ihrem Schnabel mit. Ihr Gurren brachte Leben in unsere schweigsame Zelle. Sie baute ein Nest zwischen Fensterscheibe und Eisengitter. Als es fertig war, legte sie drei Eier. Über zwanzig Tage lang saß sie Tag und Nacht auf den Eiern, und das Männchen brachte ihr Futter.

Wir sprachen oft über die Taube. Mahin befürchtete, daß sie von Katzen angegriffen werden könnte. »Wir sollten abwechselnd Wache halten. Falls eine Katze kommt, können wir sie verjagen«, sagte sie. Wir nahmen ihren Vorschlag nicht ernst. Eine Turteltaube mußte sich selbst verteidigen können, und wir wollten nicht in das Gesetz der Natur eingreifen.

Wir hielten uns möglichst fern von dem Fenster, damit die Taube ihre Ruhe hatte. Es gab unterschiedliche Meinungen darüber, wie lange sie wohl brüten müßte. Keine von uns kannte sich richtig mit Turteltauben aus. Elham kletterte einmal sehr vorsichtig auf die Heizungsrohre und malte ein paar Bilder von der Taube und ihrem Nest.

Mitten in der Nacht wurden wir durch einen schrillen Schrei aus dem Schlaf gerissen. Unsere Turteltaube! Mahin sprang im Nu auf die Heizung, aber das Unglück war im Bruchteil einer Sekunde passiert: Die Katze hatte die Turteltaube in der Schnauze. Bedrückt und traurig saßen wir mehrere Stunden auf unserer Schlafstätte. Manche unserer Zellengenossinnen hatten nichts mitbekommen und schliefen tief und fest. Sharareh flüsterte: »Hätten wir bloß den Vorschlag von Mahin ernst genommen.« Mahin kletterte leise herunter, legte sich hin und schlief weiter. Am nächsten Morgen bot sich uns ein deprimierendes Bild: Ein paar Federn lagen auf den verwaisten Eiern und rund um das Nest. Ein Ei war zerbrochen, die anderen beiden unbeschädigt. Elham malte auch das verwüstete Nest. Ich morste Shokat die unglückliche Nachricht. Sie antwortete: »Das ist das Gesetz der Natur. Die Katze wird auch von anderen Tieren gejagt und gefressen. Turteltauben und Katzen werden nie aussterben.«

In dieser Zeit ereignete sich ein verheerendes Erdbeben in den Städten Rudbar und Mandjil im Nordiran. Viele Leute starben unter den Trümmern oder wurden obdachlos. Das versetzte uns in Trauer und Sorge, und im Trakt herrschte düstere Ruhe. Shokat morste mir: »Wie werden mir jemals wieder Oliven schmecken, wenn ich an die Ruinen der Olivenplantagen von Rudbar denke.« Ich antwortete: »Wir werden alles wieder aufbauen. In die Wasserbecken, die voller Erde sind, werden wir frisches Wasser füllen, die Fische leben noch.«

Anfang Sommer rief uns Pishwa, der neue Leiter des Gefängnisses, eine nach der anderen in sein Büro. Er stellte uns Fragen: »Bist du bereit, einen Antrag auf eine Ausgangsgenehmigung zu stellen? Möchtest du mit deinen Verwandten zusammenkommen?« Wir waren unschlüssig. Manche bejahten, andere waren grundsätzlich dagegen. Ich entschloß mich für das Treffen mit meinen Schwestern. Am nächsten Morgen wurden mehrere Namen von Frauen vorgelesen, die ihre Sachen zusammenpacken sollten. Ich hatte mir so sehr gewünscht, auch auf dieser Liste zu stehen, aber vergeblich. Nach ein paar Stunden herrschte eine Todesstille in unserer Zelle. Obwohl die Zellentüren offenstanden und wir uns auf dem langen Gang bewegen konnten, fühlten wir uns einsam und bedrückt. Nachdem viele von uns verlegt worden waren, kam uns der Gang viel größer vor als vorher. Shokat war überall und nirgendwo. Ihre Zimmergenossinnen berichteten mir, daß sie sich nach mir sehnte. Später bekam ich mit, daß sie zusammen mit anderen Gefangenen in eine kleine Zelle verlegt worden war. Manche von ihnen, darunter auch Goli, wurden in Isolationshaft gebracht.

Nach diesem bitteren Tag kehrte die Lebhaftigkeit allmählich wieder in die Abteilung zurück. Wir beschäftigten uns mit Aufräumen und Putzen, um die schwere Atmosphäre zu verdrängen. Die bevorstehenden Treffen mit unseren Angehörigen – selbstverständlich im Beisein der Wärterinnen – versetzten uns in helle Aufregung. Ich wollte bei diesem Treffen nicht mit leeren Händen dastehen; also kreierte ich ein Bild, eine Art Mischung aus Malerei und Stickerei: Mit Kurkuma-Pulver und Blütenblätterfarbe, die ich mit Hilfe einer Freundin hergestellt hatte, malte ich eine Landschaft, in deren Mitte ich eine fliegende Schwalbe stickte.

Schließlich kam der verheißungsvolle Tag: Ungestört konnte ich meine beiden Schwestern und ihre Kinder in die Arme schließen. Die Wärterinnen ließen uns allein, warfen nur gelegentlich einen kurzen Blick herein und gingen wieder weg. Das war ein wunderbares Gefühl, zwischen den Schwestern zu sitzen und ihre Hände berühren zu können. Sie sagten zu mir: »Die Zeit für Wunschträume ist vorbei, denn die Welt hat sich weiterentwikkelt, der Sozialismus ist zusammengebrochen, und die politischen Organisationen sind auseinandergefallen. Es bringt jetzt nichts mehr, auf dieser Idee zu beharren, und es ist fatal, auf die nächste Revolution zu hoffen.« Sie rieten mir, diese vollkommen veränderte Zeit zu begreifen, bevor wieder so ein Unglück wie im Jahre 1988 geschähe.

Ich versuchte, das Gespräch auf ein anderes Thema zu lenken, denn ich wollte den Besuch schön und in Eintracht beenden. Neun Jahre war ich nun schon in Gefangenschaft, und diese Zeit sollte nicht sinnlos erscheinen. Die Kinder meiner Schwestern waren am Anfang ziemlich verwirrt über die ungewohnten Umstände, aber nach kurzer Zeit verstanden wir uns gut und hatten viel Freude miteinander. Ich verabschiedete mich, steckte einer meiner Schwestern heimlich das Bild in die Tasche und mußte wieder zurück.

Wieder in der Zelle, erzählte jede von uns aufgeregt von ihrem Besuch. Alle Besucher hatten die gleichen Ermahnungen und Ratschläge erteilt, es schien gerade so, als ob sie sich vorher abgesprochen hätten. Aber das war nicht der Fall: Unsere Besucher spiegelten lediglich die gesamte iranische Gesellschaft wider; eine Gesellschaft, die von der Politik enttäuscht war, die sich als Verliererin fühlte.

Inzwischen bestanden die Gefängnisverantwortlichen nicht mehr auf Abscheubekundungen oder Interviews, sondern verlangten nur noch eine schriftliche Erklärung, daß man nicht mehr politisch tätig sein werde. Wir vermuteten, daß die Zusammenkünfte mit den Verwandten uns zur Akzeptanz der Freilassungsbedingungen bewegen sollten. Die unüberwachten Treffen der Gefangenen mit ihren Verwandten konnten keinen Schaden mehr anrichten, weil die Familien ohnehin über alles, was im Gefängnis passierte, Bescheid wußten.

In diesen Tagen hörten wir, daß die Gefangenen Ausgang bekommen sollten. Jeder mußte einen Antrag stellen, manche wurden dazu genötigt, indem man sie in Isolationshaft steckte oder im Beisein ihrer Angehörigen bedrohte. Später war ein Antrag sogar überflüssig. Mehrere Gefangene, deren Haftstrafe abgelaufen war, und auch ein paar andere bekamen ohne Antrag Ausgang. Dieser Ausgang war normalerweise auf ein paar Tage begrenzt, er konnte aber verlängert werden.

Viele von uns konnten keinen Sinn mehr darin sehen, im Gefängnis zu bleiben: Sie schrieben nach mehreren Wochen Ausgang die gewünschte Erklärung und waren frei. Es war für uns schokkierend zu erleben, daß gerade jene Frauen, die sehr standhaft waren, die Bedingungen annahmen; aber bald schockierte uns das alles gar nicht mehr. Jeder darf seine Meinung ändern. Wahrscheinlich waren ihnen Zweifel gekommen, aber sie hatten darüber geschwiegen.

Eines Tages wurde Elham ausgerufen. Nach einer halben Stunde kam sie zurück, um ihre Sachen zu packen. Für immer. Vorher hatte sie mit niemandem über ihre Entscheidung gesprochen. Wir wunderten uns nicht, solche Ereignisse waren alltäglich geworden. Irgend etwas hatte sich geändert. War eine Ära zu Ende gegangen und eine neue angebrochen?

Die langen, sonnigen Tage des Sommers hatten eine andere Farbe bekommen. Kaum mehr als vierzig Frauen waren in unserer Abteilung übriggeblieben, und der gesamte lange Flur und zwei Zellen waren total in unserer Hand. Wir räumten alles auf und richteten uns so ein, daß wir uns wie zu Hause fühlen konnten. Der Gang wurde zu einem echten Wohnzimmer umgestaltet: Wir nähten die vielen überzähligen Wolldecken, die im warmen Sommer nutzlos waren, zusammen und bauten ein Sofa daraus. Zur Dekoration stellten wir ein paar Blumentöpfe in die Ecken, die Mahin liebevoll gestaltet hatte. Dann sammelten wir Holzkästen und bastelten daraus einen schönen Wohnzimmerschrank, in dem wir unsere gekauften Lebensmittel und andere Sachen unterbringen konnten.

Es war ja nicht anders zu erwarten: unser gemütliches Wohnzimmer erzeugte Haß und Mißgunst. Eine Wärterin, die wegen ihrer Grobheit Karriere gemacht hatte und nun verantwortlich für den ganzen Trakt war, kam mehrere Male spät nachts mit ein paar anderen zum Randalieren in unsere Abteilung. Laut und gehässig lachend, traten sie unser Sofa und unsere Schrankwand kaputt, schmissen unsere Sachen auf den Boden und warfen sich die Blumentöpfe wie Bälle zu, bis diese auf den Boden knallten und in tausend Scherben zersprangen. Zuletzt brachten sie eine Schere mit, um die Nähte des Wolldecken-Sofas zu zerschneiden. Unsere Proteste ließen sie vollkommen kalt.

Im September wurden nichtpolitische Gefangene in unsere Abteilung eingewiesen. Zum ersten Mal war ich mit ihnen zusammen in einer Abteilung. Auf einmal war unsere relative Ruhe vorbei, bis spät in die Nacht schallten ihre lauten Stimmen über den Gang. Nach vielen Jahren lebten wir wieder unter Menschen, deren Welt sich gänzlich von unserer unterschied. Dauernd standen sie auf dem Flur herum, wo sie laut miteinander schwatzten, über die anderen lästerten oder über alberne Dinge lachten. Tagsüber mußten die meisten von ihnen in den Werkstätten arbeiten, und wir konnten uns etwas von dem Lärm erholen. Nachmittags kamen sie zurück und brachten den Wirbel wieder mit. Waschen, Putzen, Nähen, Häkeln, Lesen, sogar Fernsehen – all das interessierte diese Frauen nicht. Ihre einzige Beschäftigung bestand darin, miteinander zu quatschen. Die Wärterinnen schimpften über sie und demütigten sie, ohne ein Blatt vor den Mund zu nehmen. Sie sagten: »Sie sind unreine Hunde, die mit Gewalt und der Peitsche gezähmt werden müssen.«

Ein paar Frauen aus unserer Zelle protestierten mit einem fünftägigen Hungerstreik gegen die Vermischung von politischen und nichtpolitischen Gefangenen. Sie schrieben an die Gefängnisleitung, daß diese Zusammenlegung unsere politische Identität verletze. Sie betonten auch, daß sich ihre Aktion auf keinen Fall gegen diese Frauen richte. Ich war gegen diesen Streik: So konnten wir doch keine menschliche Verbindung zu diesen Frauen, die alle Opfer der Gesellschaft waren, aufbauen. Sicher war das Zusammenleben mit ihnen schwierig, die Erfahrung habe ich in diesem Monat auch gemacht. Aber war es richtig und angemessen, gegen ihre Anwesenheit zu protestieren?

Sie nahmen mit Vergnügen Kontakt zu uns auf und erzählten uns ohne Aufforderung ihre Schicksale. Manchmal hatten wir feuchte Augen, wenn wir uns das tagsüber Gehörte abends gegenseitig berichteten, und ich konnte keinen Schlaf finden. Shararch litt noch mehr darunter. Die meisten der nichtpolitischen Gefangenen waren im Gefängnis gefoltert worden. Nasi, die vorher im Gohardasht-Gefängnis gesessen hatte, konnte nach unzähligen Peitschenhieben ihren Urin nicht mehr halten, weil ihre Nieren Schaden genommen hatten.

Einmal kamen abends die Wärterinnen in die Abteilung, riefen ein paar der nichtpolitischen Gefangenen aus und führten sie ab.

Wenige Stunden danach kamen die Wärter abermals und nahmen die restlichen nichtpolitischen Gefangenen mit. Als diese ihre Augenbinden abnehmen mußten, standen sie vor einer grauenhaften Szene: Vor ihnen hingen die kurz zuvor gehängten Zellengenossinnen. Die Frauen waren vor Schreck erstarrt, mußten sich übergeben und fielen in Ohnmacht.

Nasi sagte: »Ich werde auch bald hingerichtet.« Abends wartete sie immer auf die Vollstreckung ihres Urteils. Sie war des Drogenhandels überführt worden. Ihr Mann und seine Freunde hatten den Handel organisiert, und ihre Aufgabe war die Auslieferung der Drogen. Sie sagte: »Wenn wir die Möglichkeit gehabt hätten, etwas zu lernen, hätten wir nie an solche gefährlichen Sachen gedacht und könnten anständig leben.«

Obwohl die Wärterinnen ihnen strikt verboten hatten, mit uns zu reden, hielten sich nicht alle daran, und manche bauten eine sehr warmherzige Beziehung zu uns auf. Nasi sagte einmal: »Ich habe keine Angst vor den Wärterinnen«, aber das stimmte nicht. Die Wärterinnen fielen oft grundlos mit Fußtritten, Fäusten und Peitschenhieben über sie her.

Eine Frau aus dieser Gruppe, die etwa 18 oder 19 Jahre alt war und sich sehr mit uns anfreundete, stammte aus Belutschistan. Sie trug immer die typische Tracht dieser Region. Sie war Mutter von zwei Kindern, die nun in der Stadt Zabol bei der Familie lebten. Ihr Stolz verlieh ihrem dunklen Gesicht eine besondere Schönheit. Im Alter von elf Jahren war sie mit einem Mann verheiratet worden, und seit sie dreizehn war, hatte sie mit ihm zusammengelebt und auch sofort das erste Kind bekommen. Mit Trauer, Schwermut und Sehnsucht dachte sie an ihre Vergangenheit. Sie sagte: »Wir waren glücklich.« Sie war in der Geborgenheit einer Großfamilie geboren und aufgewachsen. Der Handel mit Rauschgift hatte eine lange Tradition in der Familie, und sie schien darüber nicht unglücklich. Sie wartete darauf, bald wieder in das Gefängnis ihrer Geburtsstadt verlegt zu werden, weil sie hoffte, dann ihre Kinder sehen zu können. Sie war sehr mutig, und sogar wenn Wärterinnen in der Nähe waren, blieb sie bei mir. Wir wurden Freundinnen. Ausführlich erzählte sie mir von ihrer Hochzeit und den Zeremonien und Traditionen der Belutschen.

Es gibt Momente, in denen man sich danach sehnt, in einer stillen Ecke Zuflucht zu suchen. Kinder krabbeln unter den Tisch, Erwachsene verkriechen sich in leeren Räumen oder gehen auf ruhigen Straßen spazieren. Jeder hat mal das Bedürfnis, mit sich selbst zu reden, zu weinen oder einfach nur allein zu sein. Im Gefängnis ist man aber permanent neugierigen Blicken ausgesetzt. Dies alles ruiniert die Nerven – langsam, aber beständig. In den ersten Jahren fühlte ich mich weniger bedrückt und eingeengt, doch mit der Zeit trat das Bedürfnis nach ungestörter Ruhe immer stärker hervor. Die jüngeren Gefangenen und diejenigen, die in großen Familien aufgewachsen waren, konnten diesen ewigen Rummel am besten verkraften. Die nichtpolitischen Gefangenen litten nicht so sehr wie wir. Ohne Rücksicht auf die Rechte der anderen setzten sie ihren eigenen Willen mit wenigen Abstrichen durch. Erbarmungslos mißachteten sie unsere bisher pedantisch eingehaltenen Regelungen für Ordnung und Sauberkeit, die für uns enorm wichtig waren. An den täglichen Putzarbeiten beteiligten sie sich nicht, man konnte sie auch nicht dazu zwingen. Sie legten überhaupt keinen Wert auf Arbeit. Selbst die simpelsten hygienischen Prinzipien waren ihnen gleichgültig. Mehrmals täglich putzten wir die Toiletten und Badezimmer, aber nach kaum einer Stunde war es wieder überall dreckig. Die meisten von ihnen hatten ansteckende Krankheiten, was uns dazu veranlaßte, unsere Toiletten und Waschkabinen zu trennen. Wir hatten Angst vor einer Ansteckung, deswegen waren wir manchmal richtig hartherzig zu ihnen.

Im Oktober erhielten wir alle den Befehl, unsere Sachen zu packen. Kurz darauf saß ich wieder in einer Einzelzelle, doch nach den turbulenten Tagen war diese Stille wohltuend. Ich protestierte überhaupt nicht und war froh, endlich wieder in

Ruhe schlafen zu können. Einmal hörte ich, daß eine Gefangene am Ende des Ganges laut verkündete, sie werde bald freigelassen, aber das wunderte mich nicht mehr.

In die Einzelzelle neben mir sperrten sie eine neu verhaftete junge Frau. Nachmittags weinte sie manchmal laut, aber wenn es dunkel wurde, unterhielt sie sich mit ihrer Nachbarin durch das kleine Fensterchen an der Tür. Hin und wieder sang sie für sich. Einmal rief eine schroffe männliche Stimme von draußen: »Halt deinen Mund!«, aber am nächsten Abend fing sie wieder an zu singen. Ihr fröhliches Lachen und ihre witzigen Unterhaltungen mit der Nachbarin erheiterten mich auch. Eines Abends bekam ich mit, daß sie offenbar in der Nähe ihres Fensters mit einem draußen stehenden Mann schäkerte. Er war entweder von der Staatsanwaltschaft oder ein Wärter. »Bist du allein? Deine Stimme klingt aber nicht sehr schön.« Lachend antwortete sie. Ich hätte ihr gern zugerufen: »Rede nicht mit ihm, er ist nicht von uns.« Eigentlich hätte sie das wissen müssen. Der Mann erstattete noch am gleichen Tag Bericht. Wutentbrannt stürzte die Wärterin Hamidi in ihre Zelle, beschimpfte sie als Nutte und schlug auf sie ein. Die junge Frau klagte und schwor unterwürfig: »Ich mache das nie wieder.« Hamidi keifte: »Keuschheit kannst du von der da nebenan lernen, an der kannst du dir ein Beispiel nehmen. Die haben zwar viele Fehler, aber sie sind mindestens anständig.«

Ohne Zweifel meinte sie mich damit. Es widerte mich an, für diese fröhliche Frau, die vor Lebensfreude sprühte, als Beispiel für Anstand und Keuschheit hingestellt zu werden. Konnte sie keine anderen Werte an mir entdecken? Ich hatte sogar den Verdacht, daß sie einen versteckten Respekt für uns hegte. Ein paar Tage hörte ich die Stimme meiner jungen Nachbarin nicht mehr, aber bei Sonnenuntergang drang ihr Weinen zu mir herüber.

In mir spürte ich, daß für mich die Zeit gekommen war zu gehen. Noch hatte ich mich nicht entschieden. Ein neues Gefühl, das ich in den neun Jahren Gefängnis nie erlebt hatte, tauchte zum ersten Mal auf: Ich dachte an das Leben auf der anderen

Seite der Mauer. Täglich ging ich in meiner Zelle auf und ab und dachte nach. Manchmal sprach ich laut mit mir selbst. Muß ich auf meinem Widerstand beharren? Ich habe immer gesagt, daß ich so lange bleiben werde, wie der kollektive Widerstand existiert ... Der Widerstand, wenn auch eingeschränkt, gegen die Inquisition unserer Überzeugung. Vor vielen Jahren hatte ich im Gericht gesagt, daß ich die politischen Ansichten meiner ehemaligen Organisation nicht mehr vertreten würde. Das hatte mich viele Jahre verfolgt und bekümmert. War der kollektive Widerstand gebrochen, nachdem meine Gefährtinnen scharenweise gegangen waren?

Von den männlichen Gefangenen, die zu linken Gruppierungen gehörten, waren nur sehr wenige in Gefangenschaft geblieben. Nach den Massenhinrichtungen im Sommer 1988 verstanden die Männer nicht, daß wir die Freiheitsbedingungen nicht akzeptieren wollten, und betrachteten unsere Standhaftigkeit als linken Fanatismus. Wollte ich etwa als letzte Person von den alten Gefangenen übrigbleiben? Wenn ich meinen Rückhalt verliere, habe ich dann die Kraft, diesen Weg weiter zu beschreiten? Kann ich nach neun Jahren so einfach die Bedingungen für die Freiheit akzeptieren? Viele Jahre war ich gerade ihretwegen im Gefängnis geblieben und hatte viele Folterungen und lange Monate in Isolationshaft durchgemacht. Ich mußte bleiben. Immer noch war Widerstand vorhanden. Immer noch waren Frauen in Einzelhaft. Ich entschloß mich zu bleiben.

Wenn ich aber tief in mich hineinblickte und mir vorstellte, daß ein Gefängniswärter käme und mich nochmals fragte – würde ich genau wie damals, als ich Naserians Angebot abgelehnt hatte, wieder nein sagen? Ich war nicht sicher. Ein anderes souveränes Ich in mir trat in die Arena. Es verselbständigte sich schnell und ignorierte meinen Willen.

Und der Ausgang? Ich konnte den Ausgang akzeptieren, aber was dann? Nach ein paar Tagen zurückkehren? Ins Gefängnis? Und diese verdammten Freiheitsbedingungen unterschreiben?

Dieser innere Kampf wühlte mich auf. Ich beschäftigte mich

mit der Geschichte von Josef und Solaycha im Koran. Es war Mittwoch nachmittags. Ich war vertieft in diese Liebesgeschichte, als plötzlich Pishwa, der Gefängnisdirektor, vor meiner Tür stand und spöttisch lächelte: »Ach so, hier wird also auch der Koran gelesen!« Ich antwortete verlegen: »Weil ich kein anderes Buch als den Koran finden kann.« Er sagte: »Wir legen den Koran absichtlich in jede Zelle, damit ihr ihn in unserer Abwesenheit lest.« Ich sagte: »Das ist doch selbstverständlich, daß wir darin lesen, wenn Sie nicht dabei sind, damit Sie sich keine falsche Vorstellung machen.« Er sagte, daß er uns nach Hause schicken wolle, und fragte mich: »Wie lautet deine Entscheidung?«

Ich wollte nicht antworten. Wahrscheinlich wollte ich es noch nicht sagen. Aber dann sagte ich es. Ich sagte, daß ich die Freiheitsbedingungen akzeptiere. Er fragte mich: »Dann bist du also auch bereit, eine Ausgangsgenehmigung zu beantragen?«

Ich antwortete: »Ja.«

Er ließ sich die Telefonnummer meiner Schwester geben. Dann schloß er die Tür, und ich hörte, daß er auch zu den anderen Zellen ging.

Nach einer halben Stunde wurde meine Zelle geöffnet, und ich mußte mich zum Gehen vorbereiten, durfte aber nichts von meinen persönlichen Sachen mitnehmen, auch nicht das wenige Geld, das ich zum Einkaufen bei mir hatte. Ich zog mein schönstes Kleid an, doch mit meinen Gedanken war ich ganz woanders; meine Gefühle schwankten zwischen Freude und Reue. Die Wärterin, die das Essen austeilte, sah mich in der Zelle neben der Ausgangstür sitzen und sagte staunend: »Warum bist du noch nicht weg? Die anderen sind schon draußen.«

Ich ging. Ich mußte gehen.

Die Wärterin war ungewöhnlich höflich an diesem Abend. »Du bist zu spät dran, die anderen sind weg.« Sie telefonierte, sie sollten mich abholen. In dem Moment kamen noch zwei andere Gefangene zu mir. Als die Wärterin ihre Zellentüren öffnete, um ihnen das Essen zu geben, hatten auch sie die Bedingungen akzeptiert. Bis dahin hatten sie wahrscheinlich noch Zweifel geplagt. Eine ältere Frau, die seit mehreren Jahren im Gefängnis war, saß neben mir. Auch sie hatte ihren Antrag auf Ausgang gestellt, aber sie durfte das Gefängnis nicht verlassen, weil die Gefängnisleitung ihre Familie telefonisch nicht erreichen konnte. Ich sagte zur Wärterin: »Sie kann mit mir entlassen werden und bei uns übernachten, bis sich die Familie meldet.« Das war jedoch nicht möglich, die Angehörigen mußten selbst kommen und eine Kaution oder ähnliches hinterlassen.

Wir saßen etwa eine halbe Stunde mit verbundenen Augen da, als ich zwei Stimmen aus einer Zelle vernahm. Es beruhigte mich gewissermaßen, daß die beiden zumindest nicht allein waren. Sie bleiben, und ich gehe – so ganz bewußt war mir das noch nicht. Mit einem Minibus wurden wir zu einem Raum in der Nähe des Hauptausganges gefahren. Ungefähr zwanzig Personen waren bereits dort und warteten auf ihre Verwandten. Wenn die Angehörigen eingetroffen waren, wurde der Gefangene ausgerufen. Im Raum kursierte das Gerücht, daß der UNO-Gesandte Galindo Pohl wieder in Teheran sei und wahrscheinlich in diesen Tagen das Evin-Gefängnis besichtigen werde. Wahrscheinlich wurden wir aus diesem Grund überstürzt und in aller Eile entlassen. Dieses Mal hatte Galindo Pohl nicht die Möglichkeit, alle Winkel des Gefängnisses und die Einzelzellen zu besichtigen und mit den Gefangenen, die allein wegen ihrer Überzeugung in Gefangenschaft blieben, zu sprechen.

Ich wollte das alles nicht glauben, ich war verwirrt und konnte mich nicht freuen. Immer noch plagten mich Zweifel. Hatte ich die richtige Entscheidung getroffen? Sollte die Akte der neunjährigen Gefangenschaft tatsächlich geschlossen werden? Ich unterhielt mich mit den anderen Gefangenen, und wir versprachen uns, daß wir uns auch in Zukunft nicht vergessen und uns auf der anderen Seite der Mauer treffen würden.

Es war Herbst. Um 22.00 Uhr unterschrieb ich die Ausgangsformulare. Auf den leeren Straßen Teherans fuhr ich in Begleitung meiner Familie nach Hause.

Nachwort

Als ich begann, die Erinnerungen an meine neunjährige Gefangenschaft niederzuschreiben, konnte ich nicht ahnen, wie lang dieser Weg sein sollte und welche Hindernisse es zu überwinden galt. Ohne eine klare Vorstellung und ohne zu wissen, wie weit mein Können – oder Nicht-Können – reichen würde, fing ich ganz unbekümmert an und träumte davon, die neun Jahre des Schreckens in nur einem Jahr zu Papier zu bringen. In Wirklichkeit brauchte ich aber mehrere Jahre; ich mußte erst einmal versuchen, mit mir ins reine zu kommen und mindestens einen Teil meines Selbstbewußtseins wiederzuerlangen. Das war sehr schwer. Ich mußte meine Gefühle ordnen und, noch wichtiger, andere Menschen beurteilen und ihr Handeln bewerten. Ich mußte die Ereignisse rekonstruieren, und ich merkte bald, welche große Verantwortung damit verbunden ist. Kann ich diese Verantwortung tragen? Wie war die Wirklichkeit? Wie haben andere Gefangene die gleichen Ereignisse wahrgenommen? Kann ich meine Einschätzungen so weit zurückhalten, daß dem Leser Raum für eigene Gedanken bleibt? Kann ich objektiv bleiben? Diese innere Unruhe bedrängt mich bis heute.

Viele fragen mich, wie es möglich ist, daß ich mich jetzt noch an so viele Einzelheiten erinnere, obwohl ich doch nicht einmal auf Notizen zurückgreifen kann. In Gefangenschaft hat man viel Zeit zum Nachdenken über sich, das Umfeld, die Menschen, ihre Beziehungen zueinander, Gefühle, Emotionen, Stimmungen und Erfahrungen. Dort ist das Leben eng, Tag um Tag verstreicht in schmerzlicher Eintönigkeit. In dieser geschlossenen und bedrükkenden Welt wird vieles unvergeßlich. Ich bin in jene Jahre zurückgereist, habe die Erlebnisse, die ich unbewußt oder bewußt verdrängt hatte, wieder in mein Gedächtnis zurückgerufen. Dennoch frage ich mich immer wieder, ob es mir aus meiner heutigen Lebenssituation heraus in Deutschland überhaupt möglich ist, damalige Empfindungen, die Empfindungen einer Gefangenen, vor deren Zukunft ein großes Fragezeichen stand, aufzuarbeiten. Es sind in meine Erinnerungen auch Gedanken aus meinem jetzigen Leben eingeflossen, ich konnte mich nicht ganz auf die Vergangenheit konzentrieren und dabei meine Gegenwart vergessen. Meine Seele war hin- und hergerissen zwischen den beiden Welten. Diese Verwirrung hat mich oft an den Rand der Resignation gedrängt, und ich konnte nicht mehr weiterschreiben. Doch ich wußte genau: Ich werde mit meinem Leben nicht zurechtkommen, wenn ich diese Arbeit nicht zu Ende führe.

Das Schreiben dieses Buches hat mir sehr viele Schmerzen bereitet. Wie viele meiner Freunde und Leidensgenossen haben mit ihrem Leben bezahlt! Wie viele von ihnen sind unter dem fortwährenden Druck psychisch zusammengebrochen, sind zu chronisch Kranken oder Krüppeln geworden! Die Erinnerungen an die Gefangenschaft beherrschen mein Leben.

Ich habe mich bemüht, einen Teil des unendlichen Leids in diesem Buch zusammenzutragen. Es ist eine kleine Auswahl von dem, was ich im Gedächtnis habe. Nur wenige Namen kann ich nennen, aber nie, niemals darf man vergessen, daß es nur einzelne von den Unzähligen sind, die in meiner Heimat unsägliche Schmerzen ertragen haben – und immer noch ertragen.

Der Erzähler, Publizist, Sozialwissenschaftler und Übersetzer *Bahram Choubine* ist im Iran geboren und lebt seit den sechziger Jahren im europäischen Exil. Zahlreiche Veröffentlichungen in persischer und deutscher Sprache.

Die Übersetzerin und Sprachwissenschaftlerin *Judith West* ist 1965 in Deutschland geboren.

Gemeinsame Veröffentlichungen von Bahram Choubine und Judith West: »23 Jahre – Die Karriere des Propheten Muhammad« (1997) sowie »Kolsum Nane, Sitten und Gebräuche der Frauen im Orient und ihr Aberglaube« (1998).

Persische Literatur im Unionsverlag

Mahmud Doulatabadi **Kelidar**

Der Stamm der Kalmischi weiß keinen Ausweg mehr. Die Herden werden von der Seuche dezimiert, die Steuereintreiber bedrängen sie, die Blutrache droht. Da ziehen die Männer und Frauen in die Berge. Weil sie sich über jedes Gesetz stellen und zu Räubern werden, beginnen die Legenden um sie zu wachsen. Heimlicher Held dieses epischen Romans aber ist das Land Chorassan, die Wiege der nomadischen Kultur, mit seinen Steppen, Bergen und Naturgewalten, seinen uralten Städten, geduckten Dörfern und stolzen Zeltsiedlungen. Auf diesem Hintergrund leuchtender Farben zeichnet Doulatabadi das Geflecht intensivster Regungen und Verstrickungen, das die Menschen in der Größe ihrer Gefühle aneinanderkettet.
Der Reichtum von Doulatabadis Sprache scheint unerschöpflich. Er spielt mit den Techniken der traditionellen Vortragskunst und bricht sie durch einen modernen assoziativen Fluß des Erzählens.
»Kelidar«, so Mahmud Doulatabadi, ist ein Buch der Liebe: Liebe zwischen Mann und Frau, Liebe zwischen Freunden, Liebe des Menschen zur Erde und zur Natur, zwischen Mensch und Tier. 690 Seiten, gebunden

»Kelidar« wurde 1968 bis 1983 geschrieben und erschien zwischen 1979 und 1984. Der vollständige Zyklus umfaßt zehn Bücher in fünf Bänden. Die ersten beiden, in sich abgeschloßenen Teile erscheinen auf deutsch in einem Band.

»Doulatabadi ist ein versierter Erzähler der globalen Moderne ... ›Kelidar‹ ist ein großartiges, ein einzigartiges Buch, wie es in einem Land nur alle paar Jahrhunderte geschrieben werden kann.« *Die Welt*

»Ein Stück Weltliteratur, das nun auch für den deutschen Sprachraum zugänglich gemacht wird.« *Süddeutscher Rundfunk*

»Geküßt sei die Übersetzerin und der verrückte Haufen, der heute solche Bücher auf den Markt bringt. Ich habe nicht aufhören können und bin jetzt süchtig. Wann kommt der nächste Band?« *M. C, Leserinnenbrief*

Persische Literatur im Unionsverlag

Scharnusch Parsipur **Tuba**
Tubas Schönheit, ihre Ausstrahlung, ihre mystische Veranlagung wecken Ehrfurcht – aber auch Angst und Argwohn. Mit traumwandlerischer Sicherheit geht sie durch Gefahren und Wechselfälle, stets als Mittelpunkt und ruhender Pol ihrer Sippe. In ihrem Haus halten die Toten und die Lebenden Zwiesprache, und wer es verläßt, kehrt eines Tages verwandelt wieder zurück. Als Tubas Haus zerfällt und ihr Garten verwildert, geht eine Epoche zu Ende. UT 103

»Scharnusch Parsipur ist ein ungemein kraftvolles und lebendiges Porträt ihrer Heimat gelungen.« *Der Standard*

Mahmud Doulatabadi **Der leere Platz von Ssolutsch**
Seit Tagen haben sie schon nicht mehr miteinander geredet, Ssolutsch und seine Frau Mergan. Abends hatte er sich an den Herd gerollt, und morgens war er verschwunden. Nun ist der Platz neben ihr leer: Ssolutsch hat sie und seine Familie verlassen. Mergan muß nun alleine für ihre Kinder sorgen. Wie lange wird sie sich gegen ihr Schicksal stemmen können? In eindrucksvollen Bildern wird das Auseinanderfallen der sozialen Ordnung und die Verarmung eines Dorfes in der nordöstlichen Wüstenregion des Iran geschildert. UT 81

»Der Roman beweist, daß der Autor nicht umsonst zu den berühmtesten seines Landes zählt.« *Süddeutsche Zeitung*

Mahmud Doulatabadi **Die Reise**
Seit Monaten wartet Chatun auf ein Zeichen ihres Mannes, auf das versprochene Geld, auf einen Brief. Weil keiner mehr Dreschflegel und Hakenpflüge kauft, seit es Traktoren gibt, mußte er in den Golfstaaten Arbeit suchen. Wie soll eine Frau, allein mit Tochter und Großmutter, überleben? Da taucht eines Tages, an Krücken, ein Mann auf. Abends steht er am Bahndamm, schaut zum Haus hinüber und wagt sich keinen Schritt näher. In der Schenke am Bahndamm wird jedem klar: Über diesem Mann hängt ein Fluch. Gebunden